谌容文集

4 中篇小说

懒得离婚

作家出版社

作者简介

　　谌容，女，中国当代作家。祖籍重庆巫山小三峡，1935 年 10 月 25 日出生于湖北汉口。1937 年抗日战争爆发随父母入川，1945 年抗战胜利至北京，毕业于东城私立明明小学，后考入北京女二中。1948 年初随家人回重庆，就读于重庆女二中至初中二年级。

　　1951 年参加工作，在重庆西南工人出版社门市部（书店）售书。1952 年调入《西南工人日报》编辑部任干事。1954 年考入北京俄文专修学校（现北京外国语大学），成为新中国第一批享有国家调干助学金的大学生。1957 年毕业分配至中央广播事业局从事翻译工作。1961 年病休。1962 年调入北京市教育局待分配。病休中开始练习写作。

　　1975 年第一部长篇小说《万年青》由人民文学出版社出版。1979 年在《收获》发表第一部中篇小说《永远是春天》。1980 年调入北京市作家协会为专业作家。改革开放四十年间，谌容在全国各地期刊发表多部中、短篇小说，作品深受广大读者喜爱，多次获得各种奖项。由作者改编的电影《人到中年》，获得当年"百花""金鸡""华表"三大奖，得到广泛赞誉。

■ 档案上的大学毕业照片。一九五七年夏毕业于北京俄语学院
（现北京外国语大学），分配到中央广播事业局（现中央电视
台与中央人民广播电台）工作。

■ 一九四六年在北京的北海公园。我的小学在战乱中从城市读到农村，好不容易最终在北京东城私立明明小学毕业了，母亲带我照了一张相留作纪念。

■ 一九五四年刚入学不久，戴上校徽在天安门留影。素颜旧衣，
　五十年代的穷大学生都这样。

神衰治愈别前尚余二组全体 1960. 6. 0.

▌这张照片很特殊。一九六〇年我因晕厥住院，忘了在什么情况下和病友们的合影，现在他们都是八十岁以上的老人了，愿朋友们健康长寿！

■ 一九八三年参加国际写作笔会，在美国爱荷华待了三个多月
之后，途经香港回京。

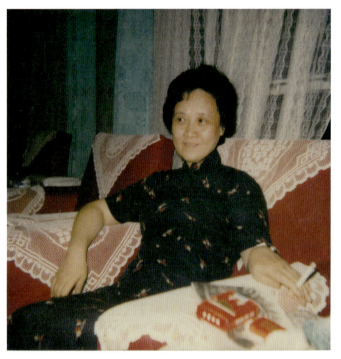

■ 大约是一次接待外国友人的活动。在休息室抽烟时有记者在
　场，无意间留下了这张照片。

目录

懒得离婚 / 001

　　附：无题 / 069

错，错，错！ / 071

得乎？失乎？ / 120

啼笑皆非 / 196

第七种颜色 / 263

天伦之乐 / 317

我是怎样养猫的 / 363

空巢颂 / 406

懒得离婚

一

倒霉就倒霉在那个星期天，要不是那个星期天，接到那个电话，跑到公园里去，怎么会陷入那种说不清道不明的境地。

记者部的例会，照例热热闹闹。平常日子各路记者撒下去，跑机关的，跑工厂的，跑农村的，跑学校的，跑犄角旮旯儿的，各有使命，各显神通，难得见面。只有每星期一的例会，老、中、青记者们聚会一堂，传达领导意图，交流各方信息，畅议报道思想，共商重点选题，兼及小道消息，名人轶闻，歌星走穴，球场风波，香菜三块钱一斤。笔头上的功夫见之于报端，嘴头上的才华显露于会上。与会者高谈阔论，东拉西扯，轻松活泼，人称"神仙会"。

青年记者方芳是记者部最不起眼的小记者，又是最被人喜爱的女记者，谁让她长得那么招人呢？大伙儿都乐意跟她搭话。

"湖南妹子，该你发布新闻了！"

这是汇报，该汇报的汇报。也是逗乐，没啥汇报的就说点趣闻，凑个热闹。当然，更是表现，表现自己的机智、深刻、幽默、思想不同凡响。或语惊四座，或满堂大笑，全看你作何选择。

方芳发布了一条新闻，当然是既不见报，也不登"内参"的，只供群众参考：

"据调查：当代女青年择偶标准有了变化。在被调查的一百名女大学生中，讨厌奶油小生的占百分之七十五，认为英俊小生不过是'玩儿深沉'其实内里空虚的占百分之六十八，而喜欢西部小生的占百分之八十一。"

"什么叫西部小生呀？"

"西部小生呀——？"方芳一笑，露出两颗小虎牙，"特点是小眼睛，厚嘴唇，大高个儿，黑脸黑胳膊黑腿，穿一件辨不出颜色的旧布衬褂子，领子和袖口油腻腻的，两条裤脚一个高来一个低。"

众人哈哈大笑，揶揄之色溢于言表。

还有高声叫嚷的："这不是美男子，这是叫花子！"

好像说了自己似的，方芳马上为女大学生们辩护了：

"专家们认为：这是女性审美观念的突破，追求质朴、纯真、粗犷、豪迈，表现了女性审美主体意识的觉醒。"

"你呢，方芳？这也是你的审美观念、择偶标准？"

尽管不时有人给方芳提出类似的无礼问题，她总一笑置之。玩笑话嘛，何必认真。她是个豁达的姑娘。

年轻的姑娘就有这样的魅力，谁都愿意接近她。她长得算不上画儿上的美人，然而，一白遮十丑，苗苗条条，清清秀秀，透着那么有人缘儿。胆儿大的，喜欢跟她开玩笑，说些无伤大雅的俏皮话，舞会上争着抢着跟她跳。有贼心没贼胆儿的，只用一双眼睛追逐着她俏丽的身影，餐几分秀色。她呢，活得挺自在，到汽车队要车，用不着主任签字，派车比谁都快。到食堂吃饭，给一份儿钱，得一份半菜，肉给瘦的，蛋给大的，饭菜凉了还管热，只要她开口。

男人们在一起，叫她"女皇"，叫她"记者之花"，她都知道。

然而，一转入制订选题，那就是大记者们的市场了。大题目分给大记者，理所当然。岗位责任制上定的有，专业职务聘任制条例上也写着呢。高级记者、主任记者要担负撰写重要稿件的任务。大题目都是重要的题目，不分给大记者分给谁？给你，一个初出茅庐的小记者，行吗？

西红柿跌价——"记者之花"坐冷板凳，"女皇"成了宫廷的女奴。她奉部主任之命担任记录，把大记者们承担的耀武扬威的题目记下来，汇总上报编委会。

她想哭。年轻有什么用？长得好有什么用？不缺舞伴有什么用？被围着发布新闻开心一阵儿有什么用？她甚至后悔选择了新闻这个专业！无冕之王，那是大记者们的专利。他们在新闻的长河里畅游，仰泳、侧泳、划臂、蹬腿，今天一篇通讯，明天一篇特写，得心应手，挥洒自如。时不时掀起巨浪，搅得一片惊慌，赢得一片掌声。她呢？育苗池里的鱼苗苗，刚放入大河，胆怯，不自在，游不远。

说什么谁都喜欢她，只因为她是个讨人喜欢的女人，一个年轻的女人，仅此而已。没有人真正看重她，没有人认真地把她当作一名不缺胳膊不缺腿儿的记者看待。没有人分配她题目，没有人评价她的作品。她的价值好像就是她的性别，她的殊荣好像就是她的年龄。

她真想哭。

作品，作品，作品是她的一块心病。非但别人不把她的作品放在眼里，她自己瞧着也不顺眼，想起来就怪伤心。

头一年见习期不用说。校对科、资料室、信访组，溜溜儿转了一大圈。好不容易得到一次采访机会，写了一条五百字的消息，够精练的。第二天见报，连标点符号，只剩下三十四个字。

见习期满，分到记者部，应该说，时来运转，可以一显身手，有个出头之日了。偏偏见报的还是些豆腐干儿似的小稿子。她试着写了两篇大通讯，都洋洋洒洒六七千字。其中一篇，部主任审阅之后说了声"有基础"，提了八条意见。她兴致勃勃一一照改，改了再送上，就石沉大海了。过了半个月，她鼓足勇气去催问。部主任黑胖的脸上有难色，吞吞吐吐地只说"先放一放"，等于判处终身监禁。

大的写不了，只好写小的。大记者们语重心长地说"写小消息是一门大学问"。她写来写去，学问不见长，把学校学的那点也差点忘记。昨天的一条消息更气人：

本报讯　记者方芳报道：西城区妇联昨天召开幼儿教育座谈会，四十多个孩子妈妈兴致勃勃地交流了幼儿教育的宝贵经验。

唉！又是这种残次品。这是新闻吗？有可读性吗？没有。有指导性吗？没有。连新闻背景也没有交代。为什么要开这个会？有什么意义？交流了什么经验？统统没有。"兴致勃勃"表现在哪里？"宝贵经验"宝贵在何处？纯属虚词儿，装腔作势。更恼人的是，偏偏写上"记者方芳报道"，真够丢人的！其实原稿上全有啊！经验共四条，很有针对性。写法上有创新，反映了会上生动活泼的气氛。谁知掌握生杀之权的编辑，大笔一砍，把后边几段精彩的都一气儿删了，只留下光秃秃的一段导语。活该你现眼去吧！

她想突破，她要飞跃，她要脱颖而出，一炮打响！让那些无情无义的编辑再不敢小看她，再不敢乱删她的稿子。

蓄谋已久。等到议论自选题时，方芳搁下为他人作嫁衣的笔，侃侃而谈：

"最近我摸了一下离婚的问题，准备写一篇探讨离婚问题的通讯。离婚难，是当今社会一大弊病。据统计，在一百对提出离婚的夫妻中，一年内办成离婚手续的仅占百分之二，二年至三年办成的占百分之八，三年至五年办成的占百分之十二，十年尚未办成的占百分之六十。其中有一位工程师，二十五岁时提出离婚，现在年过半百，两鬓斑白，还没有离成。他说……"

有根有据。有面上的材料，有典型的事例，又是社会普遍关心的问题，有可读性，这还不是一个好题目？

"我看这个题目不行。"部主任表态了，"现在离婚率逐年上升，年轻人说离就离，这还行？到百货公司买双鞋，尺寸不合适，想退想换，还得费点口舌呢。离婚就不要费点时间？我看，报纸宣传要谨慎，不要赶时髦。"

部主任是有权威的，他说不行就不行。

"这样吧，方芳，"部主任也不愿挫伤部下的积极性，"既然你已经摸了这方面的问题，还是继续摸下去。题目嘛，我主张还是从积极方面考虑。与其写离婚难，不如写不离婚的可贵。夫妻嘛，互敬互爱，同甘共苦。多表彰这样的和睦家庭，可以促进社会的安定团结，有利于建设社会主义的精神文明。"

二

自从提出离婚，家里没安宁过。

先是街坊四邻来劝解。

"这是打哪儿说起？十几年的夫妻，怎么说离就要离呀！"西屋赵大婶来了。

妻子忙着沏茶，眼泪汪汪的，心不在焉。小玻璃杯子，一抓茶叶就一大把，足够沏一壶的。那可是五块一两的茉莉花，前天才买的二两。

"他欺负人！"妻子哭了。

"唉，大妹子啊，居家过日子，三百六十五天，两口子还没个磕磕碰碰的？都少说一句，不就完了！"

"他太欺负人了……"

东屋的李大妈也来了。妻子抹着泪儿，赶紧让座，又沏茶。这回，该少搁点茶叶了吧，不，一点儿没心眼儿，就知道哭。得，又是一大把。挺好的茶叶，就叫她这么糟践。

"他李大妈，我这儿正劝呢，都礼让着点儿，啥事儿都没了不是？"

"那可不！我们家那口子，脾气够多暴，三天两头没少给我气受。年轻的时候还动手呢，我都忍着。这么多年也过来了。"

"他太欺负人了……"

"哎哟，大妹子，你怎么老较真儿啊！两口子一个人儿似的，打是疼骂是爱，啥欺负不欺负的，瞧你说到哪儿去了。这你就不对！他李大妈，你说我这话对不？"

"没错儿！我们家那口子，可不是个东西啦，见天到家就找碴儿，横挑鼻子竖挑眼，一蹦就老高。我呢，他急我不急，他嚷我不言语。叫他闹去。男人嘛，就这路货，闹完就完。唉，谁叫咱们天生是女人呢，咱们就得忍着点儿。"

南屋快八十的汪奶奶也来了，众人都忙让座。往哪坐？椅子全坐着呢。那"不是东西"的男人只好站起来，坐到床沿上，又不敢迈腿儿出去，一走更显得不是东西。

"这是怎么话说的？今儿早晨我才听说，你们小两口儿要打离婚！吓得我心惊肉跳的。街坊邻居这些年，我可得说你们两句。孩子啊，这可不行，这不叫事儿啊！"汪奶奶恨不得掏出心来劝，真着急。

她又沏茶呢，好家伙，又是一大把！老太太喝得了吗？

汪奶奶坐下也说起体会来，她耳不聋、眼不花，声音又粗又哑：

"十四岁我就进了他汪家门儿。腊月初八拜的天地，初九就系上围裙做一大家子十来口人的饭。大下雪天，地上的雪一尺厚，我端着热屉往上房送，滑了一跤，馒头撒了一地，摔得我趴那儿起不来。我那死鬼，上来就踢，踢了好几脚。可不吗？踢了就踢了，爬起来还得忍着泪，怕……"

说古话今，赵婶、李大妈听得津津有味，妻子的眼泪也忘了流了。

"初十那天又挨了顿打！那是为婆婆……"

无聊，烦人。一张破唱片，一部老式的留声机。他斜靠在床头，失去了自我，忍受着那吱呀吱呀的声音。留声机是手摇的，唱片转得很慢。一圈儿一圈儿。……

亏得后院孙姐一阵旋风似的来了。她的高音喇叭打断了破唱片。妻子的眼泪在抱打不平的声音中又往下流，茉莉花茶又少了一大把。

"他欺负人啊……"

也不哪儿欺负你了，你说呀，就会这一句，没出息劲儿。

"不能让他欺负人！像话吗？有委屈冲你孙姐说！咱们有理走遍天下。我就不信，社会主义的妇女能叫男人欺负，初级阶段也不兴这个！八十年代了，还不叫妇女说话，说！"

正月十五灯会似的，走了一拨，又来一拨，这一拨，为首的是居委会主任马大爷。又是一大把茶叶。

马大爷不分青红皂白就开骂：

"你小子，起小就瞧你不仁义，一胡同里，就你领头爬电线杆子，拿弹弓打窗户玻璃，你得罪的人还嫌少吗？别以为你成了家，工作了，人儿似的，你马大爷就不敢管你了。告诉你，这事儿我管定了，管到底！想当年，老包公开封府里一刀铡了陈世美，现而今，你马大爷也是铁面无私，不徇私情，眼里不揉沙子……"

单位的支部委员、人事干部，她厂子里的女工委员、工会主席，纷纷登门调解。二两茶叶早就没影儿，又来二两，一张"大团结"。

爹、妈、哥、嫂，丈母娘、老丈人、二舅、三姨，先后驾到。这就不是几把茶叶能打发的了。简单不过炸酱面。那也要带上粮票提上网兜，手上还得端个碗打甜面酱，外加菜码子，两条黄瓜三块钱。跑上跑下，跑里跑外。洗锅刷碗，筋疲力尽，劳民伤财。

好不容易状子递到法院，也不升堂，也不断案。来了一男一女，制服大檐帽，端着公文包。慈眉善目，明如镜，清如水。问罢姓名问婚史，《婚姻法》宣讲一遍又一遍。

"你们的婚姻符合《婚姻法》第四条的规定，是有基础的。"

"还是人民内部矛盾。"

"根据《婚姻法》第二十五条规定，我们认为你们的感情还没有'确已破裂'，应该进行调解。"

新的一轮调解开始了。家里几乎天天高朋满座，人来人往，像过年。新的一轮茶叶消费开始，"大团结"像风筝似的飞上了天，可不飞回来。

"服了吧，小子！还闹腾不？老老实实给我待着，别以为混了张电大文凭，中了状元似的，没人招你当驸马爷！"马大爷挑起了调解重担。

赵婶、李大妈、孙姐、汪奶奶、工会主席、爹、妈、哥、嫂、丈母娘、老丈人、七姑八姨，茉莉花，炸酱面……

算了，别离了，茶叶桶子又空了。

三

和睦家庭多的是，书面材料一大堆。挑来挑去，挑不出值得指导的。

> 大学教授吴建化夫妇结婚四十年，恩爱如初，夫唱妇随，在事业上互相帮助，在生活上互相照顾，被誉为××大学的模范夫妻。

没劲。

> 解放军某部政治部副主任田大中同志职务高了，地

位变了，对仍在家务农的妻子忠诚不渝，几年来通过书信帮助妻子学文化，建立了巩固的家庭后方，被评为五好家庭。

也没劲。

在台上是好演员，在家里是好妻子。著名话剧演员郭丽丽勤俭持家，挑起家务重担，支持丈夫埋头攻下尖端科研项目，被评为模范家庭。

没劲，没劲。

唉，中国之大，家庭之多，怎么找不到一个值得一写的？

这有什么奇怪的！这些都是死材料，是被人按照一定的宣传口径编写出来的。再有血有肉有情有理的人也能叫他们给写死。别人嚼过的馍，能有香味儿？

自个儿找去吧！找一个名不见经传的普通人家。唯其普通，才真实，因为真实，才动人。

"众里寻他千百度，蓦然回首，那人却在灯火阑珊处。"啊，寻访了多时，却在这样一个地方，见到这样一户人家……

"这就是我说的刘述怀他们家。"街道居委会庞主任把方芳领进一个大杂院，跨进西屋的一扇小门。凭着居委会主任的权威和熟识劲儿，她用不着敲门。管辖范围之内，哪家大人孩子，都像是老太太没出五服的亲戚。

按照现代新闻采访方法的要求，方芳早已放了长线，建立了这个社会生活观察哨，或曰信息反馈点。半年前就跟这位一双解放脚的老太太挂了钩，热线联系。隔十天半月来一趟，从老太太嘴里挖点信息。老太太一肚子情况，街坊四邻对物价、住房、市政建设、婚丧嫁娶、不正之风的种种看法，她全知道个八九不离十。一人顶市政府好几个局，别小瞧人家六十岁的妇道人家。

这回提供线索，领路认门也全仗人家主任。

"凤兰，在屋呢！"主任进了门才喊，也算打了招呼。

一个中年妇女从门外小厨房忙走了进来。平平淡淡的她，哪儿也不给人留下印象。这正是方芳心目中的形象。

"这是报社的方记者，来采访你们家，给你家登报纸。"

女主人双手在自己滚圆发胖的腰际挪动，不知该往哪儿放才好。活了三十多年没见过记者，做梦也没梦过自己上报纸。

"主任，您走错门儿了吧？我们家也没出好人好事，也没干坏事儿，登，登啥啊？"

"咳，凤兰，甭害怕，别紧张，你不是挺开通的嘛！方同志人可随和啦，都跟我采访好几回了。她呀，跟我打听了半天，谁家和美，日子过得好，又是普普通通的人家儿。人家为的是贯彻精神文明的大事儿，中央的精神。你在厂子里也学了，不用我说你也懂得，文明就是好好过日子，别打架，别怄气，别三天两头上房揭瓦，家宅翻乱的。我寻思，叫报上宣传宣传咱们这片儿，还不是光荣的好事儿，也配合咱居委会的工作。得，我就决断了，应了人家，上这儿来了。我可跟方同志保证了，你呢，别有顾虑，听见啦！方同志，坐，瞧，都站着干吗？"

顺着主任胖乎乎手指的方向，方芳在床旁箱子、纸盒子等杂物堆旁发现一张简易沙发。沙发很旧了，上面蒙着一条颜色很难断定的浴巾，也很旧了，上方常与头部接触的部分有一层油污，亮光光的。木头扶手上落满了灰尘。北京风大土多，一天不擦一层土。这层厚土估计不是半月十天落下的。方芳上身穿了件白色的夹克衫，下面一条米色紧身裤，可巧又都不经脏。她只得侧身半坐，躲着那沙发。

女主人倒了两杯茶之后就不知该干什么了。她愣愣地站那儿，做梦似的。

"咳，你也坐下，站着干吗？"居委会主任早已在一张黑木头靠背椅上坐下，指挥儿媳妇似的下着命令，透着那么亲切。

"方同志，您喝水！"凤兰搭讪着挨床沿坐下，真像个没主意的儿媳妇。

"这片儿的情况都在居委会掌握着呢！算来算去，就数你们家了。凤兰，别不好意思，你说，这是实际不？你们家老刘心眼儿好，待人厚道，说话和和气气，不挑穿不挑吃。给什么要什么，如今这岁数的男人，这么好伺候的，少有啦！是不？凤兰，你们家这本账明镜儿似的。方同志，凤兰人可真不错，郊区厂子远，见天早出晚归，还带个孩子上班，也没听他们两口子打架闹哄的。凤兰，你别，别有顾虑，多说点……"

"方同志，您喝水！"凤兰就会这一句。

方芳抬手从箱子角上拿过茶杯，顿时手指觉得滑腻腻的。低头细看，杯沿有一圈可疑的茶垢，不是一天半天存下的。杯底一堆茶叶末儿，水面浮起一层泡沫，像螃蟹吐出来的。她用薄薄的双唇吹着黄白色的泡沫，心里已决定不喝这杯中之物了。

"……以实求实，谁家也比不了你们。就你们后院儿马家那两口子，哪一月不往死里打几回。那娘儿们老疑惑她男人有外心，这不没影儿的事吗？半老头子黑不溜秋的，谁看得上哇！前儿打得才邪乎呢，你没瞧见，好几个大男人都拉不开。这叫过日子？前世的冤孽！"

方芳耳朵听着，眼睛也没闲着。现代新闻采访强调视觉，置目睹于耳闻之上。这双人木板床年代久远。里边靠墙像是还接了一块木板，大于床，小于炕，似床非床，似炕非炕，想必是大人孩子共睡此床的。床单是两幅条子布接上的，颜色早已淡化，只依稀辨出曾是红、绿相间。三床被面质地花色不一，最上面的黄织锦被面，消失了昔日的鲜艳华丽之后只泛着点点白光。被双叠成条状，上边搁着大小不一的枕头。枕头上铺着枕巾。记者的观察要细，枕巾上也有一层类似沙发毛巾上的油腻。

"……唉！东跨院儿小田家，我瞧着也玄。孩子都两三岁了，还闹起没完。那小媳妇儿回娘家一住就是小半年，把个男人搁家里，吃不上喝不上，进门儿凉锅凉灶的，她也忍得下这个心？不就是考上个走读大学吗，也高不到哪儿去！这就瞧不上自个儿的男人了。一日夫妻百日恩，百日夫妻比海深。如今晚儿这年轻人，没救儿啦！气得我常说，都这么三天结两天离的，政府忙得过来吗？……"

主任心里装着一片儿人家。家家一本难念的经，哪本经庞主任都一清二楚，档案都在她肚里装着。遇上记者来，得把情况好好说说。瞧人家记者多有心，还拿着小本儿呢！

记者两眼紧着忙活。床头上方有两个镜框。一个端端正正装着"五好家庭"的奖状，一个歪斜着挤满了小小的照片。有一张仿佛是结婚照，可惜被挡住了，看不清。屋子里的墙皮发黑泛黄，看来有日子没粉刷了。窗台上有灰尘，有两个空啤酒瓶，一双假唐三彩飞马，四蹄踏在尘埃上。最令方芳惊讶不止的是窗台上赫然摆着一个旧搪瓷痰盂。它怎么上那儿了？

"居家过日子就那么回事儿，老较真儿还行！前儿有个小伙子跑居委会闹，非离婚不可。我一问，结婚才六个月零三天。说什么没共同语言，感情沟不通。气得我也没好话，我说，你才二十五，离了还结不？还得找个女的不是？放着日子不过，瞎折腾什么！方同志，您别乐，基层的工作难着呢，哪儿掌握不好就许出点事。这年头儿，人心活，平常你连影儿都不知道，事儿就闹大发了。三号院老王家，没听见他们家闹哄呀，当着人没事儿没事儿的，冷不丁那女的就喝了敌敌畏……"

老太太谈兴方浓，不可遏制。方芳只得乖乖听着，抢不过话头来。女主人似有不安，她大概想理顺一下关系，把老太太的话打断了：

"方同志，您喝水！"

一句话提醒了主任。她也渴了，端起杯子咕咚咕咚地喝了个痛快。

方芳也觉得机不可失，该她说了。

"庞主任，您忙您的去吧，我跟张大姐谈谈。"

"行，行，你们谈，你们谈，有啥问题再找我们居委会。我可不拿您当外人。"

临出门老太太又找补了一句：

"凤兰，方同志我可交给你了！"

老太太屋门一关，屋里顿时鸦没雀静，两人相对不言声儿。女人采访女人，比女人采访男人难多了。

"张大姐，您说说吧！"

大撒网，说啥都行。不加限制，不给约束。别拿题目把人家思想框住。搞"诱发式"采访，这是采访之大忌。

张凤兰缺乏临场经验，且毫无思想准备，面对着这位不速之客，面对着一个无边无际的问题，无从启齿。

"您想到什么就说什么，关于你们家的事。"

"方同志，您喝水。"

方芳举起杯子，装出递到唇边马上要喝的样子，随即放下说："那就谈谈你们怎么认识，怎么结婚的，好吗？"

不得已求其次。当采访对象不善言辞时，只有来点"引导式"了，引导对方把话讲出来。这也是采访学上教过的。

这方法果然灵验。张凤兰坐在对面，黄蜡蜡的脸上顿时起了一片红晕，干巴巴的眼里甚至闪过一道亮波。怎么认识的，怎么结婚的？……是啊，怎么认识的，怎么结婚的？已经很久没有人提这个问题了，很久很久了。还是在刚结婚那一阵儿，常常有人提出这样的问题。回答、嬉笑、兴奋……随后，就过去了，眨眼就过去了，没有人再提这样的问题了。好像她生来就是刘述怀的老婆，天经地义，命中注定，绝对真理。

岁月无情，来去匆匆。它带走了恋情，带走了蜜月，带走了恩爱，带走了美好。新衣服变成了旧衣服，新毛巾沦为抹桌布。柴、米、油、盐、酱、醋、茶；生孩子、洗尿布、絮棉袄、上儿童医院、贮存大白菜。家家如此，年年如此。这就是结婚，这就是家庭，这就是生活，平平常常，实实在在。

"说说吧，你们是怎么认识的？"

"都老夫老妻了，还说这些？"

"说说吧，如果不是秘密的话。"

"有啥保密的！不就是他二姑撮合的嘛。"

"能不能说具体些？"

"……"

"比如说，你们第一次见面，在什么地方？"

"头一回见，像是在他二姑家，"她笑了笑，"不对，瞧我这记性，是在公园儿。"

"到底是在哪儿呀？"

"一时猛不丁地还真记不起来了……"

"那你再好好想想。"

"想想，让我想想看……唉，孩子都八岁了，谁还记着那些个。忘了，想不起来了。"

真遗憾！一生之中如此关键的情节，竟忘了。这种人！

"好吧，等你想起来了，再告诉我。现在，你能不能说说，第一次见面，他给你什么样的印象？"

"第一次，也说不好。反正，觉着，还凑合吧！"

"那就是说，也还满意，又不太满意。"

"……"

"那你说说，满意的是什么，不满意的是什么？"

"我？……咳！我真说不好。"不知不觉中，采访陷入了"审问式"。或一问一答，或问而不答，很难有收获。

方芳觉得很累。

张凤兰觉得欠人家点什么。

正在这问不下去，答不上来的尴尬时刻，刘述怀回家来了。

他穿着一套旧中山制服，推着一辆旧车，车把上挂着一个旧包，用车轮子顶开门往里走。

"老刘，来客人了！"张凤兰赶忙起身。

他抬头看了看，看到坐在角落旧沙发上的方芳，略点了点头，把车推向床脚边的一个狭窄地带。那里正是一个空当。正好支下一辆车，好像当初盖房时就是这么设计的。

刘述怀从车把上取下他的旧包，方芳忙站起来自我介绍：

"我是报社的记者，想采访一下你们的家庭。"

她没有伸出手去，他也没有伸出手来。

"好，你们谈吧！"他拎着包往外走。

张凤兰一把拦住他：

"老刘，你别走呀，记者还要找你谈呢！"

找他谈？方芳不记得自己说过这话。是张凤兰急中生智，觉得只有把老刘攥住才能过关。

"唔，好吧！"

刘述怀顺手把手上的包放在窗台的痰盂上。手提包大，痰盂口小，只好斜躺着。

方芳打量此人：衣着陈旧，脸也灰扑扑的透着一股子旧色。两眼大而无神，像两盏蒙满灰尘的旧灯泡。真是一个平平常常的人。难怪张凤兰说不出个所以然来。

她不想再重复刚才向他妻子提出的那些问题。一个连同丈夫初次见面的地点都忘得干干净净的人，是乏味的人。她不想问，心灰意懒。

"刚才方同志还问我，咱们头一回见面是在哪儿呢？"

"喔？"他用一双大手抹了抹脸，问妻子，"在哪儿？"

"问你呢！"

他又抹来抹去，不知要抹去什么，只说：

"忘了。"

走吧，应该结束这场极其无味的采访了。方芳站起来，客气中含着冷淡：

"时间不早了，我该走了。我本来是想搞点家庭调查，随便谈谈……"

客人要走，张凤兰如释重负。她起身送客，也把刘述怀推起来。

方芳走着，不说两句话显得太冷淡，又说：

"本来还想问问，你们这个家庭是怎么过来的？"

"凑合过呗！"张凤兰答得挺快。

"是啊，凑合过呗！"刘述怀接着说，妇唱夫随。

如果到此为止，客人走了，主人回了，什么事情都不会发生。当然，这将是一次失败的采访。每个记者在自己的采访生涯中都会遇到这样的失败。方芳很快就会把它遗忘。

刘述怀也是接过妻子的话，随便说的。送客人嘛，总得说点什么。口中念念有词，心中并无所想。心里没有什么，说话也就随便。他跟着说出来的一句话，本来也是无意的，随口那么一说。可是，这句话一出口，顿时使事情发生了戏剧性的变化。拉上的大幕又拉开了。

这时，他们正好走到院儿门口。方芳同张凤兰握手告别，转身又同刘述怀握别。刘述怀正说道：

"其实，哪家不是凑合着过？千万个家庭都像瞎子过河——自个儿摸着慢慢过呗！"

方芳眼前一亮，她的手忘了抽回，她的眼盯着他。他原来极不平常，一双眼睛炯炯有神。平常的是那间屋子。极矮的房檐，极旧的门窗，就在这矮房旧窗前，站着一个极有光彩的人。

"我下次再来！"方芳留下一句话，走了。

四

千万个瞎子过河。

搀着的，扶着的，背着的，拄着拐棍的，摸着石头的……

真是这样的吗？

她常常做瞎子过河的梦，醒来一身冷汗。

不，这不是梦！她走到哪里，哪里就有这幅画。在街上，在车站，在办公室，在图书馆，在食堂，在宿舍，到处都是过河人。

她躺在床上，呆呆地望着天花板，天花板上也是跋涉在湍湍激流中的人群。

这是一间很窄的单身宿舍。两张床，当中一个三屉桌。两盏台灯，分别照着两个单身女人。那一位比她大十岁，校对科不爱说话的李索玲。

都说李索玲很怪，很少被人知道。记者部的人，十个有九个不认识她，尽管她到报社八年了。正是这位记者们不认识的女人，校对过他们所有人的稿子，改正过他们许多错别字，能辨出那些龙飞凤舞或狗爬式的字体出自谁人之手。她像蝙蝠，别人上班她下班，别人睡觉她起床。记者们可想不起认识她，她是校对，幕后的人不上台。

如果不是分到同一间宿舍，方芳也不会认识她。虽说平时难得见面，星期天节假日总在一起。她们也曾交谈过，总是方芳的话像扔在水里，连个响儿也听不见。一年多的友谊，方芳才得到几句话："我插过队，待过业，结过婚，离过婚。爱过也恨过，现在不爱也不恨。"遇见这样脾气的人，采访学上教的也不灵。

这个怪人，此刻也同方芳一样，正躺在床上。不一样的是，她的眼睛没盯在天花板上，而是盯在一本书上。她总是看书。晚上看稿子，白天看书，总不让眼睛闲着。有一次方芳问她：

"你老看书，眼睛不累吗？"

"不看点什么，眼睛就闭上了。"

接着又去看她的书。

她看书也有个怪癖。每一本书都包上封皮，不让人看见是什么书，就像把自个儿包起来一样。不看了就把书锁抽屉里，就像把自己也锁起来一样。

方芳的眼睛从天花板挪到李索玲身上。她捧着一本书，斜躺着一动不动。她结过婚，有过家庭。她离过婚，家庭散了。他们没能过去。跌倒了，跌散了，跌疼了，不想再过了，再也过不去了。他为什么不扶住她？她为什么不扶住他？

刘述怀的一句话，仿佛给了她一把万能的钥匙，供她去打开千家万户的小门。她觉得自己长大了，成熟了，再也不会为写不出大稿子哭鼻子；再也不会费心去收集那些不着边际的择偶标准变化之类的材料；再也不会把什么"离婚难"等等别人写过的题目当成宝贝。她觉得有了新的高度，仿佛自己正站在大河边的悬崖上，正俯视千千万万个家庭在她的脚下一步一步走向河心。

这是一幅多么壮观的图画，壮观得令人心惊肉跳，壮观得令人晕眩，想闭上眼睛。不，她要睁大双眼，她要把握细部。她要观察那一个个过河人的外部特征、内蕴心理、命运遭际。

面前就是一个掉在河里的人！这诱惑对她是太大了。她憋不住。

"索玲，别老看书了好不好？我想跟你谈谈。"

"谈什么呀——"书没有放下，脸没露出来。

"谈谈你。你为什么结婚？为什么离婚？"连自己也吃惊，方芳，你怎么敢向她提出这样的问题。

书，没有放下。很久很久，才从书的背后冒出一句话来：

"出于好奇吗？"

"不是。"

"那你为什么问我？"

"我正在研究家庭问题。我真的很想知道，家庭的和睦和家庭的瓦解，有什么规律？"

"没有规律。"

"可是，任何事情都是有规律的。"

"没有规律就是规律！"

"我不懂你这话。"

"以后你就懂了。"

"前几天，我采访了一个人。他说，千万个家庭就像瞎子过河——自个儿摸着慢慢过。"

书，从李索玲手上掉下来，直掉到冰冷坚硬的水泥地上，方芳看到一张煞白的脸，一双惊恐的眼睛。

"说这话的，是个什么人？"

"一个很普通的男人。"

李索玲弯下腰去，慢慢地把书取了上来。另一只手撩了撩遮住脸的长发，重又躺下身，把书放在眼前。

不知为什么，方芳觉得她并不是在看书。

"你说，这人是不是真有体会？我想再采访他一次。"

"我劝你不要去。"

"为什么？"

"你会后悔的。"

五

柜台前。

"你看，我穿那件蝙蝠衫，粉红色的那件，怎么样？"

"哪件？"

"那边，从左边数，第一件。"

"挺好。"

"好像颜色太刺眼了。噢，那件怎么样，天蓝色的？"

"不错。"

"要不，那件那件，半边红半边黑，挺新潮，好吗？"

"可以。"

"你这人怎么回事？是不是不愿意陪我出来买衣服，老哼哼哈哈的。"

"没有哇！"

衣服没买成，两人出来了。

"没有？别以为谁傻！瞧你那样儿，爱理不理的，骗得了谁？"

"我骗谁啦？你要我陪你出来买衣服，我来了。你问我这件好那件好，我都表了态了，你还要我怎么样？"

"谁要你怎么样啦？我干吗要你怎么样？你自己心里怎么想的，你自己知道！"

"我问心无愧。"

"问心无愧？哼！我问你，结婚五年了，哪一次是你主动提出来要给我买衣服的？"

"你衣服那么多。我没感觉到你缺少衣服，所以我没提出过要给你买衣服。"

"我衣服多？你调查调查去！谁不说我穿得像个老太婆？"

"就算我没有主动提出过，你每次提出要买衣服，我不都陪你来了吗？"

"谁稀罕你陪我来，你根本不懂我的心……"

假如此时，伸出手去，搂住她的肩，这场冷战也许就宣告结束了。

他没有。中国丈夫大概还很不习惯这种亲昵的"西方方式"。不惯你这毛病！

大马路上人挤人，她也不管，委屈大了：

"我是你的妻子。我买衣服穿给谁看？给你看。你模棱两可，含含糊糊，叫我怎么买？"

"你穿什么都好看。"

"披麻袋片儿呢？"

"更好看。"

假如此刻，妻子破涕为笑，把手伸到他胳膊弯儿里，也许就化险为夷了。

她没有。中国妻子大概也不习惯这种"西方方式"。没那么贱！

待转入另一条街，舌战升级。

"你变了。"

"你才变了呢！"

"你变得冷漠无情。"

"你变得胡搅蛮缠。"

"五年前你是这样的吗？"

"五年前你是这样的吗？"

"早知你这么无情，我才不嫁给你呢！"

"早知你这么难缠，我才不娶你呢！"

"谁让你娶的？"

"谁让你嫁的？"

刀出鞘，箭上弦，一触即发。即便如此只要有一方鸣锣收兵，这场"小品"仍可能以喜剧收场。只不过，小喜剧演多了，会腻。

这一对看样子是持久战，谁也不偃旗息鼓。

"我早就看出来你了。你躲着我，讨厌我，我怀疑，你根本不爱我。"

他没有说话。好像是被她击中了要害：难道我没有想躲过她？难道我没有感到过厌倦？可怕！

"你放心！我再也不会请你陪我出来买衣服！"

果真如此，倒解脱了。不过他没说。

她还喋喋不休，他已闭口不语。

走着走着，她也不说了。他们不声不响地走着，走到街的尽头，走进两人必须走进去的小屋……

六

采访就要深入。不深入能写出好文章吗？奇怪，有什么可后悔的。

还是那间屋子，还是那张沙发。她顾不得一身刚买的新套服，想也没想那脏浴巾就坐下去。

女主人不在屋。男主人递过一杯茶，转身坐在对面那唯一的黑木头椅子上。

"庞主任通知说，您还想来谈谈。其实，家庭问题说复杂也不复杂，说不复杂也复杂。复杂就是不复杂，不复杂也未必真不复杂。"

"等等，我能把你这两句话记下来吗？"

"值得记吗？我是随便说说的。"

"你善于抽象。"

"我第一次听说。"

"听庞主任介绍，你是搞绘图的。没想到你这个职业的人，抽象思维这么活跃。"

"任何一张图纸，拿出来分析，只剩下一条条线，再抽象不过了。"

真有意思！一个很有趣的采访对象，一个很好的开始。

采访，是一种苦差事。别看喜庆宴会盛典上，记者们上蹿下跳，风头十足。他们吃闭门羹，见冷脸，被人拒之于千里之外的难堪时，外人看不见。

像刘述怀这样的采访对象真是百年不遇。他没有拘束，没有戒备，不需"诱获"，更无须"审讯"，完全自觉自愿与你交流。这种交流式的采访，是采访的最佳境界，可遇而不可求。大记者们说这种可贵的交流采访，是一种愉悦，是一种享受，是人生一大乐趣。莫非，这福气降临到自己头上了？方芳高兴极了。

"我们怎么谈呢？"

"谈谈你对家庭的看法，怎么样？比如说，结婚以前，你理想中的家庭是什么样的？"

"理想中的家庭？我没有理想过。"

"或者说，设想中的……"

"我没有设想。"

"希望，希望家庭是什么样子的？"

"我没有希望过。"

高兴得太早了！这个刘述怀怎么回事？恋爱了，要结婚了，对于将要建立的家庭——人生很重要的一个转折，居然没有想法，没有希望，这能叫人相信吗？

"不可能的嘛！年轻人谁没有自己的梦，谁没有自己的幻想。梦和幻，都包括了爱情和家庭。你也曾经年轻过——当然现在你也不老。我不相信你没有想法。刚才我还庆幸，找到了一个没有拘束的采访对象，现在我要考虑是不是这样了。"

刘述怀只是淡淡地一笑：

"结婚以前，我确实没有想过。我不是为了建立家庭才结婚，是结了婚才有家庭的。有了家庭我才有了一点想法。或者用你的话说，才考虑到理想的家庭应是什么样子的。我说的是真话。"

"好吧，不管前后吧，你说说，你理想中的家庭吧！"

等着他说出这个"理想的家庭"。她原以为他会有什么精辟的见解：她原以为未来的通讯中可以用刘述怀马上就要说出来的话作为骨干材料来构架。不料，这位抽象思维挺活跃的采访对象，竟说出一句最没有嚼头、最没有诗意、最俗的话来：

"我理想中的家庭应该有两间房子。"

方芳发愣，这还用记？这也挨不上嘛！

"难道家庭问题只是房子问题？"你的抽象思维跑到哪儿去了，方芳简直有点生气，合上了笔记本儿。

"两者之间有关系。"

"什么关系？"

"如果有两间房，夫妻一人一间，各人都有一个可以逃避对方的地方。这样的家庭就比较理想了。"

"为什么要逃避？夫妻之间要逃避，还叫什么理想家庭？"不合乎逻辑嘛！这人思想方法有问题，方芳想，没好说出来。

"我猜想——你还没有结婚。等你成了家，你会有感受的。"

方芳有生以来第一次感到，没有结婚是一大缺点。它妨碍一个记者平等地向那些已婚的人进行采访。跟你说也白说，你能了解吗？然而，她不是轻易服输被人吓回去的人，八十年代的新女性，什么问题不敢探讨。她红着脸说：

"我结婚没结婚，是我个人的私事。我的职业是记者，我这篇稿子写家庭问题。我不能等结了婚再去写稿，我也不能为了写稿去结婚。"

一口一个"我"，显然激动。

"对不起，我是无意的。只要你觉得有用，我可以对你讲。"那口气像大人对孩子，方芳更加气不打一处来。

好像是为了表示歉意，为了表示对这位未婚记者的尊重，刘述怀拿起热水瓶去给她的茶杯续水。她欠了欠身，望了望杯子，那杯茶不知不觉中已喝了一多半。奇怪，杯子上的茶垢不见了，仔仔细细洗过了。

"其实，道理也简单。"刘述怀平静地说，"比方说，我和我妻子，以前谁也不认识谁。经人介绍认识了，也就是说交了朋友，或者说搞对象了。怎么交呢？无非是半个月、一星期见一面。或者在公园里，或者在电影院，或者在饭店，或者逛大街。每次三两个钟头，长一点，五六个小时。双方都拣对方爱听的说，尽可能取得对方的好感。同时千方百计把自己的缺点隐藏起来。这不是虚伪，这是本能。动物也有这种本能，孔雀求偶还知道张开它漂亮的羽毛呢！"

"那就是说，你们相识的时候，彼此很满意？"

"可以这么说，比较满意。那时候，她不像现在这么胖，说话细声细语，给人印象，修养不错。其实，她脾气很坏，心眼儿很小，嗓门很大。"

方芳想笑，没敢笑出来：

"你认为她隐瞒了自己的缺点？"

"刚才说了，说不上隐瞒。只是接触不多，不可能全面了解。别光说人家，我也一样。我很懒，喜欢睡午觉，喜欢睡懒觉，没事儿喜欢躺着，常常不洗脚就上床。这些，结婚以前我妻子都不知道。并不是我有意隐瞒，而是没有必要去说。我总不能结婚之前就在公园湖边跟她谈判：我爱睡懒觉，我不爱洗脚。你可考虑好了；你要同意我睡懒觉，同意我不洗脚，咱们就结；你要不同意，咱们就吹！天下恋爱的人，有这么谈的吗？"

说的人和听的人，都笑了。

"这些鸡毛蒜皮的事情，何至需要逃避？"

"这我也说不清。反正是一结婚，两人生活在一个屋檐下，朝夕相处，形影难离，以前看不见的缺点全看见了。有些也说不上是缺点，只是一种彼此看不惯的习惯而已。开始还能容忍，日子长了，越来越难以容忍。还有些连习惯也说不上，只是一些个性特点。比如，我这个人爱'侃'，常常聊起来没完，也爱想，有时候喜欢一个人躺在床上想点什么。开始的时候，我妻子并不觉得这两项有什么不好。我爱'侃'，她说我开朗；我爱想，她说我深沉。日久天长，她观点就变了。我刚'侃'了个头，她就说，一天'侃'到晚，有这工夫干点活儿好不好？我刚躺到床上点上一支烟，希望享受一点孤独遐想的乐趣，她就不高兴：一天到晚躺着想什么见不得人的事，不理我我也不稀罕！"

她不由得被逗笑了，他可没有笑。

"我们承认夫妻双方都有独立的人格，谁也不是谁的附庸，谁也无须屈从谁。每个人都有权利维护自己的个性，发展自己的个性。这就需要空间，生存空间！如果每个家庭都有两间房，夫妻双方都有自己生存的空间。那么，你不愿意看见对方的脸色，不愿意听见对方的声音，你就可以躲到自己房里去；你不愿意让对方看见你的样子，不愿意让对方听见你的声音，你也可以关在自己的房里别出去。"

"我不相信事情会这么严重。夫妻双方应该互相尊重、互相容忍，不应该躲避。"

方芳话未完，脸已经先红了。想起刚才还被他耻笑过，此刻，一个未婚女子竟然给一个已婚男人讲起家庭八股来了。哪儿跟哪儿呀！

刘述怀仿佛没心思笑，抽着烟，皱着眉"侃"自己的：

"容忍意味着压抑。当你容忍别人时会感到自己的压抑。当你意识到被人容忍时会感到你压抑了别人。为了不压抑自己，不压抑别人，最好待在自己房里。我记得有一位作家说过，他不愿意每天晚上见到他的妻子。"

"那是俄国作家契诃夫说的。他的原话是：我不愿意我的妻子像天上的月亮，每天晚上出现在我的夜空。"

"是啊，那是契诃夫，咱比不了。他的妻子像天上的月亮，他都不愿意她每天晚上出现，他要自己的夜空。我的妻子呢？你见过了，她是好人，但肯定不是月亮。"

他笑了笑，苦笑。

她没有笑，也没有搭话。她忽然觉得自己冒冒失失地犯了一个错误。她看清了，或者感觉到了：这个被居委会主任推荐的和睦家庭，正潜伏着危机。

"我该走了。对不起，让你说了这些不愉快的话。"

"不，应该我说对不起，让你听了这些不愉快的话。"

她停立着，告别似的看了看这间小屋。忽然，她感到窗台上有什么地方跟上次不一样了，啊，原来是那只摆得不是地儿的痰盂拿走了，灰尘也掸了掸。啊，那个歪斜的镜框也扶正了，只在墙上留了一块发白的直角三角印记。

出了大门，她伸出手去，由衷地感谢他：

"谢谢你给我讲了那么多。"

"恐怕对你的稿子没有什么用处。好在你还可以访问更多的家庭。千万个家庭就有千万个秘密，关起门来都是一部《天方夜谭》。"

他接过她的手，握了握。

她心里一怔。是这句话的分量，还是这只手的力量？她辨不出来了。

七

"喂，你干吗呢？"

干吗呢，干吗呢，什么都好，就是活多。老爱问，干吗呢，干吗呢？干吗？什么也没干，坐会儿。这沙发太小了，怎么这么不舒服。喝杯热茶？还得泡去，懒得动，算了，反正一会儿就睡觉了。

这个厅也真是个厅，刚搬来的时候，不觉得，怎么愈住愈小了？小鸽子笼，谁盖的？一室一厅，巴掌大，太没有远见。放了沙发放不下桌子，放了桌子放不下沙发。唉，要不是这块鬼地方，何至于买这么小的沙发，再加那么个小桌子……

她也不知哪来的那么大劲，上班也够累的。回来没见她闲一会儿。出出进进，走马灯似的。其实，也没必要跑这么多趟。收碗的时候为什么不带块抹布？顺手擦了不就完了，擦一趟擦干净了吗？那儿还有一点儿呢，菜汤？叫她回来再擦擦，算了……

有厅总比没厅好，知足吧，说是要买房子，到时候买不买呢？买它干吗？一辈子就这儿，一室一厅？这几年盖的楼好点儿，都谁住了？反正轮不上我。反正我不买，就这儿，凑合吧！

这方桌就是小了点儿，真别扭。怎么看怎么别扭。什么毛病呢？是腿儿短了，是短一寸。是桌面小？是小，小多了，反正比别的小了一号，要不瞧着别扭。别扭透了。

"干什么呢？"

又问，又问，你该干什么，干你的去，干吗老问我。干什么呢？不干什么。有什么可干的，吃完饭坐这儿歇会儿。她进屋了，厨房收拾完就清静了。一天三顿饭，顿顿要吃，要收拾，真烦人。中国人什么都能改，改不了吃。光吃面包也是不行，也吃不起。那也不叫饭。那倒省事，不用炒菜焖饭，不用她忙叨叨地收拾个没完。面包也不脏桌子。

这桌子就是小了点儿。不，还不光是小，整个儿就不行。是腿太粗了。怎么搞得那么粗，那么笨？完全可以细一点嘛！细一半儿，对，细一半就轻巧了。桌子腿儿要是细点，那占地面积就小了，就不会叫人那么堵得慌，出气儿都舒坦得多。真蠢！干吗费这么多木头，弄这么四条大粗腿。十年前的家具，是差劲……

"想什么呢？"

又问又问，想什么呢？想什么说得出来吗？织毛衣就织毛衣吧，老问个没完，没话找话。她怎么老织不完，又换了蓝线，给谁织的？她干吗不在屋里织？偏跑到这儿坐着。这个灯也不亮，八瓦日光灯鬼火似的，唉，咱们就是省得不是地方，黑不溜秋，憋气。没法儿不憋气。还老问，想什么，想什么？

"没想什么。"

旧了。关键是旧了。十年前的样子，是旧了。连块塑料贴面都没有，光木头板儿。现在少见了，这样的。漆得什么呀，太马虎，毛毛糙糙的。桌子角那块厚疙瘩，瞧着堵心。真他妈的别扭。这样的桌子，也叫方桌！不知哪儿做的？设计的人没脑子！要是我……

"想什么呢你？"

"噢，问我呢，没想什么。"

挪个地儿就好了。挪哪儿呢？就这么块地儿，往哪儿动呢？屋里满了，箱子还搁衣柜顶上呢，它能进去？它动不了，就得在这儿待着。沙发也没法儿动，就得对着它。要么你别管，你坐这儿就得瞧着它。躲不了。搬这儿就这么搁着，天天你得瞧它。要么你别回家，回家就得瞧它。沙发搬屋里去呢？搬哪儿？总不能把床搬出来？真不是玩意儿，怎么买这么个桌子？也不知怎么想的，跑了好几家才买了它，真是的！

"每天吃完饭你就坐这儿半天。"

"是吗？"

"你自己不觉得呀，我可看见了。"

"我什么也不觉得，我琢磨这桌子呢。"

"桌子怎么啦？"

"别扭。"

"我看挺好的。挺实用，又不占地方。"

"太小。"

"大了能搁下吗？"

"是啊，大了更堵得慌。"

"那你还嫌它小？"

"主要是旧了。"

她还瞧呢，还没瞧够？天天瞧，月月看还看个没完。能看出个花儿来？

"是旧了。要不，换个新的。"

换新的？上哪儿买去？买了，还得找三轮儿拉。现在平板三轮儿，比出租还贵。还不管往楼上抬。六层的楼没电梯，当初怎么设计的？首长住看他敢不敢没电梯！

"换个折叠的，卖了它！"

"凑合吧，懒得卖！"

"你这人，现在讲究更新嘛！"

"新的用两天还不是照样旧。"

八

这秘密是什么？是苦，还是乐？是悲，还是喜？

"怎么没见你去吃晚饭？"李索玲躺在床上，手不离书。

"我不饿。"方芳也躺在床上，两眼望着天花板。

"中午呢？也没见你去食堂。"

"不想吃。"

"怎么？病了？"李索玲放下了书。

她是有病，几乎从来没有生过病。在家父母待若掌上明珠。从小身体好、功课好，一帆风顺考上大学新闻系，对口分到报社又进了人人眼红的记者部，哪一次机遇也没错过。身心愉快，她得什么病？她不知世上的愁。

只是近一年来，她才知愁滋味。天大的愁，没写出篇大通讯。这一次，她摩拳擦掌，准备克服一切采写中的阻力，一举成功。万万没有料到的是，阻力竟来自自己的内心——怕深入那个家，怕看那流血的伤口，怕听那痛苦的呻吟。

"你会后悔的！"当初为什么不听李索玲的话！她有过家庭生活，她有过惨痛的经验，她全知道那是怎么回事。她早就看清了：家庭的秘密是不能去探寻的，家庭的秘密是不能公开的。怪只怪自己，像个任性的小女孩，闯进别人的家，把别人的伤痛当财富，把别人的隐私当收获。

啊！不要，不要，放弃这个题目！放弃这个采访对象！

为什么要放弃？为什么不能深入采访？深入进去，揭开这不幸家庭的秘密：捅开这层薄纱掩盖下的家庭的疮疤，无情地解剖那丈夫，那妻子，把他们流泪的心、受苦的灵魂双手捧给读者，她必将赢得读者。她又何尝不是在为社会做一件好事？

然而，这又是多么残酷的采访啊！横得下心吗？下得了手吗？方芳左思右想，吃不下睡不着。

"你有心事。"李索玲不看书了。

"不，没有……"

"你瞒不过我。"

"我没有瞒你。"

"你又找了一次那个姓刘的。"

"嗯。"

李索玲轻轻地叹了一口气，重又拿起书来。方芳一骨碌坐起来，问：

"上次你劝我别去，我问你为什么，你为什么不说？"

"不想说。"

"如果你把我看成朋友，你应该说！"

"正因为我把你看成朋友，我才不说的。"

"为什么？你看，我又问为什么了。"

"这回我可以回答你，因为我不愿意影响你。"

"我还是要问，为什么？因为我愿意受你的影响，因为你的阅历比我多，生活的经验比我多，我愿意！"

李索玲紧缩的脸上露出少有的笑意。她说：

"方芳，你跟我不一样。你年轻，你努力，你有前程。就像那些稿子上写的，生活对你像一首诗。我是在生活中吃过亏的人，我的思想，我的情绪，我的看法，通常被认为是灰色的。尽管我自己不这么看，可我还是注意，别影响你。"

"你应该再结婚。"

"我不会再结婚。"

"是不是因为你的婚姻很不幸？"

"无可奉告。"

"你应该申请调动工作，你有才气，有见解，长期放在校对科，不公平。"

"你错了，我爱校对。在我看来，每天摆在我面前的，不是原稿，不是铅字，不是小样，不是大样，而是……"

"是什么？"

"你想什么就是什么。"

方芳睁大了眼睛，觉得无法理解。她当然不能理解。就连李索玲自己，也是在年复一年的校对生涯中，逐渐进入到这个连她自己也说不清的境界中来的。

当她每天夜晚坐到桌前，校阅那些原稿和小样，展开在她面前的是五光十色的人生，是纷繁复杂的世界。崇高的和卑劣的，美好的和丑恶的，永无休止的纷争，不了了之的结局。甚至在那手稿和改稿的字里行间，她还看到了矫揉造作，强词夺理，丑媳妇装美人。她始而厌恶，继而麻木。她看得太多了，眼睛近视了，世界离远了。她好像站在高处，一览人生。

校对的职业，注定了她不能改造她看到的一切，只能修补她必须修补的小疵，随即把这一切送给明天。有益的，有害的，受欢迎的，不受欢迎的，她都不觉得是灰色的。世界本来就是灰色的。她不觉得校对工作低人一等，反倒认为高人一等。她看到的比人多，她悟到的比人深。她更不觉得长期夜间伏案有什么苦楚。正是这天赐的夜间孤独，可以任她把自己封闭，不需要费力地同人周旋。对工作、对生活她满意，无须多求，这是灰色吗？

当然，她不会同方芳讲这些。尽管如此，这天晚上，她跟方芳说的话，比一年说的还多。

"我饿了。"方芳是该饿了。

"我这里有饼干。"李索玲抽屉里总有吃食。

方芳盘腿坐在小床上，捧着一塑料袋小饼干，边往嘴里丢还边说话：

"我现在拿不定主意，真的，要不要再采访他一次？"

李索玲不答，方芳还说：

"我又找了他一次，谈得挺好的。就是谈到他们夫妻关系，我没敢再问下去。你说，我能再去一次吗？"

"随你。"

"随我？"

"愿意去就去，不愿意去就不去。"

"上次你不是说我要后悔吗？这次为什么不拦着了？"

李索玲只摇了摇头。

女友不表态的表态，使方芳非常高兴。她由衷地叫了出来：

"你太了解我了！"

李索玲望着那双漆黑发亮的眸子，望着那光滑白洁兴奋得微红的脸，无声地叹息道：

"等你去了回来，我告诉你一句话。"

"不，现在说！"

"现在不说。"

九

他真是个"侃协主席"。

"好吧，再谈谈，上次谈到理想的家庭。我又想了一条。"

这个刘述怀还真不错，对事情挺认真。被采访人如此主动，真令采访人高兴。

"第二条是什么呢？"

"每个星期天请一次客。"

什么？这是什么招数？请客，还每星期一次？正想问，还没问，刘述怀已经满脸严肃地在烟雾中阐述自己的理论了：

"每星期请一次客，就有事干了。起码，从星期五晚上开始，夫妻就要商量请些什么人，做点什么经济实惠又拿手的菜。星期六忙着采购，晚上得把汤炖出来。还要打扫一下卫生，免得客人看见你们家到处是灰尘。你大概已经发现我们家很脏……"

"这两次来，好像收拾过了。"

刘述怀讪讪地环顾四周，笑了笑，接着说：

"到了星期天，一早起来，忙着做菜。一会儿客人来了，大家春风满面，问好，喝茶。然后围桌一坐，喝两杯，夸夸夫人的烹调手艺。酒盖脸，海阔天空地神聊一番。一天下来，又快活又充实。夫妻想打架都没有那个氛围。"

方芳还是替主人累得慌：

"哎呀，客人一走，洗碗收拾，不是自讨苦吃？"

"不，不。一边洗碗刷盘子，一边还可以回味方才的趣谈，品尝它的余味。你算算，请一次客，忙三天，三天有话说，说的都是开心的话。夫妻二人同心协力，一致对外，站在一个战壕里，这家庭的空气不就好多了吗？"

他说得认真在理，听起来新颖有趣。方芳几乎忘了自己是来采访他们家，而不是来听他侃请客吃饭的必要性的。她真想听他天马行空地侃下去，看看他还有什么与众不同的绝招儿。

现在看来，矛盾、顾虑、怕进这个家庭是多余的。他侃侃而谈，平静自如，谈起理想家庭就像讲一个科学命题，跟自个儿家毫无关系似的。什么心的哭泣，什么流血的伤口，什么痛苦的呻吟，统统没有。他立论清晰，妙语如珠，给人一种轻松的超脱之感。方芳甚至产生一种怀疑，跟这样谈笑风生的人生活在一起，家庭生活怎么会乏味？也许，人家根本没乏味，也许人家压根儿就和睦。是你自己瞎猜度？

"你真能侃。"

"在我们单位，我是'侃协主席'。最高纪录连侃九小时，从黑夜侃到天明。"

"如果有时间，我很愿意听你接着说。听听你的第三条，第四条……"

"那我太高兴了。"

"不过，现在不行，咱们没时间。我想知道一点具体的，实在的生活。比如，从你们建立家庭的时候……"

"那好办。我历来反对侃虚不侃实。当今侃坛，人所共知是三大流派。一是侃虚派。禅宗、道教、宇宙、回归，他们故弄玄虚，不着边际。一是侃实派，鸭子有几种吃法；人民币存着好还是花了好；玩牌有多少名堂。他们倒是足踏实地，只是庸俗无聊。我是虚实并侃派。虚中有实，实中有虚，有虚有实，虚实结合，因而老少咸宜，雅俗共赏。"

真够绝的！方芳差点笑出来。她倒是早听说北京目前流行的"侃爷""侃大山""十亿人民九亿侃，还有一亿在发展"，直至"十亿人民十亿侃，海外华人在发展"之类的时髦语言。至于侃还有坛，侃还分派，对她倒是新闻。当然又是这位侃爷的杜撰，不能随他侃下去，九个钟头还说不到正题：

"老刘同志，还是书归正传，讲你们家吧！"

"我们家嘛，跟别人家也差不多。"他先定了调子，再接着侃，"我们是自由恋爱，小二黑结婚，自愿的。当然，也有介绍人。介绍人嘛，牵个线，搭个桥，归根结底还是我们自己从五湖四海走到一起来的。自己乐意，自己选择，自己找的这包袱背，怨不着天也怨不着地，这种婚姻没有什么可抱怨的，对不对？"

她没法儿表态。

"同是选择，情况有不同。我们可以说是在当时特定的情况下作出的最后选择。当时，我二十八，老大不小的了，她也二十六了。按现在的杠杠，都够着了大龄青年的线。我一个二姑，其实也不是亲的，不过从小那么叫。跟她们家一个不知什么八竿子打不着的亲戚有点来往。说让我们认识一下，我们就认识了。"

侃了半天，没超过他妻子"他二姑介绍的"一句话的范畴。这人看似无拘无束，其实把自己包得很扎实。什么该侃，什么不该侃，他明白着呢。有些话方芳又不好问，比如说：在认识张凤兰之前他有没有过女朋友，怎么会人家一介绍认识了就结婚了，也太简单了。

其实，不用劳神问。

"我这个人哪，白开水一杯，没有吸引力。中技毕业生，一个技术员，上不上下不下，脸不白，眼不大，衣冠不整，懒懒散散，就算个头一米八，也不过多费二尺布，算不上优势。像我这么一个不引人注目的人，谁稀罕？因而，在认识我妻子以前，我是白纸一张，没谈过什么恋爱。"

她看了他一眼。他这幅"自画像"还真不离谱。只是现在他正集中注意力侃，一双眼睛显得明亮闪烁，挺有神。

"她，你也看到了，也不是一个对男人很有吸引力的女人，相貌平平，文化不高，干活挣钱，穿衣吃饭，别的全说不上。我们俩，就这么凑合到一块儿了。"

又转回去了。"凑合过"。头一次登门两口子都一唱一和地说清楚了，怎么又来。总不能一开始就是凑合吧？方芳不敢挑明问：难道你们就为结婚而结婚？难道你们就为凑合而凑合？难道夫妻之间最重要的感情你们没有？那你们也太惨了！

"恐怕不能光是凑合吧？"

听话听音儿，几十岁的人，什么话听不出来。况且刘述怀一点不傻。他笑着，换一支烟，接着侃：

"当然，不能说没有感情。可是，什么叫感情？我看，问一百个人，九十九个答不出来。这玩意儿看不见摸不着，全凭你感觉。感觉有就有，感觉无就无。不像热馒头，一眼能瞧见。照我的观点，能凑合到一块儿，就是感情。当然，不是高档的。"

方芳很难同意感情能凑合之类的说法。买条裙子不合身还不能凑合呢，两个人之间的感情怎么能凑合？她实在想不通。可此刻，她又不能不相信刘述怀讲的并非假话。确实，很难想象这位懒散的人与他妻子之间，有过热恋之类的场面。你怎么知道？你怎么知道人家没有过？也许，这种状况才是正常的。也许，很多家庭就是建立在这种基础上的？方芳迷糊了，像谁打击了她似的。她那么关切这一对凑合人儿的命运：

"后来呢？"

"后来，后来就凑合过来了。"

"那么，到什么时候才感到凑合不下去了呢？"

"我并没有说过凑合不下去。凑合这么多年了，能凑合下去。人活着就是凑合，凑合一辈子完事……"

"这太可怕了！"方芳不禁失声叫了出来。对说话的人备感同情。

刘述怀抬了抬眼皮，看了她一眼，笑笑说：

"这没有什么可怕的，死不了人。难道你不认为能凑合也是一种幸福？当然，不是高档的。大路货而已。"

大路货，大路货！三个字刺痛了方芳。对这个已凑合来还将凑合去的家，她感到失望又同情。她想象的和睦家庭不该是这样的，那又是怎样的呢？她可又想象不出来。她怯怯地问：

"那，你对这一切非常满意？"

"我说的是凑合，不是非常满意。满意就不是凑合，非常满意就更不是凑合了。凑合的含义是差不多将就。咱家买不起肉人家还没钱打油呢，比上不足比下有余这是凑合。我曾经谈到理想的家庭，那就是说我并不认为我现在的家庭很理想。"他不说话了。

她还问什么呢？她心里充满了疑问，充满了同情，只是关于和睦家庭的采访不能进行下去了，她只好客套：

"刘述怀同志，我们的采访可以结束了，谢谢你讲了这么多。"

"尽管你对我表示感谢，我还是可以感到你对我的失望。我没有提供给你具体的材料，你……"

"这没有什么。"

"允许我对记者工作发表一点意见吗？——当然是班门弄斧。"

"好，请说吧！"

"我认为具体的细节并不很重要，特别是在家庭问题上。两口子为什么吵，怎么吵，谁吵得对，谁吵得不对，这并不重要，也无法弄清。所以俗话说，清官难断家务事。我常说，家里没有什么社会主义、资本主义之争。所以，我认为，写家庭问题难度是很大的，往往吃力不讨好。因此我建议，最好是不写。"

十

晚饭前，孩子就问：

"妈，爸几点回来？"

晚饭后，孩子又问：

"妈，爸怎么还不回来？"

"我怎么知道！"

"爸爸说了给我看作文的。"

"乖乖的自己先写。"

孩子一边写作文，一边看电视。

"康尔保，康尔保，您的宝宝离不了！"爸爸妈妈宝宝搂在一起笑哈哈地唱了一遍又一遍。

电视"再见"了。孩子也睡着了。

她跑去打公用电话：

"喂，你怎么还不回来？孩子等着你看作文呢！"

"喔，我还有点事，完了就回来。"

他放下电话筒：

"该我出牌了！黑桃 A ！"

十一

好像一切宝贵的都失落了。

天色渐晚，落日低沉，方芳孤独地走在这孤独的小胡同里。心头空落落的，好像丢了东西，丢了什么呢？她觉得天空那么低，空间那么小，胡同那么窄，他那些话那么挤压人，人生是那么不如人意。唉，她说不出失落了什么，好像一切宝贵的都失落了。

这胡同真长，像一条望不到尽头的隧道。两旁是一色的灰墙，单调、乏味、没有变化、消磨着人的意志、毁坏着人的情绪；那灰墙后低矮的小屋，像刘述怀家一样令人感到不愉快，抬不起头。家家户户闭着的门里都在演着怎样的一场戏？

她忽然感到一阵恐惧。

……仿佛也是这样一个灰色的傍晚，仿佛也是这样一条孤独的小路。荒丘野湖，老树枯枝，不吉利的乌鸦呱呱叫着在天空盘旋，盘旋在荒径旁的孤坟上。一座座坟头上有一块块粗陋的石碑，像一道道小门在坟前竖立。忽然，她看见，那门被推开了，出来许多游游荡荡的鬼魂。可怕的是，这些鬼们没有一个是披头散发、青面獠牙。它们飘然而至，悄声无息，面带笑意，煞白的脸上镶着一个更为煞白的弯弯的嘴唇……

记得那刹那间，她丢了魂似的猛跑，跑到在田间下放劳动的母亲身旁，扑在她汗湿的怀里号啕大哭了一场。

后来，后来就忘却了，彻底地忘却了。童年的恐惧怎么会突地从心底泛起，她弄不明白。她只感到此时此刻仿佛又经历着那同样的恐惧，她不由得加快了步子，生怕两旁的小门忽然大开，从里面走出……

所幸迎面有人来了，一对情侣依偎着。他拥着她的肩，她偎在他身旁。低低的话语谁也听不见，浓浓的情意却能让所有的人感到。方芳挪了挪脚步，让这双幸福的人儿走了过去。

又有人迎面而来。没等方芳认清，庞主任的大嗓门已响彻胡同：

"哟，方同志，又上小刘家去了！事儿怎么样了？文章写得了吧？"

"还没呢。"

"慢慢写吧，不着急。动笔杆的事，可不容易，费脑子呀。瞧，你大婶挑的这人家儿，挺合适吧？"

不提这人家儿还好，提起这人家儿，方芳就觉得怪委屈的。走访了三次，不能说不深入，可是文章没法写。采访越深入，越没法儿写。她只好说实话：

"庞主任，我觉得，这家人不像您说的，那么，和睦。"

"怎么啦？两口子打架了？"

"没有。"

庞主任松了口气，拉着方芳的手说：

"这不结了！不吵不闹，这还不叫和睦！方同志，你是不了解，两口子不吵不闹就不易。要说他们家都不成，你可再让我给你找谁家去？"

"他们有隔阂。"

"咳！人心隔肚皮，哪能都那么透亮儿！"

"不是……"

"其实呢，我也知道，这家子生活紧巴点儿。几大件儿都不趁，就那么一个九寸黑白小电视机，洗衣机还没攒够钱买呢。是不是这样人家儿登上报纸，优越性儿显不出？"

"不是这个问题。"

"那是啥问题？俩人都不错。小毛病儿是都有点儿。小刘呢，懒点儿，动嘴不动手，光拿话甜和人，说起没完。小张这人也不赖，该干吗干吗，就是爱叨叨两句。这也不怨她，刘述怀整个儿一大松心，衣来伸手饭来张口，里里外外全指她一人。老干也有烦的时候不是？依我瞧着，这家子人也就凑合了。"

"不是凑合的问题。我总觉得他们好像，好像……"好像什么呢？方芳可又说不上来。

庞主任上下打量着面前这皱着眉头的姑娘，听着她半半拉拉吞吞吐吐的话，神情严肃起来。她凑到方芳跟前说：

"方同志，你把话说到这儿了，那我也跟你实话实说吧！我这话可没跟别人说过，连小张跟前我都没敢露过。你听了就完，千万别跟人说。"

到底什么事儿呀？这老太太，不怕人着急。

"我保证，不跟人说。"

庞主任这才叹了口气：

"唉，要说这家子呢，眼下是挺好的，前几年可出过点子事儿。"

"什么事？"

"也算不上大事儿：说是小刘外头有个人。"

"真的？"好像发现了新大陆，方芳一阵莫名的兴奋。

"可不是真的嘛！那女的，我见过，姓孟，是小学的老师……"

庞主任还说了些什么，方芳全不理会了。她觉得眼前又有了一条路。看来，人生并不都是灰色，家庭并不是都是坟墓，只要没有第三者插足，和睦家庭还是有的。讨厌的第三者。

十二

他戴金边眼镜，跷着腿，斜靠在沙发上翻一本杂志。

她拖地。穿一件家常的旧裙子，当中白扣子掉了，换了个绿的。裤腿卷到了小腿肚上，光脚套一双塑料拖鞋，米色变成了黑色，而且大出一寸。她手背擦着头上的汗，拖把推到沙发边。

"喂，抬抬腿。"

他抬起腿，指着手上的杂志：

"嘿，你看，这印度还真有新鲜的。"

她弯下腰，拖沙发底下。

"你瞧，印度的风俗，新媳妇到晚上要打扮得漂漂亮亮的，再进丈夫屋里去……"

她白了他一眼。

"其实，对这种风俗，也不能一概斥之为落后，有它一定的道理。听说西方发达国家，妻子每天晚上都要化妆一番，抹上红嘴唇，才进丈夫的卧室。"

"我累着呢。"她直起腰，拄着拖把站那儿。

"累就歇会儿。我早说过，家里的事儿做不完，不要要求那么高。比如这地吧，不一定非每天拖不可。一个礼拜拖一两次也足够了，何必那么认真呢？"

"我就学不会你的不认真。"

"慢慢学嘛，来，来，坐下嘛，尊敬的夫人，你不是累了吗！先坐下，坐下听我说。生活嘛，不能搞得太苦。不要做屋子的奴隶，也不要做地板的奴隶，工余饭后，要活得多姿多彩，自个儿高兴，人家也高兴，岂不好？"

她无以作答，哭笑不能。

"就刚才说的，无论是印度的风俗，还是西方的习惯，其目的不外乎美化自己，美化家庭，美化夫妻之间的生活，应该说，这是一种很高尚的情操，是人生不可缺少的。我一直认为，社会主义是富，不是穷，社会主义是美，不是丑。"

"这不用你教，谁不爱美？"妻子终于发言了。

"我看你就不懂得美。为什么你在家总是穿这件，穿件……"

"不穿这件穿哪件？要干活儿。"

"上班呢？上班为什么不穿好衣服？"

"上班穿好衣服干吗？给谁看？"

"那么，请问，你的好衣服什么时候穿呢？"

"那还用问——过年过节出门儿穿呗！"

"一年三百六十五天，你有几天出门做客呢？就算有六十五天吧，那就是说，一年之中你有三百天是不美的。"

说女人不美，无疑是捅马蜂窝。妻子怒容满面了：

"我下班回来洗衣服、做饭、拖地板，把你养得白白胖胖的，整天油头粉面，在家还穿着皮鞋，大少爷似的，你倒嫌我什么美不美的了？"

"夫人息怒！我是措辞不当，绝不是有意中伤。我的意思是说，你一年之中，只有六十五天是注意美的，而竟然有三百天是不注意美的。换句话说，在这三百天里，你不惜破坏自己美的形象。再换句话说，在这漫长的三百天里，在你丈夫面前，你不是把自己的美展现出来，而是不把自己的美展现出来。"

"你美，我不美，行了吧！"

"问题不在这儿。问题在于你原本是美的，可你不注意展现自己的美，特别是在家……"

"那你写篇论文去，跟我说半天也没稿费。"

"咱们这是探讨问题嘛！"

"美，得有钱！"妻子挺实际。

"不，美和钱有一定的关系，但并不是绝对的关系。比如说，在家也可以穿件比较鲜艳漂亮的衣服，布也不贵，做件睡袍之类。"

"睡袍？还晨衣呢！你别闲着没事干。"

"你看，对门的新娘子，那天早晨我看见她就穿件小花点儿的睡袍……"

"哼！哼！你看人家新媳妇，你专门看人家新媳妇，专门看人家新媳妇的睡袍！你可太是个人了！……"

"哎，哎，哎，你这个人怎么这样想问题呢？这样想问题人家就没法跟你说话了嘛！"

"没法儿跟我说，跟她说去！叫她穿上小花点儿的睡袍听你说去！"

"这你就不对了呀。男女之间，其实，应该承认一个吸引力的问题。你说，谈恋爱的时候你为什么打扮？"

她不说话，只觉委屈。

"不说话了吧！理亏了吧！我看你这件裤子可以处理了，扎拖把吧，怎么样？明天我陪你买件睡衣去。我看了，小摊儿上的也不贵。"

她觉得温暖，又觉得别扭。他想着她，可又嫌她不懂得美。还不是为了这个家？眼泪儿都快掉下来了。

"怎么样？高兴了吧？女人嘛，总该要男人有点想法儿。"

什么？太不像话了。

"见你的鬼！想法儿？男人没一个好东西！爱想你想去！新媳

妇儿有想法儿，有本事勾搭去！"

"你不要歪曲我的意思嘛！我指的是夫妻之间，限定在这个范围之内。其实，女人对男人就没有想法儿？"

"哼，女人，女人才不像你们那么坏呢！见了别的男人根本没想法儿。"

"没有？不对。假如一个男人很脏，你是不是不愿意接近他？假如一个男人的牙很黄，你是不是不愿意跟他同桌吃饭？假如……"

"没那么多假如，你说的根本不是那个问题，别以为我不懂！"

"你懂就太好了！我们可以平心静气地谈。你想，夫妻几十年，过着过着两人像一双旧鞋似的搁一个破抽屉里，谁也想不起看谁一眼，那多没劲，是不是？其实，那天我看见一种拖鞋，半高跟，挺漂亮的，红颜色，给你买一双怎么样？"

"真感谢！绕着弯儿说来说去，想让我学人家抹红嘴唇儿，装扮了给你看，想得美！这是中国，不是西方，要那劲儿你找个老外去！"

"唉，我不过是谈一点感想。既然你那么反感，我也不强加于你。不过，我坚持我的观点是对的。"

"观点？什么观点？见女人就有想法儿，教女人让男人对自个儿有想法儿？夫妻之间还用得着想法儿？"

"对了，说的就是这个问题。"

"什么想法儿不想法儿。我看你，整个儿——资产阶级自由化。去年搞运动你们所里怎么把你落下了？你整天阿兰德隆似的，我怎么也没想法儿。"

"那太遗憾了！"

十三

一个人，要干傻事太容易了。

不知不觉中，又干了一件傻事，真是追悔莫及。

没有费好大的劲，方芳见到了孟雅平。

去找孟雅平，这个决定几乎是不假思索就作出来的。当时觉得这是绝对必要的，是非常合理的，甚至是满怀希望的。只有证明孟雅平确实插下一足，就可以进而反证，没有第三者就会有和睦家庭。

等见到孟雅平，她才觉得这次访问有点不合适。她很瘦，很黄，三十岁的样子，普普通通，放在人海里一点儿也不显眼，并不像是能讨男人喜欢的女人，并不像小说里或电影里常见的那种风流的"第三者"。

谈话很艰难。两人在一间屋坐了几分钟，简直无从启齿。好不容易，方芳才说：

"你认识刘述怀吗？"

"你问这个干什么？"

"我想写一篇稿子，介绍他和他的家庭。"

"你应该找他们家去。"

"我想了解他这个人。"

"你应该找他本人去。"

"我找他谈过。"

"是他介绍你来找我？"

"不是。我只是听说你过去跟他们比较熟。"

她不否认，也不承认，默默地坐着。缅怀、伤感、负疚、窃喜，种种滋味，似有似无。像一缕飘忽的云，像一团迷茫的雾。

"小孟同志，你不要担心。我保证，我不会把你写进去的。我要写的是他，是他们的家庭，不是你。"

孟雅平呆呆地望着方芳，仿佛在欣赏一幅画——一个年轻、漂亮、很有风度的女孩。她不是画，她在说话，她的话很厉害，瞬间敲开了那关闭已久的心扉。往事如烟，时光销蚀了记忆，岁月带走了伤痛，一切都过去了。此刻，忽然被人提及，那原以为沉入心底的记忆，竟一点点翻腾上来，那原以为愈合了的伤口，又一道道撕裂开去。

"我们之间没有那种关系，他是好人，连碰都没有碰我一下！"孟雅平叫道。

方芳惊愕了。猛然间，后悔了，不是什么"有点儿不合适"，而是十分冒昧、十分唐突、十分荒谬。你有什么权利去刺探别人的隐私，何况那已经早就过去。你有什么必要来找这已经受到伤害的姑娘，她已经与刘述怀那个家的安危毫无关系。

"小孟同志，很对不起。我不该问你，根本我就不该来找你的。好了，我们不谈了，好吗？千万别因为我来，使你激动。真的，不谈了，我什么也不想知道了。"

方芳站起来，想走了。孟雅平却一愣，几乎笑了笑，说道：

"其实，我也没什么不好说的，既然你已经问到了，我应该告诉你……"

她说了一个极其平常的故事。没有曲折的情节，没有倾心的爱慕，没有缠绵的情思，只有一点朦胧……

"我和他是在一个朋友家认识的，那天，有很多人在。他很健谈，说了很多有趣的话。后来，在这个朋友家，又见到他，这次，就我和他两个是客人。我的朋友忙着做饭，就我们两人在屋里聊。他知道得很多，聊起来很神。给我印象最深的是，他没有轻视妇女的思想，并不因为我是女的，就不屑于谈。本来，我同不熟的男人相处，也是很拘谨的。可是，和他在一起，一点也不拘束……"

方芳注意地听着，感到她的真诚。

"后来，我们比较熟了，彼此之间也有来往了。我到他家去过，他也到我家来过。我教语文，有时需要看些书，就去找他，他总是乐意帮忙的。当然，我承认，备课不一定非找他不可。但是，他热心，他还能给我解释许多我不懂的，对我很有吸引力。至于我去找他，是不是有一种见不得人的感情？我觉得没有。我确实没有想到别的。我见过他爱人，也见过他的孩子，我根本没有想到别的。"

方芳相信她说的是真的。坐在她面前的，根本不是一个轻佻的女人。她那么娴静，那么本分，与方芳心目中的第三者形象风马牛不相及。

"当然，后来我也发现，他爱人不大欢迎我去。我还发现，他在家里并不那么高兴。他好像找不到说话的人。有时候，在他家里，在他妻子面前，他说得很少。等我告辞，他送我出门，反而说个没完，显得特别高兴，好像憋了好久的话总算有机会说出来了。"

"他说些什么呢？"

"其实也没什么重要的。他就是'侃'，天南地北什么都说。"

"对你他没有表示过什么？"方芳已经忘了刚才的誓言。

"没有，他从来没有表示过什么。当然，他也说过他对我的看法。他说过他喜欢跟我聊天，因为我很有耐心，能够听他滔滔不绝地说下去，能够找到共同的话题。而且，他说他有一种感觉，好像在'侃'的时候，我们都分享到一种乐趣。"

"后来呢？"

"后来，就有很多议论了。我学校里，他单位里，都有人说些不三不四的话。我很生气，他不在乎。过了一段时间，难听的话越来越多，我给他写了一封信，约他出来谈一次。那时候，我确实思想负担很重。我不明白，都八十年代了，男女之间有一点交往，为什么就不能允许？难道，难道，难道就不能有朋友，除了爱情就不能有友情？"

孟雅平越说越激动。

过了很久，方芳才小心地问道：

"收到你的信，他跟你谈了吗？"

孟雅平摇摇头。

"他给你回信了吗？"

孟雅平又摇摇头。

"那是为什么呢？"

孟雅平仍摇摇头，又说了一句：

"大概他也是屈服于舆论的压力吧！"

十四

"小心你自己。"

这算什么名言？

什么事情也不曾发生，却又好像发生了什么事情。发生了什么呢？本来就什么也没有发生嘛！方芳心里烦，不痛快，不舒坦，又说不出个为什么！是为那篇眼看就要夭折的通讯？唉，几经磨难，心中早已放弃，早就不想写了。胎死腹中，回天乏术，遗憾也无用，不是为这个。

是什么缠缠绕绕，舍不了，丢不下，搅得她不得安宁？或许，是因为糊里糊涂闯入一个陌生的家庭，触摸到那人的一些隐痛，牵引得心里难受？或许，只因为这个家不能构成一个和睦家庭的典范，一个善良的愿望未能实现而招致的一种失落感？这与你有什么相干？何至如此不安？

太阳累了，天空被灰色笼罩。食堂过了开饭的时间，家家户户刷锅洗碗也吃罢了晚饭。她不饿，不想吃。李索玲不知跑哪儿去了，好像又是好几天没跟她说话了。这个怪人，她就一辈子这么怪下去？人家有自己的生活方式，你凭什么认定人家古怪？与你有什么关系？

张凤兰多么知足，知足到令人同情。谁需要你的同情？谁需要你的评判？她把青春奉献给了自己的家庭，她生活在不吵架的和睦家庭中很安适，或者说你认为不那么安适，又与你有什么关联？她知道曾有人分享过同她丈夫侃的乐趣吗？她为什么要知道！她只要她的家、她的孩子、她的丈夫，她满意。你遗憾什么？

是孟雅平黄黄的脸儿令你不安？她承受了不该有的沉重的社会舆论的压力，埋葬了人世间除爱情之外最值得珍惜的感情。她并不甘心，并不情愿，却必须埋葬。你是为她而伤感？为她不平？不，她离你是那么远。

"他没有一个能说话的人。"你为什么偏偏记住这句话？他的眼睛是灰暗的，又是明亮的。他的声音是爽朗的，又是压抑的。他喜欢侃，侃得很动听，也很悲哀。没有人听他的。他有没有说话的人与你毫无关系，不是吗？他内心很苦。他苦不苦与你也毫无关系，不是吗？毫无关系，毫无关系……

她扭亮了床头的台灯。

一道黄黄的小光圈可怜地亮在这小屋，一道莫名的孤独绵延在她心头不愿离去。她问自己：这一切，与我有什么关系？我应该高兴，我没有结婚，我没有家，我是自由的，我可以选择。

可是，她高兴不起来。

门上插钥匙的声音，打断了方芳头脑中的昏乱。李索玲提着一个大包进门，一进门就拿了一包面包递过来：

"方芳，我给你买了面包，奶油夹心，挺好的。"

方芳确实饿了，接过面包就香香地吃起来，吃了半个才想起来问：

"你怎么知道我没吃饭？"

李索玲难得地一笑：

"这两天你就没好好吃饭。"

"是吗？"她自己都忘了这几天吃过几次饭了。

李索玲把大包的东西分门别类地往箱子里放，往抽屉里塞，背对着方芳，只问了一句：

"稿子还没动手吧？"

"没有。"

"不打算写了？"

"嗯。"

收拾完东西，李索玲照例往床上一躺，捧起一本书，进入了自己的世界。方芳满肚子话想对人说，看着默默无声的室友，不由得怅然，不悦。假如换一个爱说话的人住在一起就好了。

"索玲，你记不记得，你劝过我别去采访他？"

"是吗？"

"你说我会后悔的。为什么？"

"因为他不幸。"

"后来你可没有劝过我，又为什么？"

"凡事听其自然。"

"你说得对。这个家庭不理想。其实他很不幸，她也不幸，真的，我感觉得到。你知道，他以前有个很要好的女朋友，很谈得来。后来，因为闲言碎语，不来往了，我也见到那个姑娘了。她……"

"她同情他。"

"你怎么知道？"

"同情和爱情之间并没有一道不可逾越的鸿沟。女人常常出于同情去爱一个男人，以为自己的爱可以把别人从苦海里拯救出来。还认为这是一种至高无上的感情和行为。其实，事实和结果往往出乎意料……"

"你怎么知道？"

"书告诉我的！"李索玲拍拍手上的书，方芳却不信。

"那你是本本主义！那个姑娘只不过对他有些好感，根本扯不到爱情上去。"

"好感比同情离爱情更近……"

"不对。你的观点有问题！照这么说，一个女人不能对男人有好感，有了好感就是爱上了他。照这样推论下去，一个女人只能对一个男人有好感，对其他的男人应该统统反感才正常，是吗？这种观点太陈旧、太封建了！"

"我不跟你辩论。"

方芳脸上露出胜利的笑意。言犹未尽，又去扰乱看书的人：

"索玲，你说过，要告诉我一句话的。"

"也许用不着了。"

"说呀！"

"小心你自己。"

"这话什么意思。没头没尾的。"

"其实，最可怕的不是别人，是自己。人人感情上的不幸都是自己亲手造成的。"

"你这话，对我是无的放矢！"方芳嘴挺硬。

"那太好了。"李索玲长呼了一口气，悠悠地说，"对了，顺便告诉你一件事。"

"什么事？"

"我要结婚了。"

"什么？"方芳的惊讶不亚于听说今晚有八级地震。

"我要结婚了。"声音的平静更令方芳惊讶不已。

"你喜欢他吗？"

"我连我自己都不喜欢，还会喜欢他！"

"那你为什么要结婚？"方芳气愤了。

未来的新娘一点不动气，更为平静地答道：

"人嘛，总要有个家。"

十五

为什么，她的话只让人觉得心酸？

"方芳，传达室有人找！"

一个电话，把她召到传达室去。她有点纳闷，谁找呢？她不是名记者，那些找名人递状子的人找不到她头上；她不掌握版面，那些走后门送稿子的人也找不到她头上。在这个城市里，没有亲戚，朋友不多，同学大都在外地，上班时间谁来找她？

方芳跑到接待室，在七八个来访者中扫了一眼，并不见有认识的人。

"方同志，我在这儿呢！"在嗡嗡的人声中，一个女人站了出来。

方芳这才认出，是张……张凤兰。她今天穿着整齐，新烫了发，纹丝不乱，略显死板，衬托着微微浮肿的发黄的脸，比第一次见她好看了些，怪不得一时没有认出来。

"方同志，上次您问的事儿，我想起来了。"

上次问的，什么事？方芳想不起来了。

"我们头一次见面，是在公园里。"

啊！

她低了低头，显出早已失去的羞涩。那神态竟使她年轻了许多。

"我怕您用得着，赶来告诉您一声。述怀说，他跟您谈了两次。可他忘了说这个。他这人，就这毛病，说着说着就不知说哪儿去了。我一想，我应过您的，今天我倒班，就……"

她红着脸解释，又诚恳，又不好意思，倒弄得方芳比她更不好意思，只忙忙地问：

"您还记得当时的情景吗？"

她微微把头一点，看了看四周的人，谁也没注意她，才放低了声音答道：

"记得。那天忘了，是好久没想过那些事了。您一提，全想起来了。唉，这些事，是忘不了的。那是个星期天。前两天我们在他二姑家见的面，星期天他就约我上公园。是春天，瞧，我新买的这种呢外套，那天头一回穿。"

绛色的呢外套紧紧地箍在她身上，更显出了肥胖。

"那会儿我挺瘦的，穿这外套还嫌肥呢。一生孩子，人就胖了。女人没几年，都一样，有个家拖累着，铁打的也经不住。反正这会儿也不在乎了，老夫老妻的。那会儿可挺在意的。就为穿哪件衣服去，折腾了半夜，我妈直骂我，说，穿什么不一样，人家是看人呢，还是看衣服呢！那会儿'文化革命'刚完，街上还没这么花哨。我这件衣服还算时新的样儿呢，花一个月工资买的。买了搁那儿舍不得穿。那天穿上，他头一句话就说，你这外套真漂亮，真协调。还说，协调就是美。他呀，可能说啦！后来，我们在湖边坐了半天。他拿干干净净的大手绢给我垫在石凳子上，我觉得他挺细心的，会关心人……"

她说说停停，欲罢不能。那些美好的过去温暖着她的心，使得她的容颜平添了几分秀色。在那双过早爬上皱褶的眼中闪烁着流星般明亮的光彩。假如她的心永远沉浸在这种安谧美好的境地里，她该比现在年轻得多。

"他是挺好的人。"方芳答了一句。

"要说，也算不错了。成了家，当然不能像结婚以前那样啰！有时候也吵架。现在想起来，好多事也不怨他。那会儿都年轻，年轻的时候懂什么？把什么都看得花儿似的，遇见不顺心的事儿就烦，就闹。我还记得头一回大吵，是在我怀小凤的时候。您瞧，就您一提头儿，八辈子的事儿都想起来了……"

张凤兰脸上笑笑的，又微微叹着气往下说：

"现在想起来，也真不值得的。那是个大雪天，我怀孕七个月了。下班回来车挤，等了四五辆车才上去，又没人让座，到家人都快瘫了。他不在家，厨房一点吃的没有。别说叫我做饭，连吃饭的劲儿都没了。九点他才回来，说遇见个老同学下饭馆了。还喝了点酒。我一听就火冒三丈，就吵起来了。从那以后，吵开了，时常吵，越吵越凶。后来吵腻了，谁也不想吵了。"

"那，现在呢？"

"现在，挺好的。年龄也大了，都知道让着，也就不吵了。这不，去年街道上评'五好家庭'，我们家还上了光荣榜呢。"

她笑了，笑得很真诚。

十六

中外合资酒店，阔绰豪华之中带股子霸气。二楼中型餐厅今日更是华灯高照，富贵风流。徐老娶媳家宴，将在这里举行。

经理满脸微笑，躬身于大沙发前。

"徐老放心，都安排好了。我们尽量上几道风味菜，还请徐老多批评指教。"

"我批评什么？退休了，连吃东西也不行了。等一下请李副市长品尝吧，他是证婚人，主角儿。"

"你瞧徐老说的，李副市长还不是徐老一手提拔的。"旁边市里一个部长对徐夫人悄声说。夫人用手绢捂着小巧的嘴，白皙的脸上声色不动。

笑语欢声。一大帮穿着层次不同的贺喜宾客各以类聚。只有靠墙软椅上坐着一对老人。男的穿一身崭新灰布中山服，衣领紧扣，不苟言笑。女的腰圆肚壮，裹着一套嫌小的西装，左顾右盼，喜不自禁。

"亲家，过这边来坐吧！"徐老周到。

有这一声招呼，那女的噌的一下就站了起来，没等男的拽住，就一溜烟风风火火地蹿到了沙发前，人没站定就张口扬声：

"亲家母啊！今儿可全亏了您二位啊！多排场！您是不知道，小娟小时候，跟着我们这穷爹穷妈可没少吃咸菜疙瘩，也怪，就出落得这么水灵。也是她福大命大造化大，交上了你们家小刚……"

亲家母像躲避什么似的，把自己瘦小的身躯缩在沙发的一角，手绢捂着的嘴里，只蹦出几个单字儿：

"坐，坐……"

周围并无坐处，西服革履的男士们和珠光宝气的女士们各自占据自己的沙发。并无一人为这嫁女的亲家母让座。

"您甭张罗啦！往后咱们就是一家人了。我们小娟岁数小，没念几年书，不懂事，有啥周到不周到您该打就打，该骂就骂，待自个儿的闺女一样。唉，要说这孩子，从小儿听话，我一指头没碰过她。虽说穷，穷家养娇女不是！亲家母呀，瞧，我这心里……"

"您坐，坐……"那亲家母心里八成儿也不好受，声音微弱，近乎呻吟。

还是餐厅见过世面的小姐手疾眼快，从餐桌边端过一张软椅，安顿了这位亲家母好歹坐下。隔着一张大茶几，那位亲家母才从嘴边拿下手绢儿，喘过气来。

"李市长来了。"经理含笑通报。

全体起立。徐老将要起身，犹未起身，年富力强的李副市长已快步到近前，弯腰隔着茶几拱手作揖：

"徐老，恭喜，恭喜！"

徐老拱了拱手。

李副市长又走到徐夫人跟前道贺。夫人笑道：

"我们小刚全靠你市长啦！"

"哪里，哪里，年轻人嘛，火气大，"李副市长又放低了声音，知己地安慰，"结了婚，收了心，什么事儿都没有了。您等着抱孙子吧。"

徐夫人莞尔一笑，回头高声叫小刚。

新郎新娘徐徐过来。新郎一身藏青西服，合身，体面，精神，只是面颊上有一道刀痕，令人不敢正视。新娘比他高出一头，描眉画目，瓜子脸儿，颇有几分姿色。她欠身挽着新郎的胳膊，似有无限深情。

"小刚，还不快让李叔叔看看新娘子！"

新娘子被新郎展览出来，忸忸怩怩，手脚不知该往哪儿放。

李副市长大大方方，一派长者风度，连说：

"过来。再走近点，让我好好审查审查。"

大伙儿都笑了。笑得那么兴高采烈。好像"审查"多好笑似的。

徐夫人坐着没动，只伸手从后边把新儿媳妇推了一把，推到市长鼻子底下。

李副市长笑眯眯地左看右看，上下端详，赞不绝口：

"好，好，标准以上，标准以上！"

"坐！"徐老说。

李副市长在一张早已让出的大沙发上坐下。

"小娟，挨着李叔叔坐！"徐夫人吩咐。

小娟乖乖地在长沙发那一边坐下，活像一头小鹿。

"给李叔叔递烟呀！"徐夫人又吩咐。

小娟从茶几上烟盘子里拿了一支烟，双手递到李副市长眼前。

李副市长笑嘻嘻地接过烟，从兜里摸出亮闪闪的打火机来。

"快给李叔叔点烟哪！"徐夫人再吩咐。

小娟心慌意乱。拿起火柴，一根没点着。二根，又折断了。平常在家划火点煤气做饭挺利索的，今儿这姑娘怎么啦？

李副市长捏着打火机不动，耐心地笑眯眯地等着新娘子亲手点烟，和蔼可亲，平易近人，一点架子没有。你怕什么？

火柴终于划着了。

新娘子手发颤，颤颤抖抖地把小火苗送到李副市长跟前。众目所视，大伙儿都屏声静气看着这难得的场面。李副市长把住小娟的手，助她一臂之力，这才把烟凑到唇边，点着了，又朝小娟的手吹了口气。一次，没把火吹灭。二次，还没吹灭。第三次，市长把新娘子冰冷的小手拉得再靠近些，总算吹灭了。

满堂宾客，欢呼雀跃。

"入席吧！"徐老的声音也有点发抖。

葡萄美酒，频频高举，一片喜庆之声：

"天作之合！"

十七

世间的一切事情都有个了结。这也是一种了结。了了，结了，一切都过去了……

如果星期天一早就出去，肯定接不到那个电话。可是，偏偏哪儿也没去。没去买洗发液，没去看美术展览，甚至把一张新产品展销会的请柬也送了人，哪儿都没有去。

心情不好，哪儿都不想去。昨夜李索玲的一席话，更搅得方芳心神不定。她为什么要说那些不着边际的话，什么好感、同情、爱情，乱七八糟的，什么小心你自己。她是什么意思？她是说我？是说我对他有好感……胡扯嘛！可是，我一而再、再而三地去找他谈，果真是为了"深入采访"，为了"工作需要"？以前怎么没有这么"深入"过？不，不要欺骗自己。工作并不需要我"深入"到他的内心去，还是因为他有一种魅力吸引着我去探视他的内心世界。即使是这样，又有什么呢？他呢？他对我怎么样？……想到哪里去了！都怪李索玲，都怪她故弄玄虚，害得人乱想。

正在这时，那个电话来了：

"方芳同志吗？我是刘述怀。我在你们报社对面的公园里。你能出来一下吗？我想再跟你谈一谈。"

她放下电话，换了件衣服，梳了梳头，跑到公园里。公园里，除了练拳舞剑的老人，推着儿童车的妈妈，就是一对对旁若无人的情侣，几乎没有单身女子。她忽然觉得不该来。来干什么？是采访？是幽会？这根本说不清楚。

可是，她身不由己地还在朝约定的地点走，走到湖边的一块草地上去。她一边走一边警告自己：你要小心，不能再朝前走了。

刘述怀今天换了一件春季的夹克衫，老远地就迎了过来：

"放下电话我就有点后悔，也许我不该约你出来，耽误你的时间。"

"没关系。"

"我每个星期天早上，都到这里来遛遛，呼吸点新鲜空气。像我们这些搞技术工作的，生活太单调了。要不就闷在制图室，要不就闷在家里，人都快闷熟了。这儿真好，有草地，有湖水。我最喜欢水。"

他们走到湖边。刘述怀在前边走，方芳同他保持一定的距离。她觉得这样比较好。并肩而行，在别人看来，一定会以为……不过，一前一后，在别人看来，也许更会以为……她觉得今天自己老跟自己别扭，找不到应有的感觉。不行，不能跟他走，不能听他侃，要主动：我是记者，他是我采访的对象，要由我来问他。

方芳紧走了几步，问道：

"你约我出来，想谈什么？"

"对了，我想告诉你，理想家庭的第三个条件……"

"我也想告诉你……"

"不，你先听我说，这第三条是最重要的……"

"我要告诉你的，绝不是不重要的。"

刘述怀站住了问：

"你要告诉我什么？"

方芳也站住了说：

"张凤兰来找过我。"

她以为他会吃惊，会不安，会打听张凤兰说了些什么。出乎她意料的是他像听说一件同他毫无关系的事，只一扬手，又沿着湖畔边走边说：

"我要说的才是最重要的。一个理想家庭，男女双方都需要一个乃至几个无话不谈的朋友。我说的是朋友，不是情人，不是时下流行的所谓'婚外恋'。你想，夫妻二人，天长日久，昼夜厮守在一起，看烦了，听腻了，什么也不想说了。而每个人心里都有很多想法，都想找个人说话。如果有个知心的朋友，什么话都能说，说完了，心里就不那么堵了，气就顺了，回家也就轻松了。

这对于一个理想家庭来说，太重要了。"

刘述怀侃得振振有词，理直气壮。方芳倍加小心，只答了四个字：

"我不理解。"

"是呀，你恐怕是不容易理解，从一般的家庭生活杂志或者文章里，你能够读到的，也只是一些教条式的讲解：夫妻双方应该以诚相待，应该无话不谈，不应该有什么秘密，不应该隐瞒什么。其实，这都是瞎扯！每个人都有自己的隐私。我说的不一定是什么见不得人的事情，更多的还是一些隐蔽的想法，或者是些潜意识的东西。只要我们承认每个人都有隐私权，那么，也就没有理由剥夺已婚人的隐私权，非要他或她向自己的妻子或丈夫公开。而且事实上公开了绝对没有好处。比方说，我在结婚前有没有交过别的女朋友，发展到什么程度；或者说我的妻子在跟我结婚前有没有男朋友，发展到什么程度，这都是不便公开的。没有公开的必要！全部公开，特别是公开那些细节，坦率倒是坦率，那个家也够呛了！会有什么积极意义呢？"

不容方芳插嘴，刘述怀一人侃侃而谈：

"当然，这只是举例。实际上，家庭生活中，更不要说社会生活中有许多事情，许多感受，是不便对对方说的。比如说，我在街上见到一个年轻漂亮的女人，我觉得她很美，很有魅力，我有必要告诉我的妻子吗？似乎没有这个必要。还有些事情是对方不感兴趣，不愿意听的，我也只好不说。可是，一个人有了某些感受，或有某种看法，老憋在心里不行，总要讲出来。这就需要朋友，知心的朋友，无话不说的朋友。"

方芳终于找到机会插进话去：

"我知道你有过这样的朋友。"

刘述怀一愣。

"我见过孟雅平。"

听到"孟雅平"这个名字，刘述怀终于沉默了。他沿着湖边慢慢地踱去，半晌才说：

"你的调查很细致，很准确。"

"我是记者。"方芳觉得自己占了上风，有点得意起来。

"那是我过去一个很好的朋友，她善解人意。"刘述怀的步子越来越慢，越来越轻，仿佛他脚下不是一片草地，而是一片友谊。

"既然是很好的朋友，你为什么把她忘了呢？"

刘述怀呆呆地站住，他空空的眼中好像只有面前的一池湖水，他叹息着：

"朋友只能是朋友。"

这位"侃协主席"不再侃了。轻快的身姿倏地消失，只有那一双腿还在慢慢地机械地朝前挪动。

方芳忽然很后悔，为什么要提到张凤兰？为什么要提到孟雅平？眼睁睁地破坏他朝阳一般的兴致。他外表高大，内心却像孩子般的怯弱。顷刻之间，他像一株被冰雹袭击了的青苗，再也提不起精神。

她很想说些安慰他的话，驱散他心头的阴云。然而，她又能说什么呢？她小心地寻找话题：

"假如两个人生活在一起很不幸，为什么不能分开？"

话一出口，方芳就后悔了。这算什么小心，简直是不知轻重，怎么能跟面前的人探讨这样的问题！

刘述怀一点也没在意，只懒懒地问了一句：

"你是说离婚？"

"也可以这么说。"

"离婚谈何容易。"他淡淡地又答了一句。

"当然，离婚在我们国家是很难的……"方芳努力使话题进入专论性质，把她对这问题的研究像在会上似的讲了一遍，愈说愈觉得没有把握，但她只有说下去，"还要调解，要调查，要上法院。要把好多私事公之于众，弄得身败名裂……"

他一声长叹，打断了她的滔滔不绝。

"唉！——我佩服那些离婚的人，他们有勇气，他们活得认真，他们对婚姻也认真。我嘛，虽说家庭不理想……咳，看透了，离不离都一样，懒得离！"

鸟儿折断了翅膀，掉下来了。

"我该走了。"

"我也该走了。"

他走了。她以为他还会说些什么，他什么也没有说。

附:

无 题
——关于《懒得离婚》

这篇小说，写得挺累的。

开始是在山东牟平县养马岛参加一个笔会，那还是年初的时候，瑞雪纷纷，大海茫茫，从喧嚣的首都来到这濒临大海的渔村，仿佛连呼吸也畅快了许多，心情十分恬静。和《解放军文艺》的编辑熟识了，答应给他们写一个中篇。

题目当然是我早就酝酿了的。自从《人到中年》以后，家庭问题一直是我在思考的。一九八三年写了《错，错，错！》，我接到不少读者来信，有诉说自己家庭不幸的，有探讨中国家庭悲剧的内外因素的，我也有志于对当代家庭问题作进一步的剖析。我原以为材料很多，感受很深，写个中篇，不是很难的。

回到北京，忙着过春节，整天不得安宁，迟迟不能动笔。后来下决心躲出去，找到北郊一个解放军的招待所住下，在那里写了开头的几个章节。再往下写，就觉得笔头不大流畅了。《解放军文艺》的编辑们来看我，似乎也觉得进度不快，以为是部队的作息制度过于严格，早上吹号起床，按时三餐一顿不落，或许对我这样的"夜猫子"不合适，大概这里不是一个能激发作者灵感、产生文思如潮的最佳效果的理想环境，于是建议我换一个地方，易地写作。

我想，也好，换个地方兴许真能写得快些。于是换到了西郊的"畅春园饭店"。这家饭店在北京数不上高档，但它有一个特点——坐落在北京大学附近。饭店的经理们很乐意结识文化人，给饭店增加一点文化气息。他们听说我要去住，慷慨答应房租减半。在那里住了半个月，稿子也不如预想的那么顺当，心里反而越来越不安宁了。尽管有优惠，但是花着编辑部的钱，总觉得于心不忍。四月初就从"畅春园"撤出来了。

回到家里，柴米油盐，接待来访，开会应酬，分了不少心。眼看交稿日期一天天逼近，连开了几个夜车，不料，一个中午天旋地转，倒下就站不起来了。编辑部的同志来看我，嘴上说要我安心休养，心里比我还着急。他们对我的稿子信心比我还足，等着这期发排，我知道的。

其实，我心里很明白，这篇小说写得那么累，并不在于写作环境的好坏，也不在于这样那样的干扰，而在于横不下心，下不了手。家庭问题，不便深说，说深了，那是很残忍的。我力求写得轻松一点，不要给人带来那么多压抑，更不要说伤害。我希望每一个家庭都美满，都幸福。我又清楚这是很不容易的。我写得很累，因为我很矛盾。

交完稿，我又住了医院，还是感到很累。

一九八八年六月六日

错，错，错！

一

叶儿落了，花儿谢了。你去了，永远地去了。

在这诀别的时刻，我原该说些什么，祝福你在天之灵。可我，我又能对你说什么呢？

你猝然离去了。我们在一起生活了二十多个年头，该说的早就说完了，不该说的谁也不愿意说。在我们共同生活的最后几年里，你我之间已经无话可说。我们一天天冷眼相视，一夜夜漠然相处。可是，当你终于闭上眼睛，带着哀怨的目光，飞向另一个世界时，我的心像一座突然敞开的水闸，一时间，千言万语，万语千言涌上喉头。我要说，我要对你说……

可是，惠莲，你还能听见吗？你不会再生气了吧？我要说的，都是真心话，早该对你说的话。可你从不愿听，你从不让我说。现在，我可以说了。但，你也听不见了。

或许，还是什么也不要说的好。怎么能在死别你的哀场上去说这些烦你、恼你、伤你、痛你的话呢？让这些话永世深埋在我心底，直到有一天我也化为灰烬，任它随着一阵轻烟飘向浩渺的太空吧！

人生有多少悲剧。古往今来，地底下埋藏着多少痴男怨女的秘密。他和她有过怎样的爱，有过怎样的恨，谁能知晓？我们也曾爱过，爱得那样热。我们也曾恨过，恨得那样深。到后来，爱没有了，恨也没有了，剩下的只是冷。多么可怕的冷。这种冷，使我们在一起生活得多么苦。现在，你走了，解脱了。把这苦果留给我独自咀嚼。这是怎样的一种滋味呀！

原谅我，让我说吧！让我最后一次地向你诉说衷肠。我早已忘却了该怎么去说心里话——一个丈夫该对妻子说的话——忘却了，忘却了！多少年来，离婚的阴影早已像个幽灵游荡在我们这个可怜的家庭里。

啊！不，不会离婚的。即使是你再活五年、十年、二十年，我们还会在一间屋、一张床上过下去。像一潭死水那样地过下去，像众多早已没有爱情的家庭一样过下去，撕去一张又一张黯淡的日历，去过那一天又一天乏味的日子。

惠莲，并不是如你所说："你从来没有爱过我。"不，我是爱过你的，热烈地爱过你。但，那爱，是一个错误，一个追悔莫及的终身的错误。

二

记得吗？我曾怎样地追求过你。

我们相识在团中央的舞会上。至今我还难以弄清，那个夜晚，是幽暗的灯光令我晕眩，还是欢快的乐曲唤醒了我沉睡的恋情，使我竟突然地陷于一种痴迷的状态中。

在出版社的单身汉中，各级领导对我的评价是"少年老成，大可造就"。老大姐们尤其称赞我"生活态度严肃"。尽管"一表人才，风度翩翩"，却没有招来任何风流韵事，也不见什么漂亮姑娘跑到传达室来找我。在结识你之前，我生活在稿件中。组稿、看稿、谈稿、改稿。看校样，一校、二校、三校……我的生活是安宁的，我的心是平静的。

直到过了二十三岁，同志们开始关心起我的婚姻大事来。他们认为像我这样各方面条件都很好的青年干部，到了这般年纪还没有未婚妻，似乎是一个缺陷，也是他们的一份责任。

于是，他们忙着给我"物色对象"。一次，一位我很敬重的老大姐给我看了一张相片。上面那个很胖的姑娘，正咧着大嘴冲我笑呢。我说不出话，差点气晕过去。怎么能把这样的人介绍给我？这对我心中神圣的爱情简直是一种亵渎。

我心中的爱情是一首优美的诗，是一幅迷人的画，是一曲醉人的歌。我多少次设想过，爱情怎样在心中悄悄地萌发。始而朦朦胧胧，如烟似雾；继而相互试探，欲暗欲明；终于彼此吸引，难分难舍。在这爱的长河中，只有纯洁的琼浆，容不得半点虚假和庸俗。

介绍？爱情不是商品，难道是可以由"经纪人"介绍得来的吗？

我甚至不屑于追寻。爱情不是猎物。她只能自然而然地产生，岂能像猎人追捕小鹿，去跟踪追击？

我拒绝一切热心人的介绍，也逃避亲朋好友的关怀。老大姐们无可奈何，笑骂我坐等"天仙下凡"。我置之一笑。世上没有"天仙"，我也并非"王子"。只不过，我有自己对爱情的信念。我是在等待，真诚而又固执地等待，等待着爱从天国降临。我相信，会来的。

可是，我怎么也没有想到，她竟会出现在那次欢庆国庆的晚会上。

我经常去舞会上，那只是为了调剂一下生活。看了一个星期书稿，眼睛累了，脑子疲倦了，腰也酸痛了。能在悠扬的乐曲声中漫步起舞，是一种绝好的休息。至于到舞会上去寻找爱情，我想也没有想过。对于那些在舞会上用眼睛追逐漂亮姑娘的小伙子，我从心里鄙薄他们，也可怜他们。我觉得他们举止轻浮、缺乏教养，根本不懂得爱情。

然而，你出现在舞会上。

我看见了你，我的爱情观顿时全都改变了。我的眼睛追逐着你的身影，不能自持。我变成了一个"轻薄少年"。

啊！那难忘的相见。尽管这相见铸成了你我终身的不幸，我还是带着凄伤的柔情，记起那令人心跳的舞会。

你穿着一件鹅黄色的毛衣！

一条什么颜色的裙子呢？我记不起来了。奇怪，我曾多少次回忆那天晚上你穿的是什么颜色的裙子，总是想不起来。

你们一群年轻人结伴而来。男的女的，说说笑笑，拥入大厅，给这舞会增添了生气，引起全场的注意。不知是有意还是无意，你走在人群的最后，与他们不同的是，你举止端庄，不苟言笑。或许正是这个不同，使我立刻就看到了你。

后来，你曾反复追问过我：

"你早就注意我了吗？"

"第一次和我跳舞，你就爱我了吗？"

对于这些问话，我早已作过无数次回答，回答到使我厌烦、难堪，以至不愿再回答的地步。啊，今夜，在你已永远地沉默了，再也不能问了，我要回答你：第一面，我就注意到你。第一次跳舞，我就爱上了你。

我反对"一见钟情"。在我碰到的一些作者的稿件中，如果有这样的描写，我总要向他们指出，这是不可信的，没有说服力的。并要求他们修改，写出"爱的根据"或"爱情的基础"。事到临头，我才知道这是一种多么荒唐的苛求。

爱，就是爱。没有理由，说不清根据，讲不出道理。我爱你，第一次见面就爱上了你。是的，这是"一见钟情"，来得这样突然。没有前兆，没有准备，没有酝酿，没有从萌发到试探、再到难分难舍等等的三部曲、五部曲。她一下子就震撼了我，揳入我的生活中，使我身不由己。我简直觉得，你就是我期待已久的恋人。我们早已在梦中相恋，就连你那鹅黄色的毛衣，也是那么熟悉。

我承认，是你的美征服了我。

古今中外的文学名著，塑造过多少令人动心的美人形象！但是，把这些文学大师所用过的最美丽的词藻加在一起，也不足以形容你。你的美是无法形容的。它是一种和谐，一种静谧，一种内在的素质，却又默默地流露在举手扬眉、俯仰顾盼之间，牵动着我那颗怦怦跳动的心。

我望着你。看见那么多少年躬身屈臂于你的面前，看见你随着他，他，还有他翩翩起舞，一曲接着一曲。我感到从来没有过的烦乱和焦急。一曲终了，我倏地站起来，占据了最有利的地形，等待着另一支曲子的开始。

后来，你曾取笑我，说我那时的样子，像一头"被激怒的狮子"。我一直拒绝承认，还说你夸大其词。现在，我可以坦白地承认，那天晚上我确实被激怒了。我嫉妒任何一个邀你的舞伴，恨不能把他们一一打倒在地。我那时的样子，肯定比"被激怒的狮子"更可怕。

施特劳斯的圆舞曲开始了。我凭借那有利的地形，抢在别人前面邀请到了你。啊，如果当时你拒绝了我，以后的一切幸与不幸都不会发生了。我会拂袖而去，会把你诅咒三天三夜，随后就会把你彻底地遗忘。可是，你太善良了。你那时还没有学会给人难堪。面对着我这头"狮子"，你还是站了起来，伴我走入了一个至今令我难忘的仙境。

我轻轻地托着你那温暖而柔软的手，好像托着天空中的一片浮云。我轻轻地扶着你那纤细而挺拔的腰肢，好像揽着一缕温馨而飘忽的春风。我们舞着，飞着，飞出了舞会，飞出了人间。我忘掉了一切，也忘掉了我自己。

直到乐曲停了，把你送回座位，我才意识到犯了一个错误：没有问你的名字。我想弥补这个错误，又抢到你面前去。……可，你给我一个冷峻的目光，明白无误地告诉我：我不认识你。

我却步了。望着你径自走去的背影，我感到你是那样凛然不可侵犯，那样骄傲。

我讨厌骄傲的人，特别讨厌那些自恃有一张漂亮的面孔而蔑视一切男性的女人。如果那夜，你留给我的只是一个骄傲的背影，我会以双倍的骄傲回答你，绝不会再靠近你。

不幸的是，就在那天晚上，我看到了，或者更准确地说，我感觉到了，在你的骄傲的外表里，埋藏着一颗柔弱的心。

我说不出来，这感觉是怎样得来的。我看见你彬彬有礼地接受每一个盛情的邀请，默默地随着他人走向舞池，准确无误地合着节拍旋转，又冷冷地回到自己的座位。我看见你用小手绢，轻轻地擦去额上的汗珠。整个舞会上，你没有说过一句话。你好像是累了！我不明白，你为什么要来跳舞，你到这舞会上来寻找什么，你有什么烦恼要到这里来得到解脱？

于是，我忽然感觉到，你不是一个骄傲的姑娘，你是一个柔弱的少女。我应该给予你的，不是双倍的骄傲，而是百倍的怜爱。我要把有力的臂膀伸向你，让你扶持，让你依靠。而且我相信，在这世界上，只有我才能这样一眼就透彻地了解你，只有我才能给你这样的力。

我不能判断这种感觉是否准确。在我们共同生活了二十多年以后，我完全不能判断了。但在当时，我是那样的自信。

你从来很少讲起你的家庭，你的身世。我只模模糊糊地知道，你生长在江南一个古老的小城里。你有一个靠变卖祖产过着寄生生活的父亲，有两个明争暗斗的母亲，有一个宾客川流不息、牌声昼夜不停的家庭。在这个热闹而败落的家庭里，你是一个寂寞的小东西，像条多余的小狗，在那肃杀的庭院里慢慢长大。

你说过："我的童年是孤独的。"

"连我儿时的游戏，也是寂寞的。"

不记得，你是否还说过别的。可能说过，也可能没有。但是，孤独的童年，寂寞的游戏，这两句简单的提示，已足够我这个文学编辑去想象，去编织一幅寂寞童年的图画了。

……残垣断壁。蒿草丛生。一扇朽门推开，走出一个孤单单的小女孩。她沿着石阶走向小河边，不声不响地注视着从她脚边流去的水。她蹲下身去，把小手伸进水里，想捕捉那水花儿。暖融融的河水舔着她的手指，跳跃着，唱着歌儿朝前淌去。在那河水的尽头，是怎样的一个乐园，在召唤着这些欢蹦乱跳的水珠儿朝前涌啊。去吧，去吧，到你们的乐园中去吧！小姑娘用手儿拍打着河水，送别她的小伙伴去到那遥远的地方。

一只纸折的小船漂到她的手边。船儿在打颤，在旋转，水打湿了船身，撕裂了船头，小船眼看就要沉没。小姑娘伸手救起了小船。那是一张横格纸，上面演算着算术题。谁是这小船的主人？一个会做算术的小哥哥吗？妈妈说过：要是有个小哥哥就好了。这一定是小哥哥请河水给她送来的礼物。

从此，她天天在小河边等待，等待着小哥哥再给她送来一只小船。她要坐上这小船，驶向那远方的乐园。可是，一天一天过去了，再也不见小船儿来。小哥哥呢？他在哪儿？

终于，有一天，这小姑娘沿着河边的小路，去寻找她的小哥哥。她走啊，走啊，累了，饿了，渴了，跌倒在小河边……

这莫非就是你的童年？至少在我心目中，这就是你的童年。那寂寞的童年给你稚嫩的心留下的是什么阴影？那荒谬的家庭给你最初的人生之课留下的印记又是什么？你小小的身躯怎能承受这许多哀伤和忧愁？

你的美丽不能遮盖你的不幸。你的骄傲无法掩饰你的柔弱。你需要爱，需要力量。我愿把自己的小船，轻轻地划到你身边，承载你的不幸和孤独。我愿用自己的生命之船，载你到那幸福的彼岸。

这，难道就是我的错误？

三

你的"猫咪"回来了。

在你住院的这些日子里，它天天出去找你。直到天黑，它才哀哀地叫着，回到这空落落的屋里。它自己拱开门，弓着背在房间里四处搜寻。它仍然在等待，在希望。希望宠爱它的女主人突然出现，把它搂在怀里，爱抚它。

可怜的"猫咪"不知道，它已经永远失去了宠爱它的女主人。这时，它又蹲在茶几旁，用怯生生的眼光望着我，仿佛在哀求我告诉它，到哪里去寻找你。

可，我能告诉它什么呢？

我也曾苦苦地寻找过你。我寻找你的热诚远胜于"猫咪"。它寻找你，只是为了从你那里得到怜爱。我寻找你，是为了把自己的爱情全部奉献给你。

在那个晚会上，我没有能再同你共舞一曲。舞会散了，人去了。不知你的姓名，不知你的地址，我悔恨极了。恨自己胆怯，恨自己拘谨，竟不敢问一个自己心爱的姑娘的名字。人海茫茫，我到哪里去找她？我的小船该划向哪里？

我焦急地等待着第二个星期六的到来，希望能在团中央的周末晚会上再见到你。好不容易盼到这一天，下班后就匆匆赶去。从开始到最后一曲，我始终坐在一个角落，两眼盯着入门处，等待着你的出现。

可是，你没有来。

第三个周末，又是在等待和失望中度过。接连几个星期，我不知道怎么熬过来的。白天对我像一团雾，夜晚等待我的是不祥的梦。我坐在办公桌前，眼睛看不清稿纸上的字，别人对我讲话，我弄不明白是什么意思。我像生了一场大病，明显地瘦了。

不能再等待了，我要去寻找。哪怕走遍天涯海角，我也要找到你。

我四处打听，那天出席国庆晚会的穿鹅黄色毛衣的姑娘是哪里的。可是，没有人能告诉我。最后，总算还是打听到，你和你的同伴都是戏剧学院的。

得到这个消息，当天我就骑车去到戏剧学院门口。等跳下车来，我才感到自己的鲁莽。不知道你的姓名，我怎么能走进这座戏剧宫殿的大门？我只能站在门口，等着你出来。

可，你没有出来。

我推着车在学院的大门外徘徊。那时已近深秋，只有枯黄的落叶与我踌躇的脚步为伴，只有冷冷的秋风窥见我燃烧的眼睛。还有就是学院门旁一位卖冰棍的老妇人。她总是用那双怀疑的小眼睛斜视着我，仿佛一眼就看透了我的秘密。我每次都买她的冰棍，并不是为了吃，倒好像是为了贿赂。

那季节，她箱中的货物已经不大畅销了。每当我出现在胡同里，她就递给我一根冰棍，好像早就在等着这个主顾。我呢，也好像到这里就是为了照顾她的生意。我一手扶车，一手拿着冰棍，伫立在学院的门前，等着你。等着，直到手中的冰棍化成了水，我才快快地怅然离去。在我身后，照例是那老妇人的一声叹息。不知是为了那冰棍，还是为了我这个不幸的人。

爱情竟这样的残忍，这样的折磨人，是我从来没有想到的。我能割弃这痛苦吗？不，不能啊！圆舞曲在我耳边不停地回响，她站在云端里向我微笑，就连她微带嗔意的一瞥，也是那样扣人心弦。

爱情又是这样的神奇，是我从未领略过的。就在那没有希望的等待和追寻中，我却品尝到它的甘甜，它的隽永的余味。恰似一口甜甜的水井，它总有那么多的潜流，点点滴滴，渗透在你的心田。

如果，我们从此不再见面，这甜井将永远深埋在我心底，滋润着我，伴随我走到人生的终点。也许，我会和另一个姑娘结婚。但我心里有一个永远的秘密。当我感到烦恼、遇到不幸时，她就会悄悄地来到我身旁，抚慰我那颗受伤的心。

啊，在以后那些漫长的痛苦的日子里，我多少次梦幻过那样的结局：你在我的生活中只一闪，像一颗耀眼的流星，飘然而来，遽然而去，消失得无影无踪。当我老了，动不了了，回首往事，什么都忘怀了，只记得一个穿鹅黄色毛衣的姑娘。她的面影也模糊了，留下的却是一个不变色的完美的记忆。

那该多么好啊！

四

可是，我们又相会了。

团中央的迎新晚会是那么热闹，楼下是舞会，楼上是电影。人们都那么喜气洋洋，只有我失神地坐在大厅的一角，盯着入口处，等着你突然降临。七点、八点、九点……入口处已经没有人把守了，该来的人都已来到，不来的也不会来了。我的朋友见我不跳舞，拉我到了楼上的放映大厅。

记得那天放映的是一部新拍的彩色故事片，情节生动，观众被吸引了。我却一点也看不进去，心里只惦念着，会不会就在我离开的这一刻，她来了？

小说上、电影里，常有这种失之交臂、抱憾终生的情节。生活中该不会有这样的事吧？但是，万一呢？万一……我再也坐不住了，忙忙地朝楼下跑去。心里却在骂自己的可笑：看了那么多小说，难道还不知小说是编的！怎么能希望在生活中出现艺术中的奇遇呢？

迈进舞会大厅，不，还在门口，我的眼前顿时明亮了——穿鹅黄色毛衣的姑娘来了，是她，是她，她正在舞池里旋转……

我只觉得精神为之一振，仿佛生命又重新属于我了！

我是个无神论者。可在这一刻，我甚至相信，是我的赤诚感动了上天，上天才赐给我这样的智慧，使我没有失去这几乎要失去的重逢。

在这次的舞会上，我冲破了世俗观念的束缚，没有半点拘泥，勇敢地站在了你的面前，一次又一次邀你跳舞，抓住每一次机会同你交谈。

现在我可以告诉你了，这一切谈话都是"预谋"已久的。在追寻你、等待你的那些可怕的日子里，我无数次地设想过，有一天再见到你时，该做些什么，说些什么。我把这种种设想，当作排遣我的痛苦的唯一安慰。惠莲，原谅我，在同你仅有一面之交的时候，没有征得你的同意，我就把你拥进自己的梦中。

当这机遇真正来到时，我多么希望自己的每一个"规定动作"，都能在你心里留下深刻的印记。我又多么希望自己的每一句"规定台词"，都能使你听到它弦外的深意。

"能告诉我，您的姓名吗？"我问你的第一句话。

你只淡淡地一笑，淡淡地答道：

"我叫黄莺。"

我本想赞美一下你的名字。可惜，"黄莺"这名字虽也动听，却有几分俗气，我赞美的话儿说不出口。

幸亏我没有冒失地去称赞一个不该称赞的名字。后来我才知道，这不过是你一个"小小的谎言"。为了你这姣好的狡黠，我曾格外地赞美你。我喜欢自己心爱的姑娘对陌生的异性保持应有的戒备——有什么必要向一个生人泄露自己的真名实姓呢！

"您有九个周末没来了。"我把"九个"两字咬得很重，希望你能感到它的重量。

"……"你确实略略一惊。

"功课很紧吧？"我竭力显得轻松。可后来你还是告诉我，说起话来结结巴巴的。

"毕业演出去了。"

"演什么戏？"

"《罗密欧与朱丽叶》。"

"你是演朱丽叶吧？"

没有想到，这句脱口而出的问话，是那样地刺痛了你。我感到你的身子微微一颤，你的手心在出汗。你投给我那样一个极不友好的眼光，又给了我那样一个冰冷的回答：

"我没有那样的荣幸。"

如果不是我的机智与顽强，那一个曲子我们可能不会跳完。至今我自己也不能理解，为什么当时有那么大的勇气，竟敢把谈话进行下去，还说什么：

"在我眼里，你就是朱丽叶。你有朱丽叶的一切，就是不会有朱丽叶的悲剧。"

尽管你后来说，"我根本没注意你说的这句话"。但是我始终相信，这不是真的。这句在热恋中的胡话，曾经打动了你。你的目光变得柔和了，甚至带着一种新鲜的探究的眼神看着我。这种善意的对待，鼓励我又说出一句颇有哲理味的胡话：

"在舞台上演什么角色，是由导演决定的；在生活中演什么角色，是由自己选择的。"

大概就是这一连串热昏的胡话，缩短了我们的距离。使得你像迷途的羔羊一般，扑向那吉凶难卜的木牢。

沿着所有恋人们走过的路，我们一步步走了过来。稍有不同的是：开始，你总是那么微微地抗争着，不肯轻易俯就；后来，你又那么顽皮，那么淘气，每次见面都想出许多富有诗意的新花样，使人陶醉。而我，总是诚心诚意地竭尽全力去博得你的欢心。我干了多少想来令人脸红的事！

还记得我们的"雪葬"吗？

那年的冬天，北京好大的雪。一个星期六的傍晚，我们坐在郊外紫竹院公园的长椅上。雪片从天而降，顷刻间给树木、湖水都披上了银装。

"走吧，雪下大了。"我说。

"不，坐着，别动。"

雪，落在我们的脚下，盖在我们的肩头，打在我们的脸上，滴在我们的唇中。

"我们要变成雪人了。"我笑了，吞下了几片雪。

"就要，就要变成雪人。你愿意和我一起埋葬在雪里吗？"

你转过脸来。我看见你鲜艳的头巾变白了，我看见你乌黑的眉毛变白了，我看见从你红唇中呼出一团团的白气。在白雪映照下，你红彤彤的脸儿显得那么兴高采烈！

你依偎着我，悄声说：

"埋吧，埋吧，让雪把我们俩埋起来。明天早上，人们会发现，啊，这里埋葬着两个年轻人。他们的身躯已化作坚冰，他们的心还是热的。"

这是多么诱人的游戏！连我这一向理智的人也不得不衷心赞同。我们就那么并坐在一起，听任大雪埋住了我们的脚面，铺满了我们的双膝……我们彼此笑眼相望，心里洋溢着说不出的幸福。

在漫天大雪中，我们杜撰了一个美丽的童话：许多许多年之后，人们来到这椅边，就会讲起，从前有一个少年和一个姑娘……

可惜，天不从人愿。上天没有让我们演完这出"雪葬"的"悲剧"。天还没有黑下来，雪已经停了。我们站起来，抖落了身上的积雪。这时，在朦胧的路灯下，我看见你脸上的笑意消失了，好似真为老天爷打乱了我们的安排而生气，在你晶亮的双眸中甚至闪现着泪光。我的心是那么感动，我第一次拥抱了你，吻了你。

你还给我的拥抱那么轻，你还给我的吻那么怯怯的。我应该终身感激你这纯真的赐予。在这之前，我曾得到过，也给予过，尽管那不过是少年时代的嬉戏。但，比起你来，我是不洁的了。

为了你这纯真的爱，为了你给我的莲花一般洁白的恋情，我曾对自己发下誓言：我要牺牲自己的一切，爱你，直到老，直到死。

老和死，那时说来，遥远得像另一个世界的事情。谁知，弹指间，它已到来。我们都跨进了老和死的门槛。

你已——死去。

我也——老了。

此刻，我坐在这里，看不见自己刻满皱纹的额头，看不见自己干枯的白发。我只看见自己龟裂的瘦手，看见这手背上点点的老人斑痕。啊，青春，你去得这样匆匆，匆匆地带去了我的欢乐，却又在匆匆中不曾忘记留下伤痛。

我埋身在藤椅里。这藤椅是我们新婚时添置的唯一家具。后来，你要练功，每天把它倒扣在衣橱上。晚上我要看稿，又把它搬下来放在书桌前。上上下下，下下上上，藤椅的扶手折断了。是你用尼龙绳把它缠上的，像给伤员包扎伤口一样。这是在我们共同生活的二十多年中，你留下的纪念之一。

这只瘦骨嶙峋的老手，正搭在你缠的尼龙绳上，红色的尼龙绳早已变了颜色。破旧的藤椅，它也累了，老了，仿佛也在为这不幸的家庭呻吟。

惠莲，你已离开了这个家，最终地解脱了。你是带着那样委屈、不安的神情离去的。虽然，弥留之际，你曾希望我相信，你没有什么可遗憾的。可，我知道啊，你的遗憾太多了。如果这一切，真像你常说的，是由于我的过错。那么，我愿意自责，愿意用自己的忏悔来超度你的亡灵。

可，我是真正爱你的，我有什么错啊！

五

原来，我以为，在经历了这许多秋风的劲扫，在经历了这许多残冬的埋葬，一切都早已荡涤殆尽，一切都随着岁月的流逝而消失。可是不，没有忘。一切爱过的，恨过的，欣喜过的，苦恼过的，都还是深深地刻在我这破碎的心上。

我记得，你曾不止一次怨愤地说过：

"我为什么偏偏嫁给了你？"

为什么？只因为你也曾爱过我啊！是的，是这样。你曾怀着那样动人的柔顺，称赞我是"真正的男子汉"。这当然不仅因为我有高高的个子，宽宽的胸膛，颇为不坏的风度，并不令人讨厌的长相。你看重的，似乎还有别的。我记得，你曾深情地说过："我总觉得你身上有一股力量，把我拉向你。"

我自信是有力量的。我也曾发誓，要凭着我的全力，把你从柔弱中托起，挽臂去经受人生的暴风雨。我是尽了力了，这，你是知道的。

在你求学的艺术乐园里，"美少年"云集，你并没有从中选择一个。你告诉我，有一个和你同班的男同学，天天给你写纸条，约你"谈谈"，你却避而不谈。你对我说：

"那人像浮云，轻飘飘的，担不起'丈夫'的称号，哪有你大地般的坚实。"

你也曾讲起过一个军事学院的学生，疯狂地追求你，弄到死去活来的地步。甚至溺爱他的母亲——一位职高位尊的老干部——亲自给你写了信，恳切地希望你成为她的儿媳。可你，高傲地拒绝了。你对我说：

"我爱的只是一个人，而不是这人身外的一切。"

还有一个偏爱你的老师。他似乎对你格外看重，预言你将是未来舞台上的明星。以你的聪明，早知他对你怀有别一种感情。师生结合的佳话，中外比比皆是。可你却佯装天真烂漫，不回答他半点。你对我说：

"在他那里我能得到教诲，但得不到爱人的娇宠。从你这里，我能得到一切。"

为了你给予我的信赖，我甚至觉得，我给予你的爱远远地不够。我将用终生的努力来补偿这种欠缺。没有想到的是，在以后那些艰难的日子里，我才发现，那是一笔永远无法补偿的债。我尽了自己的一切力量，总填不满这爱的无底深渊。

现在我才多少懂得了一点。恋爱的人，展现给对方的都是自己最美的羽毛，一颦一笑，一举一动，都是最中人意的。哪怕是小小的争执，都以爱的方式传递，都有一种诱人的魅力。而这些，其实并不都是准确的，实在的。只可惜，认识到这一点时，已经为时太晚了。

还记得那次河边的赌气吗？不知怎么说到，我们出版社一位老同志曾经劝我："你找一个演员，你能知道她是真的，还是在演戏？""如果她真爱你，你就应该劝她脱离舞台生涯。"我笑着把他这些唠叨告诉你，只觉得好玩。可你真生了气，认为这是对你的侮辱。你还认为我是在借他人之口暗示要你离开舞台。其实，我何尝有过这种想法？何尝反对过你的职业？你那么美，除了这离不开美的职业，还有哪一种职业更适合于你呢？你原是为舞台而降生的。可是你呀，百般的解释都无济于事。你认定我就是那样想的，把我作为假想的敌人加以攻击。你怎么可以这样冤屈我？小小的"战争"持续了三天，我第一次尝到了你的不讲理（这在后来当然是家常便饭了）。

可叹当时，就是这"不讲理"也在吸引着我。小小的争吵，小小的误会，接着而来的眼泪、哀求、和解、加倍的爱抚，像一只温柔的手触摸在满盈着爱的心尖上。这不就是爱情吗？

天哪，究竟什么是爱情？

直到今日，当我已两鬓斑白，也答不出来。我甚至怀疑：古今中外一切动人心魄的爱情故事，有多少真实性？那些文学大师究竟依据的是什么？世间谁能把那饱含着甜蜜和痛苦、那使人心颤又陷人于不幸的爱情说清楚？我敢断言：没有这样的人。那加上许许多多条件，那能说得明明白白的，也许根本就不是爱情。

或许，爱，就够了。何须去说明？

不幸的是，当初我们都以为，自己已经懂得了爱情的真谛。多么不知天高地厚！二十几岁的年纪，有限的人生阅历，怎能够懂得这门深奥的学问？

我把爱情看作是一只飞翔在蓝天上的美丽的风筝。我要追求，我自信有力量去不舍地追求。我知道这需要我付出力量，我相信这付出得到的将是无比的幸福。到老来我才恍悟：这种付出，是我力所不及的；而我所得的，可以说很少，很少。至于你，你是那么单纯！你似乎从未想过，爱是沉重的。你把最宝贵的感情给了一个男人，你的命运就将和他连在一起。你应百倍地珍惜这并非儿戏的感情，千百倍地去保有它。可是，你不懂得。你像一个被娇惯坏了的孩子，任意破坏到手的玩具，把所有的都弄碎了，砸破了……而人的心不是玩具。

这一切，只是在我们经历了之后，才明白的。晚了，太晚了。假如我们早有这样的认识，也许，在我们结成家庭之前，会有更多的思考，会作更慎重的选择。在人生的道路上，这是一个多么重要的选择啊！有人选择对了，他将愉快地走完人生的旅途。有人选择错了，他将一生在痛苦的路上挣扎。

而我们，彼此的选择，都错了。

六

这是一条多么漫长的路啊！

在这路上，你挣扎着，走完了，你的痛苦也完结了。只留下我，不敢回首那撒满在路上的不幸。不，满杯的苦酒已饮干，还有什么不敢回味？

如果真有上苍，我愿苍天作证：在我邀你一同走上那陌生的婚姻之路时，我奉献给你的只有一颗赤诚的心，绝没有丝毫的欺骗。

"不要孩子。"你说。

"当然，我只要你。"当时，我怎么会想到孩子？

这绝不是要骗你"落入"网中。沉浸在爱的海洋中的年轻人，怎么会想到孩子！应该说，在这个问题上，你比我想得多些。我心中只有你，只盼着和你朝夕共处的日子早来临。在那心醉神痴的时刻，我的心容不下别的，我的思维处于一种冬眠似的状态，麻木而迟钝。除了你，四处仿佛只是一片广漠的空间。我全身心的一切只被你、被你的爱占有了。我当初的回答是真心话。我愿再说一次，绝没有丝毫的欺骗。

我们的蜜月，我该怎样来说它？

直到现在我也坚信，人世间没有任何人的蜜月像我们那样快活，快活到忘我的境地。我们俩好像把平板的生活翻了个个儿。生活中的快乐被我们砌成高塔，而站在那高塔尖顶上的是我们俩。从高处我们哀怜着四周的人们，满心想把自己的欢乐与他们分享。我们曾度过一个童年，那不能说是金色的。我们又度过第二个童年——蜜月，它可是金光灿烂的啊！

我们结婚一定要不同凡响。为什么新房中的陈设要成双成对？我们偏不。我们只买了一个暖瓶，只买了一只枕头，只絮了一床棉被。任什么东西我们都不需要两件。我们已经成为一体。我们的算术里二就是一，单就是双，墙上的一面圆镜中不是照进了两张脸儿吗？

新房的窗上，贴的不是鸳鸯，不是"囍"字，而是一只小小的船儿。来"闹洞房"的客人都觉得新鲜，不解其意，问个没完。我和你笑而不答，这秘密只属于你和我。

婚后的第三天，你双臂绕着我的脖颈，笑吟吟地问：

"你还有什么遗憾的事，告诉我，我要补偿给你。"

遗憾？我得到了你，就得到了生活中全部的快乐，什么遗憾也没有了。可是，望着你那渴望赐予的眼光，我竭力找出自己的遗憾：

"在第一次见到你的舞会上，你和别人跳得那么多，只和我跳了一次。我嫉妒极了。"

"在你学校的门口，我等了多少次，一次也没等到。我伤心极了。"

"在东交民巷，我们第一次散步时，我就想——吻你。可是我不敢。我后悔极了。"

啊，你真的——"补偿"了。

就在那个星期天，你约我下班后在戏剧学院门口见面。我又走进了那条小胡同，又见到了那个卖冰棍的老太太。她用一种疑惑的眼光打量着我，好像在查问我，这些日子跑到哪儿去了，为什么没来光顾她的生意。我心里却充满了喜悦。这时，你像小鸟一样飞了出来，投身在我怀里，眼睛里闪现着调皮的光彩。我的心顷刻间仿佛荡漾在春水里。

我们把满心的欢喜分给了那卖冰棍的老太太，一下子买了她八根冰棍。善良的老人似乎明白了什么，她慷慨地奉送给我们一个硬纸盒，给我们装那一大堆冰棍。我们跳跃着把一大堆冷食吃进肚里。路人们视我们为不懂事的孩子。他们哪里知道，再加十倍的冰，也难以熄灭我们心中熊熊的火焰。我们快要被爱的烈火烧焦了。

我们挽臂来到团中央的舞会上。你挨着我，我守着你，一曲继以一曲，不容第三者插足。你望着我笑，仿佛在向全世界宣布："我是属于你的，我只和你一个人跳舞。"望着你的笑脸，我的心膨胀了。

从舞会出来，我们来到了东交民巷。在那幽静的小街上，你忽然站住了。抬起梦一般的眼睛望着我，仿佛在问："是在这儿吗？"我紧紧地拥抱你，我们冰冷的唇贴在一起，忘记了寒冷，周围的一切都消失了……

啊，蜜月！惠莲，为了这一个月，我也该感激你！假如，我们俩的一生只有这一个月，我敢说，我们俩都是完完全全的幸福的了。

可惜，人生不止一个月。它真长啊！长到我们都已筋疲力尽。长到你带着冰冷的心走向了坟墓。而这一切，绝不是我所愿意加在你身上的。

"猫咪"轻轻地呜咽着，它饿了。我给它拌了一点米饭，它不吃。是因为这饭里缺少鱼味，还是因为这不是宠爱它的女主人亲手端去的？它蹲在那里，用一双绿色的眼珠死死地盯着我。好像在指责我夺走了它的爱。

可是，又是谁夺走了我的爱呢？

我们怎么会走到了这一步？我常常不敢想，也不愿去想。现在，你给了我这时间，似乎专留给我去想，去思考，去探寻究竟。

今夜，我那么冷静，似乎明白了许多以前不曾明白的事。我觉得，就在那迷人的蜜月中也渗进了那么多虚荣的毒汁。你该记得的，我带着你几乎去敲了我每一个朋友的家门，听着他们赞美你——赞美我的幸运。这难道不是一个男人自私的快乐，一种盲目的快乐。

也许，这就是错误的根源？

我该自责吗？不，从古至今，哪个少年不追求美丽的少女？我似乎并没有错。

我的错在哪里？

为什么只因为我爱了你，使得我的一生处在这样的不幸之中？当然，也使得你处在同样的不幸之中。这难以言说的不幸像一张大网，罩着你，也网着我，使我们在惨淡的愁云里熬过了这许多岁月。直到你去了，这不幸之网仍然存在，使我无法挣脱。

错啊，错在我不该爱你！

七

夜深了，人静了，静得有些奇怪。没有了你的叹息声，也没有了你失眠时辗转反侧的声音。屋子里，只听见我自己的呼吸。坐在这里，一种多年未有的静谧围绕着我，使我蓦地感到心的空虚，感到一种失落。

从什么时候，失落了我们的爱情？从什么地方，开始了我们的裂隙？我竭力去想，总也想不明白。在我们平凡的日子里没有大的不幸，就连"文化大革命"这样的大灾难，在我这样一个从小参加革命、又是一般干部的家庭里，也只有一点余波。小康之家的生活算不得贫困。我上无父母、下无兄弟姐妹，没有任何家庭关系复杂引起的矛盾。我们的身体都很健康。我们这个小小的家庭，可以说什么"问题"也没有。可为什么？这本应幸福的家庭竟被不幸的洪水淹没。

在一个像我们这样的小家庭里，如果有什么矛盾也是由极琐碎的事情引起，那么可笑的芝麻大点的事啊，连说都说不出口。它应该是不难解决的。但是，在我们家里，它无法解决。日积月累，终于变成了感情上的障碍，彼此间的隔阂。而这种障碍和隔阂一旦被认识到，就已经晚了。

我最初有这种感觉，是在那些令人困惑的夜晚。我发现你常常沉默、忧郁、暗自伤心，莫名其妙地抽泣，甚至无理取闹（尽管那娇弱的模样使我动心，但那确实是无理取闹），非经我百般哄劝不能回转过来。在这种时候，我虽然心急如焚，还是以一个男人最大的耐心和温存伴着你，直到你破涕为笑，安详地进入梦乡。

这样的夜晚，不是一回两回，而是周期性发作，并且间隔的时间越来越短。每回从哭泣、劝解到和解的时间越来越长。惠莲，让我坦白地告诉你，对这一切，我是多么不理解，多么不习惯啊！

开始，我以为这是新婚燕尔，少年夫妻的闺房乐趣，人人都有的。后来，我发现你是认真地在生气。每每望着你流泪的脸，我只觉得一股苦涩的水流过我的心田。我捧着那张我爱的脸，我抚着那比我生命还宝贵的人儿，我不明白自己怎么惹你生那么大的气。待你在爱抚中沉入梦中，我还醒着，久久地醒着，不明白这一切是为了什么。

最后，我厌倦了。你的哭泣不能让我怜爱，我的劝慰也已言不由衷，千篇一律的和解再也没有什么乐趣。尽管我还捧着你的脸，抚着你的肩，说着那些你喜欢听的话，我的心却是麻木的。一待你睡去，我才得到解脱。

当这种解脱感第一次袭上心头时，我害怕极了，简直觉得自己是在犯罪。我那么真诚地爱你，怎么可能把你视为羁绊或累赘，产生这种解脱感呢？可是，这种感觉是实实在在的，尽管我不敢正视它，它是存在的。特别是后来，这种周期性的悲喜剧经常发生在夜阑人静时，我感到极度的精神疲倦。我盼望这一切赶快结束。一旦结束，我甚至来不及去思索片刻，就被睡魔虏了过去。

你为什么那么悲伤，究竟为什么？

在我千百遍的盘问之下，那天晚上，你终于泪流满面地说：

"你对我的爱不如以前了。"

啊，多么可怕的结论！我曾反复地问你：你根据什么？根据什么？你只摇头说：

"反正结婚以后，不是我想象中的爱情了。"

你想象的又是什么呢？我猜不出你把爱情编织成怎样一个蔷

薇色的梦。我隐隐地感到，我了解你的是那么少。我甚至觉得，对你胸中的那颗心，有些把握不住了。就在我不知如何作答时，你又随口背诵了不知从哪里来的话：

"丈夫的热诚所能达到的最长时期，不会超过六个月。六个月之后就会变成泡影。"

那时，我们结婚刚巧是六个月！

你漆黑的眼珠浸泡在泪水中，我痛切地吻着那两颗受伤般的眼睛，心如刀绞。唉，我要怎么才能证明，我是如先前一般地爱你？我要怎么来证明，结婚之后你对于我是更加的宝贵？

我曾竭力要使你明白：婚后的夫妻生活绝不同于婚前的恋人生活。它不再是月下的漫步，花间的依偎，而是实实在在地在人生的道路上并行。它也绝不仅仅是唇的吸吮，臂的缠绕。它的内容更深厚了，更广阔了。爱，像一颗种子埋下了。爱的须根深埋在家庭的泥土里，延伸到家庭生活的每一个角落。

我是这样想的，也是这样做的。平心而论，你也承认：我是个好丈夫。我做了一个丈夫应该做的一切。并且，我懂得，对于一个演员，她身体的每一部分都是艺术的需要。她必须保护好她的容貌，她的形体。忧虑会使她过早地苍老，操劳会使她变得不适宜某一种角色。我爱你，兼及于你的工作，把它看得无比神圣。我把一切家务尽可能地揽了过来，我把永葆你的艺术青春视为自己的天职。

惠莲，难道我做得还不够吗？每天早上，我替你准备好早餐才去上班。每天回家我的自行车后座上总夹着菜兜。每天晚上，我搓洗着你早上换下的衣服。该干的，能干的，我都干了。这不是诉苦，是我心甘情愿的。可是你，你总应给我一个公正的评价啊！难道这不是为了爱吗？你怎么能说我对你的爱不如以前了呢？

你常说："汤、糖、躺、烫，容易长胖，是演员的四忌。"你严格地限制自己的饮食，吃得那么少，使我目不忍睹。为了使你既能吃得少，又能吃得好，我着意烹调"精品"。你唯一爱吃的只有鱼。你可曾想过桌上常见的鱼是怎么得来的？你可曾问过我从哪里去学会烹调各式各样的鱼？

多少个清晨，当你还在梦中，我就悄悄地起床，奔向那热闹的菜市场。往往是需要一连跑上几家商店，然后才是耐心地加入长长的杂色人群的队伍中。买了回来，剖腹除鳞，洗污去垢，一身腥味。再照着食谱上的方法，一一去实践。当然，后来不需要食谱了，我已经达到了熟练操作的程度。当我经受了厨房中油熏火烤的洗礼，把烹调得不错的鲜鱼端上桌时，你尝到的难道只是鱼的美味，而没有半点爱的芬芳？

家务劳动是烦杂的、琐碎的，毫无诗意可言。这我绝对地承认。列宁说过："家务劳动是使人愚蠢的。"也许，我太安于现状。我不仅安于这使人愚蠢的家务劳动，而且极力给这乏味的劳动涂上爱的彩色。我只有一个想法：为了我的爱人能生活得更好些，我愿意干这一切。只要我的爱人额上能减少一条皱纹，哪怕罚我十年苦役，我也愿意。带着这样的"信念"去劳作，人是不会变得愚蠢的。因为这劳动的价值是无法以黄金的价值去估量的。因为这劳动能把爱的信息传递到爱人的心上。

可是，你不懂得，什么都不懂得。你根本漠视这种爱的信息。到后来，甚至可以说，你肆意践踏这种爱的信息。

我记得，第一次，当我兴冲冲地回到家里，系上围裙，向你诉说排队"奋斗"的经历时，你刚梳洗完毕，俯在我肩上，笑吟吟地打断我的话说：

"我喜欢你在我身边，睁开眼就看见你。"

这不啻是一盆冷水泼在我头上。但，你对我的依恋，使我原谅了你。

后来，又有一次，当我说起这类"奋斗记"时，你堵上耳朵说：

"我不要听。"

我沉默了，心里感到委屈。难道我是这样一个庸俗的人，津津乐道这些身边琐事？不，深情寓于琐事，难道你真的不懂得？

还有一次，你伤透了我的心，居然说：

"谁让你去的？"

惠莲，原谅我。你走了，我不该再说你的不是。但是，我不得不说，你太任性了。你的任性常使自己不知不觉中伤害了别人。你打击的，不是我干这种或那种家务的积极性，而是我那一片受伤的心。你践踏的，是我的赤诚啊！可你，还责备我"不像以前那样"爱你了。

我向你解释，一遍、两遍、百遍、千遍，收效甚微。我终于悟到，在对待爱情的看法上，你和我是完全不同的。你是不食人间烟火的霓裳仙女，你生活在梦幻之中。你的爱情，就是你的梦幻。或悲或喜，忽暗忽明，随心所欲，任其自然。你所需要的，是一个配合默契、能够跟随你感情的脉搏一起跳动的舞伴。你所需要的，是一个爱你、怜你、娇你、宠你的天宫中的王子。可惜，我是地上的一个常人，不能超凡，不能脱俗，永远演不了天上"王子"的角色。

惠莲，让我坦率地说，你的爱是虚幻的，也是自私的。你只需要别人爱你，你并不爱任何人。这就是我们的悲剧。

我多次向你提过："你应该现实一点。"你不理会。你总是孤芳自赏、顾影自怜。我这样说，你又要怪我了吧？生前，我曾多次地想跟你谈一谈。可是，每次刚一开始，而且只是那样委婉地提了一下，都被你打了回来，都以相吵告终。而我是最怕吵架的，我有知识分子通常的弱点——爱面子。我不愿意让邻居们知道，我们之间哪怕有一星半点的不和。

在这方面，你曾经给过我一些体面。记得刚结婚的那年，有一阵我请了假在家看书稿（这使我有更多的时间完成采购和烹调任务）。一天，出版社有两位同志要来商量一些事情，你提出留他们吃午饭。对于留客人吃饭这类举动，我从来不大热心。我知道这是很累人的。可是，见你那兴致勃勃的样子，我也就同意了。我心想，反正都是机关里的熟人，家常便饭，人家也不会见怪的。

谁知客人来了，你钻进厨房忙了一阵，出来的时候，身系白色镶边的蓝围裙，手里端着一个摆有碗筷碟匙的托盘，俨然成了一个温柔的小媳妇，轻声地招呼说：

"边吃边谈吧！"

你动作麻利地收拾了我们的小圆桌，就仿佛你天天收拾它似的。你摆好三副碗筷，又端出三盘炒菜，在桌面上拼成"品"字形，招呼说：

"没有什么菜，请随便吃点吧！"

当客人们举起筷子，邀你一同进餐时，你却拉过一张凳子坐在我身旁，左臂搁在我坐的椅背上，歪着脸枕着自己的手，含笑道：

"你们先吃吧！炉子上坐着水，我陪你们坐一会儿，再给你们做汤去。"

应该说，你成功地扮演了一个"贤妻"的角色。我的同事们投给我那样一种称羡的目光，仿佛也在为我找到这样一位美丽、贤惠而又能干的妻子感到高兴。他们不可能从你的化装和略嫌夸张的动作中，找出什么破绽。而这一切，我是清楚的：你不过是在表演。可叹的是，尽管只是从你的表演中，我才分享了一点做丈夫的骄傲和乐趣，我还是那么欢喜，并且用那种踌躇满志的表情去迎接同事们对你的赞许。

这样的表演，后来也逐渐减少了。特别是当我说起这是一种表演时，你生气了，说：

"既然这样，我又何必再表演呢。"

从此，再有客人来访，你就避而不见，"恕不招待"了。有时，你那生硬的态度弄得我很下不了台。我劝过你，求过你，也给你提过意见。你说：

"不是你自己说，不让我表演吗？我听了你的，不玩假的，来真的了。我不想赔着笑脸去见你的客人，你又有意见。你要我怎么办？"

回想起来，确实没有意思。太无聊了，尽是一些不值一提的小事。可，偏偏就是这些小事，惹起了没完没了的纷争，结下了解不开的死死的疙瘩。

常言道："小两口吵架不记仇。"不对！不是记仇，而是远离。每吵一次，伤一次心，彼此的距离就远了一分。难道，还有什么比两颗心的远离更可怕吗？

八

啊！孩子，不受欢迎的孩子，她来了。

"孩子是爱的结晶。"在许多书中都有这样的句子。我不知道，一个可爱的孩子在别人家里降临是什么滋味，可在我们家，燕燕的来临，竟好似凭空飞来了一场灾难！

真叫人难以相信，那么一个无辜的小人儿，却有那么大的破坏力。确切地说，当她还是个胚胎，还正忙着长全自己的时候，她的威力已经足够毁灭一个小家庭的安适。何况在这个小家庭里，早已有了不和谐的噪音。

那个时刻，现在想来还令我心悸，也觉得可怜。当你感到身体有了异样的变化，心惊胆战地挨过了些日子，终于由医院得到证实时，你是怎样的神情啊！从医院回到家，整整一天，你不吃也不喝，蜷缩在床角，像一头受了伤的小鹿，奄奄一息。我说了多少安慰的话啊，你只是不开口。最后，你终于哭叫了一声：

"你答应过的！你答应过的！"

斥责的目光，怨愤的声调，顿时禁住了我。我不知该说什么好了。是的，你说过不要孩子，我也答应过。可是你怎么不懂得，你是一个健康的女人，你年轻的躯体不能拒绝孕育另一个生命。这是女人的辛劳，也是女人的天职吧！

当然，这些我不能说。我只能竭力寻找解脱的办法。

我陪你到医院，向那位年长的胖胖的女医生说了多少好话！可她就是不同意。她只是拍着你的肩膀，望着你哭泣的脸笑，像哄孩子似的说："小宝宝生下来就好了。"我真觉得，我的不幸应和马寅初的不幸连在一起。那时没有人听他的建议，不准许人工流产。我又有什么办法？如果是现在，我们早就不会有孩子。我并不在乎断子绝孙。可是她来了，怎么办？

为了这孩子，你受了那么多折磨。听说有的女人爬一次山，骑一次车，就流产了。你偷偷地爬了多少次山，骑了多少次车。你四处寻求偏方，不知吃了多少令人作呕的东西。可是，那顽强的小生命就是不肯离开母体。你哭，你闹，你跟我吵了不知多少回，千遍万遍地喊道：

"完了，完了。我什么都完了！"

惠莲，那九个月，我知道你是怎么熬过来的，可我真不知道自己是怎么熬过来的。我的痛苦并不比你少！你的哭泣，你的指责，你的绝望的心情，还有你生理上的反应，都在我心里刻上一道道伤痕。每日每夜，我小心地照顾你，唯恐惹你生气。看着你一天天消瘦下去的脸，看着你失神的大眼，我简直难受得要发疯。可我没有办法拯救你。我们俩，都好像生活在地狱中。

我多少次向你忏悔。我承认我是罪人。我不断地向你保证：我要赎罪。孩子生下来，一切都交给我，不用你操一点心。我要还你青春，还你笑靥，还你艺术生命。这保证，我是做到了的。可是，惠莲，你可知道，我是多么艰难地做到的啊！

孩子出生了。可怜巴巴的一个漂亮小女孩，瘦得像一只小猫，整天哭个不停。我想，她的漂亮是母亲给的，她的虚弱是母亲给的，她的哭泣的性格也是母亲给的吧！这小东西得到了一个多么残忍的名字：厌厌。讨厌的厌啊！只在她上幼儿园时，才在登记表上填上了"燕燕"。

燕燕生下来你就没有管过，没有给她换过裤子、洗过尿片。多少奶兑多少水，什么时候加菜水，什么时候加橘汁，都由我按照《科学育儿知识》去做。我这样说，并没有责备你的意思。我只想表明，我是信守自己的誓言的。每当你要做些什么的时候，我都拦住你说："我来。"我做着一个母亲该做的一切，没有丝毫怨言。后来看见你身体逐渐康复，看见你又对着镜子梳洗打扮，脸上露出久违的笑容，我才感到欣慰，忍不住掉下泪来。

你的产假满后，我建议把孩子全托出去，这样我们两人都有较多的时间去干我们的事业。可是，你舍不得孩子。你说你每天都要看见她，坚持只能日托。我答应了，尽管答应得很勉强。这并不是因为我不爱孩子。她也是我的骨肉，我怎么会不爱她呢？我是预见到，把孩子接回来还得我来带。我也是人，白天上班，晚上带孩子，我受得了吗？

没有想到的是，这种日夜两班、文武双全的生活，远比我当初的设想更为艰难。每天挤车接孩子，回到家里，马不停蹄，做饭吃饭，喂奶喂水，哄孩子睡觉。等孩子睡了，洗她的尿布，洗你的衣服，还要为你准备宵夜。你演出回来了，第一件大事就是亲你的女儿，看她吐奶了没有，尿片湿了没有，长胖了没有。孩子十一点本来就要吃奶，加上你逗弄她，她可就精神百倍了。可你也累了，孩子又交到我手上。这时，她怎么也不肯睡了，我抱着她，哄着她，在屋里来回走动。既怕她的啼哭吵醒了你，又怕我的脚步惊动了你。多少个夜晚，我就这样如履薄冰，走啊，走啊，直至拂晓。

孩子病了，更是我的罪过。追查发病的原因，你每次都查到我的头上来。其实，哪个孩子不生病呢？起初，我向你解释，你说我"狡辩"。后来，我也失去了解释的欲望，任你去说了。最难的是，孩子每病一次，你就要求换一个人家。你总以为有条件给人看孩子的人家那么好找，殊不知要找一个合适的人家是多么难啊！

有一次，燕燕得了肺炎。你坚持换了一户人家。谁知那家的老太太病了，我只好抱着孩子出来。站在街上，抱着无处寄托的孩子，我想哭。我真的流下了眼泪，落在怀中燕燕的小棉被上。但，我还是挺过来了。人是没有什么生活不能适应的。就这样，这棵小树风里雨里也在慢慢成长。只是我觉得，她长得真慢啊！慢得我的额上浮现了皱纹。

人们常说，孩子能够弥合夫妻间的裂痕，能够增进家庭的幸福。我爱燕燕，我也对她寄以这样的希望。但是，后来的事实证明，小燕燕无力承受这样的重任。她不仅不能沟通、弥合，反倒因为她生出那么多的争端。为了燕燕，在我们这小家里，爆发了多次的战争。一次一次这样的战争教育了我：我必须是一个失败者。否则就不可能休战，不可能取得暂时的和平。

最可怜的是燕燕。她从小生活在这样不和谐的环境里，在她幼小的心灵中，家庭就是不幸，父母就是矛盾，生活就是吵架。我常常从她那对惊恐的大眼睛里，看到了她对生活的惶惑。这种惶惑一直伴随着她进入小学，念完中学，上了大学。

燕燕是爱你的。在你病重的日子里，她一直细心地护理着你。你的去世，对她的打击是那样沉重。现在，她还在自己的房间里哀哀哭泣。她对你的爱，又是忧郁的、压抑的，好像总怕这种爱太过于表露，会被你拒绝。

啊，不幸的家庭，不幸的孩子。

九

这些年来，你工作不顺心，很影响情绪。这，我是理解的。

你热爱话剧事业，渴望在舞台上扮演重要的角色，总是不能如愿。你觉得，你外形好，音色也美，又是戏剧学院科班出身，受过严格的表演训练，是应该在各种剧目中担任女主角的。而之所以不能如愿，则是导演的偏见，或某某人的暗中捣鬼。为此，你常常感到委屈、不平，也常常把你的愤慨和不满，撒向这个可怜的小家，这些并没有牵累你、并没有妨碍你的事业的亲人。

我不敢说自己对话剧事业有多么热爱。既然你学的是这一行，我怎么能反对你的选择！甚至我同你一样，也希望你在表演艺术上得到成功。记得在婚后的那些日子里，每逢有你的演出，不管你演的是多么次要的角色，我都到剧场去观看，并且在幕间休息和散场时，留心去听观众的片言只语，为你"收集意见"。我懂得，一个演员的艺术道路是坎坷的，要登上顶峰很艰难。在"一举成名"之前，将有无数次的失败在等着她。我等待着这一天，等待着你在舞台上塑造一个感人至深、令人难忘的艺术形象。

可是，后来，我终于发现，尽管你有这样那样的有利条件，你却缺乏成为一个"著名演员"的天赋和才气。你在舞台上的表演，常使我觉得缺少生活的依据，而更多是按照某一种程式。

这个发现，使我替你担心，不得不多次地劝告过你：一个演员要广泛地接触各种人物，和他们交朋友，熟悉他们的内心世界，从中去汲取表演的营养。尽管你口头上也同意这些意见，也常说要"下生活"去，实际上你并不以为然，反而常常认为我是在教导你。你不是常说"感谢您的教导"吗？其实，我也知道，我的话对你只是耳旁风。你是"学院派"，你崇尚"斯坦尼"。我没有研究过这些大师们的理论，我是个外行。但我相信，把自己关在一个狭小的天地里，不管你"内心体验"多么丰富，也是不可能演好角色的。

记得是六十年代初期吧，你们剧院准备排演《家》。你回家来特别兴奋。你说，这个戏女角多，一定能分配到一个重要的角色。你问我：

"汝青，你看我演哪个角色好？"

也许是我对你的估计太低了。我把剧中的女角略数了一遍，总觉得以你有限的生活阅历和舞台经验，很难胜任其中任何一个角色。当然，我没有直说，只好隐约地表示这样的看法：梅表姐性格内向，容易演瘟了；鸣凤太年轻，容易演浅了；瑞珏这人物太复杂，不好演……

"把不好演的角色演好，这才是演员的乐趣。"你又说，"我想演梅表姐。"

梅表姐已经有很多著名的演员演过了，你再去演，能超过她们？我心里笑你自不量力，你却很自信地说：

"过去演梅表姐，大多着重于表演她的压抑、悲痛和绝望。我要演出她对爱情忠贞不渝的追求。不是这种痛苦的爱折磨着她，加速了她的死亡；而是这种对爱的追求，给了她力量，延续了她的生命。"

这真是一个精辟独到的见解！

平时，你常说演员要"自信"。我不知道这是哪位戏剧大师的名言，我认为只凭演员的"自信"是不可能征服观众的。可是那一天，我被你的"自信"征服了。我觉得你能塑造一个感人的梅表姐的形象。

可惜的是，剧院没有批准你的要求，导演让你演琴表姐。你回家抱头痛哭，像天要塌了似的。我忙安慰你：

"演琴表姐也好嘛！在那个封建大家庭里，琴表姐代表着光明。"

"不要听！不听！"

我只想使你冷静下来，又多说了两句：

"琴的戏不多，不好演，才需要一个有经验的演员去演嘛！"

不料你勃然大怒，恨恨地说：

"够了！在剧院里，导演就是这一套。回到家，你也来这一套。你们，你们一块儿来欺负我！"

这，这是从何说起呢？

几句话，竟像点燃了火药库。你劈头盖脸，把一盆盆污水朝我头上泼来。我这才大彻大悟：在家庭生活中没有真理。

坚持原则只能火上浇油，随声附和又是我所不愿意的，我只能沉默。在默默中，我看着你在一条没有希望的路上挣扎。本来，只要你有自知之明，是不难脱身的。舞台艺术的天地也很广阔。既然表演方面不能有所成就，为什么不趁年轻，从事教学工作，或从事业余辅导工作？有一次，我看你太苦恼了，简直是在自我折磨，终于向你提出可不可以考虑改行的问题。尽管我挑选了最委婉的词句，你还是一听就跳了起来，好像我犯了弥天大罪。

从此，在这个问题上，我就决不干预了。这对我来说，是多么巨大的痛苦。眼看着你在表演的沼泽地里挣扎，眼看你受苦受难却又无能为力。直到生命的终止，你对自己的表演才能还是那么自信，似乎唯一的欠缺只是生不逢时，没有机遇。你多么盼望这样的机遇，可它始终未能降福于你。啊，在事业上，你是不幸的。

在你患病住院的那些日子里，我有机会接触到你们剧院的一些同志。从他们那里，我才知道你们剧院确实有一种排斥"学院派"的倾向。像你这样受过专业训练，有一定表演才能的演员不被重用，绝非个别情况。甚至于，某某女演员因为和某某导演有某种特殊关系，而被派任重要角色的事，也是有的。这些内情，我不知道，确实不知道。如果我早有所知，我会同你一样感到不平，感到愤慨。

现在，你去了，带着终生的遗憾，离开了舞台，离开了人间。

"在舞台上演什么角色，是由导演定的；在生活中演什么角色，是由自己选择的。"这是我的话吗？难道它真的应验了？你没有能在舞台上扮演你喜欢的角色，却在生活中"扮演"了一个自己选定的角色。

可是，你为什么愿意"扮演"一个悲剧角色呢？你曾经是那么年轻，那么富有幻想，对生活充满了向往和追求。不，这样的角色不是你愿意扮演的。惠莲，我知道，这不是你愿意的。生活也是一个严酷的导演。它并不征求本人的意见，作出这样的安排，是任谁也无法逃脱的啊！

十

从什么时候开始，我们变得那么冷呢？

在情感问题上，你比我敏锐得多。对于在我们这个小小的家庭里出现的这一座巨大的冰山，你可能早就感觉到了。而我，是迟钝的。直到三年前，你抱回了"猫咪"，我才猛地意识到，原来我们已生活在冰窟之中。

你本不爱猫，也不爱花。也许不是不爱，只是没有心思侍候它们。你对我说："我只爱话剧和你。当然，话剧第一，你第二。"你热爱你的事业。为了它，当年你甚至不愿要燕燕。可是现在，你竟抱回了一只小猫。尽管它有一双透亮的蓝眼睛，有一身雪白的长长的皮毛，它毕竟只是一只不会说话的猫！你怎么能把自己满腔的爱给了它？

那时候，燕燕刚考上大学，搬到学校住宿去了。周末回家来时，你给她倾盆的爱，给得那么多，多得使她接受不了。星期日的傍晚，她回学校去了，你又那么惆怅。

我真傻，开始的时候，我还以为你把"猫咪"找来，是为了填补燕燕离去的空白。我甚至觉得，这也是人之常情。女儿去了，养一只小猫解闷，未尝不是一个办法。后来，你在"猫咪"身上

107

花费那么多时间。你为它洗澡，为它拌食，甚至为它跑遍菜市场买小鱼。每天回家，你把它抱在怀里，放在膝上，同它嬉笑，跟它说话……

到这时，我才发现，我们的家庭正在经历一种可怕的变化。这种变化，在不知不觉中萌生，逐步发展，终于成为一种可怕的现实。在这个家里，已经很少有人说话，很少听见你的声音了。

听着你和"猫咪"喋喋不休的对话，我忽然感到我们已经很久没有这样"对话"了。这并不是谁跟谁怄气，只是不知从什么时候起，我们已经习惯于不再争吵，习惯于以沉默对沉默了。我甚至没有觉察到这沉默中蕴藏着不幸，反而把它误认为一种安宁。直到"猫咪"的到来，才使我清醒了。

在那些日子里，我也曾有过内疚。

我开始感觉到，"猫咪"是来代替我的。可我有什么过错呢？我是爱你的。自从认识了你，我没有爱过别的女人。只不过我们已经组成了家庭，已经到了不惑之年，我们又有自己的工作，因而对爱情的表达方式同过去不同了。我们需要静静的爱。

为了这种爱的方式的不同，我们吵过多少回。我没有能说服你。你失望了，找到了"猫咪"。大概是想从它身上得到补偿吧！

啊，补偿！在我们的蜜月中，你曾经慷慨地给了我全部的补偿，使我心里充满了欢乐。今天，我何至于落到这种境地，需要你从一只小猫的身上，去找来在我身上得不到的感情？难道我真的像你常说的那样，不像以前那么爱你了吗？我否认！我竭力否认，但在内心的一角，却有一个声音在叫：你对她的感情是已经淡薄了。只因为你得到了她的爱，你就不珍惜了。

这种感觉第一次爬上心头时，使我几乎无地自容。我多么想向你忏悔，请求你宽恕，请求你原谅，原谅我辜负了你纯真的感情。惠莲，你可还记得，有一次，你搂着"猫咪"，脸贴着脸，那亲热的样子，终于使我按捺不住，我喊道：

"你不能把你的猫扔掉吗？"

惠莲，你是聪明的，你会听出我这话的"潜台词"。你会懂得我不是在责备你，不是在向你发脾气。我是在呼唤你回到我的身边。而且，我的第二句话已到了嘴边，那就是："难道我在你的心中还不如一只猫！"

是那害人的自尊心，使我把这第二句话咽了回去。如果我有勇气把它说了出来，我相信，你会立刻扔下"猫咪"，扑向我。我会像从前那样……可是，我没有勇气说出这句话，我说了另一句话：

"看它把屋里搞得乱七八糟的！"

到现在我还清楚地记得，我的第一声喊使你震动。你直愣愣地望着我，好像也意识到，你对"猫咪"的宠爱，是多么刺痛了我。但是，随着我那冷冰冰的第二句话出口，你的眼皮又垂了下去，回给我一句同样冷冰冰的话：

"我会收拾好的。"

这以后，照旧是沉默。那时，十一届三中全会已经开过，戏剧界的春天已经到了。你虽然从文化馆调回了剧院，但毕竟已失去了最宝贵的年华。你的体形也已经不适宜去扮演那些年轻的女主角，你对表演艺术的热情和自信也已经消失。你像一个表演工具一样，被分配到各个剧组去，参加了很多剧目的演出。那些角色只是剧情所不可缺少的，并没有诱人的力量，引不起你创造的激情。而你，这时已经没有怨言，也没有争强好胜之心了。你以一种冷漠的心情，去对待走马灯一般变换的角色。

这又给我一种错觉，似乎人生到了这一步，什么都看淡了。

事业上、爱情上，想法都实际了。可不是吗？作为一个演员，演什么角色不都是演戏，争什么主角配角？爱情，那是年轻人的事，都老夫老妻了，还有什么爱不爱的？相安无事就是爱。看看周围千家万户，哪家不是凑凑合合地过日子。比起那些打得鸡飞狗跳的人家，我们这个家说不定还算不错的呢。

我麻木了，身在冰中不知冷。

现在回想起来，那是多么可怕啊！夫妻相对，冷然无语，人生难道还有比这更悲惨的境况？

这样的人家，以前我也曾见过。夫妻如路人一般。不，比路人还不如！陌生的路人擦肩而过，可以顿时忘于脑后。彼此没有过去的恩怨，也没有未来的羁绊。而夫妻，却要在一个狭小的天地中厮守到老！以前我常常不解，这样的夫妻怎么还能生活在一起？他们怎么能忍受那夜以继日的苦痛？我以为那样地生活在一起太残酷了。

可谁知，这样的残酷竟落到了自己的头上。一旦身陷其中，我才明白了：这样残酷的生活之所以还能继续下去，全在于麻木。好也罢，歹也罢，没有感觉了，没有要求了，什么都没有了。

只有现在，当这一切都已成为过去的噩梦以后，我才感到害怕。这几年，我们是在一座怎样的冰山上爬过来的？想起那一个个漫漫长夜，我们相背而卧，同床异梦，真令人胆寒！

我曾经那样热烈地爱过你，我曾经自命为你的保护者。在那些甜蜜的夜晚，我望着你带着笑意进入梦乡，才阖上自己的眼睛。在那些相争的夜晚，我也不忍让你把忧愁带进梦里，总要等你真的高兴了，我才安心。可是，那些经常发生的马拉松式的无端争斗，终于使我失去了耐性。我累极了，第二天一早还要上班，为什么要这么折磨我？当我走投无路时，内心常发出一种绝望的呐喊："父母生下我来，不是为了给你折磨的！"

也许，这呐喊你也有过，只是我不知道罢了。

后来，我们都学会了"冷战"。开始是我。任你怎么抽泣，任你怎么取闹，任你怎么哀求，我都不予理会了。惠莲，不要责备我。不是我无情，我确实受不了那种折磨。而且，无数次的事实告诉我，在那种情况下，不管我说出多少好言好语，你都会报我以更多的指责，结果只是延续"战斗"的时间罢了。然后是你。你也冷静了，冷酷了。没有了眼泪，没有了取闹，也没有了笑意。我们同眠在一张床上，却好似生活在两个世界。

这是我的胜利吗？

我得到的是片刻的安宁，我失去的是终生的爱情。

可惜啊，在那么长的时间里，我没有认识到这一点。如果当初能认识到，是完全能把这失去的找回来的。

记得有一天夜里，我已经安然入睡了。半夜从梦里醒来，听见你在暗自饮泣，我的良心感到不安。你在身边落泪，我却呼呼大睡。我怎么能这样无情无义呢？那次，我真想转过身去，对你说些温存的话。可是，我们已经冷得太久了，已经不习惯这种亲密。我只推了推你，问：

"怎么了？"

你半天才说：

"我……做了一个梦。梦见……我掉在河里。没有人来救我。你的小船，从我身边划过去……"

啊！我，我永远不能原谅我自己。当时，我怎么就断定你的梦是编造来给我听的呢？你暗自哭泣，是真伤了心，不是为给我看的。可，这个梦？这不是在谴责我，重弹那个"你对我的爱不如以前了"的老调吗？我顿时冷了下来，说：

"行了，行了，睡吧！"

我错了。梦，有什么真假呢？就算是一个编造的梦，它不也是一种爱的呼唤吗？我怎么能拒绝？

可是，我竟然拒绝了。我好悔啊！

十一

"离婚，我们离婚！你再找个比我好的女人，就好了！"

在那些争吵最激烈的日子里，你常常用这样的话来威胁我。我照例是这样回答：

"你胡说些什么？我是那种人吗？"

其实，我心里很清楚：你嘴上喊着"离婚"，心里并不想离。在我看来，这并不是因为你对我有多么深的感情，而只是一种需要，你离不了我。你需要我爱你，需要我关怀你，需要我照顾你，还需要我承受你给予我的一切。你高兴时，需要我的笑脸；你生气时，需要我来出气。没有我，就没有你。你并不需要在经济上依靠我，你却需要我在感情上陪伴你。你怎么舍得离开我呢？

至于我，尽管没有提过离婚，在那些争来吵去、烦恼不堪的日子里，确实在心里想过：与其这样吵下去，把生命消耗在苦痛里，不如离了好。然而"文化大革命"来了，天翻了，地陷了，覆巢之下，岂有完卵？我们第一次感到，彼此都是可怜人，都不能掌握自己的命运，还吵什么呢？特别是你被剧院"清理阶级队伍"，"清"到文化馆去，我为你不平。我们之间的争吵"暂停"了。现在人人都说"文化大革命"是一场内乱，殊不知正是这场内乱竟然在这个小家起到一定的缓冲作用！

可是，这毕竟只是"暂停"，它并没有解决我们之间的根本矛盾，没能改变我们对一系列问题看法的不同。"缓冲"了一下，新的纷争又爆发了。在外边"斗，斗，斗"，回到家里还得"斗"。我忍无可忍，有一次，终于向你喊道：

"离婚！"

我的声音并不大，却那么沉重地打击了你。我看见你颤抖一下，颓然坐下，不出声了。

从此，我们再也没有提过"离婚"二字，谁也没有提过。不敢提，不能提，到后来也无须提了。

为了孩子吗？是的。燕燕不能离开妈妈，也不能离开爸爸。她只有一个家。不能让家庭变故，在她幼小的心灵上，投下终生的阴影。

怕丑吗？是的。家丑不可外扬。要离婚，先必须接受调查，接受调解，把家庭中那些说不清、道不明、见不得人的事情，统统抖搂出来，赤裸裸地公之于众。不搞得身败名裂，怎么离得了婚？

更何况，离了又怎么样？还能再去寻找吗？我已经爱过了。对我来说，这样的爱一生中只有一次。我不可能再去爱另一个女人，至少不可能那么真诚地去爱另一个女人。我在你身上失去的东西，绝不可能从另一个女人身上得到。而且，谁能担保，当我同另一个女人一起生活时，不会吵架，不会冷漠，不会重演我们之间一幕幕的悲剧？！

算了，爱情算得了什么，何必去自寻苦恼？天底下，多的是失去了爱情的家庭，它们照样在地球上运转。就让我们这个不幸的家庭也加入进去吧！

十二

我太冷静了。

我怎么能这么冷静呢？在你已经溘然长逝以后，我怎么还能这么冷静地解剖我自己，解剖你，解剖这个家？

想当初，我又太冲动了。如果在舞会上第一次见到你时，我能有现在一半的冷静，多少能考虑一下我们的性格、气质、志趣是否相投，或许，我不会作出那样的选择。

而后来，我又太冷静了。在那些痛苦的日子里，如果我能保留最初一半的冲动，还是有很多机会去挽回失去的爱情的。可惜，这样的机会，一次一次从我的矜持和固执中消失了。

现在想起来，最令人痛心的，是你去年的出走。那是你给予我的最后一次机会，我不该错过的。可是，我错过了。

多年来，我们已经习惯了彼此间的冷漠，常常好几天不说一句话。要说，也是那些最必需的话：

"购粮本搁哪儿了？"我问。

"左边那个抽屉里有没有？"你答。

或者是：

"明天我们去唐山演出。"你说。

"喔。"我应了一声。

就连这样稀少的对话，也需要小心翼翼。稍有不慎，就会踩响不知在哪个角落里埋藏的地雷。啊，多么令人难受的窒息啊！在窒息得无法忍受时就爆发。去年冬末的那个夜晚，你终于爆发了。

起因很小很小，确实不值一提。仿佛是我问你："火柴怎么没了？"我正在看一部稿子，很想抽烟，可是没有火柴了。我经常忘记买火柴，但我经常可以在写字台上最方便的地方拿到火柴。那次不知是什么原因，在经常搁着火柴的地方，摸不到火柴了。

"我怎么知道？"你说。

我明白，我又错了，我不该问的。于是，我不说话了。

可这一回，你不罢休。你又说：

"你的脸色给谁看！你可以要我去买嘛！"

我本该缄口不语。可是，你的话里带着那样一种明显的挑衅，我还是回了一句：

"我不敢请你去买。"

"你可以命令我买去！"

听到你那激怒的声音，我不由得放下了手上的稿子，怔怔地望着你。你还在说：

"你当然可以。你什么都可以！你可以让我干这个，也可以让我干那个。你是我的丈夫，你是我的救世主，你给了我恩惠，给了我教导，你还有什么不可以的！"

"行了，我错了，行了吧？！"

"你怎么会错？你一贯正确。"

"我不该问。"

"你有什么不该的？你什么都应该。你应该问我、埋怨我、恨我、冷落我！"

"你有完没完？"我也爆发了，腾地站了起来。我说了很多，我不记得都说了些什么，仿佛说：我做了我应该做的一切，我没有什么对不起你的地方。最后，我大喊了一声："你究竟要我怎么样？"

这时我才发现，你早已站在门口了，脸上有一种异样的冷。

"别吵了！"

你勉强说了这一句，就夺门而出。

我愣了一会儿，又坐了下来。开始还想：走就走吧，清静一会儿。可是，二十分钟过去了，四十分钟过去了，不见你回来。我坐不住了，穿上大衣，不由自主地跑了出去。

在这个大城市里，除了我，你没有别的亲属；除了这间屋，你没有别的可以寄居的地方。外面大雪纷纷，在这样的寒夜，你能到哪里去？

我跑到剧院。只见一座黑洞洞的建筑物孤零零地矗立在夜空中。灯灭了，人散了，连个影子都没有。我跑到剧院的宿舍，传达室老大爷说，没见你进来。我又赶紧跑回家去，希望你已坐在家里。可是，房间里灯虽亮着，却不见你的踪影。

我又重新奔到大街上。雪海茫茫，你在哪里？我急匆匆沿着大街走去，两旁机关大楼的灯早已熄灭，人们都回家享受温暖去了。住宅楼里的灯光悄悄从低垂的窗帘里流泻出来，幸福的家庭像一汪湖水般清澈静谧。只有我，像一片被狂风打落的枯叶，飘零在这寒冷的街头，天不收，地不留。

在这世界上，我只不过是一个小小的人。我个人的幸与不幸，与这大千世界相比，算得了什么？争什么？求什么？为什么我要奢求那不可得的永恒的爱？为什么我要戴着这家庭的镣铐舞蹈人生？丢掉这一切吧，去干自己的事业，我可以比现在更有作为。

可是，我不能丢开你，我得把你找回来。哪怕找回来，也仍然是冷脸相对。冒着漫天的大雪，我不知道走了多少条街，终于走进了一片黑黝黝的树林。那些古树丫枝在雪夜里像一堆鬼怪，咄咄逼人地狞视着我。结成冰块的湖面，像一大块裹尸布祖露在我面前，令人心寒。那岸边柳树下有一张绿色的靠背椅……

这不是紫竹院吗？我怎么跑到这里来了？突然，我看见了什么？雪光下，我看见你低垂着头，坐在那长椅的边上。远远望去，像一张孤独的剪纸人像，镶嵌在沉沉的天幕中。

我的心紧缩了。二十多年前那个洁白的傍晚，梦幻一般地在我面前飞舞。一个柔和的声音在我耳边响起："你愿意和我一起埋葬在雪里吗？"

"从前有一个少年和一个姑娘……"

我浑身战栗起来……

不知过了多久，我走过去，在你身旁坐下。你似乎毫无察觉。那天晚上我才知道，你的悲伤那么沉重。我真想问你："惠莲，你失去了什么？你要寻找什么？"如果你说了，我会答应你的，会给你丢失的一切、找寻的一切。

可是，我没有问，你也没有说。你什么也没有说，好像在世上，没有任何人理解你。你决心把自己的委屈、隐衷、烦恼，把那和着血泪的苦果带入墓地。

好久好久，我才说了一句话：

"回家吧！"

你站了起来。我们默默地回到了家里。

唉，如果我知道那时你已经重病在身，患有这种不治之症，我不会对你这么冷的，不会的，不会的……

十三

"爸爸，哭吧，你哭出来吧！"

燕燕不知什么时候悄悄走了进来，站在我身边。

"你在这儿坐了三天，饭不吃，水不喝，觉也不睡。连一句话也没有。妈妈已经去了，你要再有什么，丢下我一个人怎么办？"

燕燕伏在我肩上又哭了。

是吗？我在这儿坐了三天？我怎么觉得才坐了一会儿呢？我刚从医院里回来，我觉得很累，想坐一会儿，怎么会坐了这么久？

我是没有说话吗？我在说呀，我在不停地说呀，从我们第一次见面，一直说到后来。啊！惠莲，我只是在跟你说，悄悄地跟你说，谁也听不见。可是，你，你，你听见了吗？你是能听见的？记得结婚以后，你第一次去外地演出，我送你到车站，你说："不管相隔多远，我们的心是通的，你信不信？你想说什么，我全知道，我全能听见！"你说过的，说过的……

不，你已经是另一个世界的人，听不见了。别听吧，你不要听，惠莲，我全是胡说，胡说啊！我搜索记忆中桩桩件件小事，无非是想说明，我对得起你，无愧于你。我为什么要竭力去证明？这只因为：我对不起你，我有愧于你，找出千百条理由都不能掩饰我的过错。啊！我曾经发下誓言，要用我的生命之船承载你的不幸和忧伤，把你载到幸福的彼岸。可我，我的船搁浅了，我没有用力划那船，狠心地把你丢在那一叶扁舟中，任凭风吹雨打。我怎么能这样？我还健壮，我还有力，我该用力去划的啊！

惠莲！回来吧！你不要走，你不能走，不该走啊！再给我一点时间，再给我一次机会，我要补偿，补偿你给予我的一切。你是那样慷慨，那样无私，那样纯真，用你全部的爱，以至于你的生命，补偿了我，全都给了我。我才是自私的，我吝啬自己的感情，要你相信"好好过日子就是一切"。是我扑灭了你的爱的火焰，是我制造了家庭的冷漠，是我用冰冷的雪埋葬了你。惠莲！你回来吧，哪怕只回来看一看，看看我的孤独，你就会原谅。因为你总是那么善良！回来吧，听我说一声"我错了"！我也就安心了。

"爸爸，你哭吧，哭吧！"

燕燕摸着我的肩，我回过头去，望着这可怜的孩子，失声哭叫了：

"燕燕，你骂爸爸吧，是我害死了妈妈，是我害死了妈妈，你骂我吧！"

我放声大哭了。

"猫咪"轻轻走了过来，跳在我的膝上。它偎着我，舔我的手。仿佛这哭声消融了我和它的隔膜。

是惨淡的清晨了，燕燕在给你收拾"行装"。她问：

"明天给妈妈穿什么衣服？"

"毛衣。"

"哪一件？"

"鹅黄色的。"

她把毛衣拿出来，说：

"太小了。"

啊，鹅黄色的毛衣！记得有一次，你曾想拆掉重织，不知为什么留了下来。是啊，这一件少女时代的毛衣，已经小了，穿不上了。让它盖在你身上吧！你是穿着这鹅黄色的毛衣飞到我眼前的，给我带来那么多美好的回忆。就让这件鹅黄色毛衣，带着我对你最美好的记忆，伴着你吧！

永别了，我的受了委屈的妻！

得乎？失乎？

一

"五十而知天命"。苏冠仑五十有二，过了知天命的年纪，早习惯于命运的安排，一切听其自然，随遇而安，认了。

虽说是命运多舛，人生的道路坎坷不平，却也不乏时来运转的契机。这两年苏冠仑竟然吉星高照，喜事连绵。他自己也纳闷儿：咋的啦？

先是前年的职称评定大战。"副高"一档争夺白热化，五十年代毕业的、六十年代冒尖的、七十年代出成果的，都争当副教授。苏冠仑暗自掂量，自己属于宽一宽能上去、紧一紧就下来的两可之间，听天由命吧！待在家里没挪窝儿，既没争，也没夺，没走门子，没托人情，结果，榜上有名。中文系副教授当上了。

后是爆出冷门。研究了多年的中国文学史，发过几篇文章，了无影响。偶尔心血来潮，没花多少功夫，写成《从汤显祖的〈牡丹亭〉和莎士比亚的〈罗密欧与朱丽叶〉看东西方悲剧审美意识的异同》一文，被英国一家刊物译载了去。洋人那边一登，国人这边也叫好不迭。一家京都戏剧理论刊物甚至称苏冠仑为"中西比较戏剧研究开辟了新纪元"。苏冠仑凭借洋人小小一阵西风，登上了《中国戏剧名人词典》。

再就是三月前的乔迁大喜。新建的教职工塔楼，两室一厅的新居。虽在十七层，"高处不胜寒"，老婆发愁万一停电电梯歇了家里酱油没了怎么办，但毕竟摆脱了大男大女两代共居一室的困境，居住面积扩大了一倍。这年头儿，不易。

如此这般的好事，一一落在苏冠仑头上，拦都拦不住。前天，一家大型文学期刊的编辑张莉莉登门造访，左一声"苏老师"右一声"苏老师"，盛情邀请他和首都文学界艺术界的名流们一起"到海边去玩玩"，并且"当地包吃、包住、包往返软卧车票"。作为交换条件，只求苏老师同当地文学爱好者见见面，讲讲戏。"再就是——"张莉莉嫣然一笑，"别忘了给我们写稿子。"

这好事儿，对苏冠仑来说，又是头一回。早就听说，那些知名作家、评论家一年四季应邀参加各种名目的笔会、联谊会、座谈会。春天赏花，夏天避暑，秋日登山，冬来躲寒，飞来飞去，吃吃喝喝，游山玩水，陶冶性情。不用私人掏一分钱，令人又忌又恨又羡慕。

不想今日小有名气，这好事也有自己的份儿了。"人逢喜事精神爽"之说，苏冠仑以前是不大相信的。他历尽沧桑，城府已深，喜怒早已不形于色。然而，好事接踵而至，他也有点吃不住劲儿，素常平稳的心态不觉也时不时地有一点倾斜。

有时，他身穿妻子用手洗得干干净净的涤卡中山服，走进课堂，打开讲义，侃侃而谈，自我感觉极佳，觉得自己满腹经纶，早就该是副教授，甚至不比那白发如银、学贯中西的老教授差多少。

有时，他蹲在厨房油腻腻的地上，择那些廉价买来的黏糊糊的烂菠菜，弯腰屈膝，斯文扫地，又觉得自己木头木脑，生来就是个庸庸碌碌不成大器的穷教书匠，算哪门子的副教授？

有时，他又觉得什么副教授，什么著作，什么房子，统统是身外之物，生不带来，死不带去。本应得而不喜，失而不忧的。"世间荣乐本逡巡"，还是李商隐老先生说得明白。

诸般好事，也给这个静如古潭的家，带来不曾有过的新奇。

"张莉莉是谁？没听你说有这么个学生？！"年近半百的妻子赵月琴问。

"谁知道呢，说是听过我的课。"他确实不知。

"这人怎么那样儿！"女儿也表示惊讶。街上流行的披肩发，街上流行的迷你裙，街上摩登女郎的香水味儿。在这个远离市区学府大院儿封闭的家庭里，还是第一次出现这种富有现代感的女郎。

张莉莉又来了，又换了一身时装。

"苏老师，这是您的车票。明天我就不来接您了。您自己'打的'。单据留着，我交给他们报销。"

什么叫"打的"？

还是女儿明白：

"'打的'就是叫一辆'的士'——出租车。"

妻子拿起车票，翻来覆去地看，好像捧着一件稀罕的物件。女儿也凑过来起哄，伸了伸舌头说：

"爸爸坐软卧了，够棒的！"

"去，去！小孩子别胡说。"

苏冠仑满脸严肃，独自到阳台上去了。

二

女人的智商比男人高，有人这么说。在这个家里，当苏冠仑还处在失重状态时，赵月琴已意识到幸福之神的降临，并果断地着手去迎接新局面。

"我们必须有一间会客室！"搬家时赵月琴就作了决定。

苏冠仑难以理解，这怎么可能呢？女儿即将考大学，占一小间独用，除允许放入箱子和大立柜闲人免进，儿子将就在过厅拉布帘支行军床自成一统，剩下这间带阳台的十五平方米标准房属夫妻共有。假如做了会客室，睡哪儿呢？

"买一套新式组合沙发，白天摆开是客厅，晚上合拢就是沙发床。"赵月琴蓄谋已久，胸有成竹。

这样的沙发遍布展销会。式样新颖，面料新潮。转圈儿排开，很有气派。拼拢时严丝合缝，不下于席梦思。一物两用，一室两用，值。然而，标价两千元，买得起吗？因而，搬家之际还是把那张睡了三十年不受欢迎的大木床运了进来。

尽管在家庭基本建设投资项目上，夫妻双方意见不尽一致，但出发点都是好的，透着那么一股齐心合力相互体贴的情意，使人备感欣慰。唉！近三十年的夫妻了，当初的那些儿柔情，早已让位于孩子房子鞋子袜子等万般家务，不想如今却又悄悄地回来了。

唯一使赵月琴略有不安的是，她察觉到丈夫自从"发迹"后，常常在不知不觉中露出呆相。起初，她以为是自己神经过敏，以后留意观察，果不其然——他是常发呆。以前下班回来，搁下书

123

包，就帮着淘米择菜，轰都轰不走。如今回来，往桌前一坐，直等叫他才如梦初醒，慌里慌张跑来，神不守舍的样子。以前他爱干活儿，你洗衣服他端盆，你焖饭他切菜，虽然笨手笨脚，倒也配合默契；如今他总是若有所思，老爱到阳台上去站着，一站就是小半天。

莫非有了副教授的头衔，就做出一副风雅状？那阳台上没有任何装点，连一盆花也没有，毫无情趣可言，倒像个露天仓库。左壁吊挂着孩子们小时用过的儿童车，还是老式的竹板子小车。本来搬家时苏冠仑就想处理掉，是她抢救下来。这东西看似废物，卖了可惜，且不说冬天贮存大白菜是理想的运输工具，将来有了孙子，也可节约一笔开支。至于地上的筐啦，纸箱子啦，旧炉子啦，居家过日子，哪一样也不能扔。破家值万贯，中国知识分子对一纸一钉的价值观念，早就与老贫农认同了。

她也曾效法他，到阳台上去站着，试看能领略些什么。——高。一个字，确实高得令人头晕目眩。凭栏俯视，三环路上车水马龙，如甲虫般乱窜乱拱，行人更如蝼蚁踟蹰不前，有什么好看的！

对苏冠仑来说，那就截然不同了。尽管好端端一个阳台被搞成废品堆放场地，人文景观全被破坏了，但仍不失为一个极好的去处。抬头望月，仿佛广寒宫就在近前，同吴刚对话都无须高声。俯身看街，滚滚尘埃，嚣嚣闹市，都远去了。人在此地，别有一种超脱，一种不受干扰的安全感。

他常常来这里遐想，常常来这里反思，常常来这里寻找——寻找什么？他不知道。自从当上副教授，他在暗暗满足之余，每每有一种说不出口的失落感。妻子儿女为他当上副教授喜形于色，很叫他反感。难道我没有评上副教授就没有价值？副教授之于苏冠仑，不过是个职称，苏冠仑的价值不在于这个职称！可是，妻子和孩子是不能明白这些的。他们为副教授而高兴，为一张软卧车票而高兴，多么可怕的世俗观念啊！

苏冠仑自个儿待在阳台上，不想进屋去。进去干吗？跟他们一起玩赏那张软卧车票?！软卧算什么？无非是一张票，一样地启程，一样地抵达目的地。记得有一年临近春节的那次出差，为挣几个额外收入过年，他特地坐硬座，熬了一个通宵。用公家补贴的卧铺票钱为全家买了四斤带鱼。至今妻子在除夕团圆饭桌上的颂词犹在耳边："吃吧，这鱼可是你爸爸坐了一天一夜硬板凳换来的！"眼看儿子和女儿吃得津津有味，使他那被骨质增生折磨得不能久坐、坐久了就疼痛难禁的腰眼儿顿时就好了。真是的，谁稀罕坐软卧！

倒是应该考虑一下给人家讲些什么。看起来，《牡丹亭》是非讲不可的。张莉莉再三说，那地方是慕他的大名才请他去的。他有什么大名，不就是那一篇文章吗？他不怕讲《牡丹亭》，剧前小小一段"题词"就够他讲上几节课的。单就其中"如丽娘者，乃可谓之有情人耳。情不知所起，一往而深。生者可以死，死可以生。生而不可与死，死而不可复生者，皆非情之至也"这几句名言，苏冠仑细细论来一节课也打不住。

可他心里还是拿不定主意，《惊梦》一节讲不讲？怎么讲？"一般儿娇凝翠绽魂儿颤"，还有那……《牡丹亭》中的秾词艳句纷至沓来。听众是些什么人？掰开揉碎了讲人家会不会认为是讲"黄色"？讲性爱？或拐弯儿抹角在优雅词汇的掩盖下讲"做爱"？苏冠仑认为，《牡丹亭》里的性描写达到了出神入化的绝美境界，含而不露，欲言又止，异香扑鼻，动人心魄而又不导致读者心趋下流，极符合中国人的传统道德规范和民族欣赏习惯，简直是描写这禁区的典范，上上乘之作。古时作家比他们后辈子孙的现代作家聪明得多，高明得多。人家根本不用像而今的那些风流大作，那么赤裸裸的，了无情趣，牵动不得人半点情丝。人家那是什么句子！笔下那是什么功夫！只轻轻一点，不由你心儿不颤。可是，怎么讲呢？那些隐喻之词，当地的听众能理解吗？

愈琢磨愈是个问题，他那原本嫌长的脸拉得更长，额上眉间的皱纹也更深了。

朦胧的夜空，淡淡的月色，织成了一个神秘的梦。面对着这朦胧，他的心往下沉。明天就要远行，何至蹉跎直恁？

三

苏冠仑没有"打的"，不是舍不得钱——反正有人报销，而是觉得没有这个必要——他从来不摆谱儿。

凭着坐硬卧或硬座的经验，他早早地就乘公共汽车转无轨电车来到火车站，准备拼搏——争夺离自己座位最近、在自己视野范围之内的行李架，以便把自己的东西放置在一个最安全的地方——这是只坐过一次火车的赵月琴向他口授的旅行指南要点之一，而他每次上路都是奉命行事，并且果然回回行李无一短缺。

这回上了车，他才体会到经验主义多么可笑！包厢内有的是地儿搁行李，何须争抢？放在宽宽的行李架上，无论从哪个角度监视，都在目之能及的范围之内，绝对安全！

他松了一口气，坐下来。摸摸坐垫，软绵绵的。看看车窗，一道白纱窗帘飘逸，一道绿丝绒窗帘低垂，典雅、适人。临窗下的小台面上亮着台灯。粉红色的灯罩略有些俗气，映照着一盆深绿色的塑料盆景，却也给这小小的包厢带来一点梦幻的色彩。台面上的烟灰缸是干净的，台面下的热水瓶沉甸甸的，一切都令人满意，无可挑剔。

苏冠仑历来鄙薄物欲，安于清贫，不讲享受，可今天置身中国列车王国的这一贵族领地，心中却不免有点骚动。撩起坐垫的罩单，发现还备有拖鞋，取过一双换下脚上那双大头黑皮鞋，顿时更觉轻快、惬意，并且不由得想抽一支烟。

点上烟，斜躺在柔软的卧铺上徐徐地喷吐着，瞧着那袅袅烟云在粉红色的车厢里飘散——其实车厢板壁是绿色的——真有一种活神仙的意味。可惜妻不在身旁，这种感受又不便与外人道。别看老夫老妻之间不说情不言爱，但有些不能对社会宣扬的观点，不能向外人谈的感受，还只能跟老伴儿说，那才是一堵不透风的墙。少年夫妻老来伴，此话一点不假。可是，真要是月琴一块儿来，她不定会乐成什么样子！到那时，多半又会引起自己的不满，闹得都不愉快。人哪，真是一个矛盾的复合物。

月台上灯火通明，照耀得如同白昼。那边车厢吵吵嚷嚷，唯独这车厢冷冷清清，一直不见有人来。苏冠仑忽然觉得应该下车去观看一番。他手里夹着烟卷儿，趿着拖鞋，慢步走到车门旁。女列车员有眼力见儿，忙伸出双手来扶他，完全是对大首长的规格。他不便解说，又不便推辞，犹豫的刹那间，已被扶着下了车。

软卧车厢的两边，扛包的，拖儿带女的，着了火似的乱跑，车门前人山人海，谁也不让谁。挤得够呛！唉，真遭罪！苏冠仑一边感叹，一边趿着拖鞋，无目的地慢慢踱了几步。那神态，那感觉，那气派，忽然使他想起从前坐硬座时，偶尔赶在停车时，急慌慌奔下车去买点包子、麻花什么的，也曾见过软卧车厢下来的首长，也是那么优哉游哉的，抽着烟，趿着鞋，走过来，踱过去，好似在体察民情，又好似在体验自身的优越感。而今，这种感觉轮到自己来体验了，居然还体验出点味儿来了，这是怎么回事？

他正想回身上车，忽听背后有人大喊：

"冠仑！冠仑！"

起初，他不认为是在招呼自己。几十年的学院生活，同事之间都以"老师"相称，学生更不例外。除了妻子，这世界上没有别人这么称呼他。可仔细一听，好像声浪又是冲自己的后脊梁而来。

苏冠仑回头一看，只见一位旅客，身穿今夏电视上介绍的最时髦的白色麻料西服上装，一条墨黑的西裤，上下两截，黑白分明，左手提一个箱子不像箱子、提包不像提包的长方形大包，右手提一只轻巧的小公文皮箱，笑脸上戴一副金丝边眼镜，正快步朝他走来。苏冠仑听这声音，仿佛有点耳熟，看那模样，又觉得陌生。没容苏冠仑想明白，那人已一个箭步上来，握住他的手，拍着他的肩，大声叫嚷：

"冠仑，他妈的，几十年没见了，连老同学都忘了！"

"喔，——刘，刘宗浩。"

两个老同学，在月台上喜笑颜开，热闹拥抱。

"你上哪儿去？"苏冠仑问。

"你上哪儿我就上哪儿！"

"你也去参加会？"

"参加？名单还是我帮着拉的呢！"刘宗浩熟练地把车票递给列车员，回头笑道，"哈哈，你不知道此行都有些什么人？真是个迂夫子，一点儿没变！"

进了包厢，刘宗浩到了自个儿家似的，随手把那国际流行式样的旅行包往对面床上一扔，就滔滔不绝地叙起旧来：

"哎呀，这些年，你呀，什么社会活动也不参加，什么场合也见不到你。也难怪，住得那么远，进趟城也不容易，'打的'都不好打。不过，这也是你的长处，不问世事埋头学问，明心净志出成果。那些玩玩闹闹的应酬，多了也真没意思，逢场作戏，浪费时间罢了。"

苏冠仑不知答以什么好，灵机一动把自己的"前门"烟递上。谁知刘宗浩手一扬，啪地把一盒"三五"烟拍在桌上。然后又拿起弹出两支，刚点上烟他又接着说：

"冠仑，我早说过，论学问，论人品，论气质，你都是咱们那一届的佼佼者。将来在文艺理论界挑大梁，首席理论家，非你莫属！"

"哪里，哪里，我算什么！"苏冠仑满脸出汗。尽管头上的电扇不停转动，还是不断取下黑边眼镜拭来抹去。

"真话！我这人从不胡吹乱捧！你想想，大二的时候，我就预言过！"

说过吗？不记得了。三十年前的老话，年轻时的戏言，谁当真，不过，有一点是确凿无疑的。全班三十七人，门门成绩五分的是苏冠仑，最用功的也是这个外号"迂夫子"的苏冠仑。特别是教授西方文学史的萧昆良教授，为人孤傲，不苟言笑，给分吝啬，从来不说学生好话。有一次阅过苏冠仑一篇论文，居然批了"此文可读，此生有望"八个大字，一时传为美谈。后来苏冠仑就理所当然地留校任教了。

至于刘宗浩，"二混子"是他的雅号。是一个对待分数嗤之以鼻、考前临阵磨枪凭小聪明勉强过关的主儿。刘宗浩学习不用心，社交方面却极有天分，毕业后没费吹灰之力就进入了文学殿堂。

苏冠仑渐渐想起了，是二年级的时候，有一天下课后刘宗浩着实把自己恭维了一番，目的是要他在傍晚陪他去闯萧教授的家门，请教一个关于德莱塞的什么问题。

"这会儿不行，老师家正吃饭呢！"他不干。

"你真笨！就是挑的这时候。一来不会撞锁，二来嘛，老师必然留我们共进晚餐，师生之谊呀！"

苏冠仑生性腼腆，不惯于去人家蹭饭吃，更何况老师府上。因而四年师生他不知教授家的大门朝哪方开。刘宗浩去没去他就不知道了。

毕业若干年后，萧教授不幸病逝，苏冠仑才读到一篇《在恩师萧昆良教授家做客》的散文，作者刘宗浩。文中说"还在大学时代"，有一次他为了请教一个难题，"推开了萧教授的家门"，"只见餐桌上已经摆了几盘家常炒菜，萧教授见我来了，忙招呼师母添一双筷子，让我坐下来陪他吃饭，边吃边谈……"局外人看了，会认为刘宗浩是萧昆良教授生前最喜欢、最亲近、最得意的高足无疑；苏冠仑看了，才知"文人无行"是怎么回事。

刘宗浩进入文学界，学问没见长，类似的短文却写了不少。他很早就经营"名人网络"感情投资。凡有名的作家、评论家、戏剧家、名学者、名教授，他都登门求教，并有书信往来。效益最高的一次是给茅盾写了一封信，就《子夜》中的一个细节提出疑问。茅公亲笔给他回了一封短信，他欣喜欲狂，逢人便拿出来展览。茅公仙逝，刘宗浩把这两封信投寄某报，并以《茅盾和刘宗浩的通信》为题还附有茅盾的手迹。编辑部如获至宝，热热闹闹编了小半个版，一时刘宗浩名声大噪。

为沽名钓誉、东拉西扯，刘宗浩也没少受罪。"文革"中，他被打成"封资修祖师爷的徒子徒孙""牛鬼蛇神的吹鼓手"。重压之下，他被迫一一交代与"反动学术权威"的"黑关系"，检讨上纲到"丧失阶级立场"，"认贼作父"的高度。"文革"完了，翻过来，他成了替人受过、为人受害的英雄，因而也就成为备受老一辈文化界人士器重的人才。历届协会、学会的选举，他得票都超过半数，现在名片上已有好几个"委员"和"理事"的头衔。

"冠仑，别瞧我这个人，学问不深，缺点也不少，可就有一个优点：绝对的够朋友！不信，你打听去！为朋友我是两肋插刀，在所不惜！老兄，今天要不是碰见，这话我就不说了。你知道吗，对你那篇文章，当初也是两种不同意见呀？"

啊！这对苏冠仑来说倒真是新闻。

"当时，会上争论得很激烈。一派认为文章的发表标志着英国开始重视我国对莎翁的研究，值得肯定；一派认为这刊物在英国没什么地位，它载不载无足轻重。这后边嘛，当然，还有很复杂的人事背景，我就不深说了。两派相持不下，关键时刻，冠仑，我能袖手旁观？我啪、啪、啪，一气儿抢了五条理由，力陈你那文章的学术价值、世界影响，这才扭转了会上的形势，决定在国内组织评论。"

刘宗浩拍拍老同学的膝盖，笑嘻嘻地又说：

"老兄啊，您在家一待，以为天上掉馅儿饼了吧？哪知道咱哥儿们背地里为阁下出大力、流大汗哪！"

"那就不胜感激了。"

"老同学嘛，何言'感激'二字！以后有什么事儿，想到什么地方逛逛啰，想出国啰，尽管跟我说，我替你安排。"

什么？想出国，他安排？苏冠仑简直不相信自己的耳朵了。也是，士别三日，当刮目相看。士别三十年，你好好看看。这位士，抽的英国烟，用的美国打火机，穿的意大利皮鞋，提的包你见都没见过，肯定也是舶来品，浑身上下不是洋货也近似洋货。

想来，这两年他跟洋人又搭上线儿啦！

四

说话间，列车员引进第三位旅客。一个矮黑的胖子，脸上油亮放光，连皱纹都照得没有了，喜眉笑眼地喘着粗气跨进车厢。

刘宗浩一见，高声叫道：

"阮秋，你到底还是来了！不是说你不去了吗？"

苏冠仑傻愣着，他不认识这圈儿里的人。只依稀记得近年有位专写爱情小说的作家，因为还不止写情爱，且延伸到了性爱，颇为吃香卖座儿，名声也不小，好像是叫阮什么的，莫非就是他？可又觉着面前这形象与他书中那些缠绵的人物搭不上界，起码应该年轻些，怎么竟然是个五十好几的老头子，而且头顶也没剩几根儿头发了。

阮秋一边冲女列车员微笑，一边回答刘宗浩的问题：

"本来呀我是想去的，大热天，待家也挣不了稿费，不如去海边溜达一趟。反正每年都得找个地方凉快凉快。后来嘛，听说有张莉莉，我就犹豫了。你知道，莉莉跟我，有那么一段旧情，嘻，碰上，总不太好！"阮秋斜视了苏冠仑一下，虽有生人在场，也不打算避讳。

刘宗浩哈哈大笑：

"莉莉跟你？得了吧，打死我也不信！她跟你？还旧情一段儿，别他妈扯淡了！"

"嘿，嘿，这种事，我还骗你吗，真是！"像受了莫大委屈似的，阮秋急得喘气声加重，又靠近刘宗浩，进一步透露，"那还是前年的事了。先是为稿子，她来了我家三次。一次谈得比一次深，后来，后来……"

"后来怎么啦？"刘宗浩跷着二郎腿，一点不留情面狠心地问，"Kiss了没有？上床了没有？"

"没有，没有，瞧你想哪儿去啦！只是感情上陷得很深。有时候，也确实很痛苦。"

不料刘宗浩毫无同情之意，反而大笑不止，笑了又骂：

"去你的吧！纯粹是自作多情。土就承认土，别他妈的假充现代派！"

"嘻——这种事儿，心不由己呀，我有老婆有孩子的，怕后院儿不起火是怎么的？"阮秋痛心疾首，脸盘儿涨得通红，"我真奇怪，你消息那么灵通，怎么没听说我这段艳遇？"

"你的艳遇？你有艳遇？编糊涂了吧？哥们儿！你当我真不知道？！"

"嘿，嘿嘿！"阮秋发出胜利的笑声。

"你笑什么？人家职业性组稿，组到你头上，你受宠若惊，见神见鬼，猫嗅见了鱼腥儿似的。又是写条子，又是打电话，请人家听你谈构思、谈人物，没完没了，狼子野心昭然若揭！交了稿，还不放过人家，又请去谈意见，鬼知道有什么可谈的！末了，稿子都发排了，还死皮赖脸地给人家打电话，说这句要改那句要删，约人家上河边儿……"

阮秋马上叫了起来：

"造谣！纯属颠倒黑白混淆是非！她不找我我能找她吗？"

"好——！"刘宗浩用烟指着他的鼻子尖儿，"莉莉马上就到！咱们当面对质，看谁造谣！"

"她不是不去了吗？真去呀？"阮秋两眼放光，显然，他并不

133

惧怕对质，倒是担心莉莉不来。

"能少了她吗？这回是她组的团，帮她老家一个公司干的。"

不错，苏冠仑记得张莉莉说过是她老家的事，后来还收到一张印刷精美的"大海国际文化旅游公司"的请柬。

两人唇枪舌剑第一回合结束，刘宗浩才记起坐在对面的苏冠仑未必认识阮秋，而这位言情小说家也肯定不知道苏冠仑其人，便互为介绍。阮秋立即换上外交式的笑脸，大大方方伸出肉乎乎的手。苏冠仑想起旁听了半天人家的隐私，反讪讪地红了脸。

离开车只剩十分钟了，还不见张莉莉的倩影。阮秋已在不知不觉中把副教授挤到门边，自己占据了靠窗的位子，撩起窗纱，朝外扫视。

"方向错了，老兄，伊人不从那疙瘩来！"刘宗浩学阮秋东北家乡土语，打趣为乐。

阮秋立刻调转脑袋，苏冠仑也不由自主地把头转向门开处。刚一转过脸，即被一团火遮住了视线。"一朵妖红翠欲流"！张莉莉一身红装亭亭玉立在三个男人面前。

"你们好！"鸟儿叫似的，嗓音儿透着那么甜。

"莉莉，典型国际派头，早一分钟都不到！"刘宗浩第一个叫起来。

"什么呀！我去买小泥肠，跑了几家才买到。我那位先生怕见售货员小姐，我不把冰箱塞满，等我回北京，我们家贝贝早饿死了。"

"伟大的妻子，伟大的母亲，伟大的东方女性！"刘宗浩又一连抢出三个伟大。苏冠仑奇怪，他哪儿学来的这么贫嘴。也着实佩服人家来得快。

阮秋反倒变老实了。他呼哧呼哧爬上去，把莉莉的大包搁好。

又呼哧呼哧爬下来，抹平了坐垫上的布罩子，请莉莉坐下。殷勤周到，憨态可掬。

张莉莉并无半句谢言，仿佛这种无偿服务是理所当然，却转过脸特别招呼苏冠仑：

"苏老师，您能来，我真高兴。"

此时此刻，苏冠仑很想说出几句得体的话，无奈天生见了年轻女人舌头就转动不灵。"妖红"之类的诗句也只能脑中一闪，说出来不像话。他竭力想使自己大方一点，但那耸肩弓背的老夫子像，自己也觉形绌。他深悔往日社交太少，临时抱佛脚也来不及了。

好在张莉莉并没在意或装作没意，只一笑就解了苏冠仑的围。她流盼四顾，忽然收住笑脸，冲包厢门外叫了起来：

"张金丁，你怎么搞的，这会儿才上车？那边车厢还乱着呢，号重了，六郎还没铺位！"

那叫张金丁的四十来岁，穿一身皱巴巴的西服，一条劣质领带歪七扭八地挂在脖子上，大红的颜色与花格的脏衬衣怎么也协调不起来。他点头哈腰，畏畏缩缩地求饶：

"老姑，您别急，我这就去。"

"哼，早知道这样，我才不管你们的闲事呢！"

"老姑，没问题，包我身上！"

"你少糊弄，张金丁，告诉你，别瞧六郎年轻，人家正走红，有名的摇滚歌星。走一次穴小小不然就挣万儿八千，到咱那儿挣什么？我可好不容易才给拉来的！"

"老姑，您歇着，我这就找列车长去！"他忙慌慌地跑了。

张莉莉这才转身坐下，从精致的小手提包内取出擦脸纸巾，小心地轻轻拭着鼻尖、额头的汗珠儿，气犹未消：

"乡下人，就不会办事。跟他讲好了的，那几位歌星舞星也给弄个包厢，他就愣不落实，真够气人的！"

"他怎么叫你老姑？你有这么个大侄子？"刘宗浩笑问。

"八竿子打不着的亲戚，土得掉渣儿！"张莉莉又气又笑，"居然还当什么国际文化旅游公司经理，还想请首都知名人士，没我，他请得来吗？"

阮秋早就从小几上取过茶杯，搁上自带的上好茶叶，沏了一杯，双手奉上：

"来，喝杯毛尖，消消气！"

张莉莉一扬手阻挡道：

"感谢！我自己有杯子。"

她刚取出杯子，阮秋慌忙接过来。先用开水涮过杯子，跑出去倒掉；又跑进来抓了一大把茶叶放上，喘着粗气，尽心尽力，无比虔诚。最后才小心翼翼把滚烫的杯子双手递上。

"劳驾，放桌上吧！"张莉莉似笑不笑地并不抬眼看他。

刘宗浩不怀好意地笑了笑，夸张地瞧瞧张莉莉，又瞧瞧阮秋，问道：

"怎么样？阮秋，对簿公堂吧！"

苏冠仑大吃一惊。这个刘宗浩，怎么能这样没有分寸！男女之间的隐私，怎么好当众抖搂？他为张莉莉捏着一把汗：万一确有其事，年轻轻的还怎么做人？万一确无其事，人家受得了吗？

不料阮秋满不在乎，连声叫道：

"对就对！我才不怕呢。"

张莉莉满脸疑云，不知道这两人在捣什么鬼。刘宗浩已作古正经，审起案来：

"莉莉，刚才阮秋宣称，他跟你有一段旧情，你承认不承认？"

一听这话，张莉莉反而笑了。她嘴里嚼着口香糖，十指尖尖并拢放在滚圆的膝头上，扬脸笑了笑，淡然答道：

"大作家，爱怎么编怎么编呗！"

"是我编的吗？"阮秋吭吭哧哧的。

"作家嘛，什么不能编，活的能编死，死的能编活。"

"那，那，咱是不是一起散过步？"

"还会编细节。"

"你说：'生活真没劲'。"

"编对话还不是小菜儿！"

刘宗浩乐不可支。阮秋狼狈不堪。张莉莉伶牙俐齿地说道：

"反正男人没一个好的，见了女人就心怀鬼胎。不过，阮秋起码还算老实的，说出来了。不像有的人，嘴上不说，一肚子坏水。"

阮秋中了头彩似的，兴高采烈。苏冠仑不由得心虚，莫非她是指我？没容他细想，刘宗浩早已自动对号入座，唉声叹气却又笑着：

"莉莉，看样子你是在说我呀！唉！你这是逼我往井里跳啊！"

张莉莉知道刘宗浩接下来肯定是恶作剧，赶忙偏过身子做躲避状。果然，刘宗浩倏地站起来，张开双臂，悲剧演员似的大吼大叫：

"啊，上帝！赐给我勇气，赐给我纯真的本性！我起誓：我不再欺骗自己，我不再压抑自己。啊，我回归自我！啊，我要回归自我！"

张莉莉和阮秋都笑了起来，苏冠仑也忍俊不禁。刘宗浩则完全进入角色，满脸严肃，冲莉莉行西方古典式大礼，又填词于《达坂城的姑娘》曲调，苍凉地唱道：

"你要是嫁人，不要嫁给别人，一定要嫁给我。带着你的妹妹，抱着你的贝贝，骑着你那摩托来！"

哄堂大笑。张莉莉笑得直掉眼泪，阮秋笑得透不过气儿，苏冠仑也笑弯了腰。他觉得一辈子都没这么笑过。

刘宗浩结束了"小品"，也开怀大笑起来。

笑够了，包厢里稍稍安静下来。只听见列车单调机械的咣嘟、咣嘟声，又好似咔嚓、咔嚓声，令人烦躁。苏冠仑觉得饿了，自言自语道：

"怎么还不卖饭票？"

张莉莉忙说：

"苏老师，不用买饭票，一会儿给我们单开！"

果然，待硬卧旅客吃完，软卧旅客饭毕，张金丁才笑嘻嘻咧着大嘴来请：

"各位老师，请吧，请去餐厅！老姑，都安排好了。"

一进餐厅，苏冠仑就傻眼了。他万没想到，在火车上还能摆宴席。原来餐厅里已经净堂，只有两张桌上铺着新换的台布，各摆了五盘凉菜：酱鸭、白切鸡、油焖小虾、熏鱼、松花蛋。各人座位前都放好高低两只酒杯，高杯里还用餐巾纸折成花朵状。餐桌一角，白酒、啤酒、易拉罐饮料堆成三角形，一切都像模像样。

"咱们四个坐一桌。"张莉莉小声说。

"对！"刘宗浩大声说。

"嘘——"阮秋做了一个噤声的姿势。

一致对外，他们结成了一个小团体。

苏冠仑一抬头，就见入口处鱼贯进来四位服饰鲜美不同一般的人物：一黄衣女郎全身披挂丁零当啷，搞不清那衣服领子袖子在哪儿；一位男士蓬首垢面，胡子留得马克思似的，脸上一根皱纹也没有，年轻得令人迷惑；一位着中式裤褂的中年妇人完全是四十年代阔太太打扮，珠光宝气衬托着银盆似的白脸；一位年轻小伙子，穿着大朵花衬衣，并雪白的紧身长裤，头戴夏令营儿童团的五色遮阳帽。

只见张莉莉热情跳起，欢呼雀跃，一一为双方介绍。其实人家彼此多半认识，就苏冠仑一人傻不愣登地需要引见。他连连地与人握手，只听得一连串吓人的头衔灌入耳膜：著名歌唱家、著名表演艺术家、著名电视剧导演、歌舞团高级顾问。同时，他却感到与这些"家"们握手有点异样。不论男女，他们都不紧握你的手，甚至连掌心也不挨着你。人家只是伸出手指尖儿，轻轻地碰一下你的手指头，生怕你那手上有艾滋病毒似的。苏冠仑后来才知晓，原来握手也有"新潮"式。

只见那张金丁已脱掉外衣，又是帮着拉罐，又是忙着开瓶，在两个桌子之间飞舞不停。阮秋正拿着一瓶大曲在看牌子，张金丁忙接过酒瓶看了看，一跺脚，又找来餐厅主任问道：

"我说了上茅台的呀！"

"真对不起！张经理，车上没有了。"

张金丁连连拍着主任的肩膀：

"瞧你，怎么早不说！下回兄弟给你弄两箱。"

见两桌客人酒啊饮料啊都伺候好了，张金丁才站那儿举杯高声说：

"各位专家学者老师，实在对不起，凑合喝点儿，到了俺们那儿再补！"

于是，酒杯高举，祝词横飞。专家学者老师们都饿了，也顾不得风度，纷纷大吃大喝起来。好在张金丁早有安排，菜肴丰富，热菜一盘接一盘地上。大家吃得痛快，复又饮酒作乐，穿大朵花衬衣的歌星六郎，为大伙儿唱了一曲《一醉方休》，招徕得列车员挤了一餐车，红火极了。

苏冠仑不喝白酒，啤酒最多也只能喝两杯。今晚难得有此聚会，又听人说喝点酒好睡觉，也就多喝了一杯。没想这第三杯下去，脸就有点红了，眼也有点花了……

五

火车呼啸而行。

包厢里，熄了灯。只从门缝里透进一点甬道上的亮光，给这黑洞洞的厢房描了一个模模糊糊的轮廓。

口若悬河的刘宗浩终于沉默了，多情的阮秋发出无情的鼾声。他们安安稳稳地在上铺进入梦乡，活像玩累了的孩子。对面铺上是张莉莉。她裹着一条被单，和衣而卧，缩成一团，好像睡梦中还受到挤压。

苏冠仑睡不着。原以为多喝点酒有助于睡眠，在餐桌上似乎就已有一点醉意，却不料躺下后反而十分清醒，毫无睡意。

恐怕已是凌晨两点了？没有灯，无法看表。算来，离家才八九个钟头，却好像离开了很久很久，甚至恍如隔世。这几个钟头，这些"文化圈"里的人，给他打开了另一个世界，展开了另一幅完全陌生的生活画面。比起校园里那种老死不相往来、各自埋头学问的书斋生活；比起他那个家里为得了一张软卧票而津津乐道，为得了一笔小小的稿费而欣喜不已的情趣，这个世界活泼、豪放，自由自在，无拘无束。他像一只多年航行在内河上的孤独的小船，猛地被一阵巨风掀到大江里，虽然胆怯，却看到了焕然一新的景色，看到了令人生羡的千舟竞发的生机。

原来世界上还有这样一种生活！在这里，看到的都是新面孔，听到的都是新鲜事。没有愁眉，没有苦脸，没有居家过日子那本难念的经。他并不以为看到的一切都好，那个歌星六郎显得轻狂，那个大胡子导演显得做作，那种关于私情艳遇的笑谈也有点出格。但这一切毕竟有一种魅力，使得过去的一切似乎都黯然失色了。

张莉莉翻了一个身。她那苗条的躯体，即便在暗中也显出美丽的曲线。她漂亮吗？其实不算漂亮，算不得"俏魂儿"。脸太长，嘴略大，两颊欠柔和。只不过打扮得入时，加以年龄优势，有那么一种青春美罢了。

月琴也曾经年轻过。她有过这样的青春美吗？应该有，但好像没有。五六十年代，漂亮的女人不多。她们都被灰布罩衣罩住了，没有美。整个生活的调子是灰色的，她们又能是什么颜色？他甚至不记得跟她是怎样恋爱的。好像没有恋爱，只是认识了，后来就结婚了。没有痛苦，也无所谓幸福，一切都在平淡之中。现在她变成一个目光短浅的老太婆，她的最大愿望无非是买一套组合沙发，实现她那一室两用的宏伟目标。

小气，庸俗，不知世上有比沙发更有趣的事情……这样想，公平吗？！她操心、张罗、筹划，精打细算为沙发而奋斗，不全是为了你？不全是为了维护你副教授的面子吗？

唉，何必想这些没趣的事，抽支烟吧。苏冠仑悄悄地爬起来，轻轻拉开包厢门，到了甬道上。

这里亮着灯，长长的甬道空无一人。他掀起靠壁的一个坐垫。坐下去拉开窗帘朝前方看去。窗外一片墨黑。清冽的凉风阵阵袭来，头脑清醒了许多。

望着袅袅上升的烟雾，他心里渐次平静了。应该想想到了那里怎么讲《牡丹亭》，"没乱里春情难遣，蓦地里怀人幽怨"……

一声门响，打断了他的幽怨。只见张莉莉穿一袭长及脚面十分保守的睡袍，悄没声儿地漫步走了出来，正小心地把车厢门拉上。她仿佛梦犹未去，更添了几分娇憨。

"您没睡？苏老师！"

"啊，啊，小张，你怎么不继续睡了？"他觉得"莉莉"二字叫不出口，连名带姓又太生疏不亲切，还是以"小"字相称最合适。

"我睡了一小觉了。您一点儿没睡吗？"

"也，也眯了一会儿。"不知为什么，他觉着答以自己丝毫未睡不大好，顺口扯了个谎，又赶紧问道，"是不是我拉门，把你惊醒了？"

两句话体贴又不做作，够打四分的。他感到在这特定的文化氛围里，学习起来也快。

"没有。"张莉莉懒懒地说，"坐火车我总是似睡非睡，警醒得很。"

她笑了笑，也没告诉这位老师：只因为常和这些男作家们同行，总有一种本能的警觉。她只说道：

"苏老师，给我一支烟，好吗？"

"你抽烟？"苏冠仑吓了一跳。

"偶尔抽一支，"张莉莉并不吸进尼古丁，只随口把烟喷得高高的，"苏老师，跟我们一块儿，乱侃乱笑，没轻没重的，您习惯吗？"

"习惯，习惯。"

"我怕您看不上这帮人！"张莉莉把嘴朝车厢努了努，"其实，他们人都挺好的，心挺善良，就是爱在一起乱闹，耍嘴皮子，刘宗浩说，这叫童心未泯。他说作家失去了童心，就全完了。"

"他们对你挺好的。"苏冠仑随口诌了一句，自己也觉得不说明任何问题，简直不知听云。

"好？好什么？互相利用呗！"张莉莉笑了笑，带点苦味儿，"他们利用我年轻，薄有姿色，寻我来开心，或者称之为吃豆腐，得到一点满足，填补一点心灵的空白。我呢，利用他们这种弱点，抓稿子。"

这么淋漓尽致的剖析，苏冠仑闻所未闻，一句话茬儿也接不上。

"现在像我们这种女编辑，已经不叫文学编辑，应叫'攻关编辑'了。不是公共关系的公，而是攻克难关的攻。"

苏冠仑如堕五里雾中，怔怔地看着张莉莉。

"不知道这叫不叫文学的堕落？"张莉莉扬脸一笑，"现在，各编辑部的头儿都四处网罗人才。到学校挑学生，最好是才貌双全。实在没有才，有貌也行。反正也不指着你编稿子。我们骂主编心术不正。主编可怜巴巴地给我做思想工作，说爱美之心人皆有之，去组稿的编辑歪鼻子斜眼，叫人一看就恶心，人家能把稿子给你吗？"

苏冠仑只落得默默无言。

"其实，我心里明白得很。别瞧他们现在对我不错，过两年，我老了，他们的目标就会转移。编辑部年年都在更新，长江后浪推前浪嘛！"

她又笑了。

苏冠仑却感到那笑里不无伤感和愤懑。看来，这圈儿里的情形也并非那么美妙。正想寻些话语安慰安慰这位女编辑，身后的门咔的一声又开了。穿着背心裤衩的阮秋站在门首。不知是被灯光猛然刺着，还是以为见了难以相信的场面，他使劲揉着眼睛，瞪着对坐交谈的双方。

六

第二天傍晚，苏冠仑一行安抵某市。一辆带空调的进口高级旅游车早已在车站恭候。首都的客人们登上车，立刻半躺在绿色丝绒的高背椅上闭目养神。任那车钻行大街小巷，出市区在田野间的柏油路上奔驰三小时，才抵达大海宾馆。

夜色中，宾馆更显得灯火辉煌。训练有素的服务员早已站立两厢，一个个金童玉女似的。苏冠仑想，海边的人眼睛真漂亮。其中一个有双大眼睛的服务小姐已走了过来，彬彬有礼地接过了他手中的大灰包，领他上二楼。他举目四望，见同伴们也一一被人领走了。

苏冠仑被大眼睛姑娘领入二楼的一个大套间。外间是客厅，里间是卧室，气派挺大，面积比他全家居住的二室一厅起码大一倍。苏冠仑在北京参观某新落成的宾馆时，也曾瞻仰过这种大套间。万万没料到在这乡村之地竟也有如此豪华的下榻之所，更没料到自己竟被人家恭恭敬敬地请了进来住。妻子久望而不可得的会客厅，居然在这里意外地得到。至少五天之内，自己是这大套间的主人了！

剩下自己时，他先是坐在柔软的大沙发正中，伸开两臂用手掌感觉着两边坐垫的光滑，一时不敢相信身在何处。抬头望去，那做工复杂的大吊灯晶莹透亮，玻璃流苏摇曳婀娜。转圈儿四看，壁灯娇怯倚墙，落地灯古色古香。一间房里这么多灯，都打开来是什么效果？嗯？放电视机的长条桌旁还有个小柜，这是干什么的？放衣服的？不对。放鞋的？不对。他忙起身，准备去查看一番。刚站起还未迈步，就听丁零一声音乐般的响，有人来了。他赶紧坐下，待坐端正后才叫了一声：

"请进！"

只见熟人张金丁推开房门，引了一位苗苗条条白衣白裙的年轻女郎进来，弯腰笑道：

"苏老，打扰您了。给您介绍一下，她叫张二妮，是我们这儿的文学爱好者，能歌会舞，爱看小说，还在市里报上写过文章呢。苏老，她专门负责照顾您。"

"不敢当，不敢当！"苏冠仑惶恐不安地站了起来。这辈子除了老婆，还没有另一位女性专门负责照顾过他，何况又杜丽娘似的年轻貌美。

"欢迎苏教授到俺们这里参观访问。俺们这儿条件比不了大城市，不周到的地方，您多包涵！"说着，张二妮闪动着两个酒窝儿迈步上前，大大方方地伸出手非常主动地握住苏冠仑习惯拿笔的手。苏冠仑没有思想准备，也没想到如今的乡里姑娘是这般落落大方。他出手慢，显得扭捏，只觉得那玉手儿软绵绵的，与那碰指尖儿的新潮礼感觉不同，别有一番滋味在手中。

"苏教授，您请坐！"张二妮笑吟吟的那么懂事。

"坐，坐，你也坐！张经理，你也坐！"苏冠仑才记起应扮演房间主人的角色。

张金丁干了重活儿似的气喘吁吁满头大汗。他正掏出揉成一团的大手帕擦脸。心里还有事，见教授让，不敢不识抬举，侧身在大沙发上坐下，又指站立一旁的二妮说：

"苏老，您想了解有关我们公司的情况，就问她。她是我们公司公关部的。来了外宾、贵宾，都是她们接待。苏老，您别客气。二妮，愣着干吗，叫你坐就坐下！"

"啊，是吗，那太好了，太好了！"也不知指的什么好，大约苏冠仑觉得一切都好吧。只是心里还在想着那个小柜儿，到底是干吗用的？

"二妮，你就抓紧时间，先大概齐向苏老介绍介绍吧！苏老，我先走了。"张金丁忙忙叨叨说完，忙忙叨叨站了起来。

房间里就剩下苏冠仑与这位本地公关小姐。张二妮先给贵宾面前的茶杯续上了水，然后款款地在一旁坐下，开口说道：

"苏老，俺先简单向您汇报一下，好吗？"

"好，好，好好！"

"我们大海渔农工商联合公司，原来是一个贫穷落后的渔乡。粉碎'四人帮'以后，特别是十一届三中全会以来，在党的改革开放政策指引下，现在已经建设成一个渔业兴旺、农业丰收、工业发达、商业繁荣的经济实体。正在向外向型企业发展。全公司下属工厂、公司、渔场、农场共一百三十七个，去年总产值八点七亿元，上缴利润居全市第一。年人均收入三千八百七十二元，居全省第二位。现在户户住新楼，家家有彩电、冰箱……"

这内、外宾皆宜的解说词，在别人听来，难免觉得宣传色彩太重，苏冠仑却觉得十分新鲜。他一年到头在家待着，深居简出，从来没有机会听人介绍过这么具体生动的材料，暗想果真不虚此行。他听得非常认真，不时提问：

"以前是渔乡，现在是不是还以渔业为主？"

张二妮被问住了。她显然是在背解说词，那上边儿没写，这可咋办？……不过，她生性聪慧，只消片刻，她又有词儿了：

"这几年渔业发展很快，也很赚钱。可光靠他们捞鱼不成，赚不了大钱……"

"鱼也卖得很贵呀！"站在城市居民的立场，苏冠仑发出一声感叹。

"真的呀？"二妮嫣然一笑，解说道，"收购价可不高。反正俺们公司不指着那个。俺们公司以工业为主，主要靠工厂赚钱。"

说到工厂，张二妮的词儿就接上了："本公司现在大力发展技术密集型产业……"并用很浓重的乡音念出了"MS213型""CCO-2型"等专业性极强的产品型号。苏冠仑听来像电视里的产品广告似的，摸不着头脑，也无从提问。语言没有交流，人就打不起精神，加上昨夜一宵几乎不曾入眠，眼神逐渐暗淡下去。

善于察言观色的张二妮顿时打住，起身微微笑道：

"苏老，您先休息一下，旅途太劳累了。您要不要先洗个澡？俺去给您放水？"

苏冠仑站起来连连摇手，瞌睡也跑了：

"不，不，不用，我自己来！"

"没关系，您别客气，照顾您老是俺们应该做的。您老年纪大了，出远门也真不易。您来俺们这小地方就是看得起俺们，是莫大的支持。俺们为您服点务还不是应该的吗？"

放洗澡水之说，苏冠仑是万不能同意的。恳辞之下，张二妮方始作罢。道一声"一会儿见"，才飘然离去。

这一阵子被"攻"关攻的，苏冠仑醒倒是彻底地醒了，可又觉得像跑了马拉松似的疲惫不堪，像条沙滩上的鱼那样仰在沙发上直喘气。歇了一阵，目光落在对面的小柜上，顿时又来了劲头。对了，看看这小柜到底是干什么的。他跃了起来，直奔小柜儿，孩子般的好奇。拉开一看——柜中有柜，原来方方正正小小巧巧摆着一个小冰箱。正准备再深入一层，拉开冰箱门侦察里边有没有东西，丁零一声，门铃又响了起来。他忙不迭地关上小柜门儿，三步并两步坐回沙发上。还没等他喊出"请进"，就听人声喧哗，房门大开，嘻嘻哈哈拥进一群人来。

幸亏他腿脚利索，已是稳稳地坐在沙发上了。

张金丁又是介绍人。不过，这一次他特别地恭敬，甚至显得卑微。他侧身站在一大群人的后侧，躬身说道：

"这位就是苏冠仑教授，中外闻名。苏老，这是我们总公司佘副总经理。"

接着，灌进苏冠仑耳朵里的是"经理""副经理""业务经理""分公司经理""宾馆经理""公关部经理"，等等，闹得他头晕眼花，望着这一大帮经理，他根本闹不清谁是谁。

众经理都"苏老、苏老"地让他坐，好像他七老八十的似的，他只好遵命坐下。恭敬不如从命，这他懂。就见一位矮胖的经理过来与他并排坐下。他猜想此人必是其中最大的佘经理，可能就是第一个介绍给他的那个人。然后是较重要的经理坐两旁小沙发，较不大重要的经理坐沙发椅。张金丁一级的经理就自己打开备用的折叠椅。好在房间里可坐的家伙甚多。进来的八九个人，最后没一个站着的。苏冠仑这才发现，屋角还有几把折叠椅，再来四五个经理都没问题。

在寒暄中全部落座之后，只有佘副总经理一个人说话。他先问候了教授的身体、旅途劳累，又再次欢迎教授大驾光临。苏冠仑当不惯主角，笑也不是，不笑也不是，哼哼哈哈说不出个整句儿来。他只觉得人家副总经理问话气派不凡，与电视上每晚必见的国家领导人接见各国外宾的语气口吻相差无几，假如去掉那时不时的"俺这地儿""俺们这儿"的乡音土语，就更加完美了。

"苏老，俺们真是久仰您的大名啊！"佘副总经理又第二次正式声明，情意切切，"您可得好好给提些意见。支持俺们，帮助俺们。这几年，俺们这儿商品经济发展快，文化可跟不上。要不请诸位名人专家来，帮俺们打开局面呀！物质文明和精神文明一起抓嘛！"

他讲了许多崇敬之词、殷切期望之词。苏冠仑只喃喃地答道：

"您太客气了，您太客气了！我是来向你们学习的，当然，讲课嘛……"

"不忙，不忙。您先休息，先看看，参观参观。"佘副总经理立即安稳住客人，又讲了好多好多敬仰文化人的话。看来此次拜访的目的，就是为了把积压心中对文化人的敬慕一吐为快！

找了个空当儿，苏冠仑再次询问：

"佘副总经理，我有个要求：希望预先知道一下听众的情况，他们的要求。以便讲课时……"

"这好办，这好办，"佘副总经理抬脸目光直视着张金丁，下达了坚决的死命令，"金丁，这事儿就落实到你头上了。苏老有什么要求你要百分之百地满足，不准打丁点儿折扣！"

就在主客欢畅交谈时，跟进来的几位服务小姐早把经理们送来的干鲜果品摆了一茶几：香蕉、苹果，还有北京若干年不见的樱桃，以及绝非当地自制的水果罐头。最后，佘副总经理又从跟来的人手中接过两条"万宝路"，双手递上：

"苏老，知道您抽烟，这是我们大老板特别送您的。他今天有点事不能来看望您，让俺先代替他向您致意，接风！您千万可别客气，到这儿就跟到了家一样！"

"不，不，不，这可不能收！"苏冠仑举双臂推辞。

"咳，苏老教授，您瞧您，两条烟算啥，您得给我们大老板这点面子呀！"佘副总经理带头往外走。

"不行，不行，这不行！"苏冠仑举着烟追到门口。

"苏老，请留步，请留步！"张金丁的臂力，非苏冠仑之流所能抗衡，被他拦在了门里。

苏冠仑手上抱着"万宝路"，望着满桌子的礼物，真不知如何是好。

退回去吧，人家肯定不干。收下吧，这么多东西，要多少钱啊，怎么能收！吃了吧，一个人哪吃得了这么多？带回北京吧，他们准高兴，可新鲜水果存得住吗？

他看着手上的烟又浮想联翩，据说这"万宝路"在中国大陆神通广大，用它打通门路，是条条大路小路都能打通的，人民币还买不来，非外汇券儿不可。他走到茶几前，放下烟，摸摸那金黄色的香蕉，看样子一个有四两。北京倒是也有卖的，可惜无论是"官倒"来的，还是"民倒"来的，价钱都太贵，因而从未问津。这么两大串香蕉，少说也有六七斤吧！中国农民就是实诚，送礼也讲究实惠，不来虚的。不过，不该一次送这么多，吃不了，烂了，岂不是浪费？怎么办呢？带回去。对！不是有冰箱吗？不会放到冰箱里去吗，真蠢！可是，走的时候怎么拿？叫人家看见，未免太寒酸了。送你几斤水果，你还往家背，这算什么副教授？！不妥，不妥！

唉！难哪！左右为难。姑且先放到冰箱里吧。就是自己吃，也得慢慢吃。说不定有机会还可以退还给人家。对，无论如何应先放进冰箱里。他刚打开小柜子，还没来得及碰冰箱的门，房门又响了起来。他像小偷碰上警察似的，忙关了柜门，站直身子。

刘宗浩晃晃荡荡地进来了：

"怎么样？冠仑，住得还可以吧？"

"可以，可以，太好了。只是，用不着这么大房间，有一间……"

"这算什么？这是应该的，是他们请我们来交流的，来了就是看得起他们。他们还不该尽点地主之谊？再说，这大套间，空着也是空着，不住白不住！"

刘宗浩大摇大摆地在沙发上落座。先是两腿叉开，两臂平伸，像个大大的"大"字。后来又放下手臂，伸手掰了一个香蕉吃起来。

"这房子嘛……"刘宗浩边吞着香蕉，边打量房间的装潢，露出轻蔑的笑意，"钱是花了不少，总脱不了土气。你看，这色调，米黄的墙纸，弄这么些花花绿绿的地毯！还有，这吊灯，太繁琐，太俗气。还是不行呀，审美趣味的问题，还是文化素养不高！室内装修，还得请国外的，香港的都不成，也俗。你看看这个质量，太差劲了。首先地毯铺得就不行。卫生间去了吧？真倒霉，我那马桶漏水，刚才我叫他们修呢！没办法，土财主嘛，初级阶段！"

这样的评价，苏冠仑能不惊讶吗？这么好的房间，经人家一评论，居然能贬得体无完肤。

刘宗浩又掰了一只香蕉，扭头问道：

"咳，冠仑，你怎么不吃？香蕉还不错。"

"唔，唔。"他探过身也拿了一只。心想，刘宗浩来串两回，这香蕉也甭搁冰箱了。

一会儿阮秋也溜达来了。他叼着半截烟，立即加入了刘宗浩的评论队伍，两人一唱一和，把个好好的大海宾馆直说得一无是处。

"这宾馆怎么回事？热水都没有？"阮秋牢骚满腹，一口吃进小半个香蕉。

"定时供应。我打听了，晚上七点至九点，大作家，您凑合点儿吧！"

"我那个窗帘根本拉不上！"倒霉的事全叫阮秋碰上了。

"你拉窗帘干吗？增加透明度嘛！"

两人哈哈大笑。又吃了几个香蕉，才骂骂咧咧地扬长而去。

苏冠仑捧起那串香蕉掂了掂，也就剩两三斤了。还是放冰箱里吧！他赶紧走到小柜前，打开柜门儿，又打开冰箱门。哈，不觉眼前一亮。门上的格子里全是各种饮料、啤酒，柜里上格是各种罐头，下格空着。他忙忙地把苹果、香蕉、樱桃往冰箱里放。转念一想，不妥，万一那些经理们又来了，一看桌上的水果全没了，会怎么想?！还是拿出来放还原处为好。

正急急往外拿时，丁零一声门铃又响了！苏冠仑一惊，一失手，苹果滚了一地。往回捡是来不及了，他灵机一动，大声问道："谁呀？"

"苏老，俺请您吃饭去！"张二妮的声音。

"来了，来了！"

苏冠仑扔下一地苹果，迎上去，把张二妮堵在门外。

七

接风酒，摆在总公司下属渔业公司经营的渔人宾馆。如果说前几年修建的大海宾馆还有点土，那么，去年落成的这座乡村别墅式的宾馆则高雅大方，气派不露于外，豪华不流于俗。连这里的服务员都是高价送到北京五星级宾馆酒家代培过的。

渔业公司派了一溜五辆"皇冠""奔驰"小轿车到住地来接客人。一色高级轿车刚到渔人宾馆门前，两位身着制服的英俊小伙子忙跑来开车门。那略微弯腰拉门的姿势，那伸臂挡住车门框的风度，与世界著名宾馆的"boy"不差分毫。去美国溜达过一趟的刘宗浩也不得不服。

进得门来，宽敞而紧凑的休息厅，陈设布置与大海宾馆又不相同。墙上绝对是美术作品的壁画，树木葱茏的室内园林化布置，色调之讲究，布局之精美，令人瞠目。渔业公司王经理带领各部门主管，陪同客人进入小餐厅时，客人们不禁叫起好来。

这小餐厅别有情趣。大玻璃窗直面大海，只见碧波荡漾。三面墙漆成蔚蓝色，壁上舳舻千里，屋顶更是别出心裁——拱形的大玻璃罩，把蓝天揽进怀里。置身厅内，海与天、人与自然融为一体，使人顿时忘却了各种尘世的烦恼，得到精神上的升华。苏冠仑坐上"皇冠"时还如坐针毡。满地的苹果搞得他一路忐忑不安。更糟的是，仓惶之际，可能连冰箱的门都没关上。他担心万一有服务员进去，人家还以为遭贼抢了呢！然而，一跨进这头枕海涛的餐厅，他仿佛经受了大海的洗涤，心里平静了许多。

苏冠仑倒背双臂，举目四望，只见室内全是仿渔家座椅外形精心艺术加工的小几小椅。柱上挂有渔家女服饰、头饰、彩绣，与海螺、鱼骨、贝壳相映成趣，粗犷，自然，巧夺天工。窗帘也不用市面上能买来的豪华织品，而是本地土织土染的土布，就连衣架也是用一棵活泼泼小树稍加修整制成。最绝的是灯罩，不用绸不用缎，用一种粗劲的编鱼篓用的荆条编成，新颖，别致，脱俗。苏冠仑不禁频频点头，连声叫道：

"妙，妙，真是妙不可言哪！"

渔业公司王经理的服饰和风度也与方才见过的以佘副总经理为首的经理们不同。他一身笔挺考究的浅色西服，穿在略微发胖的身上十分得体。脚下一双灰色皮鞋一尘不染，那条红、黑、灰斜纹相间的领带光鲜坚挺。雪白的衣领、袖口给人以清洁的印象。梳理得光滑的头发仿佛刚刚理过，更衬托着他胖胖的圆脸白里透红。一副宽阔的最时髦的金边眼镜，使得他通体的气派绝不亚于任何一个北京大公司或大企业的首脑人物。甚至他的乡音也不那么浓，从来没听见他说"俺这""俺那"的。显然他在语言上也下过一番功夫。

见客人像参观美术馆似的四处晃悠，王经理笑容满面地招呼大家：

"诸位名家别笑话我们土气！靠山吃山，靠海吃海，到了这里没有别的招待，尝尝我们老渔民的饭吧！"

客人们这才在一片惊讶叹赏声中落座。苏冠仑坐下之后，还在环顾四壁，心中佩服不已，口中问道：

"这房间，你们自己设计的？"

王经理呵呵一笑：

"哪儿呀，请中央工艺美院的教授帮着搞的。点子嘛，倒是我出的。我就要求一条：用现代材料体现渔民本色，洋中见土，土中有洋。洋得是地方，别离了我们老祖宗的谱儿。目的是叫外边来的人有个新鲜劲儿！"

见王经理谈吐不俗，刘宗浩由衷地叫道：

"佩服，佩服，王经理，您的审美意识高出一筹！"

王经理只微笑摇头，并不做假意谦虚状。

主客说笑间，只见一式渔家女打扮的服务小姐进进出出，给每人面前放了一个荤素兼备、鱼虾俱全的冷盘，又放上一个大小如中型饭碗的酒精锅。客人们不解：这是吃什么呢？接着，小姐们又轻巧地把每人的小炉子点燃，顿时一个个小炉子都喷出蓝色的小火苗儿，煞是好看。这一招，又是客人们所料不及的，引起一阵赞叹。之后，小姐们又鱼贯而入，托来一盘盘刚出海的海鲜，报出的菜名吓得客人们咋舌。龙虾、鲜贝、鲍鱼、蛏子、螃蟹、天鹅蛋……不但苏冠仑闻所未闻，就连号称吃遍全国南北大菜的刘宗浩也傻眼了。

主人夹起一块生鱼片放入小火锅里涮了起来。客人们如法炮制，送入口内，果然味美无比。

两杯酒喝下来，客人们比较放松了。刘宗浩赞道：

"王经理，你们这个吃法，货真价实，很有风味，很高雅。"

王经理微露笑意说：

"这是老渔民的吃法。渔家本色，讲究吃鲜。至于这酒精炉嘛，不瞒诸位说，是从国宾馆学来的。我看这种吃法，又卫生，又有情趣，就让订了这么两套小餐具。咱们要学，就学高档次的。别来那种高不成低不就的半吊子货，叫人家看了笑话。"

在旁陪坐的一位大眼睛经理说道：

"我们王经理，不简单！从小打鱼，后来进了渔业专科学校，有理论，有实践。这两年读电大，前年拿了文凭，去年到澳大利亚考察。将来准是咱们大老板的接班人……"

"你别抬轿子了。我怕叫你抬坟地里去！"王经理笑容可掬地打断了小经理的话，"将来总公司招聘总经理的话，如果条件合适，我倒可以竞争一下。接班嘛，我不干——谁知道接下个什么烂摊子！"

客人们连连点头称赞经理的高见。苏冠仑只顾品尝着生平头一回进口的海鲜，兴奋之余又问道：

"王经理，这样一桌，得多少钱啊？"

"这就看什么人吃了！"王经理笑道，"老外来吃，我们就宰他一家伙。没这个数儿，别想吃海鲜火锅！"

王经理伸出三个手指头。

"三百？"苏冠仑大着胆子问。

"三千，外汇券儿。"王经理淡然一笑，"别看我们这小餐厅，现在闹腾得还有点小名气。市里、省里的外宾，还有海外的观光旅游团，常来订宴会，对这一档送上门来的财主，我们就不客气了。不过，也不骗他们，也不冤他们。我们这里环境幽雅，服务一流，是公认的。一分钱一分货嘛！至于内宾，那就分三、六、九等下菜碟儿，区别对待了。该多收的咱们不少拿，该少收的咱们不多要。"

王经理介绍到此戛然而止。客人们面面相觑，仿佛在问：什么人该多收，什么人该少收，这个标准怎么掌握呢？王经理笑而不答，大眼睛经理咧嘴笑道：

"这也没什么保密的，到处都一样：业务上有往来的，用得着的，就少收；没什么关系的，就多收。"

王经理不大吃菜，自己喝了一口酒，又笑着补充：

"越是有钱的，我们就宰得越狠。这种人，你收得越多，他才觉得自己越有派。你收少了，他还觉得你看不起他呢！哈，哈！"

苏冠仑完全不懂个中奥妙，好奇地问：

"怎么知道什么人该多收，什么人该少收呢？"

"这容易！"大眼睛经理笑嘻嘻地答道，"到时候通知餐饮部。这一拨该宰，咱们就宰，不该宰就不宰……"

"看来，有些挂了号的，你们肯定不宰啰！"刘宗浩多少知道一点儿其中内幕似的。

"那当然！工商管理局、卫生防疫检查站的，我们死活是不敢宰。不但不宰，还得白请呢！"大眼睛经理又一笑，"刘作家，您下回来，我们保证不宰！"

"好家伙！这不是孙二娘的黑店吗？"阮秋摸着脖子说。

众人哈哈大笑。

王经理举杯笑道：

"黑店也好，红店也好，能赚大钱，就是好店。来，我敬诸位一杯！诸位都是文人，文人清苦，爬格子赚几个辛苦钱不容易，我们当然不宰，还要特别优惠。今天我们做个小东，承蒙诸位赏光，希望诸位一定要尽兴，吃好喝好。这不是吃我的，也不是吃我们公司的，是吃老外的，吃那些大户的。他们赚了我们那么多，我们赚他们一点儿，公平合理。请你们吃一顿，应该！"

这一番体己话儿，说得客人们心里热乎乎的。餐厅小姐们又源源不断地端上一盘盘海鲜珍奇，客人们也就吃得理直气壮，好像吃的是资本主义。

一个胖经理又发起进攻。他走到苏冠仑面前要跟他干杯。苏冠仑呷了一口就把酒杯放下，胖经理不饶：

"不行，不行，要干！"

"我不会喝，真不会喝！"苏冠仑连连摆手。

胖经理替他举起杯子说：

"来，喝吧！您没听人说吗？要想感情深，一口把酒闷；醉倒我一个，还有同志们！"

胖经理做出一副醉醺醺的样子，逗得哄堂大笑。众歌星更是手舞足蹈。王经理笑道：

"胖子，你把那顺口溜给专家们念念。"

胖子遵命，朗朗诵道：

"喝坏了党风喝坏了胃，喝得夫妻打架把婚退；领导批评对对对，下次保证还喝醉。"

又是哄堂大笑，伴以热烈的掌声。

笑声掌声中，王经理更加谦恭，他拿三只酒杯摆在刘宗浩面前，一一斟满，说道：

"胖子，别来你那个小打小闹，咱们来老祖宗的规矩，刘作家，三杯为敬！来，干！"

刘宗浩情绪昂然，又自恃海量，哪肯示弱。他站起身，敏捷地把口号接了过来：

"来！醉倒我一个，还有同志们！"说着，接二连三把三杯酒喝了个底儿朝天。

"好！痛快！痛快！"王经理当然不含糊，一气儿干了自己的三杯，又忙招呼客人，"吃点菜，吃点菜！"

胖经理效法，到了阮秋门下，照样一溜三杯斟满。阮秋菜量大酒量小，见这阵势，自己绝非对手。可是张莉莉在旁，不愿显得比刘宗浩矮一截，一咬牙一跺脚，举杯就往嘴里倒。喝到第三杯，自知过量，原想含在嘴里伺机吐出，谁料胖经理连声叫道：

"说话，说话！您别不言语！"

阮秋只好咽下，艰难地说了一声：

"您可真行！"

王经理手一挥，挡住正要依次进攻的胖经理，表扬阮秋，说道：

"您够标准！"

"不够，不够！"阮秋怕再来这么三下子。

刘宗浩走南闯北，明白这"标准"二字指的什么，忙笑着插言：

"老兄，你是够提干的标准了：喝酒七八两不醉，打麻将两三天不睡，跳舞三、四步都会！"

众人才要笑，王经理正脱了外衣返座，忙接口问道：

"刘作家，您这是哪儿的标准？"

"保密！"

"您这不全面。您听这个怎么样？"王经理口齿清楚地说，"一天两天不睡；三步四步都会；五两六两不醉；七千八千不退；九个十个……不行，不行，有女士在座，这不能说！"王经理不往下说了。

众人哪里肯放过，一致要求王经理把有关标准说清楚，连张莉莉也没有表示异议。王经理还是坚持不说，胖经理又站在了苏冠仑背后，醉眼蒙眬地大声说：

"九个十个不累，谁的老婆都睡！"

哈哈！哈哈！男人们笑得欢畅痛快。张莉莉也不由得抿嘴笑了。

苏冠仑从没有条件听到这么粗俗的顺口溜，他有点疑惑不解，傻愣愣地问：

"什么叫七千八千不退？"

没等人家回答，刘宗浩就聪明地答道：

"哎呀，老夫子，索贿受贿嘛，七千八千不退！"

王经理拍着刘宗浩的肩膀，含笑点头。

胖经理只顾完成自己的任务，他早已在苏冠仑面前斟上了满满三杯酒。苏冠仑站起身连连作揖：

"对不起，对不起，我真的不行！"

胖经理三分醉意，七分醉态，把酒杯直举到苏冠仑鼻子底下：

"教授，今儿能跟您一块儿喝酒，我高兴！您不喝就是看不起我！来，干！"他自个儿先喝了三杯。

王经理站了起来，诚心诚意地解围：

"教授！您喝一杯，我替您两杯！"

苏冠仑无路可退，一闭眼，灌下一杯——大姑娘上轿头一回——他从未这么一气儿喝过一杯烈酒，怪难为他的。

胖经理只得扫兴离去，又去进攻六郎和导演，连张莉莉也没放过。

接风酒，一直延续到十点多钟，宾主才尽兴而散。

八

回到宾馆时，苏冠仑自觉头脑十分清醒。他立刻意识到房间里还有一地的苹果。下了车，张二妮过来，要扶他上楼，他坚决拒绝说：

"你别管我！我没有醉！"

"还是俺来扶您吧！"张二妮伸出水葱儿似的小手，笑道，"说自己没醉的就是醉了。"

"那，那，我承认醉了。"

"语无伦次。他是醉了。我知道，他没量。"刘宗浩倒真是没有醉。

张二妮负责到底，还是把苏老直送到楼上。到了门口，苏冠仑坚守最后一道防线，不让张小姐越雷池一步。

"你休息吧！我真的很好，你放心吧！"

张二妮将信将疑地松开手，姑娘心善，真怕老教授摔着。

苏冠仑开了门，并不往里迈。直到眼看张二妮走出半条走廊，才推门噌地溜了进去，随即把门关严，扣上暗锁，这才打开灯。苹果安然无恙地躺在地上！没人来，也没人看见。太好了，心里一块石头落了地。

这时候真想吃点水果了。宴会上有水果吗？好像是有？对，是切开的一盘，什么瓜？好像没有吃。莫非真是醉了？三分钟以前的事都不记得了。他艰难地把滚在地上的苹果一一捡了起来，想削一个吃吃，又觉得挺费劲的，还不如睡觉呢。

他三步两步进了卧室，一头倒在床上。

丁零——又是门铃响。苏冠仑觉得这声音简直不是音乐，讨厌透了。丁零，丁零，音乐声非常顽强。怎么搞的？还让不让人家休息，有完没完？丁零，丁零，丁零，直响下去，不理不行，他只得头重脚轻地跑去开门。

门口站着张二妮。二妮背后站着一位秃顶的老头。

"苏老，这是黄师傅，给您量衣服来了。"

只见那黄师傅手里拿着一个小布包，旧蓝布中山装肩上搭着一根黄皮尺。说话间，他从兜里摸出一副老花眼镜戴上，又掏出了一个挂着圆珠笔的厚纸本儿，准备开始操作。

量什么衣服？本来苏冠仑就晕晕乎乎，听人说话云山雾罩的。他不记得自己提出过要做什么衣服。莫非是自己听错了？莫非是酒后失言？听说喝醉了的人胡说八道，尽说自己平时心里想的事。自己并没醉嘛！即便醉了，从未想过做新衣服的事，也根本不会说出那没影儿的话来。

"苏老，请您站起来，给您量呀！"

苏冠仑坐着不动，酒劲儿差不多没了。她真是叫我量衣服呢！于是，他十分清醒地说：

"我并没有要求做衣服呀！"

张二妮笑道：

"是啊，苏老，当然不是您要求的。是俺们总公司大老板说的，给您量套衣服。"

"我并没有提出过要求，你们大老板为什么要给我量衣服？"他是真闹不懂。

黄师傅手拿皮尺，站在一边，插言道：

"为阿拉工厂创牌子呀！"

"什么？他说什么？"黄师傅的上海话，苏冠仑听来像乌鸦叫。

"他说为他们工厂创牌子。"张二妮翻译。

苏冠仑更奇怪了：

"我怎么能给你们工厂创牌子呢？"

跟这种人说话真费劲。不过，张二妮挺耐心，挺温柔地笑着说明：

"苏老，您别见外呀！这是俺们公司的规矩。凡有贵宾来了，我们都奉送西服一套。俺们公司有缝纫厂，刚开始做西服。可，俺们请的师傅是第一流的。黄师傅就是从上海聘来的退休老师傅，做了一辈子西服，手艺可好呢！"

苏冠仑再笨也明白了，只是觉得不妥，故问道：

"是给我一个人做，还是我们来的人都做？"

"都做都做，一人一套。他们都量了！"

这倒叫他为难了。

大家都做了，唯独你不做，好像你多么特别，多么清高，多么拒腐蚀永不沾似的。一路来吃啊喝啊你也没少沾人家的。算了，干吗跟大伙儿别扭，随大流，量就量做就做吧！一辈子除了那套化纤西服，还没做过一套像样的西服呢。

又一想，不行。一套西服，好几百块，怎么能随随便便要下来？虽是人家主动给的，那也不行呀！人家有钱也是千辛万苦赚来的。我能平白无故侵占人家的劳动果实吗？那太不像话了。

越思越想，苏冠仑越觉得此事不可为。他赖在沙发上不起来，就是不予合作。

正僵持不下时，嘻嘻哈哈进来一群人，为首的是刘宗浩。他叫道：

"好！给咱们教授好好来一套！冠仑，你别瞧不起这小地方，人家可是国际流行式样。"

"料子也好，澳毛的。"张莉莉接口说，"苏老师最好用藏青色的。"

"不行，藏青色太老气。苏老并不老嘛，只比我大五岁！"阮秋说。

黄师傅立即从小包里拿出料样贴本和式样画册，谦恭地摆在茶几上，请仍然端坐不动的苏冠仑挑选。张莉莉早凑身过来出谋划策：

"这种，这灰色条纹的好！"

黄师傅马上搭词儿，说：

"小姐，侬眼光好格！伊人高，衣架子好，穿浅一点，颜色潇洒，满崭格！"

张莉莉拍手叫道：

"怎么样？师傅都说这颜色好！"

二妮正为自己的动员无效而着急，见来了这么多救兵，满心欢喜，忙趁势说道：

"苏老，请您快起来量吧！"

无奈，苏冠仑像是下定决心，死活不干，就不起来。

张二妮悄悄对身旁的刘宗浩说：

"怎么办，刘老师？苏老他不量衣服。"

"什么？"刘宗浩嚷道，"冠仑呀，你这是唱的哪一出呀？入乡随俗嘛！我们都乖乖儿地量了，就你破坏人家的情绪！再说，套把西服，在人家公司算什么，无非一点纪念而已。老兄，别来知识分子那一套了。"

"就是嘛，"阮秋也帮腔，"你以为人家白送？人家是请我们做活广告，拉生意，这叫现代商品意识。我们不收广告费，就算便宜他们了。"

可算遇见明白人了，黄师傅连连点头。

苏冠仑对自己动摇了。今天你不量这套西服，一是背叛了大家，破坏了情绪；二是与现代商品意识对着干，太不开化。做吧！

他在众目睽睽之下木呆呆地站立房中，抬臂、挺胸、收腹，听凭那位上海师傅摆布，活像一具提线木偶。他希望这一切赶快结束，偏偏裁缝师傅上了年纪，老眼昏花，行动迟缓，半天在他身上量一下，又弯腰九十度在茶几上的小本儿上记一笔，如此反复不已。苏冠仑高伸双臂等着，好像耶稣被钉在十字架上。

好不容易丈量完毕，阮秋跳起来说再不洗澡就没热水了，大伙儿才一哄而散。

整日里苏冠仑竭尽全力适应新生活，此时只觉得四肢乏力，头脑昏昏。他倒在沙发上自己也觉得奇怪，一天什么事也没干，何以如此疲惫不堪？本来，说得挺好的"出来玩玩"，没想到玩儿也这么累！其实，还没有正式开始玩儿呢，不过是被人送来一堆水果，被人请去赴宴，被人拉起来量衣服。吃水果，赴宴会，量新衣，按说都是轻松愉快的好事，谁料想竟也这般地耗费精力！

他觉得，应该打起精神来，做一点事情。要做的事情还是有的。比如说，讲稿还没有拟好。何不利用此刻肚子里储存的热量较多的有利条件，拉出一个提纲来呢？再说，坐了人家的软卧，吃了人家的大虾，穿了人家的料子衣服，这种盛情如何报答？投我以桃，报之以李，只有认真把课讲好。否则，真是无功受禄了。

想到此，他强迫自己在写字台前的转椅上坐了下来。桌上备用的信纸有的是，他拿过几张，准备找一条通俗的路子，把《牡丹亭》向这里的文学爱好者介绍一下。讲深了，可能不易接受。那些内涵丰富的句子就不必解释了。然而，提起笔来，笔在颤，脑子里一无所有，什么杜丽娘，什么柳梦梅，统统进不来。

累了，确实是累了。要不，先洗个澡。洗澡促进血液循环，头脑肯定能清醒些。听说西方现代生活最讲究洗澡。所以盖宾馆住宅，卫生间都是重点工程。中国人也不是不懂得洗澡的美妙，古人动不动就"沐浴更衣"。"春寒赐浴华清池，温泉水滑洗凝脂"，一个"浴"字，古人曾作了多少绝句，看来，中国文化深层积淀中还有"浴"这一层。现代苦于人多嘴多，吃饭睡觉的问题是重点，沐浴这种项目就靠后了。试看哪家的卫生间里有浴盆，连学校的公共淋浴室都挤得没有插足之地，老师们常常要光着身子等水龙头。即便这几年新盖的"高知"楼，因为住进的都是高等知识人才，有的倒是装了个浴盆。只可惜那盆太小，像个金鱼缸似的，三岁小孩进去玩玩还凑合，大人一坐进去，水流遍地，还洗个屁！

今天，难得这么个大浴盆，不利用一番也可惜。待要放水时，一看，白浴盆内一圈黑乎乎的，肯定是前人洗澡留下的纪念。不行，先得做一番清洁工作。他环顾浴室，想找点去污粉之类。没有。没有去污粉，怎么擦浴盆呢？算了吧，弄干净这个浴盆也把人累个半死，坐进去未必有什么情趣了。

不洗了，也不写了，睡觉！早就应该安息。昨天火车上就欠了觉，怪不得一整天迷迷糊糊的，好几次差点出乖露丑。席梦思床，高级享受，今晚好好补他一觉！

这床真是软和，一个人躺在正中间，陷下去，仿佛睡在摇篮里。别瞧是个副教授，连席梦思床都没有睡过一回，我这样的知识分子也真够土的！月琴怕还没有睡，她想不到我会睡在这种床上。我倒无所谓，一切都看淡了，什么床不是一样地睡。她不行，女人总是女人，难以免俗。人家有什么自家就要有什么，也不知她哪儿来的那么一股劲。难哪，组合沙发，两千元，攒到哪一年？

其实，多此一举。干吗非得有间会客室？在哪儿会客不行？以前住平房大杂院儿，来了客人，端个小板凳，坐在房檐底下，还不是一样？下干校的时候，田头地边，山坡草场，哪儿不能聊？关键是谈得拢，彼此心相通，不在于物质条件的优劣。现在，太讲究物质了，物欲横流，永无止境。有了电视想冰箱，有了房子想会客室。这么发展下去，必然是人人都去搞钱，大家都去经商，还有谁来学文，还有谁来研究汤显祖？！难怪《牡丹亭》这样的好戏没人演，演了也不卖座。难怪上次花了半个月时间写了一篇《论〈牡丹亭〉的艺术特色》，居然被编辑部退了回来。太不公平了。……

他睡着了。

九

接连三天，苏冠仑一行在大海渔农工商联合公司参观访问。日出而行，至晚方归，别的都顾不上。讲课一事，也无人提及。

访问是很紧张的。早餐后，一行人就登车上路，或工厂，或公司，或渔村，或养殖场。每到一处，先必在贵宾接待室小坐，递茶、递烟、递水果、递名片。然后边吃边喝边抽边听主人介绍情况。每逢这时，刘宗浩表现出一种特殊的才能。他总能抓住要点，并能就各种不同行业提出不大不小的问题，诱发主人解答，使主人备感自身的价值。如此有问有答，一来一往，几十分钟就过去了。待到起身参观时，时间已经不多了。有时走马观花都来不及，半途就被热情的主人拉回贵宾室，在留言簿上一一题词签名，然后步入餐厅共进午餐。

进餐的时间就不受限制了。酒过三巡，菜上四道，主客之间的拘谨就完全消除，谁也不拿谁当外人了。刘宗浩善饮，自称中国人加外国人没有他的对手。阮秋食欲极佳，扬言一顿吃一只蹄髈小意思。舞星歌星更是少年气盛，举杯豪饮。就连举止文雅的张莉莉，酒席阵前也不示弱。

酒足饭饱，握手告别。双方依依不舍，友谊又掀高潮。主人捧出本厂产品或本地土特产相赠，客人有的客气两句"受之有愧"，有的啥也不说，接过大包小包，一行人又登车去赶下午的节目。

又是贵宾室，又是烟、茶、名片，又是主人介绍，又提几个不挨边儿的问题，又是主人详尽的解答。客人们则在这香茗烟雾的氛围里慢慢消化中午的食物。最后，主人提议："时间不早了，看一看吧！"转了半圈儿，天色不早，大家步入早已布置停当的餐厅，共进晚餐。

晚宴上，酒量之真假，后劲之有无，面临着真正的考验。下午的困劲儿早已过去，气氛也就更加热烈。待到宴席终了，连永远不醉的刘宗浩也难免东倒西歪。不过，不管醉与非醉，接受主人馈赠时，一个个都是明白的，谁也不少拿。面包车把客人送回宾馆时，也没人把礼品落车上的。

一天赶两场，无论从哪方面说，对苏冠仑都是得益匪浅的。苏冠仑很少出差，偶然出行，也是同兄弟院校交往，对各地经济发展形势只从报纸上略知一二。报上说中国沿海有些地区乡镇企业发展很快，农民很富，他未曾亲眼得见，总以为是"吹"的，心里不大相信。这次下来亲眼所见，亲耳所闻，不能不信服了。

单就那村里的宾馆、那宴会、那礼品，没有钱行吗？那工厂的机器，国外引进的；那出厂的产品，包装箱上的外文字母，分明是出口的；那坐在流水线前精心操作的漂亮的姑娘小伙子们，全是农村青年。这是多么大的变化！假如我们的农村都这么富足，我们还愁什么？

比不了，跟这地方的农民比不了。在他的一生中，从来不记得有过如此接连三日大宴的历史。顶多偶尔到亲朋好友家吃顿饭，喝杯啤酒。同事之间，经济状况彼此彼此，老朋友来了，隆重一点也不过上小饭馆聚聚。这两天，顿顿鸡鸭鱼肉不稀罕，大虾鲜贝也平常，席上没有鲍鱼、天鹅蛋，对客人就算不恭不敬。

苏冠仑一辈子素食为主。这几天大开斋，开始他是颇为克制的。一来拘泥礼节，总要给自己留点面子，不能让人瞧着像是八辈子没吃过好的；二来也是考虑肠胃承受能力问题。万一闹起肚子来，集体行动多有不便。谁知第一天吃下来，承受能力颇高，进口出口一切正常。于是他消除顾虑，放开了。席上这么多人，觥筹交错，少吃没人夸你"君子风度"，多吃反被认为"豪放不羁"。阮秋说得对：不吃白不吃！

吃了几天，苏冠仑的美食鉴赏水平大有提高。一般酱鸭烧鸡之类冷荤，已引不起他多大兴趣。三鲜烩海参之类，也不比食堂的杂烩菜好多少，有一次，在工厂的宴席上，他居然品出瓶装可乐没有易拉罐可乐味醇，并由此而心中稍有不悦。好在他立即意识到这种潜意识的没道理，人家又不该你的欠你的。

说来，唯一使苏冠仑不能接受的是失去了午睡时间。多年的教书生涯中，无论春夏秋冬，他天天午睡。少则一小时，多则两小时。一觉醒来，精神抖擞，晚上熬到几点都行。甚至可以说，对于他，午睡不仅是一种生理调控的需要，而且是一种精神上的享受。偏偏到了此地，剥夺了他午觉的权利和乐趣，以至中午的宴会上他的情绪也不能不受到影响。有时看到刘宗浩还在叫阵干杯，阮秋还在大咀大嚼，歌星舞星们更是旁若无人地大吵大嚷时，他甚至想，有这工夫看他们出洋相，不如找地儿睡一觉去！然而，到哪里去找梦见周公的睡榻！

每当这时，善解人意的张莉莉，见老夫子一人愁眉枯坐，总是举杯朝他粲然一笑：

"苏老师，我敬您一杯！"

于是，他赶忙举杯，呷一小口，略略驱除了一点倦意。

到下午参观时，苏冠仑坐那儿听主人介绍情况，常常难以支持，眼皮儿老打架，脑袋沉甸甸的，装了弹簧似的左歪右倒。有一回他居然听见自己打呼噜的响声。这种有失体统的困境，总要熬到下午三四点钟才得以缓解。这不能不说是此行的一大憾事！为此他由衷地佩服刘宗浩他们的精气神儿。

除此之外，讲课的事总不见安排，也使苏冠仑心里不踏实。他问过张二妮：

"什么时候讲课呀？"

张二妮总是含笑答道：

"俺不知道。"

他问张金丁：

"什么时候安排我的课呀？"

张金丁也总是笑嘻嘻地答：

"大老板还没安排呢。苏老，您也挺累的，不着急。"

大老板姓张，名永发。村里老人都说他爹妈给取的名儿好——永世地发下去了。现如今他身任大海渔农工商联合公司总经理、党组书记，成了全国著名的农民企业家。苏冠仑一到此地，处处听说大老板，事事连着大老板，就是没见到大老板。据张金丁透露，大老板这两天正忙着做一笔大买卖，顾不上接见首都的学者专家。但是，这次的文化交流活动是大老板亲自安排的，连每天的参观项目都是大老板亲自拍板定的。大老板还将亲自同客人们洽谈有关公司和文化界建立横向联系的问题呢！

可是，大老板始终没有露面，当然讲课的时间也就定不下来。苏冠仑时常觉得心中有愧，可又毫无办法。有时晚上闲来无事，也到张莉莉房中去凑热闹。她那里每晚都高朋满座地神聊。说到不知什么时候讲课时，刘宗浩说：

"咳，讲不讲，就那么回事。"

"不讲更好，"阮秋说，"几顿饭就想买我的写作机密，没门儿。"

"那把我们请来干什么？"苏冠仑不懂。

"这要问莉莉了！"阮秋抓空就往张莉莉那儿靠。

"还不是慕你们的大名，沾你们点儿光呗！"张莉莉简而言之，啥时也不忘自己是抬轿子的。

苏冠仑更不懂了：自己有什么光亮让人家沾？

十

讲课，终于安排在第四天下午三点钟，地点就在宾馆会议室。

第一课下来，苏冠仑彻底明白了。所谓讲课，无非是大伙儿见见面；所谓文化交流，无非是请些人来聚聚；所谓大海国际文化旅游公司，无非是做买卖——赚钱的买卖和赔钱的买卖，用赚钱的买卖补赔钱的买卖，用今日赔钱的买卖做明日赚钱的买卖罢了。

学者专家表演艺术家们端坐一排，刘宗浩首先开讲："创作的灵感"。

"有没有灵感？我不知道。我认为灵感来自生活的积累。而生活的积累来自勤奋。勤奋地观察，勤奋地思考。换句话说，要眼勤、耳勤、手勤、脚勤、脑子勤。眼勤者多看，耳勤者多听，手勤者多写，脚勤者多跑，脑勤者多思。有这五勤五多，就可能激发灵感。"

不光有理论，还有生动的实例，刘宗浩不慌不忙细细讲来：

"比如，这次我们成帮结伙一齐到了贵公司，同吃同住同参观。我跟他们看的一样多，我能比他们多写点什么呢？这就要动脑子了。竞争嘛，看谁比谁的优势多！"

他神采飞扬，一回头冲阮秋笑道：

"对不起，阮秋，我现在坦白交代。昨晚上我采取单独行动，溜出去了。不是我不讲哥儿们义气，这是我的职业习惯。我以为也是我的权利。"

他说得玄乎其玄。苏冠仑、阮秋固然莫明其妙，台下听众更是不知所云。

"我溜哪儿去了呢？——溜你们大老板家里去了！"

只一句，台下就活跃起来。刘宗浩抓住这个会场效果，吊起胃口来：

"你们大老板是个著名人物，也是个神秘人物。他请我们来，可到今天我们还不识其人。听说正在做一笔买卖，特别忙。我想，他忙些啥呢？我不能守株待兔，要主动出击，闯到他家去看看。这一闯不要紧，你们猜，我看到了什么？"

这个关子卖得正是地儿。不要说大老板的子民心急如焚，就连大老板请来的客人也想听下回分解：大老板黑更半夜到底干吗了？

刘宗浩把听众的胃口吊足了，才抖开包袱说：

"大老板骂人呢！骂他小舅子，骂得狗血淋头的。为啥？他一趟广东，赔了二十多万。让广东仔坑了。给我引路的人说：刘老师，俺们回吧，大老板正火头儿上呢！我说，不行，不能回去。越是矛盾高潮心里不平衡的时候，闯上去越是有双倍效应。果然，我这一闯，闯出个好题目来——《大老板夜审小舅子》！这就是腿勤的收获。"

不用说，众人报以热烈的掌声。

阮秋第二个讲："小说与感觉"。

"写小说，最重要的是寻找感觉。感觉一定要找准了。感觉从哪儿来呢？切身的体验。没体验，那叫胡编，那叫乱造，读者看了满不是那么回事儿。"

他举了一个实例：

"有一次，我写一个男主人公失恋的短篇。可我，从来没有失恋过，我怎么写？怎么去准确表达主人公失恋的感觉？我找了五个失恋的男青年谈话，掏钱买啤酒花生米跟他们作彻夜长谈。说实话，那点稿费不够我下的本钱！他们又叹气又抹眼泪儿全说出来了。我自以为找到了感觉，结果写出来还是不像。我一点办法也没有了。"

他停住，东张西望，做戏似的瞧了瞧远近会场，故意放低声音：

"我说，咱们这儿没记者吧！可千万别传出去——直到我，直到一只蝴蝶飞进了我的窗口，直到我遇见了一位美丽的姑娘——当然，不是为了写那篇小说。然而不幸，我找到了那种感觉。我那篇小说，后来还得了奖。得奖不得奖是身外之事，关键是我找着了那感觉，并且永远留在了记忆里。"

他的感伤，也换来了掌声。

轮到苏冠仑了。讲什么？讲《牡丹亭》是绝对不行了，再俗也不行，况且人家根本不给你那么多时间。人家要听的是新鲜，是有趣，隐私也行。亏得苏冠仑在讲台上头脑灵活，训练有素，应变的能力极强。他果断地抛弃了这几天准备的腹稿，另起炉灶，现炒现卖：

"刚才他们两位，讲得都很实在。刘宗浩和我是大学同学。我可以证明，当学生时他就比我勤快。我们都是萧教授的学生，听一样的课，看一样的参考书。可他比我腿勤，多到萧教授家吃一顿饭，就写了一篇文章。后来他写得很多，成了作家。而我呢，只因生来懒散，四体不勤，枉读了几十年书，至今还是个教书匠。"

台下一阵友好的笑声。

"当不了作家怎么办呢？瞎闯呗！笔不能闲着，就写点什么。写评论，也没写好，当不上评论家。后来研究戏剧，写了几篇汤显祖的文章，也没人知道。谁知瞎猫碰死老鼠，我觉得单写汤显祖太单调，就把他跟洋人莎士比亚一起写，比较着写。后来这文章被莎士比亚祖籍英国的一家刊物登了。于是人家给了我一顶戏剧家的帽子。所以我今天讲的题目可以叫作：'文学需要闯劲'。闯出一条自己的路子来！"

掌声出乎意料的热烈。台上台下都在拍巴掌。苏冠仑有点飘飘然。他简直没想到，自己即席演讲的才能发挥得这么好！讲得这么顺溜，这么利索，这么风趣。非但不失学者风度，仿佛还给学者风度增添了幽默感。他对自己满意极了。

接下来，就是搞艺术的家们讲了。他们说了些什么，苏冠仑听而不闻，耳朵里仍灌满了方才的掌声。他坐在主席台上也不觉得别扭了。他坐得很直，很自然，似乎他从来就该坐在这位子上。

不知什么时候，六郎已在引吭高歌了，又跺脚又甩脑袋，声嘶力竭，博得满堂彩。

庄严的演讲会在六郎的歌声中胜利结束。

然后，大会主席宣布：大海国际文化旅游公司向首都来的专家、学者、知名人士发聘书。在全场经久不息的掌声中，他们一一领奖状似的挨个儿接过"顾问""兼职教授"的聘书。大红锦缎烫金字的聘书，装在小箱子似的精致硬盒里，比大学里的聘书讲究多了。

前后一个半小时，全部活动结束，张金丁殷勤地把客人引进餐厅。都是熟人了，无须谦让，纷纷入座。今晚张金丁是主人，他举杯祝酒：

"各位老师！今晚是我们文化旅游公司招待大家。俺们是穷公司，比不了那些办实业的公司财大气粗。俺们不是营利单位，只表示俺们一片心意，感谢诸位名家给俺们的支持帮助。实在没啥好吃的，来，敬诸位老师一杯！"

确实差远了，无非是六盘凉菜，六道热菜，没有鲍鱼，没有鲜贝，连虾也是养殖虾。不过，客人们的胃口仍然不错，一如既往地开怀畅饮。苏冠仑更是吃得津津有味。课讲了，债还了，心里踏实了，有一种卸了包袱的轻松之感。

晚上，在宾馆小礼堂举行联欢舞会。苏冠仑学生时代没学会跳舞，后来也没有条件再学，饭后原想在房间休息，独自清静。却不料坐不安稳。未必不该去轻松轻松。"文武之道，一张一弛。"这几年确实太操劳！外国人说中国知识分子不善于生活，有条件谁不会？去，跳舞去。

不会跳，坐那儿看太没意思，更显得一副老夫子相。听说跳舞也并非难事，关键是要有个耐心的舞伴。张莉莉肯定跳得不错，请她教？那么阮秋呢？他还不借机缠住她，哪还轮得上我？管他呢！社交自由，她又不是他的。她对我挺敬重，不会拒绝教的。莉莉长得是不错，眼睛挺好看。总体上讲，面部虽说不上漂亮，身材真不错，腿长，腰细，匀称。这样的女人就给人以美感。"窈窕淑女，君子好逑"，圣人之情，尽见于此矣！今古同怀，岂不然乎？

不对呀不对，怎么想到别的女人身上去了。他自问不是寡情之人，怎么一出来就把老婆忘了个一干二净，居然见异思迁，这确乎有些想入非非了。

其实，这也算不得大逆不道。按弗洛伊德的学说来分析，男女之间不外乎是异性的吸引。她那柳腰迎风，对男性具有一种不可抗拒的吸引力，这无可否认。何必装作视而不见？何必做伪君子、假道学！

那又如何呢？大胆地去欣赏她，去跟她跳舞，来一次自身的突破？这就算真君子，算真道学？！

说不上是思想斗争，也分不出正义与邪恶，无非胡思乱想，昏昏沉沉。忽然，一个娇滴滴软绵绵的声音在耳边响起：

"苏老，跳舞去呀！"

是幻？是梦？他猛地睁开眼，不由得大吃一惊。只见一个苗条的身影闪闪发光地伫立在自己的面前。是谁家娇养起这嫩孩孩？呀，今夕何夕，玉人儿真个来也。

"苏老，张经理叫俺来请您跳舞去！"

俺？——定睛一看，啊，张二妮！一件镂花黑丝绒旗袍长及脚面，一串亮晶晶珍珠项链环绕胸前，闭月羞花，风姿绰约。奇哉，奇哉，真个是：温香艳玉神清绝，人间迥别。

"走呀，苏老！"

"我，我不会跳啊！"

"俺教您！"小姐们都挺勇敢，城里乡里都一样。

盛情难却。苏冠仑被张二小姐领进舞厅。但见彩灯闪烁，乐声悠扬，舞池里已有好几对儿在"嘭嚓嚓"了。他一眼看见刘宗浩拥着一位公关小姐在中央盘旋。那妙龄女郎如春藤绕老树般地任他左右。老同学在大学就是舞会上的王子，不想三十年之后，他舞兴仍浓，舞姿依旧，舞伴儿更胜过当年。那边厢，阮秋果然不出所料，正和张莉莉做一对儿舞着。看得出阮秋竭尽全力，无奈基本起点就悬殊——比他的舞伴儿矮半头——舞姿也令人惨不忍睹。左臂成 L 形，一上一下，滑稽可笑，恰似一台升降机。莉莉跟他有说有笑，苏冠仑心里略感不快：难道我真是老夫子？我不能跳？

然而，当张二妮真伸手相邀时，他的勇气又丢了。不会跳，逞什么能！万一传回北京……他甚至想象得出，人们会怎样相讥："苏老夫子学跳舞"如何如何……不行，我绝不能成为别人茶余饭后的话题。二妮再三相请，苏冠仑灵机一动，来了个缓兵之计：

"我，我先抽支烟，休息一会儿。"

这一缓不要紧，美丽的张二小姐被六郎携入舞池而去。时下唱歌本来就带扭的，舞也是本行业务。二妮天生丽质，加以专门经过培训，技术高超。两人婆娑起舞，节奏鲜明，花样翻新，顿时引得全场注目喝彩。

见专门负责照顾自己的二妮，正冲披头散发的六郎甜甜地笑呢，苏冠仑又觉得不是滋味——一种被压抑的失败感。他打住心头的不痛快，下决心勇敢一点。跳舞嘛，又不是偷鸡摸狗，何须踌躇至此？谁认得你？谁注意你？你守住不跳，也不见得有人夸你德行高超！跳，不跳白不跳！

二妮真棒。一曲终了，她就回来了。

"苏老，下一个，俺可跟您老跳！"

乐曲一响，二妮立即轻盈地站起。苏冠仑两腿像灌满了铅似的，但他还是一咬牙站了起来。

"……搂着我的腰，托着我的手……对，就这样。一二三，一二三，……苏老，您会跳呀！……要是往后退的话，您给我个信息，往我腰上按一下，对……二……"

啊！轻轻怯怯一个女娇娃。知为谁鞌？为谁疼？

美哉，今宵！

十一

第五天，大老板接见首都的知名人士。

早餐时，张金丁挨个儿通知：大老板上午有空，要跟诸位老师见面。原订计划取消，请各位饭后到小会议室喝茶。

一行人遵命来到小会议室。这地方与别处不同，满堂紫檀木中式家具，制作精细，古色古香。嵌着大理石台面的茶几上已摆下一溜青花瓷盖碗。一名手持长嘴大铜壶的老者，给客人一一斟水沏茶。

刚刚落座，就听门外窸窣有声。七八条汉子拥着一个五十开外的男子破门而入。这人中等身材，中式打扮，身穿一件对襟布褂，脚上一双家做青布鞋。古铜色的瘦脸上满是皱褶，一头灰白的短发，两个细小的眼睛，怎么端详也不像个腰缠万贯的大老板。

大老板进得门来，也不行"一一握手"礼，只双手抱拳示意各方，朝里边走边说：

"诸位！包涵，包涵，怠慢了，没早来看望大家，实在对不起！"

太师椅虽是转圈儿倚墙摆着，然而根据古老的规矩，迎门是上座。因而那里正中空出了三张椅子，先来的人都知趣不去坐。大老板毫不犹豫习惯地直奔正中一把椅子坐下去。跟随的人只在门边找地方坐了。有两人没椅子又端来凳子在后排加座儿，而大老板两旁的座位却空着。

张金丁站在中间，转弯儿把客人一一向大老板作了介绍。大老板连连点头，用小眼睛盯住每一个头衔下的实体。张金丁话音刚落，大老板就用手指着他问道：

"俺们这位土秀才，干文化这一行，够格不够格？诸位给评评！"

众人愕然。张金丁更不知所措，像站在被告席上，颇有点惶恐。好在，大老板自问自答：

"别瞧他兜里装着一摞名片，见人就递，什么'文化旅游公司经理'，那是蒙人的！真人面前不说假话，他那个文化公司皮包里的，连间房都没有。什么经理，连个打杂儿的都不趁，就他一人瞎抓挠。唉，也不怨他。念了十几年书，当了十几年右倾，种地不会，做买卖不灵。跑来找俺，好歹得弄碗饭吃。人才不人才的，在俺们这穷地儿，他就算个文化人。就发挥他的优势，让他抓文化吧，两个文明一齐抓。物质文明，赚钱，咱有点经验；精神文明，咱文化浅，一时半会儿还真抓不住。那就求人吧！俺可有话在先：你搞得了签合同，搞不了可别糊弄俺。实践检验，这可是中央的精神。今儿正好，诸位真神到了！请诸位学者专家给验验，咱这位经理够格不？够格，让他干；不够格，俺就把他撸下来！"

"够格，够格！"真神们众口一词。哪有大老远跑来砸人饭碗的道理！刘宗浩还格外美言了几句：

"他是实干家，一路上全靠他安排，很周到，很周到！"

大老板这才一挥手，放过文化经理，自个儿叹息道：

"说起文化，俺就伤心。从小填了一肚子地瓜干，没装一点墨水。后来扫盲，说是摘了文盲帽，也就骗人骗自个儿的事儿。那点子文化就够画个押，看个简单的合同。其他的，有那份儿心没那份儿力。"

"大老板天分高。"张金丁已找地方坐下，恢复常态了，"别瞧没文凭，文化可不浅。关键是脑子好，记性好。什么产值、利润、税收上缴，说出来分毫不差，外商都服，谁也蒙不了他！"

"别胡扯啦！"大老板自管喝茶。

这时，一个三十来岁的男人急急忙忙进来，直奔大老板报告说：

"大老板，咱们球队输了！零比二，输给省队啦！"

大老板闻听勃然变色，猛一巴掌拍在茶几上，把茶杯震起老高。

"他娘的！老子花了十五万，就买它个蛋！"

那人又小心地说：

"也不怪他们，主要是缺个好边锋，临门一脚，欠功夫！"

"缺边锋，找去呀！"大老板气哼哼的，"我早说了，买得起马配得起鞍！大海公司买得起球队买不起个边锋？！告诉你们说，俺们不办体育是不办，办就得办第一流的。别说省队，国家队也敢较量较量。干这事儿就得下本儿！俺不怕花钱，畏畏缩缩的，省几万块钱，输个光屁股蛋子，公司跟着丢人。这种体育还办个什么劲儿，散他娘的算了！"

这席话，听得首都来的文化人直犯傻。还是刘宗浩不愧为场面上的人物，他笑道：

"要说足球，还得数广东队，国脚出在广东。"

"听见啦？这就是信息。金丁，完事你去广东跑一趟！"大老板当机立断。

足球风波过去，大老板消了消气，才接茬儿转问文化人：

"诸位这两天都看了看？说老实话，叫你们看的项目，都是拔尖儿的。外宾来参观，也是这趟路线。赖的你们没看见。实话说吧，也没十分很差的。共同富裕嘛，一部分人富得流油，那一部分也不能老待那儿受穷不是？大伙儿说说吧，批评建议骂街都成！再给俺们出点儿好点子。诸位都是走南闯北的能人，见多识广，眼界开阔。特别是怎么发展外向型企业，三来一补。有啥门道，有啥海外关系给俺们介绍介绍。介绍费、信息费，俺们不含糊，从优，特优！哈，哈！"

他讲话真像竹筒倒豆子，噼里啪啦没完，连最善于见缝插针的刘宗浩都逮不着时机下嘴。好不容易大老板掀盖儿喝茶的空当儿，刘宗浩才忙忙地说道：

"我跑的地方不算少，大老板，像您这儿这么富的，真不多见！"

大老板咕咚咕咚喝了半碗茶，脸上笑模样地说：

"那是！俺一个公司的上缴利润，顶他小半个市的。在全国，俺也数得上前一二十名吧！俺们缺的，就是不懂宣传，知名度不高。哑巴吃饺子，心里有数管屁用！谁知你饺子里装的啥馅儿？！你们都是文化人，能写会编，能说会唱，往后还得请诸位多多帮忙，多多宣传啊！这回咱们可就算横向联系上了。听说你们当中有位戏剧专家？"

张金丁忙指着靠边儿坐的苏冠仑说：

"苏冠仑教授，就是搞戏的专家。名气可大呢，连英国人都佩服。"

"不敢当，不敢当！"苏冠仑直谦虚。

大老板立刻从座位上站起，快步走到苏冠仑面前，拉起他就朝中间走，边走边埋怨：

"教授啊，您看您，坐这儿，坐这儿，咱们好说话儿。"

突然袭击，苏冠仑还没转过向来，已被大老板拉到自己身旁坐下。大老板又亲自去给教授端一碗新茶。服务小姐跟在他后边跑，要替他端杯子他不干。待双手向苏教授递上茶，大老板才满意地坐下说：

"俺就喜欢看戏！苏老，您老想想，俺们大海公司，从无到有，由穷变富，从单一经营到全面发展，从炎黄子孙小农经济到找高鼻子洋人合作办厂，就是一台戏，一台大戏呀！老苏教授啊，您来了，俺们就算请来了真神！俺当着各位，请您给俺们编台戏宣传宣传！"

"不、不、不，我根本不是写戏的呀！"苏冠仑急急地解释。

"别客气啦！"大老板笑眯眯地说，"俺知道，你们有学问的人是真人不露相。不像俺这大老粗，急了啥都说。您别瞒俺，俺早有信息。您是专家！别说中国戏，外国戏您也懂。给俺们编一出，对您还不是手到擒来的事儿。材料俺们提供，人力物力保证跟上。俺知道你们专家时间都紧，给您派俩助手整材料。家里不清静，您上俺这儿来，俺全包！您不放心家里，全家来，俺们热烈欢迎。您有什么要求，俺全满足！"

苏冠仑又摇头又摆手，苦苦解说：

"不，不，真的，我不会编戏，真的！"

"老苏教授，咱们一家人不说两家话。当着这么些人，咱们今天就签合同。您给俺写一出，俺付你酬金一万。先付两千订金。戏写完了，一次付清。"

"不行，这万万不行的呀！"

"你就别推辞了！俺知道，文化人清高，提钱不干净。俺们谈生意，做买卖，就不怕人笑话。钱上的事，一是一，二是二，先小人后君子。苏老，您要嫌俺出的价低，您说个价儿，咱们好商量。"

"根本，根本扯不到这个问题上……"苏冠仑结结巴巴，他讲杜丽娘的口才不知跑哪儿去了。

恰在这时，一位七十多岁穿着整齐的老太太，喊着大老板的名字径直走进屋来。

"永发呀，好些日子没见着你，身子骨儿还好哇！"

大老板早已站了起来，迎上前去：

"大娘！您老咋上这儿来了？"

只见老太太长叹了口气，又自个儿笑起来，才说：

"唉！也怪俺多管闲事！俺是来瞧狗娃那小子的。俺也是多余，人家有爹有妈有爷爷奶奶，俺这没出五服的一个外姓祖奶奶操的哪门子心！"

大老板恭恭敬敬把老太太让到正中坐下，自己站一旁赔笑道：

"大娘，您是这村的长辈儿！别说他还姓张，就算他姓李，您该打就打，该骂就骂。您老就该替干部们管管他们……"

"如今这些孩子们哪，叫俺说，全给惯坏了！"老太太一开口，大老板就不言语。"这不是叫他去伊拉克吗，他哭天抹泪儿，姑娘家似的，俺就看不惯那没出息样儿，叫俺好骂了一顿！俺说，伊拉克国，不也在地面儿上吗？那儿人也两眼睛一鼻子，你可怕的啥？出去闯荡闯荡，长长见识，亏你啦？俺是老啦，要不，俺去，你在家猫着吃现成儿！"

大老板哈哈笑道：

"大娘啊，都像您这么明白就好啦！现在这帮小子，别瞧一人一身洋货，脑瓜子里尽土坷垃，难怪人骂小农思想不开化。"

抬脸，大老板又向客人们解释：

"俺们办劳务出口，公司、个人都增加收入。说实在的，公司倒不指着他们挣钱。为的是叫他们出去闯闯，摸摸情况。到时候俺们公司在外边设个厂、开个店啥的，也省得两眼一摸黑呀！整天价嚷嚷外向型，外向型。都他娘的耗子似的窝儿里狠，外向个屁！"

老太太直点头儿，又不禁感慨起来：

"也怪你呀，把这穷窝整治得金窝银窝似的，把他们全给拴住了。要搁前些年，吃糠咽菜娶不上媳妇，别说出外国去，逃荒要饭他还得求干部开证明呢！永发，叫俺说，你呀，别心慈面软的，该说就得说。把他们都叫来，好好骂一顿！"

大老板又笑了：

"您老说得对，找他们开个会。"

老太太这才瞧见一屋子人愣愣的，忙问道：

"你们这儿开会呢？"

"没事儿。北京来的客人。俺请来的，帮俺们搞宣传的。"说着，大老板向客人介绍说，"大娘是俺村五保户，七十八了，受苦一辈子，这两年才过上好日子。老苏教授，戏里可缺不了她。老人家一辈子受的罪，戏里一演，铁石心肠都得落泪。"

"瞧你没的说啦！"老太太怪不好意思的，"老婆子上戏，谁看呀！俺说，正经写写俺们永发。你们可不知道，这孩子，自小就仁义，心眼儿好。当干部这些年，一根儿柴火棍儿不多拿。在村里惜老爱贫的。这两年，要不是他主事，村里能这么发吗？搭着他的名儿也取得好！"

大老板笑着拦道：

"大娘，您别这儿评功摆好的啦！老苏教授，您是不知道，俺当干部可是有年头儿了。打解放起，队长、书记，书记、队长，来回来去折腾。这几年全靠中央政策好，领着大伙儿挣了几个钱。钱哪，多了也惹事！俺可是有争议的人物。别瞧俺这会儿挺威风，又是市人大常委，又是省人大代表，说不定哪天就倒台！……"

"倒台？没那一说！你问问全村人答应不？"老太太立场鲜明。

"俺知道，有人瞧不起俺这一套！"大老板趾高气扬地说，"说俺这是酋长式的管理方法，用家长制来搞现代化。还有骂俺青红帮老头子的。娘的，你说啥都行，俺生产力发展在这儿摆着，能骂倒？政策方针不是俺兴的，是中央定的。自古到而今，治国治家，讲的就是恩威并施。不施恩，不施威，你当个屄的领导？谁服你，谁给你干？不干能发展？"

老太太对恩威之议插不上嘴，站起来拍拍衣服说道：

"得，我也不搅你们的公事了。你们忙你们的吧！"

大老板送大娘出了门，回身说道：

"好！诸位，俺还有点事，告辞了！"

这回，大老板同客人握手告别。到苏冠仑面前，他双手紧紧握住教授说：

"老苏教授，咱们的事儿就算说定了！"

"我，我……"

苏冠仑只觉自己的手被两个硬邦邦的大手攥着，像被两只海螃蟹钳子夹住，动弹不得。

十二

"这是从何说起？这是从何说起呀！"

苏冠仑回到房间，坐立不安，一筹莫展。

一行人也来到他房间，帮着出主意。

"苏老师，您至于那么为难吗？不就是编出戏吗，有什么了不起的！我帮您想词儿，有词儿就有戏。"六郎不知隔行如隔山，编戏和编歌词儿两码子事。

"冠仑呀，何必那么认真！"阮秋挺知己地开导他，"他要的这戏，其实也很简单。主题思想：改革开放；故事情节：由穷变富；戏剧冲突：先进保守。当然，社会效益之外也要讲点经济效益，再来点胡椒面儿：生死恋。你爱她，她不爱你；她爱他，他有老婆了。反正戏不够，爱情凑呗！"

"不行，不行，我根本没有编过戏！"

电视导演也来劝说：

"苏教授，我看干得过儿！这地儿反正有钱，甭管您编什么，反正能找着人演。干脆，你编个电视剧，我来导，咱们合作。"

张莉莉斜睨着大胡子，笑模样地说：

"苏老师，就您不开窍儿！您瞧人家大导演，见困难就上！你要把本子给他，说不定呀，大老板一高兴就赞助十五万。"

大导演不屑地说：

"十五万？人家一个酒厂开口就给十八万，我还在考虑呢！"

苏冠仑什么也听不进去，只顾着急。

"关键是我没写过戏！我是写戏剧评论的。风马牛不相及嘛！"

185

"我看，试一试也不妨……"刘宗浩深思熟虑半天了。

"根本不可能的事！"苏冠仑有点生气了。他打断了老同学的话，一屁股坐在沙发上。

"冠仑，你听我说嘛！"刘宗浩也在一旁坐了下来，"你是没写过戏，但是，你懂戏。懂戏就能写戏！"

"开什么玩笑？这完全是两回事。老同学，理论是理论，实践是实践，这你懂吧！"

"这倒也不见得！"刘宗浩眉毛一扬，带笑不笑的，"胡适是搞理论研究的吧？而且，他研究的还不是戏剧。人家研究哲学、研究教育学。大学者吧？他写戏！中国第一个话剧《终身大事》就是胡老夫子写的。他胡适能写，你苏冠仑就不能写？"

"对呀，还有吴晗呢！"张莉莉也参加了劝说行列，"吴晗是一大学者。人家研究历史，也不研究戏剧。他写出了《海瑞罢官》，震动了剧坛、文坛、政坛！苏老师，您写吧，写个戏震震他们！到时候先交我们刊物发表。"

"有理，有理，还是莉莉的话有说服力！"阮秋马上紧跟，"冠仑，破门而出吧！酬金一万，在他们只是九牛一毛，在你呢，就是经济效益。五年写本书，顶多一千字二十元。算人情账、经济账，你都不能推！"

"苏老夫子，我的老同学！我看这买卖值得一干。"刘宗浩一点儿不开玩笑，"别看你是个副教授，一月不就那一百多块吗？还不顶摊上一个卖花生米的。创点收吧，一万块哪，我的教授！"

苏冠仑还是摇头不止。

六郎忽然跳到苏冠仑面前，伸出一只手指指着他的脸神秘地问：

"苏老师，您肯定在哪个公司入了股？！对了，您肯定在英国有存款。反正，您肯定有百儿八十万存款！"

"无稽之谈！我一贫如洗。"苏冠仑怀疑这人神经是否正常，扯到哪里去了！

张莉莉出来证明：

"苏老师甘于清贫。一到苏老师家，什么组合柜，什么冰箱、音响、新潮家具全不见。六郎，你别瞎说八道！"

六郎挤眉弄眼做不理解状：

"这我可就猜不透了！"

阮秋叫了起来：

"既然一无所有，你清高个什么劲儿?！冠仑，来他一万块，先闹个家庭现代化。管他呢，干吧，这笔买卖，值！"

"我只做学问，不做买卖。"苏冠仑冷冷地说。想到把自己的心血像大葱、白菜似的论斤卖，他从心底反感，也就顾不得礼貌待人了。

刘宗浩仿佛医生诊断出病情，怜悯地慨叹道：

"唉——看来，冠仑，你还有严重的轻商思想啊！"

"文不经商，士不理财，君子言义不言利。"苏冠仑的道理也一串儿一串儿的。

"陈腐、陈腐，陈腐之极啊！"阮秋学着苏冠仑的口吻，摇头晃脑地说。

"冠仑，这个问题值得搞清楚！"刘宗浩双臂撑在膝上，身子向前挺着，一副辩论的架势，"什么'文不经商'？孔夫子教弟子尚且言束脩，当今文人卖文为生就不该讲报酬？教授，如今是商品经济的大潮席卷神州。唯独你不经商、不理财、不言利，行吗？别以为只有这苹果、香蕉是商品，文章也是商品，只不过另一种商品而已。文章作者也是商品生产者，也要通过商业渠道，才能使自己的商品进入市场。"

虽然苏冠仑气得直拿眼瞪他，他不予理睬，径自发挥：

"只有一点不同：过去文章只卖给编辑部、出版社，似乎还没有出文人的圈子。现在，光卖给莉莉他们就不行了，他们也穷兮兮的快穿不上裤子了。识时务者为俊杰，现在要跟企业家、商人直接挂钩，背靠强大的经济实力，拉关系，搞赞助，卖高价，这叫作以商养文，或者说，迟早嫁作商人妇！"

大导演对这位作家的口才、辩才佩服得五体投地，连声赞好：

"对！迟早嫁作商人妇。迟嫁不如早嫁！"

"嫁吧，嫁吧，我看大老板这主儿不错！"阮秋兴奋之至。

"可惜他没看中我，不然，我早嫁了！"大导演直来直去，笑得挺开心。

"所以，我们苏教授的问题，不在于会不会编戏，而在于肯不肯嫁人！"刘宗浩条理清楚地作出了结论。

"或者说——肯不肯破门而出！"张莉莉总想打圆场。

刘宗浩根本不理张莉莉的修正，继续论证自己的观点：

"而冠仑的一个致命的弱点，就是放不下知识分子的臭架子。活像鲁迅先生笔下的孔乙己，死活舍不得脱长衫。其实，那长衫又脏又破，还穿个什么劲儿！脱下长衫，加入卖浆者流，哪怕卖茶叶蛋呢，也比生生地叫人打折了腿好吧？你不肯脱，你要守清贫，守贞洁，你守得住吗？"

阮秋哈哈大笑：

"别守了，脱吧！嫁吧！我的大教授！"

六郎笑得最欢，手舞足蹈地说：

"教授，您只给大老板写戏，就卖给一个主儿，还是算守住的。您瞧我们走穴卖唱，今儿姓王的，明儿姓李的，那您更受不了啦！"

满屋子人仿佛都在嚷："脱吧！""嫁吧！""你守不住了！"
苏冠仑好似半夜三更一人静坐看《聊斋》，头皮一阵阵发紧。

"别闹了，你们瞎说些什么呀！"张莉莉尖声盖过众人，"农
村改革，由穷变富，就是应该宣传嘛！苏老师这几天看了就是挺
感动的嘛！苏老师要写戏，是对改革开放的支持，是为发展生产
力做贡献，是不是，苏老师？就你们，干吗老说钱呀钱的，以小
人之心度君子之腹！"

这几句话，苏冠仑听来，尚觉入耳。

这时，黄师傅把西服送来了。大家一窝蜂地抱起自己的回房
去试新装。苏冠仑也顿时忘了"嫁不嫁"的烦恼，忙不迭进卧室
去试衣服。黄师傅也跟了进来，帮他提裤子、抻袖子，摘掉沾在
毛料上的几乎看不见的短线头儿。

"蛮挺刮格！"黄师傅伸出大拇指，不知是赞赏自己的手艺，
还是赞赏苏冠仑的身架子。

苏冠仑跑到穿衣镜前一照，一个陌生的形象进入眼底。平整
的衣领，笔挺的裤线，顺长的式样，高级的面料，顿时把个人儿
变得那么年轻潇洒，甚至连驼着的脊背也似乎伸直了。他瞥见黄
师傅尚在一旁，立即又挺了挺胸脯，皱了皱眉，托了托眼镜，做
出一副满不在乎的严肃状。

这是我吗？难道我是这样的吗？苏冠仑端详着镜子里那差不
多称得上漂亮的人，不由自主地又笑了起来。

笑一下也是应该的。何必总是那么压抑自己呢？我穿上了纯
毛料高级西装，显得挺不赖，我不该为自己高兴一会儿？一个副
教授，也不能一年四季就那两套旧衣服，像个冬烘先生。"佛是金
妆，人是衣妆"，此言甚是！穿这一身西服，当然不能叫老夫子

了。张莉莉会怎么看？刮目相看？

他又照着镜子，从下到上，研究着自己的脸，自己的笑。不对，这笑很有点轻浮，甚至有点小人得志的味道。格调太低了！何至于如此！一套西服就把你收买了去？一套西服就使你失去了学者的矜持？一套西服就使你成了追逐蝇利的小市民？！

这是我吗？不，不是。不是苏冠仑，不是苏副教授，不是一个星期之前的我了。不是了，不是！是那个已经拿了商人的聘金、穿了商人的新衣、即将嫁作商人妇的苏冠仑！我非我，苏冠仑不是苏冠仑了！

黄师傅见教授对着镜子又恼又笑的，想起量衣服时的周折，觉得这人不好惹，早已悄没声儿地溜了。

只剩下苏冠仑独自颓然倒在了席梦思上。

十三

天下没有不散的筵席。

尽管连来带去只有七天相处，毕竟有了相同的见闻，结识了相同的朋友，彼此之间有了许多共同语言。在北京站互相告别时，真有点依依不舍了。

"苏老师，欢迎您以后还参加我们的活动。"张莉莉说。

"好的，好的。"苏冠仑从她的紧握中，感觉到她不是在"攻关"，而是一片至诚。

"冠仑，真的，以后常出来跑跑，别老窝在学校当清教徒。"刘宗浩一手拍肩膀，一手摇着苏冠仑的臂膀。

阮秋也动了感情，双手攥着苏冠仑的手说：

"冠仑，这次大海之行，我最大的收获就是认识了你。你为人正直，安于清贫，说实话，如今像老兄这样的知识分子真难得了。咱们从今以后是朋友了！"

六郎的告别词是：

"苏教授，下星期我们在'首体'有三场演出，全是西部摇滚加霹雳。我给您寄票，您一定要来。我要用强劲的西北风吹动您的心！"

大胡子导演一再叮咛：

"您的剧本完成了，交给我。我自己导。我保证请最好的演员，搭配最好的摄制组，找最好的制片，争取在全国电视剧大赛中得奖。"

苏冠仑讪笑着，不惯于当众表白自己满腔的友谊之情，只一个劲儿地点头，准备提着大包小包去挤地铁。出来时，一个旅行包，回来时负荷增加了几倍。一套高级西服放在纸盒里，不用说了。渔业公司王经理馈赠每人虾米、海参、鲜贝各两袋。大老板又给每人送了两大袋与外资联营生产的糖果、花生米罐头并烤果仁。一家工艺品公司的经理，给每人送上一件贝雕工艺品。一家针织厂经理给每人送了一件羊毛衫。张金丁又送来一包香肠、火腿，说是路上吃的。张二妮替他收拾行李时，把冰箱里的水果与罐头统统装进一个结实的布袋，这布袋也是土特产公司奉送的。

"不，不，不带了，我拿不动！"这倒也是真话。

"带着吧，苏老师，带回去给孩子们吃。这东西在俺这儿不值钱，到了北京都是好东西！"

苏冠仑确实备受感动，农民就是实在、憨厚，替别人着想。别看张二妮打扮得洋气，仍不失渔家女儿本色。想想自己，为了这堆水果……唉，真是庸人常自扰。

张莉莉见苏冠仑大包小包的，挤地铁和无轨电车肯定不行，替他叫了辆出租车，送他回家。阮秋见他们一同上了车，忙跑过来说：

"把我捎上。"

"不是一个方向呀！"张莉莉说，"你搭宗浩的车，他有车来接。"

出租车开出了车站，向西而行。

"苏老师，这一路还愉快吗？"

"愉快。"

张莉莉叹息道：

"我知道，每回都是这样：组团啊，出去玩啊，挺新鲜的，时间一长，又觉得没有意思。干吗呢？活得好好的，揽这些事儿，落不了好，还难免闹些不愉快。"

苏冠仑回头望望张莉莉，不明白她有什么不愉快。莫非是因为阮秋？

"有些事，您不知道。昨天我还跟张金丁吵了一架，他居然从我们身上赚钱，而且赚得不少。"

苏冠仑又是大吃一惊。这个钱怎么赚法？我们哪儿来的钱？

这一路西行，苏冠仑真长了见识。原来，张金丁以组织专家名流访问大海总公司为名，向大老板索取了一万元的活动经费。花多了，不补；没花了，不退。昨天，张莉莉跟张金丁算账：除了来回车费，他没有什么花销。住房是宾馆赞助，只象征性交一点钱；吃饭是下属各公司请客，走到哪儿派到哪儿，人家还挺乐意。据张莉莉匡算，张金丁起码赚了五千。张金丁说他的开销是看不见的。现在干什么事都要送礼。不打通关系能解决车票？能吃好饭？张莉莉说：那你至少也赚了三千。最后张金丁承认是赚了点儿，不过他说那钱也不是装了自己的腰包：发展文化事业处处要钱，我不赚一点怎么维持？

"反正下次我不干了。这个人，心太狠！"张莉莉愤愤地说。

苏冠仑叹了一口气。现在的社会太复杂，很多事情说不清，道不明。是是非非，交织在一起。非此即彼、非黑即白的思维方式不够用了。

到了家里，女儿把大包小包一一打开，看了这么多好吃好玩儿的东西，高兴得直叫：

"爸，你太伟大了！"她马上拿起一个苹果，咬了起来。

连不爱掺和家里事的儿子也围在桌边吃樱桃。

"买这些乱七八糟的东西，要花多少钱啊？"月琴的脸上一片阴云。

"都是人家送的。"苏冠仑答了一句。

多云转晴。赵月琴立刻忙碌起来，找盒子，找筐子，安置这些飞来的礼品。她主持家务几十年，从来没有买过海参，更不知鲜贝为何物。虾米偶尔买一小包，一般只舍得买点虾米皮，放一撮在汤里尝个虾腥味儿。罐头这种东西不实惠，从来也是不买它的。水果，逢年过节，或孩子生病，倒也买一点。不过，像今天这样鲜果干货满满堆了一桌的盛况，在这个家里的确是空前的。

女儿吃完了一个苹果，又伸手去拿第二个。赵月琴瞪了她一眼：

"行了，多吃了，营养也吸收不了。这孩子，真是的，有点好东西，非得一口吃光不可！"

女儿噘着小嘴，翻着眼皮儿，满脸的不高兴。苏冠仑坐在小沙发上低头抽烟，说了一句：

"让她吃吧！"

让她吃，她还不吃了。她又吃起花生来，边吃边指着装西服的盒子说：

"爸，打开看看啊！"

苏冠仑好像没听见，赵月琴把盒子打开，女儿叫了起来：

"啊！西服！爸，快穿上，穿上！"

"冠仑，穿上看看。"月琴也兴致勃勃的。

"穿哪，爸！爸！"女儿嘴里嚼着花生。

"去，去，别烦人了！"他原想在这天伦之乐的图画中扮演一个角色，不知为什么，却皱起了眉头。

月琴见丈夫脸色不对，朝女儿使了个眼色。女儿懂事地不言语了。妻子继续清理旅行包里的宝藏，摸出一个厚厚的红包来。她拆开一看，一张张崭新的钞票，而且是一百元一张的，共二十张。

"这钱是哪儿来的？"

"噢，他们付的订金，"苏冠仑慢吞吞地答道，"请我写一个剧本。"

"啊，两千块啊！"女儿早已放下花生，抢过妈妈手上的钞票数了起来。

"小孩子，不要管钱的事！我还没答应他们呢！"

儿子也探过身来看一百元票面的钞票。

"爸，两千块您还不答应呀，真傻！爸，答应吧，两千啊！"

妻子知道，有关钱的问题，丈夫历来不愿在孩子面前讨论。她把儿子女儿支走了，低声问道：

"什么时候交稿呀？"

"我还没决定干不干呢。这是订金，交稿再给八千……"

没等他说完，妻子就低声叫了起来：

"啊！那我们就成了万元户了！"

苏冠仑只管抽烟，那神情分明是抗议。

"冠仑，一万块哪！有这一万块，什么都有了。明天就先拿这钱买组合沙发。等交了稿，冰箱，洗衣机，再换台彩电。那时候，我们家就、就提前达到小康水平了。"说到这里，她不由得笑了。

这个家庭很需要这一万元，就像一个大病的人需要输血。有了这一万元，这个家庭会充满活力，生机盎然。妻子再也不用为洗衣服发愁，也不必天天花时间去买菜了。

"干吧，这有什么下不了决心的？"

"我又不是搞编剧的，总不能见钱眼开，让人家笑话！"

"这有什么？是人家请你写的。一不是偷，二不是抢，是凭自己的劳动去换取报酬，笑话什么？"

"这太特殊了嘛！就算写个剧本，按现在的稿费规定，顶多拿八百，或者一千。我不能看人家乡镇企业有钱，就乱拿人家的钱。"

"你真是个迂夫子！现在哪儿还有你这种人！你活该一辈子受穷！"

妻子生气了，而且气得不轻。苏冠仑立即意识到事态之严重。现在，答应不答应这笔交易，已经由外交问题而发展及于内政问题。如果不写这个剧本，势必内外交困，日子不得安生了。

他推开阳台门，把妻子的恼怒置于身后。

天已经黑了。高楼，矮屋，宽阔的马路，疏稀的田野，都隐没在夜色中，难以确认。高高低低的灯光，点缀在墨黑的空间，神秘莫测。只有那一轮明月，默默地俯视着城市的变异，探测着千家万户的哀乐。

苏冠仑久久地站在那里，是非不明，得失莫辨，脑子里乱哄哄的。

啼笑皆非

一

厌恶，厌恶透了。我自己也奇怪，对一个人的厌恶怎么会达到如此不能容忍的地步！

一看见他，我就恶心，浑身起鸡皮疙瘩，从心里难受，恨不能找个地洞钻进去，哪怕是耗子洞也干，只要能远远地躲开他，再也别看见他。别说看见他，一想起他，一想起他嘴里那牙，我就恶心。

那一嘴牙啊，迟早会把我折腾死。

他没责任，也没错误。牙长在人家嘴里，与你毫不相干，你爱难受不难受，人家管得着吗？账算不到人家头上。真是活见鬼！

他倒胖乎乎的，活得挺自在。瞧他那副样子吧，整天万事如意似的。他怎么就不知道，他那牙叫人受不了呢？他老婆如果不是智商低，肯定是钢铁炼成的人。要不然，二十年跟他亲密无间，怎么能视而不见，处之泰然？

我的神经也够坚强的了，跟他面对面整整三个月了。三个月，九十天哪，可怜我怎么熬过来的！石江还叫我忍着点儿。我能忍吗？我忍够了，我的忍耐也是有限度的，我凭什么该忍受他的牙！

命哪，都是命！大学毕业，犄角旮旯我都选到了，万无一失才到这儿报到，就是没想到跟孟炳善坐一块儿办公，就是没想到孟炳善有这样一口叫人望而生畏的牙，我真后悔，不该上这儿来。

他的那个牙，唉，我说不出口，反正我倒霉，倒霉透了。新来乍到，情绪一片灰暗，还谈什么好好干？没情绪能干好工作？我算完了。

上班成了我的精神负担，一想到他的牙，我就举步艰难，脚上套了铁链似的。下班回家身心疲惫，一头倒在床上，只剩下唉声叹气。妈妈还以为是石江把我甩了呢！说真的，为这牙，我们俩矛盾够大的了。他老跟我说："人家的牙关你什么事，你别理它不就完了吗？"

说得轻巧，你试试看！

二

我从来没有学会厌恶别人。爸爸教导我尊重所有的人，哪怕是淘大粪的、送蜂窝煤的到我们家，我小时候都叫叔叔，乖乖地给他们端茶喝。妈妈对我的管教更严。她常跟我说，女孩子要彬彬有礼，温文尔雅，与人交往切不可面带不悦之色。我自以为家教甚好，为人持重，走向社会绝不会在人际关系上闹出什么问题来。

谁知遇到孟炳善这口牙，我栽了。

他的牙，并没有大缺陷。关键问题是，门牙和犬牙之间，犬牙与前磨牙交接处隙缝较大。而令人不能容忍的是，在这隙缝间经常袒露着残渣碎屑。可以毫不夸大地说，他的牙缝把他每餐吃的什么全公之于世，绝无保留。

第一天来上班，他说："小陈，欢迎你！"一张口，我就看见他牙缝里塞着一颗米粒，不偏不倚，正贴在牙缝中间，仿佛是特意留下补那块空白的。不幸的是，白色的米粒和泛黄的牙齿极不相称，活像蹩脚的瓦工砌墙时在砖缝间留下了多余的石灰，未曾抹平，结成了一个死疙瘩，又经风吹日晒变了颜色。

第二天上班，他说："小陈，你来得早！"一张口，我看见他牙缝里塞了一根咸菜丝，黑乎乎的，还挺长，一半藏在牙缝里边，一半粘在牙齿上边。那布局，就像绸布店橱窗里用吊环陈列的样品半掩半露。只可惜他这样品只能把人吓走。

第三天来上班，他说："小陈，我刚打了开水，你沏茶！"一张口，我看见他牙缝里一左一右塞了两颗芝麻。那黑芝麻附在牙床上，活像两只苍蝇停在天花板上，打不着，轰不走，叫人没法儿治。

更叫人受不了的是，午饭过后，他从食堂吃过饭，抱着饭盒，回到办公室，一张口，牙缝里必然是"推陈出新"。今天是一根黄豆芽，活像一条蛔虫；明天是一根肉丝，又像蛔虫被驱虫药烧焦了；后天则是一团嚼不烂的牛肉筋，那就更像一条蛔虫的躯体扭结在一起。

日复一日，餐复一餐，每天早、午两次，孟炳善坐在我的对面，展览他的口腔财富。我觉得，自己每天都在被迫读一份《孟氏菜谱》，尽管货色不多，常是大同小异，却也时有花样翻新。有一次，他牙缝里出现了一块红艳艳的什么东西，令我百思不得其解。经过反复考察，我终于顿悟：是一块红辣椒皮！还有一次。他牙缝里塞着一块椭圆形的鼓鼓囊囊的深棕色实体，看上去活像一只臭虫，正在那儿如醉如痴地吸吮着。这是什么东西？我琢磨半天才阔清，那是半拉豆瓣儿。

啊！可恶的孟炳善，你凭什么天天强迫我读你的牙缝！是的，是强迫。我从来没有探寻别人隐私的癖好，更没有探寻别人牙缝的癖好。从小父母就教我早晚刷牙，饭后漱口，即便牙缝里塞了什么东西，也要小心地用牙签剔掉。而剔牙时，必须一手挡住嘴，一手轻轻地去剔。妈说过："笑不露齿。"这固然不足为训。但张着大嘴，把自己肮脏的牙缝展示于人，起码是不文明的，孟炳善活了四十多岁，怎么一点不明白这道理呢？

他就是不明白，他就要露着牙，他就要展览他的牙缝。当然，这纯属他的私事，他个人的癖好，他个人的行为，再深入的爱国卫生运动大检查也查不到他牙缝里去。他得牙龈炎、牙髓炎、牙周炎、牙槽脓肿，直至得牙癌，是他自觉自愿，是他的自由。可是，我坐在他对面，近在咫尺，我能熟视无睹吗？既看见了，焉能安之若素？

更糟糕的是，他那牙缝的花色品种总具有点朦胧的风格。若现若隐、似像不像。叫你不能断然判定。你得一一去观察、分析、思考，它的形状、色彩、质感，一一推究，最后才能揭开谜底。当然，谁让你去琢磨人家的牙缝啦？我确实对他的牙缝不感兴趣，正常状况下谁能对别人的牙缝感兴趣，见鬼！可是，大脑的思维功能是不会停歇的。目之所视，传递给大脑神经，中枢的机器就开动了，合不上闸。你不让它琢磨，它不听你的。愈不让它琢磨，它愈琢磨，还让眼睛进一步摸清情况，就这么恶性循环。我的天哪！

我受不了，受不了！我才二十二岁，刚刚开始生活。我有理想，我有追求，我喜欢念诗，喜欢恬静，我有我生活的世界，我受不了这样的折磨！

没办法，我只能把一肚子苦水倒给石江。除了他我还能跟谁说呀！反正我们俩关系已经明确了，这种事也只有对他说了。他这人头脑清楚，挺体贴人的。起初，他劝我忍着，力诫我不要因小失大，为了区区牙缝之事，闹得同事之间不和睦。人际关系最重要，我听了他的，忍了三个月。可是，我实在忍不下去了。今天，我又跟他商量对策，讨论了一晚上，他出了个主意：

"干脆，从明天起，你别跟他说话。你不说话，他总不好意思老跟你说话吧！他不说话，不张口，你不就看不见牙缝了？"

这倒是一个简便易行的办法。不过，两个人坐一个办公室，整天不说一句话，也够别扭的。

"这也是一种性格的锻炼嘛。"石江说。

他总是说得很轻松的。多亏了他这一点轻松，我才没被那牙缝整死。

三

"王处长！小王！你等等！"

开了一上午会，研究加强思想政治工作。好不容易散会了，王天培刚迈出会议室，主持会议的刘加彬副局长就把他叫住了。

"听说你们处新来的陈小茵跟老孟关系不太好？"

"是吗？"

"有人向我反映，他们两人不说话。"

"不可能吧！小陈很开朗的。老孟，是出了名的没有脾气。他们不说话？不可能，不可能的。"

"没有这事，当然更好。"刘加彬拍拍王天培的肩膀，语重心长地又叮咛，"不过，无风不起浪，当领导的，还是多操点心好！"

四

石江的招儿也不灵。我不说话，他说话。

"小陈，你要不要尝尝我的茶叶。一个朋友从安徽捎来的，毛尖，贡品啊！"他今天早上吃的是馒头。

"小陈，有羊毛衫展销会的票，你不去看看？"他中午吃的是芹菜。

真要命，不说话怕人把你当哑巴卖了！

妈妈教导我说：人家跟你说话，你必须注视对方的脸。不聚精会神，东张西望，那是不礼貌的。我承认妈妈讲的是普遍真理。可是，在目前这种特定的氛围中，让全神贯注望着他的牙缝听他说话，我受得了吗？我也作过一番努力，尝试着看他额头上的三道皱纹，看他庞大的鼻翼，看他刘备式的大耳朵，以躲开他的牙齿。可惜这几个部位距离太近，躲不开。

我铁了心，不管礼貌不礼貌，反正我雷打不动地低着头，不理他。这虽然有悖妈妈的教诲，却颇适合石江的"道德规范"。在男人跟我说话时，我要不要看着对方的脸。在这个问题上，石江与妈妈的观点正相反。他说，我既然选择了他，不管别的男人跟我说什么都不能死盯着人家的脸，特别不能盯着人家的眼睛，以免引起不必要的误会。以前我笑他陈腐，心里当然还是很高兴的。现在呢，我只能捡起他的破烂，实行鸵鸟政策。妹妹你低着头往前走吧！我就这么低头看我该看的报表和图纸，写我该写的材料和报告。我只求不受干扰，这要求够低的啦！

难哪！有时候，干扰不是来自他，而是来自"自我干扰"。

第一天，我下了决心采取这一措施。我坚持了半个钟头，不管他唠叨什么，我都低头不理。我以为我胜利了，可以安安静静干我的。谁知脑袋虽然低着，心里却不踏实，总觉得有件事叫人放心不下。一个很讨厌很莫名其妙的念头在心里翻腾：今天他牙缝里塞的什么东西？

这个念头一出现，使我面红耳赤，心惊胆战。怎么可以产生这样的怪念头呢？我怎么会堕落成一个喜欢窥测人家秘密的小人，而且是去窥测一个男人的秘密？我确实没有这种不近情理的好奇心，不但我没有，我相信世界上不会有任何人对别人的牙缝有兴趣。怪事！可怕！可，这能怨我吗？他的牙缝成了我一块心病。这块心病不去，我能奢望安宁吗？

我狠狠地叫自己：坚持住，低头，我就不信你做不到！可是另一个声音又说：万一今天他牙缝里没塞东西，岂不是白低了半天头？老低着头这滋味也真不好受。旧社会的童养媳才在婆婆面前可怜巴巴地低着头呢。他又不是我婆婆，现在也不是旧社会，我干吗受这个罪。电影里"文革"中对黑帮盛行"低下你的狗头"，我又不是"黑帮"，现在也不"文化革命"了，我干吗老低着头呀？

看看，就看一下，看看就放心了。若是干净的，不就解放了吗！何必自讨苦吃呢？

我鼓起勇气，准备去作"勇敢的一瞥"。但马上意识到，这个举动十分轻率。假如他的牙缝里依然如故地留有早餐的剩余物资，我这一上午的光阴就报销了。

坚持吧！坚持就是胜利。我把眼睛盯在面前的报表上，只看见铅字跳，什么也没看进去。天哪，还说不受干扰呢，只要他的牙缝还在，对我就是永不消失的干扰。

老低着头，脖子酸疼酸疼的。我真担心，这种对策的后果，人家没得上牙龈炎、牙槽脓肿，我早得颈椎病、骨质增生了。活动活动吧，稍稍抬一下头，只抬一下……

千不该万不该，这一抬头不要紧，正跟他的牙缝打了个照面：韭菜！一根韭菜塞在他的牙缝里，而且似乎还是一根半黄不绿的陈韭菜叶子。

心里一阵恶心，我赶忙低下头。可是，晚了，那根韭菜就像复印件一样清晰地印在了我心坎上，怎么也抹不掉了。

是叫人纳闷儿嘛，怎么大清早起来就吃韭菜？这可是头一回，新鲜！难道他们家食品结构改革，早上吃韭菜馅炸春卷？不大可能。他们家经济不富裕，老少三代六七口人，他老婆听说是北方人，肯定不善于烹调南方小吃。那么，或许是包饺子了？也不可能，哪有大清早起来包饺子的，没那么多时间呀！真叫人猜不透。

你干吗要去猜？谁叫你去猜啦？关你什么事？人家牙缝里爱塞什么塞什么，你研究这个有什么必要，有什么效益？也不出成果，也不涨工资。问题是，不去想不行，越不想去想越要去想。那韭菜是一种存在，存在就有它的原因。啊，对了，他们家昨天晚上吃的饺子，韭菜馅儿的。没吃完，或者特意多包了点，留下早上吃了。这就对了，肯定是这么回事。怪不得韭菜叶子颜色不对劲儿，半黄不绿的！隔夜的饺子嘛，不新鲜了。

为了验证这一推理的正确性，我不由得又抬起头来——果然，没错儿。

好像跑完了一场马拉松赛，我心里累极了。

我想歇会儿都不行，那根韭菜叶子老在我面前晃，我低着头也抵挡不住。我甚至觉得办公室都散发着烂韭菜的臭味。我无处可逃，我只恨自己没出息，意志不坚强，没按既定方针办，怨谁呀！真是的，干吗要去侦察人家牙缝里的事。你不去看，不知道，不就没事了吗？

他开始喝茶。他的茶缸特大，喝茶的方式与众不同。他是一边喝茶一边漱口，借喝茶以漱口，寓漱口于喝茶之中。一个举动，两种功效，兼而有之。他漱口的声音特大，咕噜咕噜，腮帮子乱动，然后咽了下去。我常觉得，他吞下去的不是茶水，是刷锅水。一想到那一口脏水，混合着牙缝间涮下的陈渣烂滓，一股脑儿都通过喉管流入肠胃，我的胃就痉挛起来。我要是他的肠胃，非抗议不可！整天灌些什么乱七八糟的东西呀！

可是他，咂咂厚嘴巴，仿佛还在品尝那水的余味儿，真要人命。

不过，我还是暗中寄希望于他喝茶。尽管我必须忍受那咕噜咕噜的山响，忍受那吧唧吧唧的咂嘴声，但，假如能借喝茶之机把他牙缝的东西漱到他肚子里去，至少我眼前会清净些。遗憾的是，这种机遇太少了。他的牙缝好像有特殊的黏合本领。任何东西被它粘着，就像石头缝里长出的草，甭管多大的冲击力，十有八九照样我自岿然不动，真邪了门儿了。唉，尽管如此，死马当作活马医，我仍希望他喝茶能奏效。除了这，我还能指望什么奇迹发生呢？

可是，当他大张旗鼓地宣告第一轮漱口结束之后，我一抬头，天哪，那半根韭菜还在他牙缝里，只不过往左边挪了挪地儿，活像一个吊死鬼儿吊在电线杆子上，晃晃悠悠，惨不忍睹。

好不容易熬到十一点半，我赶忙逃出办公室，到食堂去吃饭。真是冤家路窄，食堂今天也卖饺子，偏偏是韭菜馅儿的。我一阵恶心，又从食堂逃了出来。

我上哪儿去？我无路可走。我简直不像生活在新社会。我可怎么办哪？

五

我不能生活在人家的牙缝里，我必须摆脱这种令人难堪的处境。

"三十六计，走为上计。"我决心请求调动工作。这里工作再令人羡慕，我也没什么可留恋的了。

其实我早就有这个想法，拖到今天只因为石江不赞成。

当然，按我的本意，我是不想走的。中央机关的大单位，虽说奖金少，拿死工资，毕竟是领导机关，信息灵通，眼界开阔。再说，当初能进这个门，也不容易。现在的大学生早掉价了，要不是石江的一个哥儿们帮了点忙，说不定这神圣的大门我还进不来呢。石江说：现在要走，不但对我是一大损失，而且哥儿们面前也不好说。我都这份儿上了，他还想着欠了哥儿们的情，这人真没治。

我也想过，能不能采取别的措施，比如说摊开跟孟炳善谈一次，提醒他注意口腔卫生。石江说这是匪夷所思，一个大姑娘怎么好跟一个男人谈他的牙缝问题。石江这家伙，表面上好像挺现代的，骨子里全是封建残余。大姑娘又怎么啦？牙，就算是牙缝问题，既然已形成了问题，有什么不好谈的？不过，一想到孟炳善是位老同志，年龄大我一倍，无论从哪方面说，都是我的长辈。作为晚辈后生丫头向他提出牙缝问题，岂不让人下不了台，又不是幼儿园的老师跟娃娃上课。

别无出路，我只能选择调动了。我必须远离他的牙缝。否则，不但一事无成，性格也会变坏。而且事实上已经变坏了。妈说我以前爱说爱笑，透明得像个水晶球儿；现在成天愁眉苦脸，心事重重，好像谁欠了你二百钱似的。石江也说我变得喜怒无常，难侍候什么的。当然，他不敢多说。说多了，我一辈子不理他。他最怕我不理他。

唉！说归说，年轻姑娘性格最重要，这是真的。假如真变得那么不讨人喜欢，还活个什么劲儿！为了我的性格，为了我的健康，为了我的未来，当然，也为了我和石江的幸福，走，坚决走。

这件事，还得找石江商量。

六

"咱们别老谈人家牙缝了，好不好？"

我刚说了两句，石江忽然痛苦万分地说出这种话来，好像我多乐意谈人家牙缝似的。这太冤枉人了，太不理解人了。他怎么就不设身处地地替我想想，我能摆脱那倒霉的牙缝吗？我还恨不能忘掉呢，能忘吗？它折磨了我一整天，我能一出机关大门就忘掉？根本不可能嘛！

本来，今天约好了和石江出去吃晚餐，他还甜言蜜语地说请我高级享受一回，其实也就是个中国式的西餐馆，无非门面装潢得花哨点，内容也不怎么样。服务小姐的玫瑰红制服脏了巴叽，像仨月没洗了；火车座硬邦邦的，一点儿不给人来情绪；半死不活的音乐，像个故作姿态的女人，在空气里扭扭捏捏；价格贵得倒是冲出了亚洲，纯属是个宰人的地方。稀稀拉拉有那么四五对儿年轻顾客，看样子全是没领结婚证的主儿。结了婚的人才不去这种华而不实的地儿呢，就坑我们这些谈恋爱的傻帽儿。

石江还玩儿派呢，瞧他那打开菜谱的神气吧，就像倒卖汽车的官倒爷腰缠万贯似的。其实，兜里不就发表论文那点可怜巴巴的稿费，也就只够这一晚上的高消费。他可自我感觉良好，双手撑着那大菜单，还冲我挤咕眼儿，典型阿兰德隆的做派，自以为潇洒得不得了。他忘了，高中毕业那会儿他都不敢去我们家。我妈说他像个才打鸣的小公鸡。这两年狂起来了，不就是从一米七五长到了一米七八，不就是肩膀宽了那么二三厘米，不就是我妈默许他进了门，夸了他两句吗？有什么了不起！他居然敢挺不耐烦地教训我，"别老谈人家牙缝"！

要谈调动工作，不谈牙缝行吗？我什么兴致都没有了。

他拿着菜单冲我傻笑。我不笑也不好。愁眉苦脸吃了饭也不消化。我打起精神，想装得高兴点，想来个嫣然一笑。可我嫣然不起来，笑样儿转瞬即逝，我自己都觉得达不了标，干脆别装模作样了。

石江可不傻。非但不傻，简直是个人精。平时我们俩不用语言就能交流，眼下我那副气息奄奄的样子他感觉不到？无非也是假装不知道罢了。他以为一副硬派小生的表演就能消除人家心头的烦恼。他演戏似的用手一指我的鼻子，就像外国电影里男人指情妇似的，还夸张地兴高采烈：

"来个牛排，怎么样？"

啊，牛排，我一听心里就哆嗦。牛排与我有什么仇？我这人是怎么啦？如临大敌似的。又是他那牙缝！他真是无所不在！那天中午食堂不知从哪儿走后门买了牛肉，价格比外边便宜一半，孟炳善当然吃了一份。一下午，他那牙缝里就留有一丝牛的遗体，恶心死了。一提牛排，我早已不知其鲜美及营养，只有那一缕腐肉残骸浮现在眼前。我承认，我原来良好的味觉神经已经被孟炳善的牙缝彻底摧垮。我甚至难以想象，小时候怎么那么爱吃妈妈炖的牛肉汤，想起来连那些汤都不是味儿。

"你妈不是说你最爱吃牛肉吗？"

还问，还问，记性倒挺好的。不过人家一片好心，也不能太拂人意。特别是他那一双望着我的笑眼里，充满了柔情蜜意。此刻你不能对这双眼睛说明真相，太扫兴了。幸亏，目前我们的关系尚未进入法定的夫妻——一方有点什么异样另一方必然打破沙锅问到底——他见我反应冷淡，不予回答，只用目光表示了充分的理解与尊重，然后又埋头研究起菜单来。

"猪肉饼怎么样？"

"啊，别，别，今天中午我们食堂吃了丸子！"我的话脱口而出，原因就不用细说了。

"你不是挺爱吃肉饼的吗？"

此一时彼一时，那是三个月以前毕业时的事。为庆祝我走上社会，我们俩去猛吃了一顿。我吃得多极了。现在想来，那美好的感觉再也找不回来了。他这人脑子怎么转不过弯儿来。为了不让他觉得我这人别扭，只好低声地向他解释：

"你不知道，今天他也吃丸子了，他那牙缝里……"

"算了，算了……"他不让我把话说完。

"哎呀，你可以想象，他……"

"别让我想象了，茵茵，你也别想了！"他的声音像是在哀求我别去抢银行。一副无可奈何还多少带点厌烦的样子，顿时使我气不打一处来。不过，我还是忍了，好不容易来一回高级饭馆，飞出去这么多大团结，干吗自己跟自己过不去。

服务小姐面带不合格的微笑已经站在桌边等候。石江这人自尊心特强，大概觉得半天点不出菜来人家会猜疑他请女朋友吃饭抠抠搜搜怕花钱。于是不再征求意见，不再发扬民主了。

"要一个素沙拉！"

北京西餐馆的素沙拉只有土豆泥，再加点沙拉油。看得出来，石江颇为动脑子地在选择不易卡在牙缝里的东西。我的不平之气顿时消了许多。

"没有素的，只有火腿的，鸡丝的。"

服务小姐的回答斩钉截铁中不乏些微的轻蔑。火腿、鸡丝意味着"大团结"，舍不得钱别上这儿来。现在的饭馆本不考虑中国顾客的实际情况，尽搞些徒有虚名的花样，抬高价格，千方百计把你的口袋掏空。平心而论，饭馆倒不崇洋媚外，他们对老外更狠。那边桌上俩碧眼金发的英俊少年正跟服务小姐争得面红耳赤。他们八成儿是留学生，也被当作石油大王，一视同仁地宰。可怜他们眼看出不了门儿啦！石江全神贯注于避开塞牙缝的宗旨，认真地挑选了火腿沙拉。反正那火腿也没几块儿，威胁不大。

"两份奶油鸡茸汤。"

我高兴极了，真感激这道汤的发明者：鸡剁成茸茸，搅和在面糊奶油之中，看都看不见，哪能塞牙缝，好像是专为今日的我设计的。也亏了石江想得到。

石江大约从我欢欣鼓舞的眼神中得到了灵感，连菜单都没瞧，马上又点了一道热菜：

"奶汁烤鱼！"

他真有才气，多么善解人意！假如他能这样发展下去，肯定是一个体贴人的好丈夫。为表示自己的喜悦之情，我也点了一份冰淇淋。

服务小姐离去。我们会心地微笑。他得寸进尺，伸出手来，企图抚摸我的手。当然，类似甜蜜的举动在隐蔽的去处曾无数次重复过。可是，在这大庭广众之间却从未发生过。妈叮嘱过，女孩子要自重，即便是与亲爱的人在一起，也不能不顾场合地亲热，那就是轻浮了。

也许由于家庭的灌输，也许我这个人就烦这些，于是，我把放在桌上的手缩了回来。我装出毫不在乎的神态，表示我对这种公开的廉价的"含情脉脉"不感兴趣。高层次的爱应深藏在彼此心房里隐蔽的角落，懂吗？石江碰了个软软的钉子，不过他并没有表现出不悦之色。他立刻点上一支烟，仿佛什么事也不曾发生过。

扩音器中那位小姐在甜腻地不疲倦地唱着，无非是死呀活呀的爱。那些作歌词的人大约都有失恋的经历，要不这些歌翻来覆去地净唱些破碎的心，破碎的梦什么的，真烦人。

我们俩总不能傻坐那儿"脉脉"下去，总得说点什么呀！而"牙缝"变成了我们俩的雷区，一不小心碰上准完。我们必须小心翼翼地避开它……

什么不能说吗？世界之大，话题无奇不有。可是，尽管嘴里不说，我脑子里想的还是牙缝。它坚定不移地追逐着我，就像阴魂附体，使我无法脱身。这阴影像魔鬼的翅膀覆盖在我俩本应快乐的夜晚，真可恶。

"我准备再写一篇论文，题目已经有了……"

"我们单位又要开始评职称了……"

"我妈妈前天还问起你……"

我这人挺敏感的，真难为他搜索枯肠找出那么多话题来。他们单位评不评职称我根本不感兴趣，他也不感兴趣。他刚工作三年，评也轮不上他，看着别人摘桃子，没劲。

好不容易吃完了饭，就像完成了任务似的。他建议去最近的公园看月亮。我欣然同意，倒不是想去领略什么花前月下的朦胧，只是想挑个地方好坐下来跟他商量那个问题。也真巧，居然湖边柳树下有条空石凳。一坐下来他就海阔天空地胡扯起来。这回我毫不犹豫地打断了他：

"石江，我下定决心了，非走不可。"

"怎么又提这事？"

我真的生气了。我觉得眼泪就涌了上来，当然我决不让眼泪流出来，那太跌份儿了。石江最怕看见我伤心的样子，他拥着我的肩膀，哄孩子似的说：

"好！我同意，大活人哪能一棵树上吊死！"

哈，太好了！我们马上口头拟出了一个请调报告。报告内容含含糊糊，没说任何原因，却表示了坚决要走的意志，再刁的人看了也没办法挽留。

这个夜晚，过得还不错。

七

"天培同志，你看看吧！"

刘加彬副局长坐在沙发椅上，从抽屉里取出一个文件夹，隔着写字台，扔到王天培面前，胖胖的偏平的脸上没有了笑容。

人事处蔡处长转刘副局长：

我分配到机关工作已经三个多月了。三个多月来的工作，使我感到很不适应，经过慎重考虑，我请求调离本单位……

王天培看看陈小茵的报告，看着神情严肃好像出了什么大事似的刘副局长，又看着坐在一旁默默无言的人事处长蔡大姐，不知说什么好。

"上次开会，我还特意跟你说过，思想政治工作要抓一抓。"刘加彬用手指敲了敲桌面，好像要把王天培从沉睡中唤醒。"我还提醒过你，陈小茵同孟炳善关系不好。你不信。现在怎么样？请调报告都打上来了。"

王天培红着脸，无以作答。就像一个交了白卷的小学生，被老师当众叫起来问话，只低头不语。

好心的人事处长蔡湘出面圆场：

"新来的大学生，不适应机关工作，情绪上有波动，这也是常有的事。"

"是啊，正因为是常有的事，也可以说，带有某种规律性吧。我们做思想政治工作的，更应该掌握这种规律性，把工作做到前头去嘛！"刘加彬一直盯着前面的王天培。

只见王天培木头木脑地坐在那儿，两只手转换着推眼镜框子。那眼镜结结实实地挂在他耳朵上，毫无必要反复架高它。

也许是王天培的拘泥激起了刘副局长的同情心，他缓了缓口气说：

"当然，这也不能都怪你。小王啊，你们这批新提上来的处长，都有这个毛病。业务上是拔尖的，抓业务不辞辛劳；抓思想政治工作嘛，就不得其门而入了。"

"刘局长，说老实话，我还真不知思想政治工作怎么去做呢。"王天培老老实实地说。

"这是一门很大的学问，再加过去走了一段弯路。"刘加彬叹着气，"现在又面临改革开放的新形势，新问题，真是千头万绪，一时也理不出个眉目。不过，我还是平常说的那两句话:第一,'以阶级斗争为纲'那一套不能再搞了。把思想问题当政治问题来搞,动不动整人,搞运动,这一套'左'的做法必须废除。第二,也不能走到另一个极端,干脆不去做思想工作了。不做,那是危险的!哟,我又说远了,不说了。"

他声音一停,屋里就没声儿了,空气变得凝固了。这安静劲儿反使王天培不自在,他巴望刘加彬说下去,说什么都行,千万别冷场。其实,没等王天培感到坐立不安,声音又响了起来:

"明白地讲,思想政治工作也没有神秘的,无非是掌握群众思想的脉搏,对症下药。这里,最重要的是,要把工作做细,要从小事抓起。不要以为机关里每天上班下班,太平无事。其实,矛盾摆在那里,就看你看得见看不见。你要是能够及时发现问题,防患于未然,或者把问题解决在萌芽状态,这是最高明的领导艺术。看不见,看见了也不以为意,放任不管,等问题成了堆,小病变成大病,小事变成大事,就难办了。哟,说远了,又说远了,不说了,不说了。咱们还是谈具体的吧,谈谈陈小茵的问题。"

陈小茵的问题?陈小茵有什么问题?身为处长,王天培对这年轻的女部下一点底儿都没有。一个刚参加工作的大学生,专业对口,工作积极,有什么问题?他从来没觉得她有问题!

"请王处长先谈吧!"蔡大姐很客气,"陈小茵的情况,王处长最了解。"

"对,对,小王,你先谈。"

王天培觉得像大学里最难应付的英语口语考试,半天才结结巴巴地答道:

"我,对她也不了解。她想调、调走的事情,我一点、一点都不知道。"

刘加彬不由得笑了起来：

"看来，你也有点脱离群众啊！"

王天培涨红了脸，只感到手脚没地儿放。

好心的蔡大姐又来替他解围：

"王处长以身作则，群众反映都不错。他还是很注意群众关系的。"

王天培的脸涨得更红了。他并不觉得自己怎么注意过群众关系，更不记得自己怎么以身作则过。此刻他最盼望的是赶快结束这次谈话，该干什么干什么去。

"那，我找陈小茵谈一谈，要她把请调报告撤回去！"王天培快刀斩乱麻，挺痛快。

"不行吧！"刘加彬耐心地拦住他，"做思想工作切忌简单粗暴。你没有把情况摸清楚，就让她撤回报告，能解决她的思想问题吗？人的思想问题不解决，病根不除掉，她还会写第二份、第三份请调报告。"

刘加彬振振有词。王天培哑口无言。

"当领导的，要有耐心嘛。哎！第一步是找她谈心，摸摸她心里想的什么，然后才能针对性地做思想工作。这就叫一把钥匙开一把锁。否则，思想是做不通的。"

"好吧！我先找她聊聊，看看她有些什么想法。"王天培立刻同意。

"有什么困难吗？"刘加彬仿佛能掐会算，又体贴地问了一句。

"她……我……"王天培含含糊糊地说，"她一个女同志，我找她谈心，她未必肯……"

没容他把难处说完，刘加彬就放声大笑起来：

"哈！哈！亏你还是个年轻干部，思想这么不开放。现在什么年代？再说，思想工作分什么男女？嗯……这样吧，你先找她谈谈，不行的话，再让蔡大姐出马，然后，咱们再把情况凑一凑，研究一下。"

刘加彬终于从座位上站起。他精神振奋，满面红光，很像是一位运筹帷幄、指挥若定的将帅站在作战地图旁边。

思想政治工作本来就是一个无形的战场嘛。

八

今天，王天培忽然找我"聊聊"。

这个人，真好笑。一上午，他到我办公室串了两回。他从来不串来串去的，今天吃错药了？大家都说，王处长特别注重提高时间单位效益，没有大事不登门。上班时他别说"参考消息"，连报纸都不看一眼。今天出了什么事儿？我瞧着他，以为要下什么命令呢。他啥也不说，神道道地逛一圈儿就自个儿走了。老孟也觉得奇怪，说：

"王处长怎么啦？有什么事吧？"

我怕他那牙，没敢搭茬儿。下午，他又来了。也没理孟炳善，站在我桌边，顺手拿起我起草的一份报告，捧着就看。我不知自己犯了什么错误，也盯着他看。这才发现他并没有认真检查我的工作，只拿眼睛随便在纸上瞟来瞟去，他要干吗？

"小陈，下了班你先别走，我跟你谈点事。"

他手里还捧着报告，声音很低，脸涨得通红。那副样子，活像石江头一次约我去东单球场边上散步，真够逗的！

王处长有什么事需要找我谈？来了三个月，他也没找过我一回，就报到那天握了握手，分配我进了这间倒霉的办公室，以后再也没搭理过我。我自信工作上无可挑剔。况且他也不是那种吹毛求疵的小人。再说，公事公办，干吗下班后留下来，我又不是没考及格的小学生。

我马上就想到，肯定是那份请求调动的报告起作用了。越想越觉得是这么回事。越想越觉得由他来找我聊聊有点不吉利。我的报告是写给蔡处长转刘副局长的，他肯定认为我越级打报告看不起他。糟了，这事儿，全怨石江自作聪明。他说调动工作的事得找人事处。只要人事处放人，分管副局长一批，处里领导没戏唱。也怪我自己主体意识不强，老叫他牵着鼻子走。压根儿就不该听他的。他懂啥？就懂写论文找地方发表。……

管他呢，反正我要走了。

好不容易熬到下班，孟炳善提着那旧黑包走了。王天培掐着点儿就进来了。他一本正经地坐在孟炳善的位子上，拉开中、苏谈判的架势。有这么严重吗？

瞧他那样子吧，虽说四十开外的年纪，额头上已经有了褶子，如果倒退十年，准是越剧里的公子哥儿，文弱书生小白脸儿。这号人，若再倒退二百年，肯定是绣楼上的小姐们垂涎的对象。八十年代，这种类型的男人靠边儿站吧，一米六九，不合规格。

不过，他人倒挺精神的，挺干净，起码不脏，牙也挺白。真要命，我真的有毛病了，不管什么人往我面前坐，先看人家的牙。都是孟炳善害的我！

"小陈！你到我们处里来，日子也不短了，一直想找你聊聊！"

说得好听，想找我聊聊，还一直呢，装得倒挺像。没那份小小的报告，你会想起找我聊聊？晚啦，哥儿们，本小姐走定啦！我装得挺感动的，低着头随他编去。

"对处里的工作有什么意见呀?"

想套我的话,我不言语。他自己两个手掌使劲搓,眼睛不敢正视我这前方。看得出来,他比我还紧张。

"有什么意见都可以讲,包括对我的意见。"

你算哪门子的祖师爷?对你有什么不敢讲的!别说你,对毛主席党中央有意见,咱哥儿们都照说不误。可惜我没意见,有也不能告诉你。我能说对人家的牙缝有意见吗?我不能说,我没的说。

我不说话,他也没词儿。其实,这位王处长根本不善于辞令,他还没学会当领导的滔滔不绝,差远啦!本来他就是业务干部,让他当领导,打鸭子上房,我看是活受罪。不过,辩证地看,他也不亏。他要不混上个处长当当,说不定还四口人挤一间房,且轮不上他住三室一厅小单元呢!我要是他,才不干这倒霉的处长呢。什么评职称、分房子、报销车票、发奖金都找他,整天万能机器似的忙得团团转,下了班还要找人谈话。当领导得拿自由去换,我可不干。说真的,我挺同情他,可我又不能以实际行动支持他,我没法儿跟他敞开了谈。

我只有这么耗着,看他还有什么说的。他什么也说不出来,怪可怜的。他可是有老婆孩子的人,说不定家里还等着他回去掌勺呢!我心想,干脆,咱们都回家算了,何必俩人受这个罪。谈什么呀?能谈出什么呀?瞎耽误工夫!我只盼着他早点儿觉悟目前的形势。可他,还坐那儿一个劲儿地搓手。搓出老茧来也没用,真能把人急死。

天都黑了,他还吞吞吐吐地坐在那儿。这个王天培真够绝的。八成儿把我当成难以攻克的科研项目,废寝忘食,不弄出个青红皂白誓不收兵了。瞧他那受罪劲儿吧,好像谁逼着他跟我聊似的,什么事儿呀!

"那,那你为什么要求调动?"半天才憋出来一句话。

开始,我有点惊讶,没想到报告这么快就传到他手里,够速度的。不过,我还是挺沉着的,我早料到他会看到我那份儿措辞得当的报告。尽管没想到他这么直通通地问出来,我还是立即予以回答了:

"我在报告上都写清楚了,我觉得工作不合适。可能我不大适合坐办公室……"

我的回答天衣无缝,谁也没得罪,又委婉地强调了自己请求调动工作的决心。

他又没话说了。

我料他也说不出什么来。我的要求合理,也符合当今提出的干部有选择工作的自由。他能说什么!

嘿!没料想,他忽然问:

"听说你跟老孟不说话?"

咦!别看他书呆子,观察还挺细的!又一想,不对,他平常很少来办公室,我们说不说话他怎么知道?准是有人打了小报告。我最恨打小报告的人,东汉王朝的太监似的,全是半残废!

我瞧了他一眼,他脸红了。好像有什么隐私被人发现。毫无疑问,肯定是有人给他打小报告,我理直气壮地气他:

"谁说的?"

他哼哼唧唧地说:

"这个,这个你就不要管了!"

我更来劲儿了:

"那不行。你得说清楚,谁说的?"

真好玩儿,倒成了我审问他了。问得他脸上红一阵白一阵的下不了台。

"没有这事，那就好，那就好！"

就在他的好好声中，结束了这场尴尬的"聊聊"，胜利当然是属于我的。

我看了看表，统共才"聊"了十三分半钟，给人的感觉是熬了一个通宵，我们俩消耗的白血球都够多的。

石江说我不该"气领导"，我根本没成心气他，我还从心底挺同情他呢。

九

呀，他们是商量好了轮番跟我作战呀！昨天王处长找我谈话，今天蔡大姐又出马了。好吧，兵来将挡，我一个人对付他们绰绰有余。随便你们谁来，我就是要走，反正我不能再受这牙缝之罪。

蔡湘可比王天培高明多了。她挺有风度的，一点不像电影里演的那些人事干部，水桶似的腰身，短头发别个卡子，一身蓝灰，没文化。人家可是正经大学毕业，五十年代那一拨儿驯服工具，叫干什么干什么。本来是学财经管理的，非叫人家服从组织安排去看死档案、管活人。嘻，你瞎操什么心，人家愿意干。非但毫无怨言，我看她干得还挺带劲儿。从来没听她说过出格的话，连现在物价这么涨，谁不骂骂咧咧的，就她，整天笑不滋儿的，好像永远生活在幸福的海洋里，也真够有修养的。我下辈子也练不出她那功夫，我也不想练。

听说她"文革"中也受了不少折磨，表面上一点也看不出来。她那一口北京话，特好听，笑起来也自自然然的，不像有些人皮笑肉不笑。可惜她太一本正经了，正经得叫你无地自容。你心里想骂她都骂不出来。

"小陈，你有什么不愉快的事，可以告诉我吗？"

一上来，她就用这个极有分寸的口气跟我说话，温文尔雅，和蔼。虽说不可亲，但挺知心的，声音还那么柔和。真要命，我差点儿就全跟她说了。幸亏我警惕性比较高，自我控制能力比较强，话到嘴边打住了。我说：

"没什么不愉快的呀！"

我觉得自己装得挺像，一副天真无邪不设防的样子，活像台湾片子里傻不叽叽的"纯情少女"，装模作样还带点儿搔首弄姿。其实，我顶讨厌这种中不中洋不洋的妞儿相。好好的人，一点人事不懂，饭都白吃了，整个儿一弱智，顶没劲了。可遇上这样眼里不揉沙子的老大姐，最好还是把自己的真实想法束之高阁，别让她摸着。她可不像王处长说了上句没下句，人家词儿多着呢。她一点也不急，眯着两个挺有光彩的大眼睛，从那周围密密麻麻的皱纹里打量你，琢磨你。仿佛每一道皱纹里都隐藏着一兜智慧。

"机关生活还习惯吗？"她老微笑，没停的时候。

"还行。"我小心翼翼，像才学滑冰时的心态。

这可是个敏感的问题！我要是说挺习惯的，她肯定会问，那你为什么说工作不适应；我要是说不习惯，她肯定会问有哪些不习惯。三问两问，还不把孟炳善的牙缝给问出来？我给她来个朦胧复朦胧，叫她摸不着头脑。

她仿佛没介意，只笑眯眯地说：

"我刚参加工作的时候，比你还小两岁。让我坐办公室，我可坐不住，老想往外跑。那时候，我给一位部长当秘书，管文件。有一次，他去国务院开会。我想，他走了，我干吗待这儿守着，不如外边儿溜达溜达去，就溜出去了。谁知道偏巧总理问他几个数字，他一时答不出来。总理让他查，他打电话找我，到处找不着人，回来把我狠狠批了一顿。"

真难以想象，她也从年轻这么过来的。顿时，我和她之间的距离缩短了，代沟没了。不过，我还是提防着，说不定她正拐着弯儿对我进行加强纪律性的教育呢。

"你可以多参加些机关的集体活动。打打球啊，跳跳舞啊！是啊，机关生活要靠你们青年人来活跃。"

她说得很轻松，很诚恳，完全不像要挽救失足青年的样子。我对她真有点好感了。

忽然，她又问：

"你还骑自行车吗？听说你在中学里参加全市自行车比赛得过奖？"

她怎么知道？！

废话，她当然知道，她是干什么的，她什么不知道！她肯定把我的档案背熟了。哎呀，那她一定也看过我高二里的那份检查！真糟糕！就为上课时偷看琼瑶小说，那位"娘子军连长"——班主任非让我写份"心得体会"，让我丢人现眼一辈子！

她还笑呢，瞧她那样儿，知道了人家的底儿，还装没事人儿！我对她刚建立起来的好感顿时烟消云散了。

我算认识了，别看她跟你友谊第一，其实她挺狡猾的。她跟你绕圈子，套近乎，弄不好，就把你给套进去。我也不傻，伸着脖子让你套？没门儿。咱给她来个"主动出击"措手不及。

"蔡处长，我的报告您看了吗？"

"看了。"

"行不行？"短兵相接，刺刀见红。

"今天不谈这个，不谈这个。"她笑笑，往后缩，直摆手，好像我要给她介绍对象似的，真够鬼的！

我对她彻底没兴趣了，没劲。

她可不放过我，还问：

"小陈，我知道你不大安心工作，能告诉我什么原因吗？"

"没有什么原因。"

"不会吧？"

"就是没什么原因。"

"跟谁闹别扭了？"

"没有。"

"是不是——"她欲言又止，像公共汽车突然刹车。

本来我们俩都坐在长沙发上，一人靠一边儿挺好的。这时她往我这边挪了挪，还伸手拍了拍我的膝盖，又放低了声音，怕人听见似的：

"是不是有人……欺侮你？"

开始，我还真没弄明白她是什么意思。等我从她悲天悯人的眼神里搞清楚了话里的含意，我差点儿没乐出来。长这么大，我还不知道"欺侮"这两个字怎么写呢！从小我就不吃亏，自卫能力极强。在小学当班长的时候，比我高一头的男孩子都怕我。

"您说什么呀！欺侮我？那人还没生出来呢！"

这个蔡湘，没准儿还以为有人行"非礼"了呢！哪儿跟哪儿呀！

她也够神的，绕来绕去，真绕到孟炳善身上来了。

"你是不是跟老孟有点合不来？"

"没有哇！"

这可是关键时刻，绝不能泄露天机。她拿眼盯着我，笑模样，一副料事如神的样子，我心里真有点紧张，说话也不利索了：

"真的，真的没有。他，人挺好的。"

这也不算说谎，他人是不错嘛！听说"文化大革命"那阵儿他就挺坚强的，哪派拉他他都不参加，严守中立。那年头真正的逍遥派最不容易了，谁都不向着你，因为你谁也不投靠。他在乱世中保持了自己的人格，这就不易。还听说他很孝顺，对农村的爹妈恪尽孝道，逢年背着大包小包回去看望老人，这也不易。这年头人心不古世风日下，有的人光孝顺有钱有势的爹、妈、丈人、丈母娘，对无权无势无钱的双亲连提也不愿提。除了他那牙缝不可救药，这人还真够正派的嘛！

十

好大的雪啊！一觉醒来，窗外是一个童话般的白色的世界。华厦和陋巷，连门前一排肮脏的垃圾桶都披上了银装，仿佛世间的万物顷刻之间都净化了，平等了。人们都亲切地生活在奇妙的静谧的氛围之中。

我特喜欢下雪。雪可以使我忘却一切烦恼。

早就和石江约好，这个星期日去香山玩儿，他还多此一举地打电话来。

"下雪了，还去吗？"

"你不知道我喜欢雪！"

谈恋爱的男人就爱找钉子碰！下大雪逛香山，正合我意，还有什么可问的！妈在一边听见我训石江，说我逆反成性，人家下雪往家跑，偏你下雪往外跑。她嘴上批判，心里对她女儿这份儿超出常人的情趣还不定多自豪呢，天下当妈的都这样。当然，雪地骑车上山，是要点儿勇气。好在我和石江别的没有，勇气是够的。

我和石江穿上最鲜艳的冬季运动服出发。我上身红，下身黑，外加一顶红黄蓝白黑绒线小帽，自己都觉得挺帅。石江一身鲜绿，斜嵌着两条黄色，配上他那两条长腿，也挺有"派"。

雪正下得有滋有味，大片大片地飞舞，落在脸上，凉凉的，飘在唇边，润润的，美极了。虽是冰天雪地中，我们并肩朝前，简直是势不可当，英勇无比。我高兴极了，一定是眉开眼笑的。路上的行人很少，偶尔有迎面来的人都要扫我们一眼，有的还直盯着看。我发现男人的目光几乎都无一例外地注视我。姑娘们就不一样了。她们一般是先看他，然后看我。我觉得她们好像在心中打分儿，看两人配不配得上。看吧，我心里很得意，石江在男孩子里算是英俊的。我呢，绝不比他差，只是鼻子有点翘，没办法，爹妈给的，其实不细看也看不出来。

我们一边卖劲儿地骑，一边胡说乱笑，一点也不觉得累，只觉得青春的精力在全身激荡，怎么折腾也用不完。孟炳善完全被忘到九霄云外去了。我真服了大自然的魅力，是她造成了一个银色的世界，纯净我痛苦的心灵。我真想大声喊：生活！多好啊！

到了香山，存了车，我们就往上跑。石江挑战，要和我比赛爬山。我嘴上应战，心里明白必输无疑。我认为，女人在体力上比不过男人，这不是弱点。女性以她们独有的魅力生存于世界，女人就是女人。我最反对那些女权主义者把女人变得男人一样，还有女子健美赛，都硬胳膊硬腿的失去了女性的娇柔。以男人为标准，这本身就缺乏自信嘛！我才不那么干呢！

我落在后边，捏起雪球当武器，攻击跑在前边的敌人，一打一个准儿，棒极了！于是，和平的竞赛升级为无情的战争。我们边打边走，十有九回他投降。什么"绿肥红瘦"，也就那年头的李清照女士闷在小楼上想得出来。红是红，一点不"瘦"！女人永远比男人灵巧机智，外加耐力强得多。

雪仗打累了，肚子也饿了。我们在一棵白雪覆盖的大松树下铺起一块红色的塑料布，举行野餐。石江买了扒鸡、火腿香肠、酸黄瓜、面包，还有啤酒、可口可乐。我们不顾一切地大吃起来。我那样子肯定不符合我妈的规范，一手拿着鸡腿啃，一手举着啤酒瓶对嘴儿喝，活像那没有教养的花和尚鲁智深。不过瘾，还仰着头，让鹅毛般的雪花飘进嘴里。我必须把头歪来歪去才能接到上帝赐予的圣水。石江望着我笑，半天才说了一句：

"你真像个小女孩儿！"

我觉得脸发烧。要是爸这么说我，我百分之百会抗议。石江说就不一样了，那话里有话，只有我懂。

"味道好极了！"我学那位广告奶油小生惟妙惟肖。

我哈哈大笑，他也跟着大笑起来。石江说我的笑声很有感染力。我们的笑声传遍山谷，山都笑了。树上的雪好像也被我们笑了下来，纷纷扬扬像婚礼上的彩花洒了我们一头。我太高兴了，一边吃一边笑一边说。石江说好久没有听见我这么笑了。石江简直是个晴雨测试表，他对我情绪升降的了解甚于我自己。经他提醒，我才发现，真的好久好久没有这样开怀大笑过了！

石江和我早有默契：吃东西的时候绝不能提与孟炳善牙缝有关的事，以免引起条件反射。吃饱喝足了，我们才说起调动工作的事。

我告诉石江，王天培找我谈话，还详细地给他形容了一番王天培的傻样儿，把石江乐得前仰后合，躺在雪地上直哼哼。他夸我具有洞幽察微的本领，特别称赞我这个人第六感觉好，尤其令他佩服的是我模仿人的天生才能。

后来，我又跟石江说蔡大姐的那一场。说她怀疑是不是有人欺负了我。

"她怀疑谁？"

"男的呗！"

"欺负你？！"

"是呀。"

"谁敢欺负你呀！"

"我是让人欺负的人吗？"

"你不欺负人就是好的！"

我打了他一拳，以示抗议。我才不欺负人呢，我的原则是人不犯我，我不犯人；人若犯我，我必犯人。上小学妈就这么教我的。

石江对我调动工作一事充满信心。他说，你们人事处还真不错，这么快就有动静了。现在有些机关的人事处都忙着经商赚钱去了，谁管你这些闲事。

我可没他那么乐观。他们虽然及时作出了反应，但并没有表示同意我的要求，而且他们两人口径一致，显然是策划过的。

"可是，他们显然已经在考虑你的报告，要不然，他们就不会找你谈话了。批上'不予同意'四个字就把你打发了。"

石江说的也有道理。

他又分析这俩领导。他认为王天培是我的顶头上司，既然是个书呆子，用谁不用谁都无所谓，又不想拉帮结派笼络人，他肯定不会阻挠我的调动。蔡湘虽是精明能干，是管人的不是用人的。只要我坚持调动，也不会过分为难我。

"有希望！形势对我们大大地有利！"石江连声说。

果真如此，我就解放了。后来我们俩就商量今后的问题——去什么单位，找谁提供信息。他说去人才交流中心挂号，我不以为然。我说第一，我不是人才；第二，如果我是人才早有人抢，用不着麻烦他们。因此，我建议在报上登广告。石江说连照片一块儿登，人家准要你。我说惹急了我就登照片。现在工厂的广告还登厂长的玉照呢，我有什么可保密的。民以食为天，吃饭最重要，石江趁火打劫，劝我不要工作了，干脆在家当石夫人，他养着我，乱说了一阵，也没理出个头绪来。不过有一点我们俩都同意，一定先去新单位看看同办公室的人，千万别碰上孟炳善二世。

这一天真是没白过，太痛快了。

十一

真是出乎意料，他们居然叫孟炳善来找我谈心！

他还真当回事，坐在我对面。放下手上的工作，谈个没完。他的嘴一张一合，上下两排牙缝袒露无遗，噼里啪啦，像一排重机枪，扫射得我眼冒金光，脑浆子疼。我又不能拂袖而去，只得咬紧牙关忍受。

从他喋喋不休的声音中，我感到他们好像告诉了他"小陈对你有意见"之类的暗示。否则，干吗他像犯了错误似的老一个劲儿地作检讨。什么"作为老同志，我对你关心不够"啦！什么"你对我有什么意见只管提"啦！哪儿跟哪儿呀，简直不挨边儿嘛！

他越这么说，我越为难。凭良心说，孟炳善除了他那无法挽救的牙缝，还真没别的毛病。可这是人家半辈子的习惯，提个意见就能改吗？况且，人家的牙缝，外人无权干涉。就像中央美术学院门口陈列的垃圾桶，你有什么办法？大家活着都不容易，何必弄些事出来叫人睡不着觉。没那么缺德！

我只好再三保证，我提出调动工作纯粹是由于个人的原因，跟他没有任何关系。

要是我，跟我没关系的事我才不管呢，可这孟炳善偏不，他又扮演起劝导我的角色来。说是大家都不希望我走。又说我专业对口，事业心强，一定能做出成绩，将来前途无量，好像暗示王天培死了就该我接班似的。

我愈听愈烦。我又不想当那个芝麻官儿，说这些管什么用。要当你当去，我走，当然，我什么也没说，心里还替他有点难受。招谁惹谁了，低声下气的。这帮人到中年，你拿他们没治！

晚上见到石江，我把这个最新消息告诉他。他也笑了，还说，你们那儿真够绝的！

唉！凡事总不尽如人意，还要在人家的牙缝里生活多久啊？

十二

"这个王天培，怎么还不来？"刘加彬不耐烦地看着表，已经九点二十分了。

昨天上午已经通知，九点钟到刘副局长办公室研究一下陈小茵请求调动的问题，蔡湘准时来到，王天培却迟迟不见身影。

"打电话催一下。"刘加彬工作起来有点急脾气。

蔡大姐拿起电话，拨了分机，那边占线，打不进去。电话线面前人人平等，讲究先来后到，不论级别，刘加彬连声叹气：

"唉，这些新干部。口头语就是开会占了他们的业务时间，他们就不想想，你不按时到会，浪费了别人多少时间？"

蔡湘还站着拨电话，一次，两次，只听得"嘟嘟"，就是打不进去，没辙。

"说起来，思想工作要加强不能削弱，谁都同意。"刘加彬已在屋里转了三圈儿，"可是一到具体的组织落实——落实到谁头上？没人了，谁也不管。我不反对党政分开，我也不反对行政领导干部要负起思想政治工作的责任。可是，取消专职思想工作队伍，我是持保留意见的。事实也证明了嘛，没有专人去抓，干部的思想状况就有很多问题嘛。"

蔡湘又拿起电话，还没拨号，王天培慌慌张张地赶到了，连连抱歉带解释：

"刚出办公室，就给人拦住了，走也走不掉。"

刘加彬看了看表，九点半了。他本想说几句批评的话，但终于忍住了，说：

"来，抓紧时间，把情况凑一凑。小王，你先说说。"

"我找陈小茵谈了，她没说什么。"

刘加彬还等着听下文呢，见王天培两手合掌夹在自己的膝盖中，紧闭了嘴，瞪着眼瞧人家，好像没他什么事了，就问：

"完了？"

"完了。"

"怎么就完了呢？"刘加彬瞪眼看着他，很不理解，"她为什么要求调走，总得有所说明吧？"

王天培低着头，竭力回忆那天找陈小茵谈话的情景，实在想不起来她说了些什么值得向刘副局长汇报的情况。干咳了两声，又闭上了嘴。

刘加彬见这位处长说不出个所以然来，转问蔡湘：

"怎么样？你那里有什么情况？"

蔡湘不慌不忙，娓娓道来：

"我跟陈小茵同志也谈了一次话，是在王天培同志找她谈话以后。从谈话本身来看，她确实没有提出更多的要求调走的理由。从档案材料来看，陈小茵同志在大学里的表现是很不错的。学习刻苦，能够钻研问题，专业思想很牢固。不存在专业不对口的问题。应该说，这样的同志分配到我们局工作，是很理想的，不可能在很短的时间中要求调动工作。开始，我有点怀疑，是不是在其他方面感到某种压力，不得不提出调走？"

刘加彬听得很认真，甚至还点了点头，好像完全赞同蔡湘的分析。想了想，他问道：

"你考虑的这种压力，是指哪方面的呢？"

"这自然只是一种猜测，没有什么根据。比如说，生活方面。"

"生活方面——"

蔡湘笑了笑说：

"陈小茵到机关后，是比较引人注目的。她的穿着打扮也比较时髦，这当然都不是什么问题。我担心的是，会不会有什么人打她的主意，甚至，甚至有什么越轨的行为，她出于无奈，只好要求调走。"

这番话，王天培听来，真仿佛是《天方夜谭》里的故事。

"这种事情，当然也不能排除。"刘加彬沉吟片刻说，"年轻的女孩子，又长得不错，难免有人起歹意。蔡大姐，你可以了解一下嘛。"

"是呀，我委婉地问了，她根本否认。"

"否认——？"刘加彬又沉吟了片刻，果断地说，"否认就是说没有。这种事不要去传播，传播出去，没有的事也会被说得有鼻子有眼。"

"我是私下问的，没有别人知道。"蔡湘说，"我又着重了解陈小茵跟孟炳善的关系。陈小茵矢口否认她跟孟炳善有什么矛盾。我又找孟炳善，他也认为陈小茵这个同志表现不错，他们之间没有任何矛盾。"

刘加彬频频点头，并不时用目光扫视王天培，好像在提醒王天培要认真聆听这位人事处长的发言。

"据孟炳善反映，只有一个情况值得注意。"

"哦？"刘加彬提高了声音，并且把目光直视着王天培。

王天培只顾瞪大眼睛，不知自己的下级出了什么问题。根本没注意来自上级的带有责备意味的视线。

"孟炳善说，最近一段时间，陈小茵的表现有点反常。一个是不大说话，再就是有点坐立不安的样子。"

"王处长，你听听，这个情况值得注意呀！"刘加彬坐不住了，腾地站起，狠狠斜睨了王天培一眼，责备不满之意尽在其中。

王天培更是坐不住，端着茶杯想喝水却又慌忙放下，差点没把茶杯盖碰地下，好像自己也反常了。真没想到会有这样的事，而且是老孟说的，不可不信。

刘加彬在屋里踱开了方步，从左到右，从右到左，来回往复不已。每遇一个伤脑筋的问题时，他都要借助于两条腿，仿佛只有在身体的运动中才能使大脑的神经亢奋起来，从而想出解决难题的计策。

"为了进一步掌握情况，我布置孟炳善找陈小茵好好谈谈，他们毕竟在一个办公室，相互了解些。"蔡湘静静地坐在那里，心中有数。

"好！"刘加彬马上肯定了蔡湘的部署，"他谈了没有？"

"谈了。"

"结果怎么样？"

"什么结果也没有。老孟说，小陈什么也不肯说。"

刘加彬又加紧踱起方步来。踱够了，意见也出来了：

"这一段，关于陈小茵同志的问题上，工作不能说没有做，特别是蔡湘同志，应该说是做了很多工作的。这些工作，归结到一点，证明了陈小茵同志请求调动工作，不是一个简单的问题。这背后是有原因的。当然，是什么原因，我们还没有搞清楚，这是第一点。"

说完第一点，刘加彬又踱起方步。时间不长，他停下来又说：

"第二点，这些原因虽然还没有搞清楚，但是很有可能是很复杂的不可告人的原因。我根据什么这么说呢？根据孟炳善的反映——陈小茵最近的表现反常。这个反映很值得注意！一个女同志，王处长，按照你的说法，一向性格开朗，忽然不爱说话了，而且坐立不安，这是个很值得注意的动向，我们绝不可以视而不见哪！"

王天培的小眼睛仿佛加大了一倍，瞪着刘副局长一条条有理有据地分析，心里折服，却又不敢相信：就在他自认为平安无事的处里，仿佛要出事儿。

"是真的呀，王处长。不是我吓唬你，你一定要注意，必要的时候还可以派专人注意陈小茵，以防止意外事故。"

"会，会出什么事吗？"王天培的手心出汗了。他坐那儿一直不停地搓手掌，就像一种气功的先导动作。

"这个就难说了。"刘加彬的眉头早已结成疙瘩，"根据我多年的经验，很多意外事故，其实事先都是有预兆的。问题就出在我们麻痹大意，不以为然，错过了做工作的时机，使矛盾激化，一发而不可收拾。当然，陈小茵的问题还没有发展到这一步，不必过于紧张。过于紧张了也不好，有时候还会诱发矛盾。"

这可就悬了！怎么办呢？王天培别说没插嘴的份儿，连想的份儿也没有，他根本不懂下一步该往哪儿走，只焦急地等着副局长的行动方案。

"所以，第三点，最重要的就是进一步摸清情况。我还是那句话，只有情况明，才能决心大，也才能对症下药。我们是唯物主义者嘛，我们的方针、措施、办法，都要建立在调查研究的基础上，切忌带上主观随意性。哟，不说了，又说远了。你们说说，你们有什么看法？"

蔡湘没有说什么。作为人事处长，她只表示要进一步了解情况。王天培遇到他上任三年第一次遇到的难题，深感事情重大，却又一筹莫展，哪儿还有什么良策！

"我，我该怎么办？下一步……"

"再找陈小茵谈嘛！"刘加彬已安安稳稳坐回自己的位子上，指点道，"做思想政治工作要有耐心，要有百折不挠的决心，精诚所至，哑巴也会开口的。"

没错儿！刘加彬充满信心地笑了起来。

十三

烦死了，烦死了！

连着好几天，王处长、蔡处长轮番找我谈话。车轱辘话来回转，要我解除思想顾虑，把请求调走的原因说清楚，就差没说"坦白从宽，抗拒从严"了。

我"坦白"什么！我没贪污，我没受贿，我没倒卖汽车彩电名烟名酒大米白面。我生活在人家的牙缝里，够憋气的了。如今可倒好，俩处长围攻我，逼得我心烦意乱，还有完没完！我不是我了，我不能根据自己的意志安排时间。他们凭着自己小小的一个处长头衔，一会儿找我谈，一会儿找我谈。谁给他们这种权力？我快被他们谈裂了，谈碎了，啊，我真不幸！

蔡处长还是那股子和颜悦色的劲儿。但我越来越感到她浑身冒冷气儿。说冷静也行，说冷淡也行，说冷峻也行，说冷酷也行，反正就一个字：冷。她不会怒目圆睁，不会咆哮如雷，不会大打出手。她好像上辈子就准备就绪、胸有成竹、洞察一切，谁也跑不出她的手心儿，只等待时间去印证。就像妈去粮店买米，给了票，交了钱，张开了口袋，只等往里灌了。一旦米灌满，扎了口袋，提起就走。

王处长找我谈话，更是受罪。

每次都是这样，放录像似的：

"小陈，我们谈谈吧！"

"好吧！"

"你，你为什么要走？"

"我已经说过了，我不适应……"

"你……"

他没有下文了，什么也说不出来，说不出来，咱们就免谈，各自回家，不就得了！他不，偏耗着。他不走，我也不能动，耗着吧！

时间耗走了，青春耗走了，生命耗走了。在同他耗着的折磨人的沉默中，我清晰地感觉到皱纹爬上了我的额头。天哪，我被耗老啦！

我的委屈大了！可是，今天，他，这个王天培，居然跟我大发脾气，把他那副文弱书生的假面具彻底撕毁了。

"小陈，我们再谈谈吧！"下班了，他又把我叫住。

"谈什么？"

"你为什么要走啊？"

"不是谈过多少回了吗？"

"再谈谈嘛。"

"我没什么可谈的。"

"你……"

我以为，又该开始那种沉默的对峙局面了。耗吧，反正我也耗出经验来了。我甚至想到一个绝妙的主意：明天去买一斤毛线，给石江织件大开领厚毛衣。利用耗着的时间创造点财富，也堵住妈妈的嘴——这年头女孩子不像女孩子，连毛衣都不织。我打算跟他长期抗战了。

他沉默着。可是，过了一会儿，先是他眼里射出两股很凶的光来，接着他猛地跳起来，大声吼道：

"陈小茵同志，你不要这个样子好不好？"

"我怎么啦！"我吓了一跳。不过，我当然不甘示弱，噌地也站起来了。

"我多次找你谈话，问你为什么要求调走，你就是不说，你，你……"

"我想说就说，不想说就不说！"我也豁出去了。你以为大吼大叫我就怕了，没那个！

"我，我是在做你的思想工作……"

"我没请你来做。"

"你，你怎么能这个样子说话？"

"你怎么能这个样子说话?!"我学他那"这个样子"的南方调儿。

"你,你……"王天培涨红了脸,声音也发抖了,"你在折磨我!"

真是奇谈怪论!我在折磨他,他折磨我还差不多!他折磨得我不得安生,反而倒打一耙,天下哪有这么不讲理的人,我气急了,大声叫道:

"谁折磨谁,你说清楚!是我找你谈吗?是我请你谈吗?是我拉着你拽着你谈吗?是你找我,是你天天没事儿折磨我,我要得了精神病,你得负责医药费!"

"你以为我愿意找你谈?岂有此理,我工作这么忙,每天加班加点都忙不过来,还得找你谈话,做你的工作,你要是还有一点同情心,你能这种态度吗?"

他像个泄了气的皮球,一屁股坐下,蔫了。

真是,可恶之人必有可怜之处!瞧他那样儿,也给耗苦了。可是,我同情他,谁同情我?我站着不动,看他怎么收场。他坐了一会儿,无精打采地说:

"好了,回家去吧!"

我们一起离开办公室,一起走出机关大院。走在路上,他说:

"刚才是我不好,我不该发脾气。我承认,我不会做人的思想政治工作。"

我宁愿跟人打架,不愿听人赔礼道歉的话。他这么一说,倒弄得我心里怪不是滋味。街灯下,我看见他额头上一道道很深的皱褶,看见他昼夜伏案已经驼起的脊背,看见他苍白的脸,没有血色的嘴唇,一股说不出的内疚和怜悯之情油然而生,我差一点要把实话跟他说了,省得他为我耗去这许多精力和时间。可是,话到嘴边，我又咽回去了。

牙缝问题，叫我可怎么开口呀！

十四

这世界真是堕落了！堂堂的中央机关竟有这样恶毒的小人。他们唯恐天下不乱，造谣中伤，卑鄙到极点！要不是我亲耳听到，我还蒙在鼓里呢。

十点钟的时候，我去卫生间，听见外边有两位女同胞窃窃私语：

"听说了吗？'机关之花'闹着要走呢！"

"你是说那个小陈？"

"可不是她！整天臭美，瞧那德性！"

"她不是刚来的吗？为什么要走？"

"那谁知道！反正有见不得人的原因呗！"

"准是出什么事了！"

"那还用说！"

接着是一阵耳语和肆无忌惮的痛快淋漓的笑声。

"她不是有男朋友吗？那天在大门口我还碰见过，小伙子挺帅气。"

"哼！这种现代派，谁知道有多少男朋友？"

把我气晕了！这些无耻的同性相嫉病患者，真气得我顿时手脚冰凉眼发黑。等我跑出卫生间，那俩长舌妇早没影儿了。我找谁去？谣言就像看不见摸不着的流行病毒，肯定全机关都在把我当话题，放在他们的脏舌头上嚼来嚼去。石江说，爱管别人闲事、希望人家孩子掉井里的人是性心理失调。很多人在得不到性满足、精力过剩、无处发泄时，必然没事找事，无事生非。以前我对他的高论嗤之以鼻，说他耸人听闻。我妈说，现在的年轻人谈性，就跟谈糖炒栗子似的，不要脸。这回我可相信石江的话是真理，那两位女士肯定是性饥渴症患者，要不就是更年期综合征。再不就是她们的丈夫有病。反正，是性紊乱。否则，不会对人家的事那么上心。

中午我去食堂。上楼下楼都觉得有人用异样的眼神盯着我，好像我胸前佩了"红字"。女士们瞧我那眼神就像圣女贞德们在照着一个荡妇，满脸的幸灾乐祸加轻蔑。男士们的目光更邪性，好像一伙狼，恨不能把我剥光。是我神经过敏吗？不。肯定是全机关都传遍了关于我的桃色新闻，肯定比中央文件传达的范围还广，不受级别限制。

在窗口排队买饭，我也觉得好些眼睛都盯着我，就像无数根针扎在我身上。机关里的人平均年龄都比我大，干吗联合起来欺负我这么一个女孩子，真太残酷了！我恨不能冲他们大喝一声：无耻！当然，我没真的喊出来，我还是很镇静的。我故意挺着胸，甩着黑亮的长发，高跟鞋噔、噔、噔地踩得山响。我知道我的高档羊毛衫花得耀眼；我知道我的紧身黑皮裤不同凡响；我也知道我这双纯羊皮红靴子够他们眼红一阵子的。我就是年轻，就是漂亮，就是机关之花，怎么样？有本事当我面说，背后议论算不得好汉。我趾高气扬地买了最贵的菜，挑了个靠窗的桌子坐下，示威似的慢慢吃我的饭。

我气都气饱了，还吃得下什么饭！可一想，我吃饭就是对他们谣言的有力回击，我活得好好的！别以为谣言就能把我置于死地，妄想！又不是万恶的旧社会，我也不是电影明星阮玲玉！我一边给自己打气一边往嘴里塞，就着一肚子气吃饭，真够难受的。可我还是坚持吃下去。

还有新鲜事儿呢！刘副局长居然端着碗过来，在我这张桌子坐下了，笑眯眯的，这可是破天荒头一回。他很少到我们大食堂吃饭，来者不善，肯定醉翁之意不在酒，在乎面前的陈小茵也！我严阵以待，瞧着吧，他马上要展开强大的思想政治攻势了。唉，等了半天，他说出来的话像我爸：

"小陈，你吃得太少了呀，是饭菜不可口？"

"可口极了。"别以为谣言能中伤我的胃口，没那事儿，我活着呢。

"啊，现在时兴少吃，于健美有益。"他以为假装新潮就能跟我这样的年轻人缩短距离，没门儿。

"我可不少吃，我怕饿着！"我又给了他一句。

"是啊，是啊，我也是，不管那些，该吃就吃！"他随声附和，我知道他用心何在。

我成心放慢了吃饭的速度，看他说些什么。他一定看过我的请调报告，他应该表态的。可是，一顿饭的工夫，他什么实质性的话都没露，我那报告连提都没提。石江说领导艺术就是绕圈子。看来，刘副局长是跑到这儿跟我玩儿领导艺术呢，够阴的！

下午，石江打来电话，约我晚上去看戏，被我断然拒绝。我还有心思去看戏，我这儿就是一台大戏，石江大概听出了我心情欠佳，忙说晚上到我家去，还说好久没去看我老爹老妈了。我懒得跟他多废话，就哼了一声，把电话挂了。

孟炳善坐那儿一声不言语。自从上次"谈话"谈不拢以后，我们俩倒是彻底不说话了。他那一副小心翼翼洁身自好的样子，令人挺不得劲儿，好像他喝茶的声音都变小了。这两天我连他的牙缝都忘了，特别是今天，流言蜚语占据了我的脑海，恶意中伤使我无暇他顾，牙缝的威胁反而退居次要地位。正所谓，巨大的不幸可以压倒平时的悲哀吧！我怎么这么倒霉。人生真是一连串的倒霉！

回到家，等石江和爸爸妈妈周旋完了，我们俩待在我的小屋时，我忍不住扑在他怀里哭了。什么矜持不矜持，管他呢，我不能把万般委屈一股脑儿憋在心里，那样我非得癌症不可！报上说现在青年人得癌症的越来越多了，我也快了。

石江听完我抽抽噎噎的哭诉，义愤填膺，用各种语言把那些搬弄是非的小人痛斥了一番之后，忽然咬牙切齿地说：

"明天我拿把斧子，把孟炳善的牙全给劈了它！"

望着他那赴汤蹈火在所不辞的模样，我不禁破涕为笑。可不是，树有根水有源，闹到今日满城风雨，使我受了这么多屈辱，罪魁祸首就是孟炳善的牙呀！

当然，这只是气话，也就嘴上解解恨，解决不了实际问题。必须采取切实可行的办法，以达到调走的目的。我泪眼望着他，自己都觉得可怜兮兮的。石江一拍桌子说道：

"干脆，告诉他们，就因为他的牙缝叫你难以容忍！"

研究再三，权衡利弊，也只有这样了。一不做二不休，如果不讲明原因，让他们东猜西猜，东传西传，还不定虚构出什么故事——陈小茵嫁到毛里求斯享福去了——我还做梦呢！可是，这么直截了当地讲出来，他们会不会去找孟炳善谈。那可就糟了，岂不伤害了老孟，这我也不愿意。石江看出了我的犹豫，他说：

"你可以叮嘱他们，让他们保密！"

"对！我就是担心这个！"

石江热烈拥抱我，说我是善良的小天使。

十五

说得简单，去讲明真相！

怎么讲？向谁讲？

我主张向王天培讲明真相。理由是王天培是我的顶头上司，铁路警察正管这一段。从上次谈话来看，他对跟我谈话已经烦透了，也可以说，"牙缝风波"已波及他平静的小官员生活，影响他的情绪，影响他的工作。在这种有利于我的情况下，把事情挑明，有可能比较顺利地取得他的理解和同情，进而得到他的支持——哪怕是为了甩包袱——达到调走的目的。

石江竭力反对。他的理由是，正因为王天培是我的顶头上司，正管这一段，而且已经对跟我谈话产生了厌烦心理，在这种情况下向他说明真相，他不但不会理解我、同情我、支持我，而且会认为我调皮捣蛋、惹是生非，从而产生一种"非治治这个陈小茵不可"的对抗心理，最后不但不能调走，还可能穿上玻璃小鞋。

另外，石江又拐弯抹角地提出一条理由：一个女孩子老去注意一个男人（石江说，姑且称为男甲）的牙缝，并且被男甲的牙缝搞得不死不活，这件事本身就容易引起非议。现在又加上去向另一个男人（石江说，姑且称为男乙）说男甲的牙缝如何如何，男乙势必会产生一种错觉：她愿意同我说男甲的牙缝问题，可见我在她心目中的位置远远高于男甲。我说这纯属胡扯！这里只有牙缝问题，根本不存在谁的位置高低的问题。石江坚持，说这是必然会产生的心理效应问题，是不可回避的。他还说问题的可怕之处还不在于男乙怎么想，而在于男丙、男丁等等众男士们都会有非分之想，这就又会掀起轩然大波。

石江这张嘴，就这么能说。其实，我心里清楚得很，这不过是他一点小小的诡计。他的中心意思是不愿意我同别的男人去谈这些事情。他的思想深处还有很多封建意识，我不过不去揭穿他罢了。

因此，他主张向蔡处长说明真相。理由是人事处长管干部调动，我的报告是写给她的，她又是女性，女人和女人好说话（其实，他大错特错了），更何况她修养好、态度好，只要把她说服了，调走就有希望了。我告诉石江，蔡湘给我的印象很复杂，外热内冷，表面上随和，心头很有主见，绝不是轻易受人影响的主儿。听我这么一说，石江也就犹豫了。

研究再三，我们最后决定还是向蔡处长说去。石江有一条理由说服了我：王天培做不了主，他还得向蔡处长转述。王天培拙于言辞，他是否能转述清楚、准确、恰到好处，既不伤害孟炳善，又达到调走的目的，是一大疑问。更主要的是，这么一传二、二传三，势必传遍整个机关。相反，向蔡处长讲，可以要求她严守机密，包括不向王天培泄露，这对于保护孟炳善，保护我的形象都是必要的。

我认为他说得有理，去找蔡处长说吧！

可，这事儿怎么说呀！今天上午，我在人事处门口转了三圈儿，才鼓足勇气敲了门。我只觉得脸发烧，肯定脸红了，幸亏我进去的时候，蔡湘正埋头在一沓表格中，没怎么注意到我的惶恐不安。她只挺客气地让我坐下，还顺手拿张报纸盖上了那些摊开的机密。其实，多此一举，求我看我都没那份儿心思。我全部精力只琢磨怎么跟她谈，真叫人难以启齿。

"有什么事吗？小陈！"她的温柔敦厚我早已领教过，但还是那么让我自惭形秽。

"蔡大姐,我请求调走的事怎么样了?"我多少留点心眼儿,不能把话直捅出来。万一人家已经同意了,何必画蛇添足。

"小陈呀!你为什么非走不可呢?你没有什么非走不可的理由嘛!"

"当然是有理由的呀!"看来八字还没一撇儿,只好按原计划执行。

"那好,你说说理由,好吗?"她那耐心劲儿,就像幼儿园我最喜欢的何阿姨。

"蔡大姐,您找了我几次,我都没有讲。不是我不跟您讲实话,是,的确是因为不好讲。"

"没有什么不好讲的嘛,什么问题都是可以说清楚的。"

"我确实有困难。"

"什么困难呀?"

我憋了一鼻尖儿汗,一边用手绢儿擦,一边命令自己千万要沉着。说出来的话要像钉子钉在墙上,纹丝儿不动,具有说服力。爸爸是语言专家。他常说,同样一句话,就看你如何表达,这是语言的艺术和魅力,中国语言尤其如此。此刻我才感到爸爸堪称有学问的人,语言应用得好是太困难了。

"也不能说是困难,只不过,可以说是难以解决的问题。"

"什么问题那么难呀?"她居然微笑不已,还慢悠悠地给我倒了一杯茶。

"当然也不是那么严重的问题。甚至对于别人也许根本不是问题。可是,对于我确实是个问题,而且是无法解决的问题。它影响了我的工作,我的生活。所以,这问题对我是非常严重的。"真要命,我怎么学起石江来了,难道跟他交上朋友,连说话都被他同化了？

"到底是什么问题这么严重？"她的笑意已随着我语言的魅力慢慢减弱。她比较认真地对待我们的谈话，起码从她那些宝贝表格中走了出来。我这人还真不笨。

"也许您并不以为问题那么严重，甚至认为不是问题，可是，我以我的人格向您保证，我对您讲的将全是实话，的确是问题。"

"小陈，你平时挺直爽的，怎么今天光跟我绕弯子呀？"

"蔡大姐，您不能理解，这话我不好说出口呀！"

"说吧，没有关系的。"

"不过，您要替我保密，不向任何人泄露。我不想伤害别人，也不想引起不必要的议论。"

"好吧，你认为怎么好就怎么办。到底是什么事？"

"就是因为老孟的问题。"

"啊！"

她那恍然大悟的样子，肯定是猜到岔路上去了。不能让她误会，我赶忙说：

"老孟其实也没问题，他是个好人，好同志。"

"是啊，那有什么问题呢？"

"我不是说他人不好，也不是说他有什么政治问题，也不是思想问题，更不是作风问题，他人挺好的，真的！"

"这我就不懂了。既然都不是问题，那还有什么问题？"她显得有点迷茫，两只大眼睛上像蒙了一层雾。这神情在她脸上可不多见。

"就是，是因为他的嘴。"

"什么？他的嘴怎么回事？"

"不是，他的嘴也没事儿，是他嘴里的牙。"

"他的牙有什么问题？"

她一副大惑不解的样子，两道弯弯的眉皱在一起，两眼中的迷雾已消溶，亮晶晶地直瞪着我，好像看见我的脸上长出了水痘儿。

"不，不，我不是说他的牙不好。他的牙基本上没什么毛病。问题是，他的牙缝！"

啊！终于，我把最难吐露的词儿像吐枣核似的吐出来了。过了这一关，我感到一阵轻松。

可是，蔡湘的表情好像掉进了黑咕隆咚的井里，她紧皱着眉，挺痛苦似的打量着我，傻乎乎地直问：

"他的牙缝有什么问题？"

此时此地，我只恨石江。就怪他坚持让我来找这位冷面老太，她根本不理解人。我费了这么大劲儿，讲得这么具体了。她怎么还是一点也不明白，对这种缺乏想象力的人你有什么办法！

"他的牙缝里，每天都塞了东西！"我都快哭了。

她还是那么冷静，还冷冷地问：

"这跟你有什么关系？"

"我受得了吗？"

我憋不住了，终于把三个多月来的苦水，统统倒出来了。他的牙缝呈现的各种状况，连同他喝茶兼漱口的声响，都讲了个彻底。我觉得，我的叙述是真切感人，实事求是，具有说服力的。

唉！令我伤心的是，在她那白白的瓜子脸上，没有丝毫理解和同情的反应，甚至可以说是冷淡。光冷淡还不要紧，我觉得可怕的是她的目光中含有怀疑的成分。她听完了，一言不发，直勾勾地瞧着我，好像我急需抢救。

十六

"王处长，你到我这儿来一下，马上就来。"

刘加彬放下电话，脸上露出少有的愉悦之色。

刚才蔡湘来电话说，陈小茵主动上门陈述了请求调动的原因，刘加彬就预感到，长期处于毫无进展状态的陈小茵的问题终于有所突破。他马上决定把蔡湘和王天培都找来，碰个头。思想政治工作嘛，也要有股雷厉风行的劲儿。

王天培急忙赶来了。参加这样的碰头会，研究情况，商定对策，对他来说，已经比较习惯了。

"怎么样，跟陈小茵谈话有什么结果吗？"刘加彬笑眯眯地问，心情很好。

王天培两手一摊：

"毫无结果。"

"会有结果的。蔡湘一会儿就到。"

蔡湘来了。她还是那么不紧不慢，不喜不忧，好像一点也没感觉到刘副局长对她即将开始的汇报寄予很大的希望。她只平平淡淡地坐下说道：

"陈小茵刚才找我谈了。谈了她要求调走的原因。"

"什么原因？"刘加彬马上问道。

"她说的原因很奇怪。"她脸上可没有丝毫见怪的表情。

"哦？"这倒使刘加彬有点惊奇。

"她说孟炳善的牙缝令她不能容忍。"

"什么？！牙缝？"刘加彬的五官都凝聚不动了。如果是说陈小茵犯了案被抓进了公安局，他也未必会这么吃惊。

"怎么会是这样的？"王天培也觉得不可思议。

蔡湘又用极其简练的语言概述了陈小茵申述的种种情况。她叙事公正，不带任何个人意见色彩，只是语音中现出稍许的疲惫。

"荒唐，荒唐！"刘加彬大惊之后回过味儿来了。

"她还要求我保密。怕造成对老孟的伤害。"蔡湘又作了补充。

"保密？显然是假话嘛！"

刘加彬气呼呼地站起来，又开始了他的传统节目——踱来踱去，口中还念念有词：

"太不像话了，现在的年轻人太不像话了。你的理由不想讲，可以不讲。但是，怎么能信口雌黄，搞些莫名其妙的谎话！把我们当小孩子，玩家家呢？她也不想想，我们就那么好欺骗！"

刘加彬越想越气，火气在胸中升腾，越来越炽热。他的步履越来越快，说出来的话分量也越来越重：

"对这种目无领导的干部，我们绝不能示弱，一定要让她讲出真实的原因来。她不讲也可以，我们可以查嘛！通过内查外调，我就不信搞不出个水落石出！"

作出了这样的决策，刘加彬才缓了口气，稍许平静了些，回到座椅上，征求两位处长的意见：

"怎么样？你们怎么看？"

怎么看？王天培什么也看不见，脑子里像银幕上断了片子，一片白，而且白得雾蒙蒙的。他对这条战线一窍不通。这些日子跟着刘局长进入前沿阵地，屡战屡败，已是心力交瘁。小白脸儿变瘦了一圈儿。他很希望刘副局长亲临作战，旗开得胜，解除他战斗的疲劳，使他得以全力投入到几个新项目的研究中去。如今，眼看经验丰富的刘副局长也给气得不轻，而且下定决心准备长期作战，他更感到前途渺茫，一点看不见亮光儿。看起来，一手抓业务工作，一手抓思想工作，犹如猴子掰棒子，顾了这只手顾不了那只手，结果很可能两手空空，哪一只手也抓不住！

陈小茵果真那么坏吗？自己怎么一点看不出来？她有什么问题值得如此兴师动众，反复开会，研究对策？眼下又要内查外调，看样子不查出个黑白是决不收兵的。这一切为个啥？不就是陈小茵写了一份请求调动工作的报告吗？

如果王天培是一位久经磨炼的老处长，有长年当领导和被领导的经验，处于这种"中间体"的位置，是不难说出几句得体的话来应付刘副局长的。可惜王天培浑身一个"新"字，还没学会这一套。他心里想什么，嘴上就说出来了。当然，他在语言修辞上多少下了些功夫：

"我看，这件事，不值得这么大张旗鼓地搞吧！"

"哦——？"刘加彬胖胖的脸转向他，带着一脸的气。

如果王天培学会了察言观色，这时见风转舵为时尚且不晚，可惜他不会这一套，继续执迷不悟。话既然开了头，就照直说下去了：

"陈小茵有什么问题？不就是想调换个工作吗？既然她不想在我们机关干，那就同意她的请求，让她走好了。何必为了她一份报告，花费这么多时间，不值得！"

"什么？什么？你说什么？"刘加彬低声地咆哮，有如大雷电将临的前兆，是人都能听出来。

"我说，让她走算了。"可叹王天培感觉迟钝，毫无拐弯儿的意思，竟一气儿说下去，"现在提倡人才流动，双向选择，单位可以选择干部，干部也可以选择单位。陈小茵要走，管他真实原因是什么，放她走……"

刘加彬勃然变色，顾不得许多，大声喝道：

"王天培，你就这种水平呀！我，我算看清楚了。陈小茵的问题，根子就在你身上！"

这回轮到王天培犯傻了。打死他也不明白，自己怎么成了陈小茵的"根子"？

"什么样的领导，带出什么样的队伍，这话一点不假！"刘加彬气呼呼地根本不看那位不合格的领导，只严加批评。"满脑子的自由化思想，带出的兵会不是自由兵？你以为我们中央单位也是农贸市场，自由交易，愿来就来，愿走就走！你错了，同志！人才交流，乡镇企业可以搞，集体单位可以搞，那也必须有领导、有组织地搞。我们是中央单位，不是谁想来就来，想走就走的。都照你说的办，今天走一个陈小茵，明天走一个李小茵，我们的干部队伍怎么巩固，怎么提高？我们机关还怎么加强组织性、纪律性，提高战斗力？"

王天培被问得一愣一愣的。

"你以为我们抓陈小茵的问题，花费精力不值得，小题大做，是不是？"刘加彬停了停，喘了口气，"陈小茵刚参加工作，就不安心工作，这不是一个小问题。她是党、国家和人民培养的大学生，分配到我们单位，我们就要对她负责，引导她正确地对待工作、对待组织，正确处理国家利益、集体利益和个人利益的关系。这是我们思想政治工作的好传统。我们绝不能对同志采取自由主义的态度，迁就她的缺点、迁就她的错误！我不是说陈小茵一定不能调走。调走可以，但一定要把问题搞清楚，作出相应的结论。当然，我们决不再搞'左'的那一套，不能给人无限上纲，是什么问题就是什么问题，该作什么结论就作什么结论。"

刘加彬侃侃而谈，一肚子气也在语言的倾泻中慢慢消失。王天培默默地听着，也觉得不无道理。他以为听到这儿就完了，不料刘加彬思潮澎湃，刚说完第一点。

"第二点，陈小茵的问题不是孤立的。她集中反映了新干部——包括新参加工作的大学生、研究生，当然也只是其中的一部分——的一种普遍的思想倾向，或者叫作什么'新观念'吧！这种观念的核心，就是强调自我，以自我为中心，自我高于一切。它腐蚀我们的干部，腐蚀我们的队伍，不抓不得了！你们想想，陈小茵才参加工作几天，就要求调走，还有一点组织观念没有？而且，而且还编出些莫须有的鬼话来，这种风气怎么能听之任之？我们抓陈小茵的问题，不仅对陈小茵本人，而且对全机关的干部，都有现实的教育意义。为此，我们做领导的多辛苦一点，多花点时间，难道不值得吗？"

面对大义凛然的刘加彬，王天培还能说什么。刘加彬见这位处长似乎有些悔悟之意，也心平气和了许多。

"第三点，通过抓陈小茵的问题，对我们各级领导干部，也是一次实际的思想政治工作再教育。我们有些同志，总以为思想工作是可有可无的，是不起作用的。这是我们党的工作软弱涣散的一个根本原因。王天培啊王天培，你们这些新处长，就是只重业务，不重视思想工作。说严重点，这是一种忽视政治的倾向。这么下去，怎么能做好领导工作呢？"

他看了一眼王天培，只见他低头坐着，眼睛埋下，好像还噘着嘴，并没有领悟的表现，不免有些失望。他还想再开导一番，无奈该说的已说得够明白的。一个人的思想一早上也说不通啊！

王天培的确是没开窍，还有一肚子想法。见刘加彬如此气势，想说又不好说，不说又憋不住。他还是有选择地透露了一二：

"我并不反对思想政治工作。我只是觉得，有些思想问题，我们不该管，也管不了。是不是可以不管……"

"什么？什么？你这是什么话？哪些问题我们不该管，你倒说说看！"

刘加彬着实气坏了。王天培也打算把自己的观点说清楚。蔡湘觉得自己不参与不行了，忙出来息事宁人：

"刘局长，我看，这样吧！王处长也不见得就是这个意思。陈小茵的问题，王处长还是做了不少工作的。这方面还要请他继续做工作。我们人事处呢，积极配合，作些必要的调查。只要找到了真正的原因，对症下药，问题也就解决了。"

刘加彬点点头。

十七

什么"一吐为快"，根本没有这种事！

我把什么都对蔡大姐说了，可我一点也不快活，一点不轻松。我甚至觉得人们都用怀疑的冷漠的眼光审视我，压得我白天透不过气，晚上做噩梦。

难道蔡湘没有信守诺言？不会吧，她答应过我的。如果连她都不能信任，在这个机关里还信任谁呢？

看着孟炳善，他照旧在展览他的牙缝，丝毫没有改变，看来不像是知道了我对他的厌恶。也许，大伙儿全知道了，谁也不敢跟他说，正如同我不敢对他直言一样。

啊，可怕的沉闷，可怕的压抑。我预感到这种沉闷和压抑后面，肯定会是一场爆发。只是怎么也没有料到，首先爆发的不是我，而是我们的处长王天培。而且他的爆发是那么令人不知所措，想起来就不寒而栗。

他并没有再冲我大发脾气。相反，一开始他就检讨上次谈话态度不好，请我原谅。我都有点被他的诚恳感动了。可是他话题一转，又老调重弹起来：

"你为什么要走，有什么想法，总该说说清楚啊！"

"我说过了，我觉得工作不合适。"

"不，这不是理由。"

"这就是理由。"

两人顶在这儿，我心虚了。莫非他已经知道了我的牙缝之灾？

果然，他捅了我一刀子。

"不，你跟蔡大姐说，你是因为孟炳善的牙缝才请求调走的。"

我先是觉得浑身一阵发热，好像当众被人揭穿了什么丑行。继而眼前一亮，既然揭穿了也好，免得我总是躲躲闪闪的。说不定打开窗子说亮话，一切问题反而迎刃而解了。

可气的是王天培根本不信，一口咬定我胡编乱造，不肯暴露真实思想。我再三跟他解释，除了那牙缝，没有其他任何原因。我尽了最大的努力，拿出最大的耐心，把跟蔡湘讲的细节又重复了一遍，说得口干舌燥，他还是不信：

"你要讲真话！"

"我讲的是真话呀。"

"那不是真话。"

"我讲真话，你说不是真话。那你要我讲什么？你不是逼我讲假话吗？"

一听这话他急了。他跳起来，我以为他一定要大吼大叫，不，他极力压住自己胸中的怒火，脸痛苦地变歪了，弯着腰站定在我面前。假如他再伸出一只手，手心向上，那就活像在向我乞讨。

他说话带着哭音：

"陈小茵同志，我求求你，跟我讲真话，讲实话，不要再打哑谜了。我受不了啦！为了你一个报告，我已经焦头烂额了！我承认，我无能，我不够格，你饶了我吧！"

说着，说着，他颓然坐下，仿佛力气都用尽了。

我吓傻了。这是怎么搞的？我不过是要求调动工作，不过是写了一份报告，怎么会造成别人这样巨大的痛苦和不安，这并不是我本心愿意的呀！

全乱套了。

十八

稀奇古怪的事，接踵而来。

昨天蔡大姐的一席话，真把我镇住了！

长这么大，读了十六年书，才懂"不知所措"的含义。开始她那一脸严肃，我就猜到于我不利。可怎么也猜不到事情会发展到如此不堪设想的地步，就像看见鸡蛋长了两条人腿，超出了我这凡人的思维范畴。而且，她捧着茶杯，不紧不慢又不痛痛快快地说，圈子从南极兜到北极，让你整个儿晕头转向。

"小陈！'文化大革命'的事你知道得不多吧？"

这纯属明知故问嘛，我是一九六六年生的，虽然是"文化大革命"的同龄人，可那会儿我还在妈妈的摇篮里。再早熟，也不会记得红卫兵们的丰功伟绩。他们的飒爽英姿，我还是在"历史上的今天"的镜头中，才有幸一睹。我就记得那时爸爸妈妈都穿着灰布老棉袄，全家住一间小屋，姥爷的小床外边拉了一个花布帘子。至于"革命",别说知道得不多,压根儿我就不知道。电影里听见的歌儿"'文化大革命'就是好、就是好、就是好"那也是第二手材料,记忆中绝无半点感性认识。

"'文化大革命'的时候,差不多每个单位都是两派。"

是吗?"两派"这词儿我懂。中国人从来讲究派系,从军阀混战到开放改革的年头,这传统阴魂没散过。不过,我望着她耐心认真的解释劲儿,心里是真纳闷儿。人事处工作挺忙的,干吗上班时间专门找我来研究探讨十年前的陈谷子烂芝麻?直到她问我"你是不是有个姑妈在南京大学教书",我才找到她谈话的核心——不是我,是我姑妈。可她的话云山雾罩。我感觉就像在大学听政治经济学课,老是找不着重点,一考试就六神无主。

"你经常见到你姑妈吗?"

我莫名其妙地提心吊胆起来,不知这位远在千里之外的姑妈出了什么问题。不过,也没听说最近又给知识分子搞什么运动呀。就算她出了问题,恐怕于我也没太大的关系,关系到我,我也不怕,就如实作答。

"不经常。"

"最后一次见面是什么时候?"

"大概是几年以前,我上大一的时候。对,刚考上大学,姑妈还赞助了我人民币一百元,以示鼓励。"

我心想,是有联系,怎么着吧?心里还是有点担心可怜的姑妈。她无儿无女,丈夫二十年前去世,一个人孤孤单单地生活在世上,她要是真出点事儿,太不幸了。

"你姑妈一定很喜欢你!"

"好像是。她没孩子。"

"你对姑妈也很有感情?"

"是我姑妈嘛！"

"中国有句俗话'姑表亲辈辈儿亲，砸断骨头连着筋'。你听说过吧？"

"这绕口令儿挺好玩儿的。"我答应着她的话，心里乱糟糟的，暗想，这位姑妈肯定犯了案，而且这案子还多少牵连到我，但愿她给的那一百块不是偷了人钱包儿里的。

"嗯？是吗？"蔡大姐又温和地笑了，那脸像水洗过似的透亮，"你当然也知道孟炳善的一个堂兄也在那所大学教书喽？"

"哪个大学？"

"你姑妈教书的大学呀。"

"啊，是吗？我还真不知道。"

"不知道？"蔡大姐严肃地瞥了我一眼。她的脸一严肃，嘴角的两条纹路就很深，显得有些丑，使她平日犹存的风韵减色不少。但愿我老了可别这样。

"真不知道？"

这算哪个角度的审问？他堂兄是否跟我姑妈在一个大学教书，跟我有什么关系。我知道就知道，不知道就不知道。又不是什么不可告人的事。隐瞒个什么劲儿。

"到底怎么回事呀？"我估摸着八成儿是姑妈又找了对象，可能找的就是那个堂兄？老听妈妈跟爸爸唠叨这事，说姑妈独自一人凄凄惨惨戚戚，晚年太寂寞。

"你大概知道，'文化大革命'时，你姑妈和老孟的堂兄是对立面，也就是两派。"

"是吗？"麻烦了，黄昏之恋肯定没戏了。

"是呀，是呀，这已是过去的事了。"

奇怪，说这话时，她嘴旁的纹路又像铁轨，深得可怕。她好像很不自在，把杯子在两个手中倒来倒去，半天才挺困难地说：

"小陈，更主要的是，我们不能再把那些旧账拿到今天来算。特别不该影响到你。"

"影响我？影响我什么呀？"

"唉！小陈！你就不必回避这个问题了。"

"我不明白，我回避什么呀！"

我当时的感觉，就好像人家做了个圈套让你钻，可你不知该从哪儿钻进去。倒不是怕钻进去水深火热，而是不得其门而入。

终于找着门儿了。原来，据他们调查，我之所以要求调走，是因为我姑妈和孟炳善的堂兄在"文化大革命"中分属两派，至今仍在一个学校面和心不和。于是乎，历史的宿怨加上没出五服的血亲必然影响到我与孟炳善的人际关系！

"你们扯到哪儿去了，根本没影儿的事！"我能不叫吗！

"你说过你对孟炳善有一种厌恶的情绪，是不是？"

"那是因为他的牙缝，牙缝！跟什么姑妈、堂兄的根本没关系！"

蔡湘冷冷一笑：

"牙缝算什么问题？就算是个问题也只是表面现象。内在的更深刻的原因，还在于'文革'中派性没有消除。小陈，跟你说实话吧，我们是作了调查研究才作这个论断的。你还年轻，要敢于面对现实。"

她那么自信，那么高傲，那么稳扎稳打，好像她的话就是太阳，谁也甭想盖住她的光芒。

我算服了！这些人真可谓是煞费苦心，鸡蛋里挑骨头的老手。我清清白白一个人愣叫他们挑得曲里歪斜的。他们的调查不可谓不深入细致；他们的推理不可谓不合情合理；他们的政治思想工作不可谓不到家。上帝。

可我觉得，他们吃饱了撑的！

我怀着这种恶毒的心情，离开了蔡大姐的办公室，这辈子我再也不想来了。

十九

我彻底绝望了。

这回我可找着自我啦，就是惨点儿——我不过是个小傻瓜，是个货真价实的傻帽儿，傻到家了。我都难以想象，我怎么就那么傻，居然跑去跟他们谈什么孟炳善的牙缝！我怎么就没想到人家根本不可能相信！后悔死了，真是悔不该去跟他们推心置腹！悔不该，根本不该提出调动问题！早知引出这么多鬼，我宁愿忍受牙祸横飞。

我请了两天病假，躺在家里生闷气。越想这事越窝囊，越想自己越没救儿，当初怎么想的？一份报告就走人，天下哪有这么便宜的事？

现在好吧！偷鸡不着蚀把米。工作没调成，流言蜚语满天飞。又是桃色事件，又是牙缝矛盾，又是"文革"余毒，全扣你头上啦！搞得人不人、鬼不鬼，整个儿一个身败名裂！

石江也请了两天假，陪我生病，说是有难同当。他以为像平常呢，仗着他嘴皮子利索，东说西说我就欢天喜地雨过天晴，不行，这回我受的打击太大了。他好话加笑话说了一大车，我还是沉浸在无法解脱的伤痛中不能自拔。我都觉得自己有点不讲理。

"都怨你！都怨你！要不是你出这些馊主意，我何至于弄得这么狼狈！"

我尽情地发泄着，好像他就是那万恶不赦的祸根、祸源、祸水、一切给我带来痛苦的横祸老祖宗。本来嘛，我招谁了？惹谁了？干吗要我受这些冤枉罪？

"没错儿，骂得对，这事儿全怨我。想当初，我要是始终如一地坚决劝你忍着，哪有今天的事儿？我错就错在私心太重，不敢冒着你当时的不悦之色而坚持自己的主张，不敢坚持真理，从而又诌出了那些馊主意，以致……"

他以为他那些"相声词儿"能把我逗乐，我可乐不起来。我心里直想哭，他越说，我越有气。

"我能忍吗？"

"是啊是啊，能忍吗？非但你不能忍，我不能忍，换谁也忍不了。我早说，把那牙从地球上消灭。悔不该当初只停留在口头上。真要拿把斧子砍了它，顶多我去坐几年牢。到时你探监送饭，也是咱俩的缘分儿。"

他偷偷斜眼看着我，以为我会笑。我笑得出来吗？关键时刻男人就是粗心，根本不可能体会女人纤细的感觉。我缩着脸坐在小床上，眼角都没扫他，他还自以为得计地叨叨：

"而问题的关键，就在于我对你的处境缺乏切肤之痛，所以感受不深，措施不力，因而效果欠佳，甚至适得其反，以致造成了今日不可收拾的局面。啊，老天爷，惩罚我吧！"

他简直把我当成不懂事的娃娃，当我不分青红皂白的傻妞了，我恨死他了。他嬉皮笑脸的，根本不知道事情的严重性。泪水在我的胸中膨胀，眼眶却干干的。我这才知道，人到伤心欲绝时根本哭不出来。我的处境太悲惨了，谁能理解我？

"那你说吧，你要我怎么办？"忽然，他变了脸色，愤愤地叫了起来，"我早跟你说过，别人的牙缝关你什么事。你不听，非说忍不了。忍不了怎么办？只好走人。老实说，我根本不认为写请调报告呀，去说明真相呀，是什么好主意。那不过是缓和一下你精神上的苦恼。我本来就不认为你能够调走！"

哇！我放声大哭起来。原来石江根本不是一心一意地帮我渡过难关，而是在哄我、骗我、对付我。我算认识他了！我把他当作最可信赖的人，他却在跟我玩心眼儿。伪君子，小人！本来我就是两条战线作战，还以为有个坚强的后盾。现在才知道腹背受敌，知情人并非知心人！我能不伤心吗？

泪水像倾盆大雨，五脏六腑都揉碎了，我也顾不得什么鼻青脸肿，眼睛像桃儿似的，只管哭了个翻江倒海。他吓坏了，哆里哆嗦地赶紧来劝，我统统加以拒绝，恨不能这辈子不理他。我心里空落落的，只是哭哇哭，把一切的一切，委屈、压抑、悲痛全哭出来了。除了尽情地哭，我什么也不想了。

忽然，他哈哈大笑起来。这笑声惊动了我，我禁不住猛地停住，抬头望着他，这人怎么了？

"你中了我的奸计了！"他弯腰站在我面前，趁机握住我的双手，柔声说道，"茵茵，今天你可真把我吓坏了。你光憋着生气不哭不闹，这很反常。我怕你憋出毛病来，所以想了个办法，让你大哭一场，这就对了！"

该死！我真容易上他的当！说也怪，这一阵大哭特哭，心里真痛快多了。

石江温柔地拥抱我。我没拒绝，他还是最理解我的人。我也太累了，连撒娇的力气也没有了，我需要力量，需要一个休息的地方。

"怎么办？怎么办哪？"一想那么多未了之事，我又伤心了。

"这还不好办，给他来个顺水推舟！"他信心十足的样子。

"这是什么意思？"

"他们不是要你承认派性的流毒吗？你就承认下来好了。"

"胡说八道，根本不是这么回事嘛！"

"管他是不是！反正又不是要你承认杀人放火。'文革'遗留的派性问题，也算不上敌我矛盾，何况是第二代的问题，没什么了不起的。"

"那不成了屈打成招嘛？"

"茵茵呀茵茵，你可别死心眼儿！这年头，你说真话，他们说你说假话。他们找出假话来要你承认，你认了，他们的正确英明感得到满足，然后再回到调动工作问题上，事情就好办了。"

"不见得！既然人家是正确的，就会让你沿正确的路走下去。肯定要开这会那会的，消除派性啊，增强团结啊，没完没了。"

"不，这回你一定要听我的！你想，他们在思想上帮助你，在组织上放人，岂不显得更高！"

"是吗？"我将信将疑，心里真拿不准。

"你听我的吧，绝对是高招儿，没错儿！"石江一副兴高采烈胜利在握的样子。

我心里可没底儿。

二十

第三天一早我去上班，准备供认自己的派性错误。谁知推开办公室门，只见空空如也，我和老孟的办公桌都不见了，资料柜、书报架，连座椅也搬光了。

我以为走错门了，正在犹豫之际，王天培走来点头哈腰地直跟我抱歉：

"小陈，真对不起，这两天你生病没来，没办法通知你。局里新建了一个处，让我们紧一紧，腾两间房出来。我来不及跟你商量，把你的办公桌搬到 203 房间去了。"

"老孟呢？"

"老孟搬到 207 去了。"

"真的呀？"

"是呀，203 朝北，光线暗一点，以后有朝南的屋子再给你调……"

"太棒了！"

"什么？"他当然不理解我欢呼雀跃的原因，还想解释，我抬臂一扬拦住他，非常发扬风格地宣布道：

"王处长！我就喜欢朝北的屋子！"

今天王天培让人看着也特顺眼。身为处长，人家考虑得够周到的。苦尽甘来！没想到，顷刻之间灾难化为乌有，福从天降，真是万能的上帝保佑我！

我一溜烟跑到 203 房间去，临走还不由自主地冲王天培傻笑了一下，打断了他还在说的抱歉的话。

203 房间原来只有小黎和老蒋两人。我的办公桌他们已经安置好了，三张桌子成"品"字摆开，布局挺紧凑。我一进门，他们俩都站了起来，微笑着表示热烈的欢迎。我飞快地扫了一眼他们的牙，洁白、无缝、干净得令人心旷神怡，一切都不用担心了。小黎是早我一年分配来的大学生，文文静静的，老蒋是五十年代的大学生，人也挺稳重，对人还挺客气。他点点头，忙拿起暖水瓶灌开水去了。

"你们这屋真好啊！"我心情好极了，觉得这终年不见阳光的北房竟是春光明媚莺歌燕舞。

"好什么呀！"小黎朝老蒋的座位撇撇嘴，"这位，特讨厌。"

"他怎么啦？"

"一年四季都穿件灰布褂子，活像一片乌云天天笼罩在我的上空。"

"这有什么！"我哈哈大笑，"衣服嘛，人家爱穿什么穿什么呗！"

我才不管人家穿什么衣服呢！

我马上给石江打电话，报告他这意外的特大喜讯。

"为了庆祝我的解放，晚上你请我吃西餐，好吗？"

"哎呀，我可点不出不塞牙的菜了呀！"

"没关系，鸡、鸭、鱼、虾、牛肉、猪肉、驴肉随便，我全吃。我的胃口好极了，而且，现在已经饿了。你多带点钱，拜拜！"

啊，世界终于又重新属于我啦！

第七种颜色

一

结婚前的兴奋，许多人都是领略过的，自不必细说。特别是布置新房的那些日子，未来新娘新郎心房跳动频率之快，又是许多人经验过的，也没什么说头。然而，李光楣和汪玉美的新房可就不一般了，因而值得大书特书一番。

墙上的日历很理解他们俩，一天天飞也似地过去，眼看离选定的日子就剩下最后的一页。只等这个半裸的小妞儿再美上一个月，翻过她去见到下一位披头散发的美人儿时，就是他们幸福时光的来临。尽管玉美恨透了墙上所有的美人，但如今摊儿上卖的也只有这玩意儿，你爱买不买。就这本挂历还是两人一块儿挑的呢。

雪白的墙上挂上花花绿绿的挂历，倒也增添了几分喜气，好歹抵消了一些新娘对漂亮姐儿心中的那口恶气。别瞧你长得妖精似的，你不也得冲着我们乐吗！这么一想，她那圆脸上的两个不太显眼的酒窝儿就显出来了。高大的个头也显得更壮实，再穿上一寸半的高跟鞋，足有一米七二。新郎情人眼里出西施，愈瞧愈爱，心里甜丝丝的，对身边心上这美人儿无不言听计从，盼只盼那销魂的时刻早日来临。让自己心爱的人儿事事处处满意，是他这些日子唯一的心愿。累死累活爬高下低地刷房擦窗户，他认了。不只是认了，而且达到马克思说的那种劳动已经不是生存的手段而是一种享受的高度。

他原本是坐办公室的主儿，根本就不会刷墙。他们家也从来没让这独生儿子宝贝疙瘩干过这种粗活儿。可是这回他为了自己心上的人，竟然破天荒头一回自己动手粉刷。

"我要把对你的爱体现在行动上，要使我俩的家变成全北京最好的窝儿！"

这誓言深深地打动着新娘那颗柔弱的心，望着他不惯劳动的双手沾满了白灰浆，望着他瘦小的身子系着晃晃荡荡的蓝布大围裙，望着他头上戴着报纸折的高帽儿，小心眼儿里没法儿不哆嗦。他干吗呀，这还不都是为了我，一感动她就上胡同口给他买烧鸡，还撕了大腿拿着递到他嘴里，他满手沾着灰没法儿吃呀！未来的小两口那份亲密体贴劲儿甭提了，可惜电视台的记者不光顾这种简易楼，真是很动人的一幕啊！

有志者事竟成，再瞧这经过爱与汗的成果吧，简直没治了！

无论上哪儿去找装修的，您也甭想刷得这么地道。首先是光滑平整，其次是决不偷工减料。他先精心地铲去成年累月粘上的层层叠叠的旧皮，塞好抹平每一个小窟窿，然后一气儿刷了三遍白浆。造价当然是贵了点儿，然而人生一辈子也就这么一两回，顶多也就三五回的事儿吧，一定要像点儿样，花点人民币算什么。他呕心沥血，发扬一不怕苦、二不怕死的精神，终于在离吉日还有一个月的一个星期天的早晨完了工。那天早上真应该是一个可纪念的日子。自从他们相爱以来，准丈母娘，也就是汪玉美她娘家妈总是十分担心女婿是个知识分子，一双细手不会干活，怕娇生惯养的女儿受委屈。谁知准女婿竟然是如此能干，非但能干，而且扎实。

"这回，叫老太太瞧瞧，准得夸你！"她先奖给他极其深情的一个吻，而且伴以流行小调儿里相应的歌词儿"轻轻地给你一个吻"，其活泼多情之状令劳动者百感交集，恨不得在白生生的墙上再来上几刷子。"瞧你，傻愣着干吗，还不快换衣服，一会儿月桂就来了。"

"她现在来干什么？"

"你忘啦，陪咱们买沙发去呀！"

"电视广告不是介绍有优惠展销吗？"

"傻帽儿，你信那个！快，洗洗去，我托了月桂，她表哥的小姨子那边儿的二姑是家具店的，人家跟厂子里熟，砍砍兴许能砍个出厂价儿呢。东西又好又便宜，干吗不要这现成儿的，偏伸着脖子挨人宰！毛头，你快洗洗去，月桂这人可挑剔着呢。人家穿的衣服全是外国货，她们家有香港那边儿的亲戚……"

"小丫，你搞错了，香港不是外国，顶多是块殖民地……"

"得，得，得，管那么多干吗。我可告诉你，待会儿她来了你可不许瞎说八道的得罪了人家。我们那儿求她的人多了她都没答应。她呀，全看着我的面子！"

遇上这么精明强干的媳妇，你就赚等好儿吧。当然，在这样的人儿面前服从自然就是你的天职了。三十五岁的毛头二话没说，忙跑进那巴掌大的卫生间去打扫自己的门面。这时，新娘的小姐妹香港有亲戚的主儿正好到了。

月桂的一身打扮果然不凡，上身是今年也不知哪儿流行的齐腰红花短褂儿，下身是一条离膝盖六七寸远的紧包着臀部的小窄裙子，也别说，她这一身行头倒挺省料子。由于裙子小而窄，月桂走起路来迈的小碎步永远像跳采茶扑蝶舞似的，那么轻盈，那么一蹦一跳的。她脸上的化妆更是让胡同里长大的小丫望尘莫及。人家那眉毛根本不是画的，而是美容店的师傅一次给文的，连嘴唇都一块儿修理了。双眼皮儿是她托人走后门找一流医生做的，要不是原本眼睛太小，那可就赶上大明星了。人家甭管上班还是下班一律地化浓妆。厂子里那些坏小子说跟她搞对象怕养活不起，月桂压根儿就没想嫁中国内地的，厂子里没人追正好省心。她天天跟一帮哥们儿姐妹儿去卡拉OK，说不定哪天就搞上一个"外边来的"。人家整天忙着呢，抽出宝贵的时间陪你去买家具，那可是天大的面子。

"哎哟，瞧，他刚刷完，弄得哪哪儿都是。得，你先凑合坐凳子上，待会儿咱们买来了沙发……"小丫竭力把客人的视线往墙上拽，想在姐妹儿面前夸夸未来的丈夫。

"啧、啧、啧……"月桂足蹬白色高跟鞋，双眼皮儿小眼睛不屑地望着墙皮眨巴，发出了连声的惋惜，就跟屋里有一堆死耗子似的。这一下可把小丫给啧愣了，这屋里有什么不对劲儿的？再说，除了地上刷房用的水桶、刷子、梯子、俩破凳子还啥也没有呢，她啧啧个什么劲儿呀，有病！

"你怎么啦？"

"怎么啦？"只见月桂柳眉紧锁，血红的手指甲点着白墙，脑袋摇得拨浪鼓儿似的，唉声叹气了好一阵子才质问道，"你问问你自个儿呀？好好的墙干吗刷成白的呀？……"

汪玉美惊得目瞪口呆，喘了半天气儿才问出来：

"你这不是废话吗！墙不刷白的刷什么？"

月桂用手一指玉美，撇着嘴，教训道：

"要不说你土呢！你知道什么呀，人家外国早都不兴刷白色的了。"

"你怎么知道？"玉美不高兴了。好朋友进门她还没来得及显摆显摆爱人的能干，就被她铺天盖地地批起来，有这么不懂事的人吗？

"电影上看的！你也看过呀，上星期厂子里组织看的那香港电影儿……"

"香港可不是外国，满打满算一个殖民地，算什么玩意儿。"没想到刚趸来的词儿就派上了用场，她心里的得意冲淡了一点儿懊恼。

月桂抿着小薄嘴唇儿倒笑了出来：

"嚯，瞧不出来，两天没见，长知识了。你呀，甭跟我矫情，反正香港那地儿，跟外国也差不离儿。要不，干吗咱们厂子里的头儿们都变着法儿要去开开洋荤。得，我不跟你说这些，你呀爱信不信，反正白墙就是土。你想想，大喜的日子，好不容易自个儿有了间房，干吗不好好折腾折腾。小两口住着也有那么点儿甜蜜劲儿不是？……"

一说到甜蜜，玉美就动心，她犹犹豫豫地问：

"可咱们这儿一般人家儿墙都是白的呀……"

"那你也非刷成白的？"

"那刷什么色儿？"

"粉色儿呀！"

"粉红的？"

"你眼瞪那么大干吗？粉色儿你不懂，你不还有那么件裙子吗？玉美，真的我不骗你，要不是咱俩铁，我这主意还留着赶明儿自个儿结婚用呢。你想想，粉色儿的新房多温柔，多有情啊！你搁上什么家具都能衬出喜气洋洋来，那有多带劲儿！"

"可，那多特别呀？"

"这你怕什么！要的就是这特别！谁家都一样有个什么劲儿，再一说，现在都九十年代了，老规矩就不能改改？你想想，满墙的粉色，再买上一个浅粉的床罩儿，那新房可就全北京市独一份儿。你听我的没错儿！我说了话放这儿搁着，到时候来的人保证都说好，都眼红。我还听人说，粉色儿代表娇嫩。"说着，走上前推了一把好友，嘻嘻地笑着，体己地悄悄说，"你们那位是知识分子，不就是喜欢这劲儿吗。我可告诉你，人家说环境对小两口可重要了。你的环境不就是这间屋吗，屋里不就是四面墙吗？你要不把墙弄好了，再买多少件儿也是白搭，没那个气氛呀！"

"可也是……"

"本来就是嘛！好不容易有个窝儿，干吗不弄得称心如意的？你想想，这年头儿啥是真的，自己个儿家是真的！听我的没错儿。嘿，你没瞧如今晚儿好些新开的发廊都是粉色儿的，到时候再弄点洋画儿什么的四墙一挂，啧啧啧，那效果，没治啦！等你刷完了，咱们再好好去弄套家具，跟墙上的粉色儿一配，哎哟，到时候儿，我敢保证，你们毛头下了班就往家跑，哪儿也不想去了。"

"好倒是好，可这墙，他好不容易才刷完……"

"嗨，这有什么难的，叫他再刷一遍不就得了，又不费事，不就是兑点儿粉色儿嘛。"

"就怕他……"

月桂噌地站了起来，走到她面前，手指着卫生间的门小声儿问：

"怕他不听你的？"

"那倒不是。"

"那怕什么？"

"他从小没干过这个活儿，怪费劲的！"

月桂照她肩膀上拍了一巴掌，嘻嘻笑道：

"心疼他呀？"

"瞧你，人家跟你说的是实际情况嘛！"

"这我倒也信。"月桂两手胸前一抱，翻着小眼皮儿不冷不热地又说，"小丫，我可告诉你，男人可不能惯他毛病。这还没结婚呢，你就这不让干那不让干的，赶明儿结了婚，做饭洗衣服可就全都是你的活儿了。趁刚结婚这点子热乎劲儿，你呀，可不能心软，该立的规矩就得立。等赶明儿新鲜劲儿也过了自个儿老妈子也当上了，再想翻身，梦想！"

"瞧你说得有鼻子有眼儿的，就跟你结过……"

没等玉美的话音儿落，月桂就连骂带笑地又拍了一巴掌过去，嘴上可还不饶：

"你呀，爱信不信！我大姐结婚的时候我妈就这么说，她不听，临了呢？傻眼了吧，天天两人为谁该做饭打架。我二姐结婚的时候我妈还是这么嘱咐，人家照办不误，如今怎么着，小两口过得好着呢。我二姐说什么是什么，没听他们两人斗过嘴。我可是把话都说了，小丫，别不识好人心。"

一席话，把汪玉美说得心服口服，到底是自己姐妹儿，换个人谁教给你这绝招儿呀！

"干脆你就考验他一回，看他刷不刷！"月桂索性把话说透了。

"这你就甭操心了。不是跟你吹，凡事他都听我的。"

"好，就这么着！等你房刷好啦，我再来，咱们姐妹儿办事，说到做到，拜拜！"她踏着模特儿似的台步，袋鼠似的一蹦一跳地走了。

汪玉美站在房中央，转圈儿打量着白白的墙，越看越觉得别扭。她闭眼一想，假如此时四面墙是粉色儿的，那多有情调。本来嘛，大喜的事儿，干吗弄得办丧事似的！怎么早没想到呢？真笨蛋！

"小丫！你闭着眼站那里做什么呀？"李光楣的小白脸已经恢复了本来面目，小分头也梳得乌黑发亮，高高兴兴地站在了爱人的面前。

唉！回答他的是一声长叹。这犹如一声惊雷响在他的耳边，什么事她不高兴了？不可能的呀，刚才还情绪很好嘛。病了？不可能的呀！一着急，本来就说不利索的北京话更没影儿了，他抬起胳膊，搭在比自己高出五寸的准新娘的肩上，焦急地连连问道：

"怎么一回事呀，你哪块地不舒服？是不是发烧了？怎么一歇工夫就无精打采的？"

这么一关心倒更惹得未来新娘愁肠百结，心想，赶明儿有这么温柔体贴的一个爱人在身边，可四堵墙死白死白的，多扫兴呀！可再让他刷一回又有点儿于心不忍！姑娘原本多愁善感，不留神眼泪就吧嗒、吧嗒跟下小雨似的落开了。这可真把毛头吓坏了，他走上一步，伸双臂向上紧紧箍住爱人的肩头，百般慰劝，打探病因，约莫半个时辰好人儿终于抽抽搭搭地说出了前因，说完又受伤的小鸟儿似的伏上了他的肩头。他望着自己辛勤的劳动，犹豫了两秒钟，然后以大无畏的气概说道：

"啊，亲爱的，我的小丫，这不是什么严重的问题嘛！我有的是劲，何况我已经有经验了呀，再刷一遍对我是轻而易举的事情，没有关系。你说得很有道理。粉红色的新房，那是多么有情调呀。你的审美意识比我强多了，都怪我，当时怎么没有想到这一点，只想把墙刷刷干净。好，你不用担心了，我们现在就去油漆店，买粉色的颜料去！"

雨过天晴。两人手挽手地走出了门。

二

"哈哈哈！瞧，瞧，这儿，这儿，擦了红脸蛋儿啦！"小丫看着爱人脸上溅的粉红色颜料，主要是看着刷得粉红粉红的四墙，高兴得开怀大笑起来。笑得弯了腰，又直起身来凑上前去，给拿着刷子愣在那儿的最可爱的人一个最高奖赏，"哈，瞧，一边儿一个！"

丁零零……电铃响了半天，屋里的人才听见，汪玉美兴奋地跳了起来：

"这电铃的声音真好听，还是买对了，这歌儿挺洋的，叫什么名儿来着……"

"快，劳驾了，小丫，你去开门，我手脏的。"

小丫活泼泼地飞向门口，满面含笑地拉开了门。一张长长的没有光泽的脸出现在她的眼前，直撅撅齐耳的短发别着黑卡子，像四五岁小姑娘的发式，可看样子却是一位四十开外的妇女。汪玉美从来没见过这位，心想一定是他们机关的什么干部关心群众来了，虽然看着这张不美而又十分严肃的脸心里捏着把汗，然而看在爱人的面子上，她即刻换上笑脸，一边连连叫着爱人的名字，一边忙把客人往房间里让。来人只微微点了点头，就跟着进了屋。李光楣正好洗了手出来，一见来人，吃惊地叫道：

"大姐，侬啥辰光到北京的？"

"刚到，这是小汪同志啰？"

"对对对。来，我来给你们介绍一下。玉美，这是我大姐，我跟你说过的，在南京工作的研究员，是我们家的女才子……"

"小弟，不要乱开玩笑！"

比毛头年长十岁的大姐，看来是有权威的。一句话，小弟就不敢言语了。小丫牢记母亲的教导，过了门儿跟大姑子小姑子的关系比跟婆婆还重要。再看这位大姑的确是含威不露，不由你不敬畏三分。她早就听爱人介绍过，他们家很重视在学术界颇有地位的这位大姐。她因为一心扑在事业上，到现在还没有成家呢。

"大姐，您坐，您坐，这凳子我给您擦干净了。"

大姐微微点了点头，双手提直裤线，将坐未坐之际又歪身看了看凳子确实不脏了，才轻轻地坐了下去。

"瞧，也没茶，给您开罐儿可乐！"玉美觉得终于找到了献殷勤的机会，自己受到鼓舞，忙忙地就要行动。

"不用，我从来不喝可乐。而且我劝你们也不要喝那种东西，那是有害无益的！"

"啊，是吗？"一盆冷水浇得小丫儿直发愣。

李光楣深知胞姐说一不二的脾气，忙忙地附和着说：

"是啊，是啊，其实这也不是我们自己买的，是她们厂子里发的。"

有这好事儿吗？汪玉美望着他竟有这般撒谎不脸红的本事，更颇为惊讶。她呆在那儿，一声儿不敢言语了。

大姐正举目四望，根本没注意他费心编织的谎言。忽然大姐两眉之中出现了一条深沟，又掏出小手绢儿捂住嘴，轻轻咳嗽了一声才慢慢地问道：

"这个墙是什么人刷的？"

一听这个问题，玉美顿时缓过劲儿来，忙接口答道：

"就是光楣自己刷的，您瞧……"

李光楣也抢着说：

"大姐，没想到吧！你看怎么样？"

听外人说这墙是弟弟的杰作，她没有吭气。又听到弟弟自吹自擂，她的脸阴沉了下来，翻着眼皮儿不经意地扫了两人一眼，冷冷地说出了四个字：

"俗不可耐！"

哎哟，就跟屋里扔进一颗飞毛腿导弹似的，好半天没人敢言语。汪玉美小胖圆脸憋得紫茄子似的，李光楣的小尖脸则像过了年的大白菜，煞白没水分，鼻梁上的皱纹挤在一处像要哭出来。半天他才求饶似的说：

"大姐，你勿要这样子说嘛，你知道这要花多少劳动的呀！"

"问题就在这里。"大姐两个尖尖亮亮的眼珠儿朝他们俩又是一扫，仿佛强行压住自己心头的不满，语气却较为缓和了，"劳动了并不等于就有了收获。你想想，'文化大革命'中修了那么多大寨田，结果呢，有的地方把山林破坏了，反而破坏了自然生态平衡，造成严重的灾害，子孙后代都要骂这些人的。再比如……"

"这根本是两桩事体嘛！"别以为被批的主儿就乖乖儿地听着。

"你用不着这样感情用事，冷静一点，听我把话说完。我对你们这个墙的评价是直言不讳的。正因为我们是同胞手足，才这样的直白。如果是一个局外人，我当然可以不说这些话的。因此，如果你们把我当一家人，允许我说出不同意见的话……"

尽管心里的气直往外蹿，汪玉美还不得不赶紧接茬儿，讨好地说：

"瞧您，有什么话您就说，我们能不听您的？您就……"

大姐从进门到这会儿才首次在黄黄的脸上浮出了一丝笑容，打断她的话夸奖道：

"看看，小汪比你小十三四岁，可要比你懂事得多。"

挨批不言声儿就叫懂事呀？兔子急了还咬人呢！李光楣心里虽是一百个不满，可看小爱人那巴巴结结战战兢兢的样子，又不敢再多说，怕挑起新的进攻，只好忍住气听着人家的肺腑之言。

"每个人房间里墙壁的颜色，虽然纯属个人的私事，个人的喜好，别人无权干涉。然而一个颜色，也反映一个人的品味，一个人的文化层次，甚至可以说反映了一个人的精神世界的问题。比如说你们这个墙的颜色吧，粉红！我并不是由于个人的好恶来看待某一种颜色，而是每一种颜色的含义在社会上，在人们的心目中，都有一个约定俗成的看法。举个浅显的例子说吧：红色代表什么？热烈，也含有热血沸腾的意思。之所以我们的国旗用红色，就是用鲜血染红了它的意思……"

"这个谁都懂的！"胞弟的腿站得有点发木，禁不住又表示出不满来。未婚妻一个劲儿想在大姑子眼里留下一个完美的印象，又心疼干了一天活儿的未婚夫站着太累，于是把身子朝一边紧挪，腾出小方凳儿的三分之一多点的地方示意心上人坐下，以便能持久地恭听。李光楣考虑到目前形势的需要，考虑到自己的体力已经有限，也就不再逞强，歪身坐了下去。

"很好。懂得这个就好。那么，粉红是什么含义？特别是用在房间的装饰上意味着什么……"

"我不懂，这有什么意味不意味的？"他真的生气了，小尖脸蛋儿上骤然升起两团红晕。

胞姐狠狠地盯了他一眼，那目光仿佛在说，我们家怎么出了你这么一个没文化没教养没出息的人。盯了他一眼之后又盯了旁边的她一眼，那眼神冰冷有刺，直把未来新娘盯得低下了头，好像犯了大错。接着她自己长叹了一口气，才慢慢地说道：

"粉红，是一种很轻浮的颜色。不是吗？别的你们不知道，电影你们是经常去看的吧，尤其是现在演的那些乌七八糟的港台片子。不知你们注意到没有，那里面一些卖笑的人，也就是说什么舞女呀妓女呀，总是用这种颜色的……"

这句话说得胞弟跳了起来，伸出一只小胳膊，气急败坏地用食指直对着胞姐，大声抗议起来：

"你这是侮辱人，你……"

大姐果断地一抬胳膊，严厉地制止道：

"毛头，你不要小孩子脾气！三十几岁的人了，要学会理智地考虑问题。既然你认为你们的墙用这种庸俗的粉红色最合适，你可以讲出你的道理来呀。当然，还有时间给你们考虑的。"说着她站了起来，朝汪玉美看了一眼，又补充说道，"我不知道这是你们两个谁的主意。反正我已经把自己的意见说清楚了。"

望着冷冰冰的脸，汪玉美愣了半晌，才想起来小声地问了一句：

"大姐，依着您刷什么色儿好呢？"

大姐不屑地冷冷一笑，然后接口说道：

"这还用问吗，当然是紫罗兰啦！并不是我偏爱这种颜色，而是因为这种淡雅的，仿佛洋溢着紫罗兰花香的颜色，本身就给人以高雅的感觉。此外，我听说你们很喜欢追求时髦，那么我也不妨提供你们一点信息，这种颜色是当今世界的流行色。"

"真的呀？"汪玉美瞪大了眼睛带着巴结的口气问。

"信不信由你！"说完她站起来转身就往外走，只留下那两只平底扣袢皮鞋嗒嗒的声响，回荡在这空洞洞的小屋子里。

"您不再多待一会儿啦？"汪玉美睡醒了似的嘴里连连嚷着，追到房门口时，只能看见那高瘦的身影已经下楼拐弯儿而去。她关上门回身站住拍了拍自己的胸口喘着粗气说道："哎哟，妈呀，可吓死我了，你大姐怎么这么厉害呀？"

"甭搭理她！"李光楣的气也没消，主要是不能容忍胞姐说的卖笑人家之类的比喻。这种侮辱性的参考意见，正常人受得了吗！

汪玉美打量着粉红的四壁，觉得心里乱糟糟的，她愁眉苦脸地说：

"毛头，不知怎么的，我也瞧着这色儿挺别扭……"

李光楣仍气哼哼地坐在那儿，满脑子旋转着他大姐那一番连针带刺的话难以平静。一听未婚妻又这么说，他压不住满腔悲愤，歪着小脑袋频率极快地教导说：

"小丫，一个人要有主见，有判断的能力，要用自己的头脑思考，而不是人云亦云。一个人认定了的事，就应该坚持到底，何况你还为它付出了艰巨的劳动呢。我们决定这个房子刷成粉红色就是粉红色。第一，这是我们自己的房子，属于个人私事，别人无权过问。第二，颜色问题根本不是原则问题，谁也不能上纲上线。你一定要掌握这两个基本的原则，否则，你将惶惶然不可终日，甚至是一事无成。刷房子不过是个小小的具体的事，假如是关系到国家命运个人前途的大事呢？你……"

没等他的论点阐述完毕，嘤嘤的哭声已经响起。多情的他顿时打住自己的思路，拥住那颤抖的身体，低声下气，百般询问。约莫半个时辰，才得到抽抽噎噎的回答：

"你……你……甭……给……我……上……上上名词……词儿……我……不懂……那那……些个……这可是你……你……是你们家……家……的人……说……说……的……"

可委屈死人了！本来嘛，也难怪人家哭鼻子，你一个姐姐来就把人家训得体无完肤，赶明儿你妈来还不把人吃了！于是李光楣站在正义的立场上来了个大义灭亲，把那位多管闲事的亲骨肉批了个透：

"她的话你甭放在心里。她这个人就是这样的，固执己见，说一不二，飞扬跋扈，不可理喻。我们不要搭理她，她就没有法治我们！小丫，你不必难过，有我呢……"

一番话总算止住了哭声。她这才抬起泪眼怯怯地哼唧：

"我是怕，怕你爸爸妈妈也不同意呀。你没听刚才大姐话里话外的意思，老人八成儿是看不惯的。她回去再一说，哎呀，咱们还是改改吧，啊？"

"不行，我好不容易费了这么大劲刷的，不改不改，坚决不改了……"

汪玉美挣脱了他的怀抱，一把抹去泪痕，站得远远地说：

"毛头，一定得改。我可不愿意还没成亲就把你们家的人得罪光了。你想想，到那天，你们家的人全来了，为这粉色儿再奚落我一顿，我的脸往哪儿搁呀？我受得了吗！我妈早嘱咐我了，过门儿最要紧的是跟你们家搞好关系。瞧瞧你大姐刚才的样儿，就这墙，她能给我好脸儿看吗？"

希望搞好关系的愿望总是难能可贵的，可是也不能太委屈她，他关切地问道：

"你不是说你特喜欢粉红的颜色吗？"

她毫不含糊地回答道：

"昨儿我喜欢，今儿我不喜欢了。"

"你真的不喜欢啦？"

"真的，不骗你。不信，你自个儿拿眼瞧瞧。这粉色儿搁墙上，多闹腾。也别说，你大姐就是有学问的人，叫她一说吧，我越瞧越觉得俗。赶明儿甭说你们家的人反对，没准儿我妈来了也不答应呢。我说，别磨蹭了，咱们趁早改吧！"

李光楣无精打采地问：

"那你说改什么颜色呀？"

"还用问吗，你大姐说的，紫罗兰呀！"

"什么紫罗兰，我根本就不知道紫罗兰是什么样子的，我看她也未必知道。她不过是成心地跟我们找碴！"

"你这个人怎么这么不开窍儿呀？紫罗兰你能不知道，亏你还是上过大学的，还不如我这初中生呢。你忘啦，上星期咱俩去买的那件短大衣，那不就是紫罗兰色儿吗？我想起来了，那妖里妖气的售货员还说过，是外国的流行色儿呢！"

"那种颜色搁墙上好看吗？"

"你不是说我穿上那件短外套挺好看的吗？"

"那是穿在身上，这可是刷在墙上。"

"真是个书呆子。只要色儿好，搁哪儿不一样好？！走，咱们买颜料去。"汪玉美说着就来拉他。

尽管他满心的不愿意，还是拖着疲惫的两腿站了起来。

三

紫罗兰色的墙的确给人以清新淡雅之感。站在自己未来的新房里，看着自己辛勤劳动的成绩，李光楣虽说累得小脸发白，心里却是如释重负。上帝保佑，总算完成了，这回各方面都满意，就可以去买家具，进行下一阶段的工作了。

"这墙真是挺不错的！毛头，你说呢，是不是比粉色儿的好？"汪玉美满面春风地踏进门，先仰头观赏四壁，然后从兜儿里拿出刚买的玻璃杯放凳子上，一共十二个，个个都涂着鲜艳的红牡丹。

"你买这么多杯子干什么，不就是你爸爸妈妈两个人来吗？"

"傻劲儿，赶明儿不用啦？正好碰巧有这么好看的，又便宜，先买了搁着，反正到日子要用的。"

"还是你想得周到。"她这高瞻远瞩，令他心服口服。

"听我的没错儿。怎么样，刷一遍比不刷好吧！这紫罗兰色儿就是叫人瞧着高雅。快，我去洗杯子，你把地扫扫。我妈可爱干净了，别让她说咱们懒。"

等两人地也扫了，杯子也洗了，爹妈正好进门儿。

"妈，我跟光楣正说接您去呢！……"

"是啊，正说接你们去呢。"也许南方人舌头就是硬，他怎么也说不出"您"这个字。好在未来丈人丈母娘一块儿来，用"你们"也可以含混过去。

两位老人在方凳上坐下。当妈的只顾瞧着闺女忙忙叨叨地沏茶倒水，当爹的却不住地打量着小屋的四壁。瞧了一遍，说道：

"这屋倒还不小，有十二三平方米吧？"

"十一平方米半。"李光楣站着恭恭敬敬地答了一句。

"朝向也挺不错的。"丈母娘胖乎乎的脸上从进门就洋溢着笑，始终没有停止过，表现出她对女儿择婿的满意，也包括了对这楼房里独门独户单元房的得意。闺女就是有眼光，找个对象说结婚就有房，这年头儿容易吗？

"您可不知道，这房分给他可不易啦。"汪玉美大眼睛骨碌骨碌地瞧了爹又瞧瞧妈，"要不是光楣在他们单位干了十来年，工作上有突出的成绩，根本不可能轮上他。"

"可不是嘛！三号门儿里的兰子，三年前就搞好了对象，早就嚷嚷要结要结的，嚷了这几年了，还是一点儿动静没有。小伙子挺不错的，就是没间屋！……"

人比人得死，货比货得扔。用对比的方式来说明问题那还有说不明白的？

"屋是不错，再把墙拾掇拾掇就齐了。"老丈人发话了。

"什么？"李光楣没听明白老岳丈一口地道的老北京腔儿。

"啊，我是说啊，抽工夫把墙刷刷。"

"什……么？"话听明白了，他瞪着小眼儿也傻啦，还刷？

爹是自己的亲爹，没什么话不好说的。玉美噘着嘴说：

"爸，您好好瞧瞧，这墙是刚刷的，还没干透呢！是人家费了好大劲儿自个儿刷的。人家起小儿没干过这个……"

"我说的是墙上那个色儿！"老丈人嗓门挺大地打断了自己闺女的话。

"色怎么啦？"李光楣禁不住心里一哆嗦。

"色儿怎么啦？"汪玉美同时尖叫了起来。

当爹的不以为然地瞧了瞧他们俩，划火柴点燃烟，抽了一口，慢悠悠地说道：

"当老家儿的，都是为你们好。结婚成家，人一辈子就这么一回，大富大贵咱们不图，如今晚儿也不兴这个。可话说回来，谁不想事儿办得风光。三亲六故瞧着也是个脸面……"

"可不，我们家老亲多着呢。谁都知道我是头一回聘闺女，瞧着吧，来的主儿少不了。昨儿她二表舅还从河南捎信儿来……"老太太说起娘家有出息的亲戚总是满面春风，没完没了。

"你少说那些没用的。"老头子的长篇大论被老太太打断，极为不快。他大声喝止了她，索性站了起来，接着说他的道理，"你们年轻，兴许不大懂。旧社会讲究红白喜事。办喜事讲究的是大红大绿，图个吉利。洞房里呢，穷家小户房窄屋浅的，虽说摆不起阔，也好歹地弄个鲜亮。瞧瞧你们这屋，什么色儿？整个儿一个灰不溜秋，一点儿喜兴没有……"

老太太这绕圈儿一瞧，立即连连点头，咋咋呼呼地说：

"可不是吗，这叫什么呀？怪不得我一进这门儿就觉着冷飕飕的，都是叫这墙闹的。你爸说得没错儿，可千万得改改。别的咱们不图，图个吉利不是！"

汪玉美赌气地说道：

"那干脆刷成红的，行了吧？"

"你这叫抬杠！"老头子大喝一声制止了她的无稽之谈，教导说，"你瞧见过谁家的墙刷成红色儿的呀？"

"您不是说大红大绿吗？"

"那是个比喻。反正要个活色儿，鲜亮的。"

李光楣在一旁已经说不出话来，他一想到又要从头刷起，禁不住一身冷汗。

反正是娘家的人，还是汪玉美好说话些，她带着气带着委屈带着撒娇问她爹：

"那您说什么色儿鲜亮？"

老头子胖脸上小眼睛一眯，总算挤出个笑意，答道：

"嘿，我说，这学问你早问问你爹不就结了。小李子，不是我在你面前吹，旧社会那时候我就挨门儿去大宅门掺和这事儿，见得多了。官宦人家有钱有势的就爱使个黄色儿。听我们老家儿说，那还是民国以后才许用呢。前清的时候你私自用黄色儿是谋反，砍头的罪。那会儿的老百姓能沾这色儿吗？也别说，黄色儿就是透着那么一股子富贵劲儿。这年头，不是自由吗，你爱用什么色儿用什么色儿，干吗咱们不挑好的用？好好儿一个屋子，弄得跟王宝钏的寒窑似的。"老头子见多识广，旁征博引，古为今用，叫你无话可说。

"你爹说的可真是实情。说句笑话儿吧，想当初，我跟你爹成亲的时候，他穷得叮当响，我们那半间破棚子没法儿刷墙，还贴了块黄纸儿呢。这回呀，好不容易我闺女成亲赶上好时候了，自个儿有间像样的房，独门独户的有条件，干吗不气派气派！咱们也刷成黄的，叫七姑八姨儿的瞧瞧，我闺女过的是什么日子。你们琢磨琢磨，我这话在理不？"

俗话说，女儿跟妈是一条心。当妈的能不向着闺女吗？玉美听妈一说顿时动了心，可考虑到紫罗兰色是他们家出的主意，就不住地拿眼看他。只见他低着头，跟挨了批斗似的，也不抬眼，心里就有些不高兴。你家人来了我是怎么待的，我们家人来了你做出这么一副倒霉样儿给谁看呢？就算我们家胡同里的没你们家文化高，我们家还是正经的工人阶级呢！瞧那一脸的酸劲儿吧！

毕竟是两人相交的日子浅，对方的心思摸不准。这回玉美真是冤枉了好人。这会儿他哪还有闲心看不起谁呀，他只是挖空心思在想，想找出个什么理由才能说服二老，别让他再拿刷子了。还没等他想出个头绪来，玉美见他光低头不吭声儿，觉得在爹妈面前丢了面子，就拿出姑奶奶的架势，瞪着大眼没好气儿地问：

"我妈跟你说话呢，你没听见呀？"

"啊，啊，听见了，听见了。"

老太太抬起矮胖的身子，乐呵呵地说：

"小李子，我们老两口，文化不高，说得对不对的……"

"你少说那没用的！"老头子粗声粗气地打断了老伴的谦逊外交，毫不拐弯儿地下了命令，"就这么着了！回头上颜料铺买包明黄，再兑上点儿大红，那要刷出来，甭提多红火。得了，你们忙吧，眼看日子也快到啦。"

李光楣勉强送走了老头儿老太太回屋，坐那儿就起不来了。汪玉美瞧着他那蔫头耷脑的样子，心里的气就不打一处来。你大姐那么厉害，我们都没说什么，我娘家爹妈刚来一会儿，你甩脸子给谁看呀！她也气哼哼地往凳子上一坐，过了一会儿，见他还是光叹气不说话，心里更是一股无名火起，冷冷地问：

"你什么主意，说话呀！"

他这才抬起头来，脸上霜打了似的蜡黄，两眼珠却像燃烧似的炯炯发光：

"反正我不刷了！"

"你倒挺坚决的！"她两道浓黑的眉毛也拧在了一起，活像在眉心结了个黑疙瘩。

"我是没有劲再折腾了。"

"没有劲，没有劲，"她狠狠地学他北方话南方说的怪腔，"没有劲，你怎么有劲儿刷成紫罗兰色儿的？"

他叹了口气，伸出两条细胳膊，一边召唤她，一边解释说：

"那也是你坚持的嘛，亲爱的小丫！"

"甭跟我这儿蜜里调油，少来这一套。"妈妈骂爸爸的口头禅，女儿早就熟记在心，用起来真是得心应手，"你表个态，倒是怎么着？"

"我刚才已经说了嘛，我没有劲刷了。"

"那你是认定紫罗兰的好啰？"

"那是次要问题，反正我是不想费劲了。"

"哼，你甭遮遮掩掩的，不就为那是你们家出的主意吗！"

"根本没有那一回子事。我也不见得就那么喜欢这种颜色。"

"不喜欢你干吗刷？"

"不是你……唉，反正是已经刷上了呗！"

"你干脆说听你大姐的不就完了！"汪玉美满脸通红，越说越气。

"好，好，好，就算我听她的，行了吧！"李光楣拿定了主意，即便是违法乱纪的罪名他也认了，只要能不让他再刷一次墙。

"没那么便宜！"小丫甚至微微一笑，"咱们今天把话说清楚，你到底对我们家老头儿老太太什么态度？"

"这根本不牵涉到这个问题嘛！"他举着胳膊刷了一天房，这阵子实在觉得饿了。他从凳子上站起来，朝她的凳子走去，企图以惯用的甜蜜的和解方式了结这一争端。谁知他刚刚站起还没挪步，就被喝住：

"你站住！别过来！今儿你不说清，甭想！"

李光楣又饿又累，只想尽快结束争斗，赶紧上外边儿买点吃的。可他又实在不知道要他说清楚什么问题。自从和这位比自己小十三岁的姑娘认识以来，他几乎是以她的意志为意志，以她的欢乐为欢乐，以她的悲苦为悲苦，在思想上不敢有丁点儿自己的小金库。不要说私房见解，连一点稍有不同的意念都不曾有过。他只希望她能像一只快乐的小鸟，自己也就心里安然了。没承想，丈人丈母娘一来，她竟然翻脸不认人，加了许多莫须有的罪名在自己头上。他虽然觉得冤枉，但考虑到年龄的差距，文化程度的差距，社会层次的差距，他还是像通常一样把一切的罪名统统承担下来。不过，看来今天这事不同，你认罪也得不到解脱，人家要看你的实际行动。

"好吧，我说清楚。我的真实思想就是怕苦怕累，不想再刷一遍……"

"你得了吧！"汪玉美觉得他的交代是嘴不对心，死不承认内心对自己没有文化的爹妈的轻视，而这个问题又是小丫十分看重的，"谁信你胡编呀，明摆着的事儿嘛！你要是嫌刷墙累得慌，干吗人家说了你就刷，我爹我妈说了你就嫌累。这不是看人下菜碟儿吗？"

"我丝毫没有这个想法，我是觉得没有必要再改颜色了……"

"怎么叫有必要，怎么叫没必要，你倒说给我听听。刷得好好的粉色儿，你大姐一来就改紫罗兰，这叫有必要？为啥有必要？有啥必要？我爹说了那么多理由合着全都没必要？毛头，你凭良心说，我们家对你怎么样？每回你上我们家，我妈包的饺子都是两样馅儿的，大伙儿都是肥猪肉的，三鲜馅儿的单给你。你说，哪回上我们家让你干活儿了？上回修小厨房，全是我弟弟跟人家二妹的男朋友干的，你不就跟着吃了一顿饭吗，我都觉着脸上抹不开。我妈还说，人家小李是文化人儿，这活儿人家不会，人家会的你们也不摸门儿。我妈是不是向着你，你说呀？"

事实面前你不低头行吗，李光楣只剩下眨巴眼儿了。

"再一说，我们汪家为咱俩的事操心还少吗？三个月前我妈就把里儿面儿三新的四床被卧做得了，还张罗着要给咱们买家具的钱呢，我都没告诉你……"

"我们的钱够了，不必要他们的钱了。"

"哼，轮不上你说这个话。我们家不开钱庄不趁银子，可也不办亏理儿的事儿。嫁闺女嫁闺女，家具总得陪送一套，省得到了你们家叫你们家小瞧了。可话说回来，人心总得换人心不是？我们处处这么对你，你呢，你就这么报答老家儿呀？你对得起谁？"

李光楣从来不知心上人竟是如此头脑清晰，表达才能如此非凡，摆事实讲道理句句话落地有声，叫你反驳不得。好在他压根儿也没想反驳，只不过是好逸恶劳的思想作怪而已。见自己未来的新娘已气得小脸儿血红，小嘴唇儿煞白，也就不想再说清楚了。好在不就是再刷一回墙吗，为什么把好事搞成一个悲剧？他站起来，正想彻底承认错误，没想她却说出痛心疾首的话来：

"还说为了我的幸福可以上刀山下火海呢！"

刷吧！这可牵涉到原则问题了。

"亲爱的，你别生气，我刷好了。"

她听到这样的许诺并没有欢欣鼓舞的表示，反而叹了一口气，幽幽地说道：

"毛头，你不是说了好几遍了吗，咱俩赶明儿的关系应该建立在平等的基础上。谁也别勉强谁，要不婚姻生活就要出问题。你不是说要把咱们的家建成最好的窝儿吗？我看啦，刷墙的事我也不强迫……"

未婚妻能把自己的话记在心上，使李光楣大为感动。他看她如此通情达理，就大胆上前把她拥进自己的怀抱中。她也没有反对，只是喃喃地说：

"这事儿还是你说了算。"

"我说话算数，明天就刷。"

"那可要看你是不是真的喜欢黄色儿。"

"当然！我真的想通了，没有哪种颜色比黄色更棒！"

"你真好！毛头！"

四

"哎呀，这黄色儿可太好了！"

"是啊，太好了。"李光楣左手提桶，右手举着刷子，完成了最后的一刷。听见爱人如此称赞自己的劳动，不禁兴奋万分，连连说道，"黄颜色就是显得屋子里非常的辉煌，非常的亮堂，非常的和谐，非常的……"

"你得了吧！"汪玉美跳过去挥起手臂用小小的手掌温柔地捂住了他的嘴，笑嘻嘻地说道，"哪儿来那么多非常，你承认我爹的主意好就得了呗！"

"当然承认。不但承认，而且从心底佩服。"

"就是嘛，老家儿的话没错儿！"汪玉美心情十分舒畅，不仅因为屋子里黄灿灿红荧荧的显得那么喜气洋洋，更主要的是这是娘家人的建议，"你呀，就得记住，赶明儿得听我爹我妈的话。俗话说，丈母娘疼女婿没够，全是为的咱们好哇！"

"没有错，没有错！"李光楣用手指着墙又问道，"你仔细看看，我这次是不是刷得特别好。我自己觉得刷得特别匀。你看，一点疙瘩都没有。"

"是啊，一回生二回熟嘛，再刷两遍，你就变成专业户了……"

"别，别，别，我可不想当这专业户！"李光楣高举双手摇晃着。他那件染上了三种色彩的旧灰布中山装也跟着手臂晃荡，活像京戏里唱彩旦的角色。

"哈，哈哈，哈……"汪玉美瞧着他那样子笑弯了腰。

"你，你笑什么？没有什么好笑的嘛！"

"你，你看你那样儿，像个，像个……"

"像个什么？"他还是莫名其妙。

"像个大蝴蝶！"说着她又禁不住笑了起来。

他低头上下一打量自己，也忍不住笑了起来。见小爱人如此情绪高涨，他索性装疯卖傻地伸开双臂，上下舞动，踮起足跟，做蝴蝶状在屋内盘旋，同时追逐着自己的伴侣。汪玉美边笑边躲，笑声高扬，外面打雷屋里的人也听不见了。

门铃已经持续响了多时，敲门人明明听见屋里有人声，却不见人来开门。这位又高又胖的男人等不及，他捧着一个礼品盒，就推开了门。直至门被推开，两个幸福的人儿才意识到有人来了。李光楣转身一见来客，高呼一声"胖墩"，就扑过去握住了那双粗粗的大手，又回过身来高兴地介绍说：

"玉美，来，介绍一下。这是袁西，我的同学、邻居，好朋友。他爸爸跟我爸爸在一个单位，我们从小在一块儿，后来，他当海员周游列国去了。老兄，这次你是从哪里回来呀？"

"从大西洋呀。毛头，你还没给我介绍介绍嫂子呢！"肩宽胸阔比李光楣高出一个头的袁西站得笔直。这倒把活泼泼的小丫叫得怪不好意思的，况且是毛头的同学，起码也要比自己大上十三四岁吧。

"啊，啊，她是汪玉美。她在纸盒厂当工人，她……"

"您请坐！坐！"她招呼客人，用来打断他的话。她特别烦人家知道她在纸盒厂当工人。

袁西先不坐下，却双手把那个大盒子递了过来，连声说：

"听说你们办喜事，我带了件小礼物，看看喜欢不喜欢。"

"您干吗还那么客气！"汪玉美嘴里说着，接过盒子，准备搁凳子上。

"小心，别摔了！"袁西说。

"是什么东西呀？"毛头问。

"打开看看吧！"客人又说。

其实小丫早就想打开看看，又觉得迫不及待地打开容易让人误会为小家子气。按中国人的习惯，要等送礼的走了以后才慢慢地研究人家的赠予，然后给予好恶的评定。只有外国人才咋咋呼呼地当场打开礼物，而且报以大惊小怪的叫好。中国人从来不干那有损脸面的事儿。不过，至亲好友的礼物又是例外了。所以，毛头就抢上来把盒子打开了。

哎呀，是一条船！一条木制的非常现代非常象征意味的船。

"太漂亮了！"汪玉美像所有女人一样对别人送来的礼物总是夸大地说好，尤其是当着送礼人的面。不过，这次她的赞美倒不是违心的。这件具有东方工艺西方构想的艺术品可说是人见人爱。她左看右看看不够，又转身问毛头："我们把它搁哪儿呀？"

"等买了柜子，才有地方放它呢！"李光楣答了一句。

袁西笑笑地站在一旁抽烟，听见讨论，插了一句嘴：

"这个船最好是挂在墙上。"

"那是你们海员的做法，什么东西都挂起来。"李光楣笑着说。

"也许是吧。"袁西点点头，看了看四壁的墙，又说，"不过，你们这个墙挂它也不合适。"

"什么？"李光楣心里一颤，现在他一听人提他的墙就神经过敏。

"我们的墙怎么啦？"汪玉美神经倒挺坚强的，只是容不得别人说她的墙不好。

"我没说你们的墙不好，我是说你们墙上刷的那种颜色不行！"袁西淡淡地说。

这颜色又怎么啦？李光楣心说，老兄，你可千万别再挑眼了，我的胳膊还要呢。他急忙想把话题引开，问问他海上风光什么的。谁知汪玉美偏是对自己的新房万分注意，听见人家说墙上的颜色不对头，非刨根问底儿不可。她抢过话去问道：

"我们这颜色怎么不行？"

袁西见她拉长着脸很不高兴的样子，就微微一笑说：

"嫂子，您可别把我的话当真。我是说着玩儿的。我觉得，如果把这船挂墙上，最好墙是蔚蓝色的。您想呀，船只能航行在蓝色的海洋上嘛……"

"啊，啊，啊，原来你是这个意思。"李光楣赶紧接过话解围，"我们不把它挂墙上不就得了。袁西，给我们讲讲大海吧！"

大海的题目够大的，你可着劲儿讲去吧！

"怎么说呢，没见过大海的人永远理解不了海的魅力……"果然袁西用忧伤的声调开了头。

"我们见过海，去年夏天我们去过北戴河！"小丫闪动着大眼睛，得意地瞟了毛头一眼。这温情的一瞥可惜他没瞧见，他只顾集中精力去听客人的话了。

袁西望着这双水汪汪的眼睛，心想，这么高高大大挺丰满的一个北方姑娘，怎么偏看中了小鸡子似的毛头。听她说话也挺直爽的，印象不错，就很愿意跟她多说两句话。于是他说道：

"那太好了。尤其是夏天的早晨，大海平静得像一个熟睡的婴儿……"

"你说得真逗！"玉美觉得这人怪有意思的。

李光楣不甘心自己显得没词儿，也积极地说：

"主要是大海的辽阔。人在海边一站，望着无边无尽一片大水，就觉得自己非常渺小，就觉得人世间的一切争斗都是多余的。只有大海，才是永恒……"

"你别说啦，你见过几回海呀！"小丫亲昵而又专横地打断了他的话。毛头收起自己关于大海的抒情，静听老友的高论。

"老弟，你说的当然是对的。"袁西宽宏大量地肯定了他的感受，"不过，这些年来，大海牵动我心的还是她那让人无法说清的颜色。特别是风平浪静的时候，那一种透明的温柔的蔚蓝，能使你的心颤抖。有时我自己也奇怪，当我无法排遣自己的烦恼时，只要看到这无边的蓝，我的忧愁就像被风吹去了。可是奇怪，当我兴奋得不能自制的时候，只要看到那静静的蓝，又能使我那颗躁动不安的心恢复平静。啊，你们想象不到，她那一片蔚蓝是多么的神奇！"

他停住话，举头望天，好像又看见了自己心中那万灵药似的蓝。

汪玉美望着袁西那痴迷的神态，笑道：

"真够神的！"

"我说的是我的真实感受。不然，为什么我宁愿大风大浪地当海员，几个月回不了一趟家。当然，我也没有自己的家，我的家就在大海上。"

"你到现在还没有对象？"李光楣觉得自己有了幸福不能不关心哥们的疾苦。

"说实话，找个对象并不难。难的是真正地志同道合。对许多问题的观点必须一致。"

"你也别要求太高了，不可能事事意见都一致的。"李光楣以过来人的身份劝道，"总是要互相迁就一点的嘛！"

"我看你们俩就不错。"袁西的表扬说得两人都眉开眼笑的，"就说这房间的颜色吧，你们俩就能意见一致，刷成这种红黄色。要是碰上我，打死我我也不干……"

一句话可把小丫惹恼了，有这么说话的吗？你管得着人家的墙刷什么色儿吗？人家大喜的日子，什么死呀活的，这种人，活该找不着对象。可初次见面，人家还拿着东西，又不好意思跟人家翻脸。只是从牙齿缝儿里挤出一句冷冷的话来：

"这也犯不上死啊，红黄色儿就那么不对您的心思！"

可惜袁西海上这么多年，硬是没学会看风使舵。他还振振有词地说呢：

"不骗你们，我真讨厌这种颜色。尤其是刷在墙上，真是糟透了。"话出口，袁西才注意到老同学脸上变颜变色的，觉得自己说话太直率，就赶紧往回拉，"不过，我得声明一句：我可丝毫没有干涉你们家墙壁的意思。我是说，要是我自己家的墙，我决不刷成这种颜色。这种颜色做衬衣也许可以，刷在墙上可是太傻了。像我这样的小人物，结婚顶多能混上个十五平方米。空间已经够小的了，两口人住些日子，还得再来一口，连喘气儿都没地儿了。如果四面墙再弄上这么热烘烘的颜色，我还有活路吗……"

"你怎么越说越没有边了！"李光楣气得脸都白了。

汪玉美也有气，可她能把握住自己，不在生人面前发火。她笑了笑，教训毛头说：

"你没听见人家是说自己呢？关你什么事儿！"

"是啊，是啊，毛头你别误会，我只是打个比方。"他又潇潇洒洒地点了一支烟，吸了一口，用拿烟的手点着墙说，"唉，这也是没办法的事，一人一个爱好。"

"是啊！赶明儿您的屋子肯定是刷成蓝的啦！"汪玉美心里不满，嘴上还跟人搭着话儿。

"当然，这是绝对的。即便是屋子再小，有了那一种蔚蓝的颜色，你就会觉得世界非常宽广，觉得你生活在大海母亲的怀抱里。不管在单位遇上什么不顺心的事，或者看到社会上什么乌七八糟的现象自己光生气又无能为力的时候，回家往小屋一待，就会把什么烦恼都忘掉了。啊，大海的颜色，是可以医治人心灵创伤的颜色，为什么我不要呢？"

直到他把自己的见地说完，才看到窗外日已西沉，立即不再多说，告辞而去。人走了，他的声音却仿佛还在这小屋里盘旋。汪玉美捧起那条船欣赏着，又说：

"你别看这人疯疯癫癫的，说的话也有他的道理。"

"他这个人呀，从小就这样，想干什么就得干。有一阵子他迷上了写诗，他爸爸妈妈一心希望他成为诗人，可不知怎么搞的，他跑去当了海员。一年四季在外边跑，太平洋，大西洋，去过好几十个国家了。你不要小看他，他身上穿的衣服裤子，全是真正的名牌，连他穿的袜子，都是'花花公子'的……"

"什么？"汪玉美还没有进入男人的世界，没听说过"花花公子"。

"一种名牌袜子嘛。这家伙，整天喝饮料，快变成外国人了。"

"那人家可是开了眼啦！"汪玉美不无羡慕，想了想又说，"毛头，你说，他说的蓝色是不是有点儿道理……"

"那纯粹是他个人的喜好。"

"我怎么觉着他说得挺在理。你瞧，咱们这屋的颜色，怎么越看越让人憋得慌。我越琢磨越觉得他说的是有理，本来屋子就小，再弄这么艳的色儿，是闹得慌……"

"哎呀，小丫，你可别听这个小子的！"李光楣急了，慌不择言。

"我干吗听他的，我听我自个儿的。"

"那就好，那就好！"他长出了一口气。

汪玉美两只大眼睛骨碌碌一转，接着又很有把握地说道：

"是我自己觉着这颜色不好！"

"小丫，你可别开玩笑……"

"谁跟你开玩笑，我是真的。你好好瞧瞧，这叫什么呀，黄不黄红不红，整个儿俗到家了。当初怎么不好好想想，赶明儿整天待这屋里，还不把人闹腾死……"

没等小丫控诉完，毛头急得大喊了一声：

"你别忘了，当初是你爹你妈叫刷的！"

"你冲我嚷什么！"汪玉美眼珠儿一翻，"我爹妈是说了一句，人家说什么你就听什么呀？人家又没拿刀逼着你，不就是提个意见让你参考嘛！本来嘛，上年纪的人跟小一辈儿就是看法不同，你不是说过有，有，有代沟吗？这可是你说的……"

"那也是你主张刷成现在这个颜色的！"李光楣觉得这句话可击中要害了。

"听话听音儿！那天我说的是你对我们家态度问题，刷什么色儿是次要的。你好好想想，那天我爸刚说了那么两句，他老人家一走，你就气呼呼的，你这态度对吗？我承认，我说了照我爹的意思办，可那纯粹是赌气，根本不是我本心的意见。"

"哎哟，我的妈，你干吗不早说清楚呀！"李光楣双手一抱头，霜打了似的坐凳子上不动了。

"你唉声叹气的干吗，我这可是都为了咱们这个家。"汪玉美轻声细语地开导起他来，"你不是说过，咱们得建立一个让人人都羡慕的小窝儿吗？咱们把墙刷成蔚蓝色，咱们家跟大海似的，那多带劲儿！"

"反正人家说的你都说好。"李光楣仍双手抱着头，有气无力地反驳了一句。

"得啦！瞧你那样儿，就跟受了多大委屈似的。"小丫走到他身边，温柔地推了推他瘦削的肩膀，含笑说道，"这回咱们不听人家的还不行？"

"啊！"李光楣一听这话，跟吃了灵丹妙药似的，立刻抬起头来，两眼放光，双手一把抱住面前的好人儿，无比感激，连连说道，"你真好，你太好了！"

"本来好嘛，你才知道呀！"她撒着娇，说出了自己的主意，"咱们不听他的刷一色儿的蓝，咱们刷成波浪的……"

"什么？"李光楣顿时傻了，"还是要刷呀！"

"你听我说完呀！我想着其实也不费什么事，刷的时候兑上两桶色儿。一桶深点儿的，一桶浅点儿的，到时候不就跟咱们见到的大海一样了吗！你听我的，没错儿，保证谁家也想不出这招儿来。到时候再配上蓝色儿的家具，把你老同学送的这条船往墙上一挂，哎呀，没治了！毛头，就这么办，咱们快动手，墙要是老刷不好，咱们办事儿的日子还得往后推。这都推了半个月了，再推，我们家可有意见了，闺女嫁不出去咋的？！"

"那你爹妈要问起来怎么办？"他还在作最后的挣扎。

"有我兜着，你怕什么。再说，嫁出去的女儿泼出去的水，他们想管也够不着呀！"

"这个话可是你说的！"

"那当然！我说了的话决不反悔！"

李光楣转动着小眼睛一时没言语，只在心里权衡轻重：如果坚持不刷成蓝色，后果必然是不愉快。岂止不愉快，以她的性格而论，还可能说出绝情的话来，诸如"分道扬镳"，"今后咱俩谁也不认识谁"之类的，甚至可能发生意想不到的悲剧。同时，从几次更改颜色的过程中，他也总结出了一条经验，也可以说是教训：胳膊拧不过大腿去。看来，这次是非刷不可了，不过，刷之前必须把话说明白。

"好吧，我同意再刷一次，不过，这次我们一定要把问题明确一下……"

"哎呀，你都同意刷了，还有什么问题呀！"小丫眉开眼笑的了。她深知这笑容对他的力量，两个酒窝儿长时间地印在那丰腴的白脸蛋儿上。

"咱们可说好了，这是最后一回。"

"你当我愿意折腾呢？我这还不都是为了咱们的家吗？"汪玉美挺委屈。

"是啊，是啊，谁说不是呢！小丫，你别多心，我的意思是这回不是我家的主意，也不是你家的主意，是袁西的主意……"

"那我也不承认。这是我自己的主意。"

"好，这就更好了。你的主意，我执行。咱们可是一言为定，就刷这一回！最后一次！"

"瞧你这婆婆妈妈的，什么时候我说话不算数了！"

"那太好了！"

五

"哎哟，怎么回事儿，我怎么直犯晕！"

"二舅，八成儿是您刚下火车晕车吧！"汪玉美立刻过来要搀扶刚进门的二舅。

"你甭搀我，我还没七老八十的呢！"可不是吗，年轻的表舅钱立均过三个月才满三十岁，比未来的新郎还小着整整四周岁呢，"我下火车一到你们家，你妈就告诉我你们的事儿了。我还没去会上报到照直就来了。"

李光楣傻站在一旁，望着比自己年少的"舅舅"直发呆。特别是他唇上的那两撇儿小胡子，让他觉得开口叫舅舅十分困难。可是他心里明白，这位表舅在她家是被视为荣誉的。只因为他的工艺美术作品在京城开过一次展览会。开幕那天她家全家都去了，据说在那儿还见到了区长、主任等党政要人。这故事他早已听熟，故事中主人公虽未曾谋面，却早已是久仰了的。只不过没有想到他是如此翩翩少年。

汪玉美捧来一杯热茶，双手递到舅舅手上，关切地又问：

"您觉得好点儿了吗？"

"唉……"舅舅喘了口气，又喝了两口热茶，才缓过来似的。

"您啦，也别太劳累了！您又上北京开展览呀？"

"嗯，没事儿我上北京干吗？"钱立均摸出自己的香烟点上，跷起二郎腿抖动了一阵，才算踏实下来，左瞧右看了两眼，忽然叹了一口气说，"难怪，我说怎么回事儿呢，都是叫你们家这墙闹的。"

"什……么……？"李光楣惊得半天才说出话来。

小丫也瞪眼瞧着这位出众的舅舅直发呆。

舅舅毕竟是舅舅，何况又是这么一位具有权威的人物，他的意见从来是说一不二的。舅舅又烟对烟地换上了一支，把旧烟头扔地上用脚跟踩灭，仰着脸，瞧着他们才又说道：

"别以为屋子是自个儿住的，就可以随心所欲，想怎么来就怎么来。其实，一个人房间的水准就代表了他本人的水准。也就是本人的审美层次。李先生，你说我这话有点道理没有？"

敢说没有吗？首先人家说的话也没什么错，其次人家是舅舅。别说人家在理，就算不在理，你这当小辈儿的还敢说什么？李光楣只剩下一条路：点头称是。

表舅咧了咧嘴，笑了笑表示赞许，又冲着自己的表外甥女说道：

"我一到你们家，你妈就跟我介绍了，说我们小丫找了个文化高的对象。看来，小丫还真是有眼力见儿。不过呢，你们叫了我半天舅舅，对你们的事儿我也不能不管。有点意见我还是趁早说了，免得以后落埋怨。就是关于这个墙的颜色问题……"

汪玉美斜眼瞧见自己的爱人拉长了脸，怕他说出什么不中听的话来，于是来了个警告：

"是啊，舅舅您见多识广，有什么话您就说吧，又不是外人。"

舅舅站了起来，先是面对墙默然了片刻，然后才转身问：

"这房，是你们自个儿刷的？"

"是啊，是啊，光楣费了好大的功夫才刷成这样儿，他呀，从来没干过这活儿……"

"我说嘛，这就难怪了。"钱立均表示宽容地叹着气说，"天下无论什么事都是看着容易做着难嘛。刷墙虽说是小工的活儿，闹不好可就成大花脸了。李先生，我说这您别介意，您这墙就刷得不怎么匀称，可以说简直是太不匀称了。"

李光楣还找不出词儿来为自己辩解时，汪玉美觉得怎么也不能让自己的爱人背黑锅，于是勇敢地站出来承担责任，抢着说：

"是我让他刷成有深有浅的。"

"那我可就不懂了，这又有什么讲究呢？"钱立均秀气的脸上布满了大人对孩子宽容的微笑，舅舅对外甥女的幼稚语言，从来都是耐心的。

汪玉美看了爱人一眼，那目光似乎在求援，不过，她向来是不怯场的。她自己说：

"您没瞧见这是蔚蓝色吗？这是代表海洋，海不是蓝的吗？这有深有浅的是代表海水，海水瞧着是一个色儿，其实是有深有浅的。"

瞧着外甥女据理力争的样子，当舅舅的不禁笑了起来：

"你还是挺有想法儿的呀！"

"那当然！"汪玉美嫣然一笑，腰身一扭。

"李先生……"

"舅舅，您干吗这么客气，叫他小李不就得了！"

"这个，这……这年头儿叫先生也是官称儿，没什么新鲜的。再说，李先生在学校本来也是先生嘛！是不是，李先生？"

"是，是呀……"

不等他的下句出来，舅舅自己就说开了：

"我这个外甥女在她家是老大，好多事都是她拿主意拿惯了。主意对不对可就难说了。你可别尽听她的……"

"舅舅！"外甥女撒娇地喊了一声，干吗揭人的底儿呀！

当舅舅的不予理睬，照直说下去：

"你呀，别怕说嘛，赶明儿你们可是一块儿过日子，彼此不知底儿还成！所以我的意思呢，你可不能什么都由着她的性儿，光听她的主意。远的不说，就说眼面前儿的，拿这墙上的颜色来说吧，你听她的可是听错了……"

"我怎么错啦？我爱刷什么色儿刷什么色儿，这有啥错不错的！"她是不服气，搁谁身上谁也不服气。

"看看，急了不是！"钱立均又笑了笑，"你呀，是不是谦虚点儿，听听人家的意见，少吃点儿眼前亏！你知道现代室内装饰的世界潮流倾向是什么吗？不知道吧。不知道就问问行家，别老是自作主张，认为自己想出来的就好。"

汪玉美一听"潮流"之类的名词就傻眼，她哑巴了。李光楣对她家的亲戚本来就敬畏三分，何况在这位人才口才俱佳的"舅舅"面前，从一开始就觉得没自己说话的份儿。言多语失，不说为妙，给俩耳朵省点儿是非吧。于是满屋里就只剩下舅舅不疲倦的声音滔滔不绝于耳了。

"现代的潮流是复古！从装饰的色彩到室内的摆设，没有真古，也得假古，学古仿古。"

"那搁两把太师椅不就得了！"

钱立均瞧了她一眼，对她的话不予回答甚至批驳，她的审美心理层次要提到自己的高度早着呢，且说要紧的。他只目光烁烁地朝着外甥女婿，就算他不懂艺术，起码他还有点文化吧，于是他接着说：

"总而言之一句话、一个字，现在国内外都讲究一个'古'字。注意！这个'古'不作'古色古香'解。如果追求那种古，雕梁画栋呀，描金绘彩呀，那就是表面文章，而且俗。我说的'古'，用文化圈儿里的话说，叫作'返璞归真，回归自然'。"

这一番学问，把两人听得目瞪口呆。

"国外，你们是没去过。北京的酒店，总瞧见过吧？门窗，茶色玻璃的，不亮是吧，要的就是这劲儿。里边不点电灯，桌上来根儿蜡烛。墙，褐色的大砖头——当然，那是糊的墙纸。现在糊墙纸是过时啦。咱们就说那总体效果吧。一进去，感觉就像进入一座古堡，敦厚、安全、静谧、远离世俗尘嚣，精神上得到一种升华、超越……"

"舅舅，您说那没用，咱们这是住家儿。"外甥女讲实际。

"我这就要讲住家呀！上回我来北京，去看一位大艺术家。人家住的也是单元楼，极其普通的。可是，一推门儿呀，就叫你觉着，整个儿回到了远古时代。迎门的衣帽架，就是半棵树。花瓶里插的不是花，是松柏枯枝。最绝的是客厅的茶几，你们猜是什么——一个小圆桌面儿大小的树墩子。嘿！那才叫水平，堪称京华一景！"

"墙呢，墙是什么色儿呀？"汪玉美听得入神，急忙追问。

李光楣一听不妙，赶紧拦住说：

"人家是大艺术家，咱们哪能比。"

舅舅哪知外甥女婿的苦衷，只知为艺术而艺术，兴致勃勃地答道：

"墙嘛，自然是褐色的，也就是栗子皮儿那种颜色。"

一听又出来个栗子皮色儿，吓得李光楣倒抽了一口冷气。这要再给小丫看中了，又得来一次。还好，小丫这回倒挺理智的，她想了想说：

"舅舅，您说的古堡我挺喜欢。可咱们屋就这么点儿地方，刷成栗子皮儿，不就显得太黑了吗？"

"那怎么可能呢！你别刷得真像栗子皮儿那么深呀。你往褐色里边掺点土黄，就变成古树皮的效果，浅褐色。暗里透着亮，亮里含着暗，这种颜色含而不露，自然古朴全出在这儿啦！"

说完，他就扬长而去了。

舅舅人虽已翩然而去，可他的话仍久久回荡在小屋里，翻腾在外甥女的心房上。她瞧着蓝蓝的墙壁愣愣地问他：

"毛头，你觉得我舅舅这人怎么样？"

李光楣好不容易送走了这位舅舅，正想使自己紧张的心儿松弛一下，没想人家又马上让自己谈感想。根据以往的经验，他知道对于她娘家的人，最好是说好话，而且多多益善。于是他立即笑答道：

"你舅舅，当然是很不错的。"

"怎么不错呀？"汪玉美斜睨着他，脸上似笑不笑的。

"这，这还用问吗？"他肚里没词儿，又不是才思敏捷的主儿，现编不出，只是嘿嘿笑了两声，算作不言而喻的意思。

"那倒是。像我舅舅这么年轻这么有才的人还真是不多。可惜上回他来办展览那会儿，咱们还不认识。你真该去瞧瞧，去的人可多啦！还有好些报社的记者呢！你可别小瞧他，人家虽说没念过大学，看的书可多啦！你没听他说话呀，全是一套一套的。"

小丫一个劲儿地夸她舅舅，李光楣觉得自己光哼哈不说话也不好，于是就说：

"是啊，刚才他说的关于古的问题，就给我很大……很大的启发。"

听见爱人说自己的舅舅有学问，简直比听见他说自己漂亮还高兴。她笑嘻嘻地接口说道：

"那可不，他说的那些我压根儿没听说过。你也觉着他说的有道理吧，是不是？"

"是啊，是啊！"为了爱人的笑脸，多说些是、是、是，准没错儿。

"那就听舅舅的！"

"听什么？"李光楣顾此失彼，压根儿忘了舅舅真心的教诲。

"把咱们的墙刷成浅褐色的，你没听见呀？"

"啊！可是……是你说的，这个蔚蓝色，你……"

"嗨，你这人怎么这么死心眼儿呀，那是我说的，可那会儿咱们二舅还没来呀，我哪儿知道什么古堡呀。现在知道了，趁着家具还没买呢，要改还来得及。舅舅不是说了到时候他还帮着咱们布置吗？"

"又要重刷？"李光楣简直不敢相信自己的耳朵，望着面前结结实实的美人儿直发呆。

"唉，你这个人哪。"汪玉美也觉着跟这种死心眼儿说清一件事十分困难，可屋子是两人的，又不得不说，只好耐心地讲，"现在我才知道，你这人这么认死理儿。墙是死的，人是活的呀！咱们没条件说没条件的，如今有条件，现放着一位专家，干吗不听人家的参谋。再说又不是外人，是自己的舅舅，听他的也不丢谁的人。"

"可你三天前不是说蔚蓝色挺……"

不等他的质询完毕，她就不耐烦地打断了他的话，挺立在他面前，胸怀坦荡地说：

"你还不知道我这人的脾气呀，甭管谁是谁，我信的就是个理儿。俗话说，三人抬不过一个理字儿嘛。谁有理我服谁。你说，我这不对呀？"

六亲不认，只相信真理，这样崇高的品质这年头儿还真少见！可李光楣现在对真理根本不感兴趣，他鼠目寸光，只看到鼻子底下眼面前。他琢磨的是能不能再争取一下，让她信奉三天前的真理。他说：

"是啊，相信真理，这是优秀的品质，十分难能可贵的……"

"这不结了！咱们就这么办了！"

没容他拐弯抹角把想好的话说完，汪玉美的结论已经出台了。看这形势，她是下定了决心了，根据前几次的经验，跟她对着干绝不会胜利。再说，现在刷墙对于他已是熟练劳动，并不像头一两回那么视为畏途了。考虑了两分钟，他决定还是乖乖地投降为上策。况且从蓝的改成褐色的是由浅变深，不必一刷再刷，只需盖一层就够了。待他冷静地思考了这一切之后，他的心如止水，什么意见也不想再提，甚至不再想约法一章，让她保证这是最后一次，等等。他身上的衣服还正好没脱，他拿起刷子，笑嘻嘻地说道：

"对！就这么办！"

于是他开始发挥想象力，怎么才能把这小屋刷成那种不是栗子皮似的褐、而是带有古树皮似的浅褐并具有古堡风味的颜色。

第二天，小屋里就传出两人同心协力的笑声。

六

怎么觉着这屋子矮了，窗户也小了？李光楣左手提桶，右手举着刷子，瞧着已被自己弄成既不像栗子皮，又不像古树皮，倒有点像褐色的泥巴墙，心里产生了无数疑团。但他只把这些疑团像吃进肚里的元宵似的闷在心中，绝不敢拿出来两人一块儿商讨。而正常人的感觉往往是一样的，汪玉美似乎也有同感，她仰头四面看了看，有点含糊，犹犹豫豫地问道：

"你觉得怎么样，是不是比原来好点儿？"

"啊！"李光楣从梦中惊醒似的，一时答不出来。

"你说呀，是不是好呀？"

"那当然！"这回他从自己的疑团中挣扎出来了，斩钉截铁地回答，面不改色心不跳。

汪玉美也就长出了一口气，脸上露出了欣慰的酒窝儿，水汪汪的大眼睛含情脉脉射向他，使他有一种久别重逢的感觉。说实话，自从闹腾刷墙以来，他就很少得到她这种信息了。这对于他，是比墙的颜色更为重要的感觉。为了这柔情的目光，他又衷心地赞美起这墙来：

"这个墙是很不同于一般的，首先给人一种庄重感，其次，给人以安全感。同时，给人以窝的感觉。仿佛在这个世界上只有我们两个人存在……"

汪玉美高兴极了，也抢着说：

"关键你忘了，是舅舅说的像古堡。这年头儿谁家有哇，就咱们家独一份儿！快，把你这件工作服脱了，咱俩看家具去。"

终于可以去买家具，也就是说已拖延了三星期的婚礼指日可待。作为未来的新郎能不欣喜若狂吗？此时此刻，他看着这四面黑不溜秋的墙，如同看见了光明。兴冲冲地换上那件干净的小夹克，挽起爱人的手臂，快乐地奔向了最近的一家家具展销会。

如今的展销会已不同于以往，并非有时有刻地展览那么几天，你错过了时间就无处可寻。这年头儿的展销会仿佛是正规军，一年四季常备不懈的。因而，与其说是展销会，不如说是产品分门别类的集中销售。这对于厂家起到了推销各类产品，包括积压产品的效应；而对于消费者来说，则省去了许多跑路的时间和车票钱。反正展销会满北京都是，他们俩出门不用坐车就拣了一个最近的走进去。果然，偌大一个展厅里，沙发与床堆满了一屋子。仔细看去式样却是差不多，颜色也不外乎那么几种。但，就这么几种颜色也够他们琢磨一阵子的。

"这种银灰色的我倒是很喜欢的。"李光楣指着一套式样陈旧，人造革的沙发说道。

"跟咱们屋子配不上。"汪玉美给否了，否得极有道理。褐色的墙配上灰色的家具是够沉重的。"还是挑浅点儿的。"

"对的，对的。"李光楣这回是点头不迭，由衷地赞同。

两人往前走，两双眼睛探宝似的左顾右盼，突然前面一道白光一闪，汪玉美叫道：

"快，前边有一套白的。"

"白的？"

到了近前一看，果然不知是哪个厂家别出心裁的新招儿。这沙发式样非常一般，老套子的一大两小，几十年一贯制的陈旧。不同的是用白锦软缎从上到下全包了个严严实实，远远一看，绣花枕头似的闪闪发亮。

"这倒是瞧着挺富贵的。"汪玉美围着它转了一圈儿，露出羡慕的神色。

"我看不行吧。我们的墙太深，这颜色太浅，反差太大了。"

"是有这么点儿。"她点了点头，又摇了摇头，说道，"可话又说回来，就是墙上色儿太深，家具才得浅点儿的呢。要是弄套灰的，那还不整个儿一个地下仓库！再一说，这套沙发瞧着挺富贵的。你忘啦，我爹说的，喜事儿要红火，如今咱们的墙可不鲜亮，依我说，就得用沙发找补上。你说呢？"汪玉美紧挨着他，小声地说出了自己的见解。

李光楣虽说习惯性地直点头，眼睛看着这银光闪闪的一大排，心里还是怦怦直跳。要是房间里搁上这么一套耀眼的摆设，那准得遭到来自各方面的非议，首先大姐那儿就通不过，哎呀，老丈人那儿也肯定通不过。他不是要求大红大绿的吗？这白的怎么行，越想越心跳越害怕。墙的颜色大伙儿不顺眼顶多自己花点劳动，要是沙发大伙儿瞧着别扭，那可就麻烦了。首先是人家让退不让退的问题。即便是让退，也要雇辆平板三轮车拉来拉去。何况展销会都是打一枪换一个地方的，货出了门，你再想退可就找不着人了。这可得考虑好了才能买。

"小姐！您要觉着好，可以先订下。到时候我们送货上门。"售货员是个小伙子，根本不搭理他，只冲着她大献殷勤，"您真是好眼力，这套沙发是眼下最新潮的。说实话，除了外国公司认这个，咱们这儿还真没什么人识货呢。"

"你们有现货吗？"

听小丫已经跟人家谈到了实质问题，李光楣急了，他把她拉到一边，小声说：

"你已经决定买了呀？"

男售货员本着高度的敬业精神，不惜介入人家两口子的讨论中，他笑嘻嘻地说：

"先生！这位小姐真是行家，一眼就挑上了这展销会上最好的一套。您要是决定了，就先订下，到时候我们送货上门。这种货做工细，我们没存货，只给订户专门做！"

李光楣把头一扭：

"我们还没决定呢！"

可是，小丫已经决定了，她的理由是很充分的：

"咱们的墙是透着有点儿暗，用白家具一衬，不就亮堂了吗？再说，人家也介绍了，这种沙发是最新潮的，反正一样花钱，干吗不买时髦的？还有，我爹不是说办喜事儿讲究大富大贵嘛。咱们虽说墙的色儿没按老人家的话办，可有这沙发也顶过去了不是？"

没什么可商量的了，李光楣心悦诚服，两人交了预付款，非常一致地回家了。房间在六楼上，由于是比较简易的楼房，自然是没有电梯设备。虽说新盖的楼层之间距离都较贴近，然而每层楼梯细数也有八个台阶。从进单元门一口气爬上来，两人也是气喘吁吁的了。正想进门好好歇息一番，就听黑黑的楼道里传出一声惊喜的呼叫：

"哎呀，我还以为碰不见你们了呢！我在这儿等你们半小时了。"

"哟，是老王大叔呀！我们上展销会订了套沙发。光楣，快开门儿呀，瞧这黑劲儿的，灯泡不知又给谁摘走啦！"

汪玉美对房管局的王广田科长是非常尊敬的。这不仅因为他是她家隔壁多年的邻居，主要是因为人家没有架子，工作那么繁忙还关心街里街坊的事儿。玉美的妈刚托他们夫妇给闺女找个合适的人，人家就尽了心。也是真巧，李光楣的同学认识王家，偶然聊天说起有个同学各方面条件都不错，只是身高一米六，觉得自己长得矮，非要找个高个儿的。可人家高个儿的姑娘又不愿意，就这么耽误着都三十五了还没对象呢！王夫人听了大为于心不忍，对她家老王说："把隔壁大丫头说给他试试。"老王下班到汪家串了个门儿，把男方情况一说，第二天，小丫由她妈陪着在老王家见了面，没想见面之后两人的关系进展神速，算来这也就是三个月以前的事。怪不得王夫人说，有缘千里来相见，无缘对面不相识。他们俩是有缘的，而这段姻缘的牵线人就是老王家。此刻，这位介绍人来到了，自然是被奉为上宾的。

"这个门……这个门有点问题！"李光楣好不容易打开了门。因为左一道右一道的油漆，门侧边的厚度增加，开起来就有点费劲了。

"请进，请进，老王同志！"

一进门儿，王广田心里就咯噔一下，大白天的，这屋子怎么这么黑呀？就算是如今只图外表不重室内的居民楼，好歹亮光儿总还有哇，也不至于这么乌漆麻黑的。听说是他们单位给的宿舍，心说，这单位也够呛，盖的这叫什么楼，叫人怎么住呀！他用行家的批判的眼光打量着四周，窗户大小也还可以，不见得比正常的小，怎么回事儿呀：

"这屋倒不小，怎么光线不大强似的。"

小丫早已拉开了顶上的日光灯，笑嘻嘻地说道：

"您瞧瞧，这屋子不赖吧？"

"啊！我说怎么这么黑呢！都是叫这四面墙闹的！"王广田走近墙壁，仔细看了看这奇怪的浅褐色，忍不住想用手去摸摸……

"您可别碰，刚刷上的，还没干呢！"汪玉美赶紧过来拦着。

房管局科长经管的楼房平房按说也不算少了，各式各样的内装修也见识过一些，可住家儿刷成这种黑不叽叽的还真是没有见过。接过茶来坐下，他才指着墙笑道：

"老李同志，八成儿您是头一回干这活儿吧？"

"可不是嘛！"汪玉美忙替他答道，又问，"您是行家，您瞧这墙刷得怎么样吧？"

五十八岁的老王是长辈，用不着跟看着长大的妞儿客气，他摇摇头简短地下了结论：

"不怎么样。"

这一评语似乎早在李光楣的意料之中，他只默默地听着，连反驳的欲望似乎也已经消失，只等着她的表态。对这位有权势的人物，小丫尽量使自己的态度温和有礼。她仍浅浅地笑着说：

"老王大叔，瞧您！我们可好不容易才刷得的！"

"刷是刷得不错，挺匀的。我是说色儿兑得不对。"

"我们要的就是这色儿呀！"小丫觉得十分得意。

"这不是瞎闹嘛！"王广田摆出女家介绍人的谱儿，亲切地责备着，又问，"谁的主意？你的主意吧？我就知道，准是你！老李同志，我呀，还没来得及给你介绍这姑娘呢，她呀，样样都好，就是从小儿就淘，太有主意。别看人儿不大，在他们家能做一半儿主，大小事儿她说了算。这如今结了婚，咱们可得民主点儿。你呀，也别光听她的……"

这小骂大帮忙的话，倒叫小丫怪不好意思的，她忸怩着说：

"老王大叔，瞧您说的，我们好不容易才刷成这样儿，您可倒好，一句好话没有！"

"你倒说说，叫我怎么夸你！"王广田干脆倚老卖老地直说下去，"实话说，一进这门儿，我就觉着不对劲儿，怎么一点儿阳光不见，我还当是这屋设计有毛病呢，敢情是你们自个儿捣鼓的。老李同志，您说，这屋子是不是讲究个敞亮静雅？丫头，甭怪我说话不好听，这屋啊，我一进门儿，觉着整个儿一个旧社会……"

贬得如此之彻底，汪玉美也急了，说道：

"我舅舅说，这可是现在最潮流！"

"小丫，你甭跟我这儿争，甭管他什么潮，新房就是新房。把挺好的房弄成这德性，我还真是没见过。我说话放这儿，就你这房，叫你爹妈看见，能同意你就这么办事才怪呢！"

一席话说得汪玉美不吭气儿了。她倒也不全是怕爹妈不答应，而是她对复古的审美意识压根儿就比较薄弱，虽说口头上抬出了舅舅，内心里也含糊。

王广田的确是个很负责任的介绍人，他还在苦口婆心地劝：

"老李同志，我跟小丫他们家二十多年的街坊，老两口的为人喜好我可是知道的。这墙的事儿你们可得听我的，趁早改改还来得及，省得到日子为这点子事伤和气。再一说，新房嘛，就得叫人觉着透亮舒服。其实也不难，买包颜料再刷一遍就得了。"

"那，您瞧着刷什么色儿合适呢？"汪玉美已彻底动心了。

只见王广田很得意地一笑，露出了过长的牙齿，说道：

"这还用问吗，刷成绿的呀！"

"绿的可不行！"李光楣冲口而出。说实话，现在他想到的已不是什么颜色的问题，而是什么颜色好不好刷的问题。试想在褐色的基础上刷成绿色，属于由深变浅，是多么地叫人头疼，闹不好两遍都盖不住。

"怎么不行？"王广田仍是笑着，"像你们屋现在这个色儿，一点儿生气没有，整个一个死气沉沉。绿色可就大不一样了，屋子要是绿的，眼睛都觉着清亮。你想想，大树林子是不是绿的？为什么人一到春天就爱去城外游个春啥的？你以为干吗去，为的就是看看四外的绿呀！前些日子我去看房，有个工程师家里那刷得才叫好呢，四面墙都是绿的，有一面墙上还画着一人多高的树林子，猛不丁一看，还真以为到了西山呢！人家可不是随便刷的，这里头学问大啦。老人家说，绿色代表着生命。我看，人家说得真有理。啊，对了，你们俩都去过我们家，记得我们家的墙是什么色儿吗？对了，就是绿的。不瞒你们说，我还是见了人家那墙，自个儿回去刷的呢。怎么样，挺好的吧？"

李光楣连连点头，能说介绍人家的墙不好吗？汪玉美是个爽快的性子，她马上表态说：

"就依着您，我们这就改。"

"咱们的日子又要往后挪……"

"那怕什么，"小丫觉得毛头永远抓不住主要矛盾，"你屋子都没弄好，能办事儿吗？叫老王大叔说说，是不是这个理儿？"

老王大叔又露出长牙嘿嘿地笑了起来："小丫，你也别怪他，小伙儿遇上这事儿能不急嘛！"回头又冲李光楣说道："可话又说回来，着急也不在这一刻。结婚一辈子，两口子在一块儿的时间长着呢，也不在乎这两天儿。听大叔的没错儿，还是先把新房弄好好的比什么都强。"

"您放心吧，到时候我们先请您来瞧瞧！"汪玉美向介绍人下了保证。

老王大叔走了之后，对于由褐变绿的问题，未来小两口就无须再讨论了。到了此时李光楣刷墙已经是习惯性的劳动。第二天，他跑到那早已熟悉的油漆店，买回来绿色。一边调色一边问了一句：

"小丫，你说是深点的还是浅点的。"

"你没听老王大叔说吗，就像树林子那样儿的。"

"好吧。"

七

干爹的到来，使这个绿色的小屋满壁生辉。他老人家是刚随代表团出国访问回来，四方胖脸上油亮溜光，气色很好。如果不是他一百九十斤的体重和突出的大肚子，很难叫人猜出他已经是六十多快七十的人了。

"干爹，你请坐！坐！"李光楣从小就喜欢这位刘伯伯，因为他说起话来声如铜钟，很有吸引力。刘敬涛也特别喜欢老同学家这个毛头，认为他智商高，将来一定是大有出息的。于是在相互满意的情况下，刘伯伯成了孩子的干爹。解放后的干爹，不像解放前的干爹，不需要磕头，也没有什么实质性的联系。只不过两家大人过往甚密，来串门儿时孩子叫一声干爹罢了。然而如今干儿子要结婚了，干爹自然是要关怀一下的。所以，趁回国之后例行的休息时间来看看干儿子的新房。似这样尽责的干爹，如今已是不多见了。李光楣早把这层关系向小丫介绍过，因此，她也是一口一个"干爹"叫得挺亲的。

"干爹，您坐呀，沙发我们刚订的，还没送来呢，您凑合先坐板凳儿吧！"

干爹摇了摇胖乎乎的手，微笑着说道：

"人哪，适应能力是很强的。其实，出去也就半个月，就很习惯站着了。成天的酒会，都是站着。人家不像咱们这儿，动不动的坐一屋子。也不想想，人一坐在固定的位置上就动换不了啦，你总不能隔老远伸着脖子跟人说话吧？因此，我觉得这种社交的形式是很落后的。外国的酒会就不一样了，人人端着个酒杯来回溜达，你想交往的人准能说上话；你不爱理睬的人，也能躲他远远的。我看还是人家这办法科学，不但科学还非常经济，根本不用什么七盘子八碗儿的浪费民脂民膏，弄两盘炸土豆片儿，叫上个戴白手套的服务员端着满场一转就齐啦！哈！"

国外见闻，现身说法，对于没出过国的人是很有吸引力的，尽管仁者见仁，智者见智，也算是一家之言吧。汪玉美听得津津有味，看干爹说得口干舌燥的，忙递上一罐"可乐"。刘敬涛对这洋玩意儿倒不反感，接过去握在手上，就像举着洋酒杯似的，极其自然洒脱，啜了一口之后又接着讲：

"当然，资本主义国家有它的社会问题。不过，你不得不承认，他们的公共设施是比我们强。人家那道路，街心公园，房屋建筑……"

"北欧当然啰，是世界上有名的漂亮呀。"李光楣虽说连国境边都没去过，毕竟在书本上、在机关里听人说起过，"不过，听说那里的物价也是世界第一流的？"

"的确如此。房租就占工资的三分之一……"

"哎哟，人还活不活啦！"丫头吓着了，"瞧咱们这房，一月也就几块钱……"

"是啊，是啊，不过嘛，人家的居住条件和我们是不能同日而语的哟！当然，在北京，能有你们这么一间房，已经是很不容易的了。"刘敬涛抬头四面看了看又说，"不过，人家房间很讲究格调，一进去就让人觉得非常舒适。不会干扰你的情绪。"

小丫好奇，又好容易碰上个刚从国外回来的真人，还不抓紧打听打听，她仰着脸问：

"干爹！人家屋里的墙是什么色儿呀？"

"白的。"

"啊！"听的两人不约而同地表示了惊叹。

刘敬涛不明白他们为什么对白色的墙反应如此强烈，就又看了看他们的墙，说道："这种绿色的墙，在那里是很少看见的。我不明白，为什么你们把墙弄成这种颜色？"

"绿色代表生命。"小丫没忘记王大叔的话。

"不错，绿色象征着生命。所以，咱们有的医院倒是刷成绿的。不过，我在国外参观过的医院，可都是白色的。"

小丫脸上红一阵白一阵的，好不容易趁干爹喝"可乐"的空儿，她忙说道：

"我们这墙原来是刷成白的来着。"

"嗯……"刘敬涛咽下了一口可乐，仰脸问道："那，是谁让你们刷成绿的呢？"

干爹这一问，勾起了干儿子的满腹辛酸。他于是从头数起，如何从白的改成了粉的，如何从粉的改成了紫的，如何从紫的改成了黄的，如何从黄的改成了蓝的，如何从蓝的改成了褐色，又如何从褐色改成了绿的，恰似说一部二十四史，历朝历代，兴衰起落，前因后果，来龙去脉，直讲了半个多小时。

刘敬涛听完，皱着眉一声冷笑道：

"你们要听这些可没完了，这帮人全是'搅协'的！"

"什么？什么协？"别说初中文化的小丫，就连新提拔的讲师毛头，也是闻所未闻。

"搅屎棍儿协会呗！"

听的人先是一愣，继而哈哈地笑了起来。

"你们可别小看，这'搅协'的能量大着呢！这些人专门爱搅和人家的事儿。我顶讨厌这类人了。就拿你们家墙说吧，本来是你们俩住的，属于你们两人私人活动的范围，与旁人毫无相干，喜欢怎么布置怎么布置，谁也管不着，也无权说三道四发表什么意见！人家国外就这点好，谁也不管谁的家里事儿。你去人家里拜访，要事先约好了你才敢去，否则，你去了人家能把你关门外边儿！哪像咱们这里，推门就进，不管你正忙啥呢，你得赶紧搁下去应酬他，稍微不注意，他出门就骂你。就算你两口子正打架呢，你也得暂停，等人走了你再接着打！哈哈！"

"哈、哈、哈……"干爹的话把两人都逗乐了。

刘敬涛又啜了一口"可乐"，润了润嗓子，接着阐述他的观点：

"就说墙的颜色问题吧：你可以有你的偏爱，他可以有他的偏爱，但不必强求别人一定要遵从你的偏爱，更不应该没完没了地上人家搅和去！就算你是搅屎棍儿，你也没有权利非让人家按照你的意志来吃饭睡觉呀！你们看，我就喜欢白色。我认为白色是世界上最好的颜色。白色象征着和平、宁静与纯真。在这个日益被金钱和权力玷污的世界上，只有白色，才能陶冶人的性情，使人感到一种愉悦的洁净，一种本能的纯真，一种自然的美。假如你房间的墙是白色的，你一回到家里，就好像整个的人被一股如梦似烟的静谧所包围，疲劳的身心在无形之中就会受到抚慰，你一切的不快转瞬之间就会消失得无影踪。我认为任何色彩对人都是有干扰的，因为它总是不经意地把自己的颜色强加于你。有颜色的墙就好像屋子里多了一个人，或许她是热烈的，或许她是冷漠的……"

汪玉美脸上一阵红一阵白的，半天才喃喃地问：

"干爹！依着您，我们这墙还是刷白的好啰？"

干爹举着"可乐"罐儿摇了摇，说道：

"我刚才已经讲了，刷什么颜色，纯属你们的私事。我可不是'搅协'的，不爱搅和人家的事儿，不便发表意见！我讲的，只不过是自己的爱好而已。我只是觉得房间应该是一块净土，应该是一个自己与家人享受天伦之乐的小窝。这个嘛，无论怎样的社会制度下都是允许的，提倡的，特别是我们社会主义制度，首先是关心人嘛！但是，有了这样的前提，还要自己去争取。给了你一间屋子，你不会收拾也就白糟蹋了，是不是？"

干爹起身告辞了。

小丫送到门口，望着干爹下了楼，长长地叹了一口气，无精打采地转身回房。一进门儿，见毛头背冲门正弯着腰不知在干什么，就问了一句：

"你干吗呢？"

"正好还有剩的一点白色，我把它调调好。"

"别动！"小丫大叫了一声，冲上前去，从他手里夺过刷子，脸儿煞白地说，"还有完没完！我算看透了，听夜猫子叫就别过日子了，打今儿起，我谁的也不听，就这么着了！"

天伦之乐

天似乎已经亮了，是亮了，从那窗的缝隙中透进来丝丝的青白的冷气，活像一个久病的人微弱的气息，阴森森的。洪继宽不由得把身子更朝被中缩去，他怕见这黎明的光景。黎明，预示着新的一天又来了！而新的一天，对他，一个退了休的七十五岁的衰弱的老人而言，除了忧伤与恐惧，还能是什么？他竭力把苍白的头缩进被子里，仿佛那里可以躲避光明的进犯。

他也觉得自己的行为太近乎于孩子气的耍赖了！

好像是要过什么节了，是什么节呢……头一天晚上，昏黄的油灯下他不肯睡而且号叫，尽管大脚张妈威胁着狼来了也无济于事，还是母亲走来许以明早带他去赶集方才上床。想着县城的花花世界，他进入了梦乡。谁知睁开眼来，只见满屋明媚的太阳，母亲却早已离他而去。这一气非同小可，他坚决不起床了。他坚持着，惊动了宅里所有能来劝说的妇人"宽宽、宽宽"叫个不停，都未能动摇他的决心，直至母亲归来他还赖在床上。那伸到被子里来的软软的手，光滑的袖口拂着他的面颊，痒痒的，一定是那件水绿色的缎子衣裳，他猜想。从母亲手臂里传来的不仅有温暖还有兰花样的香味，这馨香令他心醉，他躲在被子里直想笑。

被子里的气味逼得他稍稍把头露了出来。

怎么会有这样难嗅的气味？

难道这腐烂的气味是从自己身上散发出来的？难道人老了，除了无用就只能制造这腐烂的气味？难道不是吗，他常常觉得自己像一条正在蜕皮的老蛇，只不过，他遗下的不是赏心悦目的美丽完好的蛇皮，而是令自己厌恶的沙子样的皮屑。枕头上床单上都是这些碎末，他常常觉得自己睡在沙砾上，无论怎样扫，怎样抖，都无法弄干净。老人，难道就意味着肮脏？他又觉得这些沙砾针刺着他的肌肤，他移动了一下，却不敢用手去碰自己瘦得可怜的身体，想起医院那些人体骨架的标本……

瞧瞧我们宽宽这身小黑肉肉！那时他常被大脚张妈骄傲地推着展览在人前。啊，那一次，在后门的小河边，为了他的健壮，他差点丢了小命儿。张妈正在那里夸赞她带的孩子，宽宽仰着小脸挺着小胸脯正洋洋得意，忽然觉得身子飞了起来，他被推进了河里。这小小的不幸成了家里永恒的话题：南门的瘦猴儿忌妒我们宽宽，恨不能把他淹死。健壮的他在这大家族里更显得英雄了！

不知从什么时候起，身上的肌肉消失了，变成了这样一个瘦猴，不，这样一个又干又瘦的老猴子！返祖现象吧，大约我的祖先就是这样的不堪也说不定，胡思乱想！

这张床其实很不舒服，无论你身体哪一个部位靠它支撑，它都会使得你酸痛和疲劳，根本达不到安适的目的，只能增加你的懊恼与愤恨。洪继宽恨这张床，可是，这九尺之地毕竟还算个避风港，除了这可恨的东西，他又能上哪儿去？哪儿还需要他去？上街去吗？一个晃晃悠悠的老头子走到哪里都不是受欢迎的人物，他坚信。售货员恶言恶语的声调曾深深刺伤过他残旧的心脏；路人年轻朝气蓬勃的步履也曾刺伤过他枯朽的神经。他躲避着这拥挤得快要爆炸的城市，躲避着这不是为他而来的欣欣向荣的繁华。

他很有自知之明，一个无助的老人的自知之明：退避三舍，待在自己的床上，别去破坏大众的人文景观的姣好。

然而，世事是如此不公！人间万物都不允许他安静地躺在自己的床上，进入自己那黑暗却又璀璨的世界，偏偏要把他拉在光天化日之下，首先是这可憎的晨光！洪继宽微微睁了一只眼睛，立刻又紧闭了。他觉得那一缕青光也刺伤了他，破坏了他白日梦里的憧憬。天亮了，无疑是一个敌人又来了，等着吧，那千篇一律的日子又将从头开始，他必须起床，去接受那千篇一律的空白。

"天都亮了，你怎么还不起来？"

他很奇怪，自己曾那么盼着天亮！

大年三十夜，看着枕边的新衣新鞋他盼着天快快地亮起来。终于，他全新地奔跑在院子里，迎着辉煌的太阳。时至今日，他真的又嗅见了自己身上放射出的那令人兴奋的染料气味。接着，他在大脚张妈的带领下不断地磕头，不断地到手那么多钱，一个一个的，是银元？还是纸币？怎么也记不起来了，只记得那幼稚可笑的求告：天天让我过年！

他恨过年！

他恨热闹，只因为在热闹中孤独更加冷冷地猛袭着他。孩子们回来了，带着他们的孩子，老妻陀螺般地在屋里旋转，他可怜她！难道她就一点儿没有感觉到，这种所谓的团聚于精力旺盛事业繁忙的年轻人是多么可怕的负担和不愿？难道她就一点儿不觉得自己是多么自私：为了你片刻的欢愉，要牺牲别人的欢愉？哪怕那是你的儿女，何况还要祸及不是你儿女的女婿和儿媳。中国的古人总有本领把不合理的事情合理化，什么"夫孝者，善继人之志"，什么"久病床前无孝子"之类，编出那么多语录来束缚年轻人的活泼，捆得他们死死的，直至捆死他们。我干吗要去当那捆人的凶手！我不干！

老太婆，难道你真在这热闹中寻找到了欢愉？一点儿也没有。有，那也是自欺欺人。你只不过是换一个样子，打发了一个无望的日子罢了。她真可怜。但，可怜之人必有可恶之处。她不懂得哀悼孤独应是一个人去完成，她硬要把这原本个人的享有分赠儿女，搞成了热热闹闹不伦不类的把戏。真是愚蠢！

"起来了吗，你还在磨蹭什么？"

尽管昨夜失眠，王素娥却是天蒙蒙亮就起床出了门。一大早她已经跑了一趟早市，精心挑选了一只又肥又嫩的母鸡并两条鲜活的大鲤鱼放在菜篮子里。虽然她提着七八斤重的东西回到家，坐在厨房的小方凳上半天喘不过气来，心里可是喜滋滋的。想起今天为大儿子过生日，难得孩子们晚上全回家，她就不仅激动，而且慌乱，更多的是兴奋。慎新与新中国同年诞生，根据传统习俗，应该隆重庆祝四十九岁这个生日，所谓庆九不庆十。为此，她着实忙乱了几天，不惜电话费，不止一次分别通知老二、老三、老四，包括主角老大。还好，在她详细解说了此次聚会非同寻常的重要意义之后，他们都答应参加。为这次的生日宴会她虽然提前进行了大量的采购，可直至今晨才算最后完成。喘息已定，她立刻站起来煮好稀饭，又把老伴每天必吃的鸡蛋羹蒸上，只等把老伴的早饭打发了，她就可以在这里大干一场。厨房还是那么昏暗窄小，水龙头还是滴滴答答地漏水，抽油烟机还是脏得往下渗油，水泥地还是滑不溜叽的，踩上去很不舒服而且不安全，她却视而不见，只想到时不我待，必须先把鸡汤炖上。她在厨房里转来转去，不时想到晚上儿子女儿孙子孙女济济一堂，盛赞妈妈的菜好吃汤好喝的情景时，立刻就觉得神清气爽，血压不高头也不晕了。只是这老头子太可恶，今天什么日子他还赖着不起，也许，他根本就忘了是什么日子了，肯定是忘了，她想。

"你怎么还赖在床上?！"

听着，鸡叫都给我起床！祖父一个人威风凛凛地坐在高高的太师椅上，咬着那杆他自己无法点燃的长烟袋，碧绿的烟袋嘴上火星一闪一闪的，就像他那双鹰一样锐利的眼睛放出的火光，横扫着满屋四代同堂黑压压的大大小小。他装在锦衣里的身躯也是伟岸的，威严得活像一尊神！看来，自己身上没有多少他的遗传基因，一代不如一代。然而，一个时代造就一个时代的老头子，想必也是历史使然。

远远的一声公鸡叫，那第一声鸣叫永远是骄傲的不可一世的，接着是犹犹豫豫的几声追随，然后才是随大流的大合唱。宽宽总是在大合唱接近尾声时才起床。躺在帐子里听鸡叫，那是一种近乎于童话里仙境的享受。困在十七层的高楼，活像被人吊在了半空中，哪里去听鸡叫？田园风光早已离他而去。离他而去的何止田园风光，离他而去的是整个快乐的童年。其实，这有什么可叹息的，人生总要经历春夏秋冬，春天般的童年总要过去，不管你是英雄还是土匪。

"还不快去洗脸！"

一天的生活就从这狭小的卫生间开始，可悲复可叹。是谁规定人活得必须这么烦琐，还要刷牙。一年三百六十五天，天天挤牙膏就是一件令人头疼的事，算来起码挤了七十年，难道就没有人发明一个简便的方法？如果有人想出这么一个高招，不用人的手把牙膏弄到牙刷上，那肯定是发财的买卖，现在的人不是想发财都想疯了吗？怎么就没有人去想想这个，一群笨蛋！好不容易刷完了牙直起腰来，一张怒发冲冠的老脸正凝视着他！他恨不能一拳朝镜子砸去，从什么时候，自己变成了这样一副嘴脸？

洪继宽的形象根本不是这样的！

英俊、高大、健壮那才是他。在大学里他创造的奇迹曾令全班男生垂头丧气。那个年代，只听说男生追求女生，很少有女性敢追逐男性。然而，他却与众不同，走在校园里，他时常收受到含情的目光，挑逗的微笑；出现在球场上，围观的女生总是格外众多而且情绪激昂；他甚至收到过不止一只向他飞来的青鸟，装在粉红色的信封里。啊，只有她，是一个例外，那个荡秋千的女孩。

秋天的夜本来是无比的清澈，那夜的月亮又特别的明亮，好像专为他和她的相识而照耀。他从图书馆出来，经过那空旷无人的操场，猛抬头，只见那秋千架上的人儿已飞到了半空。她的长发在空中飘扬，仿佛在高处舞蹈，那充满青春活力的大胆，使他的脚步停住了。他站在秋千架下，呆呆地仰望着她。不知过了多少时候，待她徐徐落下，手抚长发微微喘息着站定时，他才发现原来她的姣好更胜过她的胆量。那一刹那的感觉尘封在记忆的深井中：那是心的狂跳，心的渴望，心的恐惧！

虽然校园里的女生成千上万，他心里只有那一个倩影。多少个狂乱的白天，多少个不眠的夜晚，只为她。他终于找到了她，但是她已属于别人。虽然，那次见面给他留下了终生的绝望，却也给他留下了终生的怀恋。不管他走过了多少坎坷的路，不管他遭遇了多少的不平，在他心的深处总埋藏着一个小小的温柔，一个不变色的美丽。当然，岁月也会同样地毁坏那个倩影，她也应过了古稀之年，他不管。在他的心里，她永远是那个秋千架上的女孩。这是上苍对他的赐予，谁也休想夺去！

"洗好了吗，饭都凉了！"

他坐在了桌前，扶起那双老得变了形的筷子，低头喝那白米稀饭。如果让他选择，他宁可不要这餐早饭。吃的欲望对他早已不复存在，现在的一日三餐，与其说是为了填饱肚子不致饿死，不如说是完成任务，或者说是习俗难免，或者干脆说是为了抵御老妻的唠叨式关怀。

其实，素娥在妇女丛中也算得中等以上的人物。她有高等的学历，清秀的眉眼，适度的身材和善良的为人。只可惜，不知怎么回事，到老来她好像重新脱胎换骨，变了一个人。身体的发胖使她的秀丽不见踪迹，这还可以谅解，谁又能一辈子保住青春的容颜？令人不能容忍的是，她的所作所为与早年的她判若两人。她养猫，却又舍不得去买猫砂，总是自己蒙着块破头巾去向那些炸油条的汉子讨炉灰，那形象，即便你有再丰富的联想力，也绝不能想象出那人曾经活跃在高等学府的校园里。她吝啬，为了买到便宜两角钱的青菜，她不管血压有多高，宁可多跑三站路，得不偿失自讨苦吃。她自不量力，凡事事必躬亲，然后又连声喊累，让你不得安宁。她的肥胖使得她百病缠身，而她的无休止的对病痛的诉说更是另一种不可医治的顽症。平心而论，她算不得一个坏伴侣，但她的行为却常常令人哭笑不得。

"我跑了一早上，腰酸背疼，筋疲力尽，真动不了了！你看看你，一点都不帮着点！睡到这时候，家里一大摊事，你就一点都不管！……"

又来了！真是莫名其妙，家里一共两个人，哪来的一大摊事！如果真像她说的有那么一大摊事，那也是她没事找事找出来的事。她银铃般的嗓音早已丧失殆尽，只剩下这嘶哑得令人头昏脑涨的哼哼，挤出来的音符活像绸缎被撕裂为寸寸的过程，令人不快。哪怕这撕裂的声响传递而来的是关切，最终也蜕变成为折磨，折磨着你的耳膜和大脑。奇怪，难道素娥她自己竟不觉得？一年三百六十五天，天天这么执着地管着我，她也不累！

……她穿着天蓝小碎花的旗袍，坐在中山公园的"来今雨轩"。她的眼睛很漂亮，典型东方的美，但整个的人给人的印象却是文静有余活泼不足。介绍人借故离去后，她握着白色的小手绢儿，托着茶杯的手儿微微有些颤抖，两朵红云升上面颊，不声不响地坐在那里，一个典型的四十年代闺秀。是她这安静博得了自己的好感；还是介绍人那番话的作用：年岁相当，学历不差，家庭虽非豪富，与地主出身的你正好相配，也算是门当户对，尤其在战乱的年月。是啊，那时正是北京解放前夕。

多少年来，他曾无数遍地问过自己：到底对她有没有感情？如果说，当年父母包办的第一次洞房之夜，连新娘的面貌还没闹清楚，就糊里糊涂行夫妻之礼是牛不喝水强按头，谈不上感情。那么，这一次，是自己的选择，应该是有感情的了。可是，到底什么是感情？

也许，感情就是一种习惯。两人在一起生活了几十年，在一间屋子里生儿育女，省吃俭用，磕磕碰碰，共渡难关，特别是在中国大陆，两人扶持着从无数次政治风雨中含泪忍痛熬了过来，谁也没有出卖谁，谁也没有抛下谁，就算不容易，即便没有感情也是有感情的了。那么说，我对她是有感情的。借用鲁迅先生的标准来衡量一下：我们就算不错的了。

然而，感情绝不是爱情！那么，爱情又是什么呢……

"你发什么呆，说了半天，你听见了吗？你知道我今天忙些什么？"王素娥喘着粗气瞪着自己的老伴。那双浑浊的眸子被层层叠叠的眼皮包裹着，令人很难猜出当年曾是漂亮的。

"忙什么？"洪继宽知道不答一句话是过不去这一关的。

"唉，看你这个当父亲的，你怎么忘了，今天是老大的生日！还是整生日，慎新明年就满五十了。他……"

自行车就是生慎新那年买的。买得真及时，推进大杂院就派上了用场。就是那晚上，大街上、胡同里，到处锣鼓喧天，刚刚迎接了解放军进城的人们都在学着扭秧歌，学着唱"解放区的天是明朗的天"，第一个国庆节快到了。那条小胡同又长又窄，曲曲弯弯好像没有尽头。胡同口有一棵遍体鳞伤的老榆树，走了好久好久，还是见不到那棵老榆树。素娥压抑的呻吟从车座上传来，令人不忍回头看她。那张被疼痛扭曲了的脸，那双恐惧得变形的眼睛，她活像一只屠刀下的羔羊。

任何等待，都是痛苦的。坐在产房外那土黄色的硬木头椅子上，自己像一个等待传讯的犯人。等待慎新降临人世的瞬间，仿佛就在昨天。还听得见产房里传出的非人的叫喊，还听得见自己咚咚的心跳。时间好像停滞了，一个小时，两个小时，好像是八个小时之后，才在梦中似的被护士的高声叫醒。

"谁是王素娥的家属？"

"有！"他的回答像国民党里当兵的。

"王素娥生了一个男孩。"

儿子！我的儿子？当时只觉得茫然无措，跟自己联系不起来。

奇怪，她怎么能自然而然地就进入了做母亲的角色，一点都不勉强。她把软得可怕的儿子抱在怀里，第一次让他吸吮自己的乳汁。尽管疼得泪水在眼眶里直转，脸上却洋溢着春天般的光辉，一种羞涩的骄傲，好像她天生就是做母亲的。或许，这就是为什么，做父亲的对儿女的感受永远没有做母亲的来得强烈。只因为孩子曾与母亲血肉相连。难怪俗话有"身上掉下来的肉"之说。难怪她对儿女有一种近乎于病态的可笑的占有欲。占有？好像也不是占有，而是一种不让他人介入的无法言说的自私的垄断，不愿意儿女与别人的关系密切到超过自己。对了，为什么她永远搞不好与儿媳妇、与女婿的关系，原因就在这里。她根本不把子女看成独立的人，好像他们永远活在她的肚子里，活在她的精血中。她从没意识到她对儿子过分的关爱早已显得多余而且幼稚可笑！

"你怎么对儿子一点都不关心！我就看你记不记得这日子，要不，昨天我就告诉你了。你看看，还是忘了吧？慎新明年五十，今年就该给他过这个生日，你说是不是？"

"他人在吗？"

"怎么不在！老二、老三、老四他们都说今天晚上回来，给他大哥过生日。唉，这个慎新呀，马马虎虎的，真不像话。打电话到他们公司找了半天才找到他，一问吧，他忘了。也不知一天瞎忙些什么，连自己生日都忘了。他忙，他忘了，小莉总该记得吧，哼，打电话给她，她也忘了！现在这些当老婆的，真不像话，连自己丈夫的生日都不记得……"

声讨起儿媳妇来，她的劲头总是那么大，没完没了。你以为现在的儿媳妇都像我母亲当年……

一根细细的竹签穿过雪白的莲子，长长的绿心儿就缓缓地出来了，莲子仍然完好无缺。母亲的手像莲子一样的白，母亲柔软的袖口像莲心一样的绿。祖父的门外静悄悄的，母亲轻声的话语都已忘怀，只记得母亲那细长的灵巧的双手。母亲可谓丰衣足食呼婢唤奴，母亲也可谓低眉敛首步步小心。旧式家庭的儿媳妇，那才是不折不扣看公公婆婆脸色过活的奴隶，哪有自己的存在。难道你想要现在的儿媳妇给你剥莲子，天天清早傍晚守在门外等着给你请安？人家有自己的工作，人家有自己的生活，人家凭什么就该记住你儿子的生日，霸道！她怎么唠叨起来就没个完……

"他说了愿意回来过生日？"

"你这是什么话，他为什么不愿意回来？"

"他最近好像忙得很……"

"我看你呀，脑子有毛病了，整天痴痴呆呆的，也不知你一天净想些什么……"

想，是一大乐。老年人应是活在冥想中。可惜她这俗人体会不到这其中的奥妙与乐趣。人过古稀，风里雨里，水里火里，点点滴滴色彩斑斓，不知有多少往事可供追寻。牛吃了一堆草还要反回来咀嚼消化呢，何况人生百味！难道几十年光景就不值得咀嚼咀嚼？哪怕所有的错误都无法再改正，哪怕所有的荒唐都无法再消除，哪怕所有的青春都浪费无法再找回，但，那一切过去了的毕竟是属于我自己。就算我痴痴呆呆沉浸在我的世界里，反正又不妨碍他人，我何罪之有？不像你，动不动搞些莫名其妙的事，闹得鸡犬不宁。

"早上我又跑了趟早市，总算把菜都买齐了。昨天我已经跟小吴说好了，下午她多来两个钟头，帮着做做饭再走。可是，刚才我一看，煤气用完了，怎么办呀，我得先把鸡汤炖上呀。快吃，吃完了咱们换煤气去……"

倒退二十多年，在干校几百斤的担子挑在肩上飞跑，轻而易举。可如今？只落得抬个煤气罐都怯阵！宁跟聪明人吵一架，不跟糊涂人说句话，遇上不可理喻之人你就不要理喻。天天宣传学雷锋做好事，帮助孤寡老人，怎么就没有一个活雷锋出现在我们家？假如，此时此刻有个活雷锋来敲门，笑容满面地问：大爷大娘，需要我帮你们换煤气吗？那该多么好！

"还不快点，想什么呢！"

痴心妄想！不过，话说回来，你明摆着四双儿女，外带孙子孙女，你算哪门子的孤寡老人！只可惜一个都派不上用场，等于零。老家伙，你要派什么用场？难道，为了换个煤气罐，让慎新的秘书小姐把他从老板台前叫出来，坐着他的小轿车风驰电掣地回来给老头老太太换煤气？这是喜剧里的情节，不是生活中的真事。

人老了什么都是负担，衣服也是负担。其实这负担也是自然规律，你有什么可抱怨的。几十年的岁月蚕食，体内的活力早已被吸干，哪还剩得多少热气来抵御风寒。不到中秋节就要请出棉衣来也是常事。可叹本来就行动不便，再加上几斤衣服的重负，真像老蜗牛背着个破壳子，哪里还拖得动！可是，在室内还手足冰凉，到室外你不扛着个破壳子行吗？想逞能，你有那个逞能的本钱吗？

他恨自己的行动迟缓。手脚之慢连他自己都觉得不好意思。他想快快地穿上外衣，穿第一只袖子还稍好，到这第二只袖子时，胳膊肘需要弯转过去就觉得有些力不从心，弯了好几次，才艰难地把胳膊伸进了袖子里。

"哎哟，老两口又自个儿去换煤气呀，您家孩子那么多，叫谁换谁不给换呀！可得留点神，别像上回似的，再摔着，那可多危险啊！"

电梯里的这位中年女工是洪继宽最怕接触的人物之一。她那两根银灰色的毛衣针挥来对准你的脸，令你不敢直视。更可怕的是，她对别人的隐私总是刨根问底穷追不舍。当两位老人把载着煤气罐的木头小车推进了电梯，这位女工立刻大声嚷了起来，语气中含有对洪家教子无方的轻蔑意味。不过，楼门外台阶下那险些酿成的悲剧倒是她亲眼得见。那一次，当两位老人好不容易把煤气罐弄下台阶，老太太立足不稳，也随之摔倒在地。这一次，又见台阶横在面前时，两老不由得止了步。正犹豫着，忽然一个陌生人走来，没有说话，只一抬手，就把小车提下了台阶。王素娥急急地连声称谢，洪继宽则呆呆地想把那人看清楚。可惜，人家一转身就走了，只留下一个蓝色旧夹克的背影。

整个换煤气的过程是尴尬得令人脸红。当洪继宽经过千辛万苦终于回到自己十七楼的高处，他从心底长长地舒出一口气：谢天谢地，总算回到自己的小窝了。他坐在那张旧沙发上再也不愿动了，他的那双老腿也提醒他最好别再使唤它们。

……哗哗的水声肯定是从厨房里传出来的。真奇怪，她哪儿来的这么持久的力气，也不歇歇。准是在炖鸡汤呢，她以为她自己弄的是琼浆玉液？她以为这些家伙都那么喜欢吃她做的菜？关键还不是喜欢不喜欢菜的问题，关键是人家有没有这闲工夫，愿不愿意光临你的餐桌！老太婆啊，你也算得性情中人，可惜，在儿女问题上整个儿是自作多情缺乏理智。几个小的不说，就说慎新本人，也未必对您这份热忱那么感恩。

对于母亲给自己过生日，洪慎新倒也不反感，只是觉得增加了一个负担。今年生意不好做，许多私营公司都赔钱，自己凭借国营公司的优势，使出浑身解数总算能维持，但日子也不那么好过。最近，经过多方斡旋，总算与经贸部门沟通，争取到了境外运输的一个项目。为此，境内境外无数的关系需要建立，忙得晨昏颠倒，哪还记得什么生日！然而，母命难违，何况自己也不忍辜负老母一片苦心；签约在即，时间就是金钱却也一刻拖延不得，母亲无疑给他出了一道难题。假如和妻子的关系不那么紧张，也许还能请她出面抵挡。可惜，目前洪慎新与妻子的关系犹如一座活火山，随时可能爆发。虽说去年那位女秘书已经解雇，但女秘书风波遗留下的阴影仍笼罩在夫妻之间。自经商以来，在妻子眼里，他就是歌厅小姐醉生梦死早已不值得信任。其实，他们的婚姻早已死亡。洪慎新每想到此总感到迷惑不解，为什么到今天他们还没有离婚？可能是因为没有时间，他常常这样想。然而在父母面前还应该不露痕迹和和美美，明天把公司的事情统统推掉，不但自己回家，还要动员小莉同去，为了年老的双亲。洪慎新挤出笑容与妻子商量明天的安排，不料，妻子的回答斩钉截铁。

"我去不了，没时间。"宋小莉紧绷着小尖脸。

"其实，我明天公司也有活动，经贸部要来人……"洪慎新想起自己这个项目的千头万绪，不禁愁上眉头。

"别跟我说，跟你妈说去！"宋小莉脸一扭，心想谁知哪个相好的要来。

"行了行了，尽量去吧，打个照面也好！"洪慎新起身投降。

"要去你去，反正别指着我！"宋小莉看来是铁了心不去婆婆家。

午饭简单至极，就是素面一碗。这种待遇已成惯例，洪继宽早就料到了的。每逢晚上有子女来，老伴肯定是全力以赴做好晚餐，中午这一餐似乎就可有可无了。其实，对于吃什么他早已淡然，只不过对老伴这种做法总不免愤慨。王素娥也深知老头子这怪脾气，平时给他吃什么就吃什么，毫无怨言从不提意见。只要孩子们回来吃饭家里越忙他就越捣乱，好像成心跟你过不去。人说老小孩老小孩，大概也是人老了的缘故吧。因而，每逢这日子，她都要笑容满面地费神安抚一番，今天当然也不例外。

"炉子没空，咱们中午就凑合点……"

"那也用不着回到旧社会嘛。"

"快吃吧，吃完好好睡个午觉。"现在她没时间拌嘴。

她以为谁愿意睡这个午觉！人是躺在了床上，眼睛也是闭上了，可脑子比任何时候都清醒：过去的，现在的，自己的，别人的，相干的不相干的，好的坏的悲的喜的，乱七八糟的事全来了，让你应接不暇，比什么时候都累。说是人老了变成植物人可怕，其实，与其这么累脑子，还不如植物人来得舒服。假如我成了植物人，那倒省心了，真正是饭来张口衣来伸手……不行，植物人可伸不了手，植物人是一动也不会动的，看来那个下场也不美妙，还是自己能动手好一些。干吗对睡觉那么反感，想开了也没什么，正所谓：人生如朝露，高卧亦终年。睡吧，睡不着闭上眼养养精神也是好的。我养精神干什么，养足了精神又有什么用？更何况，就算睡了一觉也未必能养足精神。唉，反正人到了这把年纪，一切都是多余的，睡也多余不睡也多余。哈，老家伙，自己都觉得自己多余，那就别怪人家了。睡吧……

……那么一间小屋子，怎么能睡下那么多人，真是不可思议！不知那些臭气是从哪里冒出来的，也许是一双双脚……不会吧，收工时路过那个小河沟，谁不会在那浑水里把脚涮涮。现在想来，即便那劳动很苦也很累，十八个大男人睡在一个土炕上，脏得如猪圈一般。可是，如果能让你倒退他二十年，年轻他二十岁，再下放劳动一次，你肯定是欣喜若狂吧！劳动有什么，猪圈怕什么，只要你身强力壮，充满精力，为所欲为，充满自信。只可惜，时光不能倒流，一切美好和不美好的事都随着岁月消失了，再也回不来了……希望时光倒流，老家伙，说明你真正是老了，老得只剩下对无法追回的过去眷恋不已……

"快四点了，你怎么还不起来？"

起来，让我起来干什么，反正我也进不了厨房，帮不了你的忙。起来我也是拿张报纸枯坐着，对你一点用处都没有。恐怕连她自己也不明白，她死乞白赖地拉扯上我，根本不指望我能帮她干什么，无非是想屋里有个喘气的，免得一个人寂寞罢了。那天老四说再给她要只猫，不知为什么迟迟没拿来，弄个活物来也好，省得她没事就盯着我。她始终就是不明白一个真理：人，从来就是孤独的。或者说，人的内心从来就是孤独的。到了这个年纪，凡事都应该看透才是，这层窗户纸她怎么就是看不透，真让人替她着急！也不知道她哪来的那么大精气神，怪不得慎波有一次嬉皮笑脸地说她整天风风火火的不正常。或许，她这么强打精神干劲十足地与一个个的日子抗争，也不失为一种策略一种活法。一天到晚瞎忙活，累得四肢无力，什么都不想，也许反倒心静。不像我，整天虽然什么也不干，脑子却是分分秒秒不得闲，心太累。如此看来，劳心者治人，劳力者治于人之说也不见得多么高明。人到老来，劳心者非但不能治人，反倒把自己治得死去活来。倒是劳力者实惠，整天价使力不使心，省却多少烦恼。

"今天买的鸡真不错，好久没买到这么好的老母鸡了，炖出的汤啊，那才叫好呢，闻见香味了吧？"

"嗯。"

鬼才闻见什么香味。他应答一声，免得她又节外生枝，叨叨个没完。难道她的感觉真那么迟钝，没觉得人到迟暮之年生理上也全面退化，听觉、嗅觉、味觉都几近麻木状态：眼睛看东西模糊，耳朵听声音不清楚，鼻子更是形同虚设，香臭不分吗？若能老远闻得见你那鸡汤的香味儿，我还是今天的我吗？

食不厌精？孔老夫子想出这名言时肯定正是年富力强，袖筒里还揣有两个铜钱的时候。否则，他的思维也不可能那么活跃，能琢磨出那么吊人胃口的语录。你怎么能跟人家孔老夫子比？想当年，你食欲旺盛一顿能吃下一只鸡的时候，你有条件吃吗？光用粮票填饱一家六口的肚子就不容易，还想鸡鸭鱼肉食不厌精，做梦！现在倒是有鸡汤了，可惜，你的食欲完结了……

那时候，总是第一个冲进食堂，急急忙忙吃完饭，然后就把三张椅子拼在一起卧倒。那倒也不是为了吃，是为了睡。为了睡他一觉什么脸面尊严仪表都顾不得了。同志们回到办公室看见那不雅的睡态，听见那粗鄙的鼾声不知作何感想？个别有孩子的老大姐也许能体谅一二，但多数人肯定是不能理解的。否则为什么年年的积极分子都与我无缘。唉，那时候为什么不提倡只生一个好。孩子一个接着一个地生，日子一天接着一天地熬。啊，生活本来就是熬煎！然而，生活无论多么艰难困苦，没有过不去的桥。孩子的哭泣声总会远去，多少桥都能走过来。只不过回首看去，洒满桥上的多是泪与血罢了。到得老来无事，人总是会常常忆起那一座座走过的桥。

那会儿，能让我安安静静一觉睡上八小时，哪怕是六小时、四小时，就是幸福！别说四小时、六小时，现在你一天可以睡他十二小时，你幸福了吧？那些不能睡觉的日子，那些困得半死不活的日子可再也找不上你了……说什么存在的就是合理的，纯属胡说八道！存在的就是不合理的，倒还差不多。人真是一种怪物，永远是身在福中不知福。唉！起来吧，省得老太婆又叫唤。

"老三自己打了电话回来，说是下班两人都来。我看慎文就是比那三个都懂事……"

慎文变了，连说话的腔调都变了，也不知跟谁学了那么一身的圆滑？……当年，你在单位难道不曾圆滑过？为了分得两间平房，你没有使尽了心机，说烂了好话，想起来都脸红。可是，我那是为了解救燃眉之急。你怎么就能断定他不是为了解救燃眉之急？反正人在社会上总要有一席之地立足。如果说慎文圆滑，那慎新就更加不堪，商人有几个不圆滑的？唉，我这脑子大概是有点问题了，怎么对自己的亲生儿子如此苛刻？

"告诉你吧，慎文提副处长了！我说吧，他小时候就跟别的孩子不一样，那稳重劲儿。我就说了嘛，这孩子将来准有出息，怎么样！"

百分之八十的人都很势利，老太婆自然也不能免俗。大概她这辈子最大的遗憾就是嫁了我这么个一般干部，与官无缘！像老张那样辛辛苦苦混个正处，顶多也就多混两间房，混间单独的办公室，有什么意思！谎言对谁都可以就是对自己不行。扪心自问，当时你心里还真是不服气，真是耿耿于怀，真是吃不着葡萄说葡萄酸，真是认为自己比他高明得多，真是气不忿地想过那在台上的怎么是他不是你。现在想来当然是很可笑，那是因为现在请你上台你也没那个可能了。人老了，思想倒纯洁了，不再去争那些功名利禄了。大千世界虽好，无奈花落去，还争什么争！

唉，大概是坐久了，两条腿好像不是自己的。不只是腿，周身的关节仿佛都生了锈，坐着都嘎巴嘎巴地乱响。看来，你也只能像匹老马似的躺倒了。一匹瘦骨嶙峋的老马仰卧在沙滩上口吐白沫，上气不接下气，奄奄一息，唉……

"你干吗老是唉声叹气的？"

"累嘛！"一句话冲口而出，立刻他就后悔了，说这干什么。

"累，你一天动也不动，累什么累，我看你是闲的！你看人家外国人，七老八十的还旅游呢，哪像你！"

闲着，闲着就对了。我好比浅水龙久困在沙滩……不困在沙滩，你还想往哪儿挤？发挥余热之说纯属不自量，不安分，强词夺理，缺乏自知之明，给社会添乱。四五十岁的人都下岗失业热量还没地儿发挥呢，你一个七十五岁的老头子就算有点热气还发什么发。今天我老老实实地闲着，就是对社会、对儿女最大的奉献。

你倒是不闲着，你怎么不想想，你不闲着的后果是什么？谁需要你这个不闲着，谁赞赏你这个不闲着，谁又领你这个不闲着的情！哈哈，恰恰是你的不闲着给一家子老老少少带来了麻烦，不，简直是灾祸，你明白不明白！唉，其实如此糊涂的老人也不止你一个，你没听见你的儿子们如何议论他们的丈人丈母娘吗？看来，如何当一个不讨人嫌的老人，也应是社会学的课题。你老了，于社会没有什么用了，于家庭也没有什么用了，这时候，你该怎么办？你就该自己去寻找，寻找一种新的生活方式，寻找一种新的乐趣，寻找一种新的天地，自得其乐。即便不能自得其乐，自得其苦总可以吧，只要不去干扰他人，不去依赖他人，不去招人讨厌！

外国，外国有什么好？外国电器一流，外国老人可是悲惨至极。你没听说外国是年轻人的天堂、老年人的地狱吗？正所谓国情不同，人到老来经受考验的方式就不同。他们那儿女更指不上，要不为什么外国老头老太太都养狗养猫，不信你打听打听去。可惜你不读书不看报，报上几乎天天都有这一类对资本主义社会悲惨生活的揭露嘛……

"哎呀，你怎么还穿着这件褂子，快换换去！"

"为什么要换？"洪继宽反问了一句，头也没抬。

"不是有老大他们新给你买的夹克吗，干吗不穿？"

"我这件穿着舒服！我就觉得它好！"他不耐烦地抬起头来。

"你这人怎么越老越别扭！神经病！"

对啦，就别扭！我也该别扭别扭了。几十年都是受人管制，好不容易老了，没人管了，难道还不能想怎么就怎么痛痛快快活他几年。管我穿什么呢，我就爱穿这个，偏不换！这件夹克，原来是什么颜色的呢？好像是灰的，不对，是黄的，不对，好像还是灰的，是深灰的，当时还是一种流行色嘛。对呀，它怎么会变成民工爱穿的那种灰不灰黄不黄的呢，奇怪，难道衣服也跟人的皮肤一样会变？明明光滑的皮肤，老来就变得又黑又硬，皱皱巴巴，树皮似的一点美感都没有啦。这领口袖口怎么都成了毛边？口袋里面也是大洞小洞形同虚设。不过，毕竟这夹克与我也算同甘共苦了这么多年，跟我上班，陪我买菜，我怎能喜新厌旧，抛下你这知己？可笑啊可笑，怎么会对一件破衣服如此恋恋不舍？她算说对了，我的神经肯定是不正常的。

这很合理呀，用了七十多年的神经如果还像年轻人的神经那么正常，那才不符合自然发展的规律呢。全身的零件都老化了，最娇气的神经当然不可能完好无损。幸亏我病得不算重，多少还保留了部分的清醒，没糊涂到以为自己的神经特别健全……门铃响了，这一下好了，总算来人了，她该忙得顾不上我了，可算能自由自在地待一会儿……

"快，快开门去，门铃响了你没听见吗？"王素娥从厨房探出头来，满脸的喜悦，眼睛却是恨恨地瞪着他。

"爸！您气色挺好！"慎新双手捧着一盒大蛋糕，高大的身子堵在门口，含笑俯视着瘦小的父亲，"妈呢？"

"在厨房里。"

望着高大健壮的儿子，一瞬间洪继宽心中有点恍惚，觉得自己与儿子的距离越来越远，远到仿佛面前这个男人不是自己的儿子了。遥想当年，自己蹲在邮局里污秽的地上钉那些小木箱子，一次次给插队的儿子寄去衣食用品的情景，不禁感慨万千。邮局柜台前人群排成的长龙般的队伍还不是最可怕的，可怕的是柜台内外的人都心情烦躁焦灼不堪……油炒面明明是包裹得很规范的，柜台里的人偏说不符合标准。想起远在草原上放羊又冷又饿的儿子，当爸爸的能不着急？榨菜、酱油膏、话梅、粉丝，多少父母在邮局拆了包，包了装。不能看着孩子饿死在荒原，慎新插队回城时瘦得像根麻秆，一米七六的小伙子只剩了八十斤。那个麻秆样的倚靠自己臂膀的儿子叫自己爸爸时，他觉得理所当然。而眼前，这个成熟的男人叫自己爸爸时，他总感到不那么理直气壮。爸爸，天生注定是一种神圣的职责。洪继宽觉得自己作为爸爸的职责业已胜利完成，儿子不再需要他的呵护。他们已是平行的各自走在人生道路上的两个男人。或许，事实上早已颠倒过来，他这爸爸已经到了需要儿子呵护的时刻。突然间，猛烈的失落撞击着他，他觉到一阵心的痛楚，怔怔地望着儿子说不出话来。

"爸，您真棒，怎么就不发胖呢？"

"哦，哦。"他赶快退后几步，转身回到自己的小沙发前。

真棒？……他穿着黄格子的小棉袄儿、粗蓝布的开裆裤，张开两只小胳膊，小身子摇摇摆摆，接着，两条小腿儿迈开来，居然，居然，他晃晃悠悠地走了过来……真棒！他会走了，儿子会走路了！外面大雪纷飞，屋里却充满了春天般的欢笑，一切愁云都消散了。孩子是负担，孩子也是欢乐。眼看着他有一天会笑了，有一天认识人了，有一天会叫妈妈了，有一天会走路了，那美好的感觉足以抵消你抚育孩子的万般辛劳！……真棒？从慎新嘴里说出来，叫人听着那么不舒服。算了吧，忍着点吧，人家这还是恭维你呢。现在轮到他来夸老子了，真棒！……岂有此理！

傍晚时，洪继宽家已是人声喧哗热气腾腾。两室一厅的单元里被三代人挤得满满的。慎文八个月的儿子睡在爷爷奶奶的床上。慎芝六岁的女儿和慎波上小学的胖儿子满屋奔跑追逐。所有的人都不是安安静静待在原地不动，而是起来坐下，端茶递水，彼来我往，谈笑风生，热闹得令人有点眼花缭乱。所有到来的儿女都先进厨房转一圈，扬言要帮母亲的忙。王素娥虽然很想借此机会与儿女们说说心里话，无奈厨房空间实在有限，她还是笑容满面地把一个个都推了出来。只有洪继宽似乎置身于这热闹之外，悄没声息地坐在自己那张小沙发上，双手捧着报纸一动不动。任凭一个一个的铅字透过老花镜跳入眼中，一句一句不着边际的话灌进耳朵里。

"美国人就是美国人，克林顿的丑事就敢公之于众，咱们就不行……"慎文在机关里这两天大概就议论这个事，他把这热门话题带到了家里。

"克林顿这总统，大概是坐不稳了。他那黄色事件一上网，就说他们美国人不在乎，全世界人民也不答应呀！"慎新知道黄色事件的厉害，也笑嘻嘻地发出高论。

克林顿也可怜，一天到晚关在白宫，能见到什么像样的女人？那位第一夫人也是个政客，估计也缺乏女人味儿。其实他弄来弄去不过找了个实习生，长得一点也不漂亮。为这么个质量不高的女人闹得身败名裂，不值得。难道找个美女就值得啦？说穿了还是情欲在作怪。情欲这种东西谁没有？中国人外国人都一样。祖父可以娶七个姨太太，儿子可以养情妇，那是他们有那个条件。唉，中国只有我们这一代清心寡欲。政治运动搞得你惶惶不可终日，白天黑夜心惊胆战，哪儿来的什么情欲？倒也好，挽救了一代人少犯错误。不过，细想起来，也不公平……

"小莉怎么还没来？"王素娥进来指挥抬桌子，看着老大问了一句。

"啊，啊，她，晚上有个饭局，实在推不了。"慎新眼睛不看母亲，一边答话，一边急急地掏出烟和打火机。

她要来还不早来了，这时候不来就是不来了嘛，这还用问！老太婆还真是死心眼儿，少一个半个的也不妨碍你的天伦之乐嘛。其实，现代社会，你讲什么天伦之乐！你根本没条件讲天伦之乐。你能给他们提供什么？住宅、公司、机遇、遗产，还是豪华？你都不能！无私的母爱代替不了活着的残酷，他们必须为自己和妻儿的生活奔忙奋斗，也为他们活着的自尊。他们哪能天天围着你转，他们需要拥有自己的时间，他们需要拥有自己的空间，他们需要拥有那比你更有利于他们生存的社交。傻老太婆，如果你头脑里还有一点点聪明，你只要他们记得你是他们的母亲，这就够了！如果他们真正做到了这一点，你就应该心满意足，此外你还想要些什么？一个能正视现实的人，才将是一个快乐的人。你干吗想不开呢，他们老了也一样。这一下，你心里该平衡了吧？

天伦之乐，是一种奢侈。假如你倒退若干年，你还要像我的祖父一样拥有那么多的家产和房屋，能供养那一大群抽大烟、养姨太太的不肖子孙，他们赖在他身上吃喝。他们的活命离不开他，他们当然围着他转，他天天都拥有那病态的天伦之乐。万幸，那个时代早已死亡。

"慎波，你跟秀娟股票炒得可以吧！"慎新给老二递过去一支烟。

"得啦，大哥，我们这散户也就是跟着起起哄！"慎波笑着接过烟来。

这辈子真是做梦也不可能梦到自己的儿子去炒股票！旧社会三叔父就是在上海玩股票，半夜跳了黄浦江。可怜三婶穿得破破烂烂的，像叫花子，来借钱，躲在用人的小屋里。母亲总是拿个包袱递给她，她总是哭得抬不起头，胸前的衣襟被泪水打湿一片……怎么现在又兴起了这个，这不是回到解放前了吗？开放改革，到底要改到哪儿去呀，闹不明白。慎波也玩股票，他行吗？他从小算术就不及格，人也不是那么缜思锐敏，简直是玩火嘛！唉，现在的人为了钱都疯了，笑贫不笑娼，水里火里都敢跳，怎么会闹成这样？不理解，不理解，打死我也不能理解。也许是因为自己老了，对新生事物不能理解了？可这算什么新生事物？！

"老三，你们机关没下岗一说吧？"

"二哥，我们那儿叫分流。"

"嘿，什么叫分流哇，说得好听！精减不就得了。要不说中国人就会打肿脸充胖子呢，明摆着满大街的人失业吧，他还就不认这个账。非说下岗下岗，有下岗就有上岗吧，你倒说说，什么时候上呀？说失业不就得了吗，费那劲！全世界的国家大大小小都算上，哪国没失业的，这有什么见不得人的……"

老二吃亏在书读得太少，遇事太偏激。唉，现在时代确实不同了，年轻人什么都敢往外说。我们那个年代，别说在机关，在家里也不敢这么大声议论党和国家的政策啊！毕竟，社会还是进步了！老太婆也不知道搞些什么名堂，都七点了，还不开饭。奇怪，今天怎么觉得有点饿了。本来嘛，那么一小碗面，熬七八个钟头，谁顶得住！好像也不是饿，只是胃里空空的总觉得欠了点什么。不过，真要摆一桌子菜在面前，也未必就能狼吞虎咽。也许人老了就是活在怪僻之中，左也不是，右也不是，谁也没招你谁也没惹你，就是成天自己跟自己过不去。看来我是需要反思反思了，这样放任自流下去，别说人家不待见你这老头子，恐怕自己都会讨厌自己的。

"其实，我倒不认为下岗分流是什么见不得人的事，恰恰相反，这是一种进步。"慎文含笑望着二哥，还在讨论下岗的问题。

"得啦吧，你是站着说话不腰疼。人家分流，您这儿升官儿，这叫饱汉不知饿汉饥。大哥，我说得没错儿吧！"

"那也不见得，随着形势变化，我也可能被分流哇！"

老三如果被分流，还真是个麻烦。他那个文学专业，在机关做点文字工作还勉强，其余的行业谁还要他？到什么文学出版社去吧，也许人家也正精简机构呢。倒是可以在家里一坐，当个作家。不过，没有固定工资卖文为生，指着那么几个稿费全家就饿死了。刚才他们说拍电视剧的都发了财，编电视剧的大概收入也不薄。现在电视剧里流行演姨太太，慎文可编不出来。他哪里知道旧社会的姨太太是个什么样子？现在电视剧里的姨太太们一律是水蛇腰手里夹根烟卷儿妖里妖气，一个模子刻出来的公式化概念化嘛。记得当年，母亲就很佩服祖父的六姨太，人家实打实地大学毕业而且学的是家政系，那做派可跟现在宣传的姨太太根本两码事。不过，慎文要是写出这么个姨太太，人家肯定说是胡编乱造，也卖不出去……

"四妹，你的双眼皮在哪儿拉的，真不错吔！"王秀娟早就想去解决一下自己的眼皮问题，又怕吃亏上当。

"二嫂，您这标准的丹凤眼，还用拉呀？"慎芝笑笑地所答非所问。

"垫鼻子那儿行吗？"翁静宜从小就为自己的鼻子发愁。

"哟，您这鼻子再垫可就成洋妞了！"慎芝嘻嘻哈哈地拿嫂子开心。

废话连篇，烦人，不知哪来那么多话。也难怪，人嘛，总是要说话的，否则就不成其为人了。谁不需要诉说？只不过，诉说也只是诉说而已，人的内心总是孤独的。有多少话是能对别人说的，又有多少话是说了别人能理解的？茶馆倒是一个好地方，有话只管到那儿大声说去，反正人人都扯起喉咙在叫喊，人人都得到一种满足，一种发泄，一种畅快。一辈子出过一回差，恰恰就到了四川的茶馆，也算不虚此行……啊哈，我们家也快成茶馆了。

"小波，饿了你吃两块巧克力！"王秀娟给孩子巧克力的同时，自己也放了一块在嘴里。

老太婆啊老太婆，你再不开出饭来，你宝贝孙子可要造反啦！小波眼看就是个肥胖儿，老二的媳妇怎么还给他巧克力？奇怪，旧社会有钱人家的小孩吃得也不错，怎么就没这么多肥胖儿？原因还在于饮食结构吧。中国人所谓吃得好，是讲究汤汤水水荤素搭配。现在的父母大都崇拜西方食品，动不动就带孩子吃麦当劳、肯德基、比萨饼。这些东西除了黄油奶油就是糖，能不胖吗？刚才你们还说，现在在外国，有钱的人瘦没钱的人胖。为什么？不就是因为饮食搭配不合理嘛，这点道理都不懂，洋盘！全盘西化，孩子跟着倒霉。

好好的巧克力拿着乱扔，现在的独生子女简直要不得了。慎新他们小时候，给三分钱买个冰棍就高兴得不得了。如今这些小皇帝们，要什么给什么，惯得什么都不放在眼里，什么都引不起他们的兴趣，没有企盼也没有欲望，这可是个大问题。可惜天下做母亲的全部没有自知之明，老太婆也一样，以为自己对儿女了如指掌，其实根本就是瞎掰。别的不说，今天这顿饭，我看就没几个想来吃的。看看，都在看表，都等急了，怎么还不赶快吃，吃完就完成任务了嘛。她倒是大公无私，也不想想，自己这么累死累活值得不值得，真要累得血压增高手冰凉，那可是活该。小吴刚才也走了，就她一人在厨房，这些家伙都坐这儿，一个个心安理得，就没一个抬屁股去帮帮忙？啊，慎芝还算不错，总算还

344

想着她妈妈……

厨房里红红火火，热浪滔天。两个煤气灶都火苗旺旺的，一个炖着汤，一个炒着菜。不知是因为热，还是因为兴奋，王素娥满脸通红，袖子挽在胳膊肘上，拉开了架势正炒回锅肉。油烟迫得她肥胖的身子直往后仰，还不时回头望望站在水池边洗青菜的女儿，母女俩正烟熏火燎地聊着。

"哼，要不是看着小红，早跟他离了！"

"别动不动离呀离的，孩子可怜哪！"

"不说那个混蛋了，妈，爸最近还好吧？"

"还不是老样子，成天捧着张报纸不言语。慎芝，你说，你爸是不是有点，老年痴呆？"

"您可真能瞎猜，您瞧我爸那双眼睛，滴溜滴溜的，根本不可能痴呆。您是没见过痴呆的老人，两眼发直，口水直流，傻乎乎的。"

"快别说了，听着都叫人心里哆嗦。端菜吧，慎芝！"

老太婆从不接受教训，每次都做那么大一桌子菜，再加十个人也吃不完。他们一走，剩菜搁冰箱里，要打扫一星期。冰箱倒是个好东西，以前没冰箱不知是怎么过的。以前有冰箱又有什么用，当天买的还不够当天吃的，谁有东西往里放。这几年老百姓的生活还是提高了，有剩东西放冰箱了。城里没冰箱的人家大概是不多了。冰箱也算现代化的标志吧，可这现代化也并非万无一失。剩菜搁久了弄不好也危险，说不定就中毒。昨天晚报上登了，是哪个、哪个幼儿园，好像是什么报社的，一百多孩子中毒了，真惨，就因为吃了冰箱里的剩饭。冰箱嘛，也不见得就保险，别以为什么放冰箱里就万事大吉，那其实是缺乏科学常识。老太婆当年还是化学物理专业的大学生呢……

"爸，吃饭了，您坐这儿吧！"王秀娟笑嘻嘻地拉开了身前的椅子。

"唔。"洪继宽答了一声，站起来绕过二儿媳妇，到方桌另一面的椅子上坐了下来。

"哟，这是您固定的座儿呀，我可不知道。"王秀娟站那儿仍是笑模样的，只不过冲大伙儿眨了眨眼儿。

"二嫂，咱爸的老规矩不能变。"慎芝拉嫂子坐下。

"慎芝，你老了也一样。"慎新笑着挨老爸身边坐下。

慎芝也会老吗？她老了可能也跟老太婆一样，一天到晚唠唠叨叨忙忙碌碌，所谓有其母必有其女。小时候她就勤快，现在还是一样爱干活。至少不像这几位少爷少奶奶，坐着等人伺候。可惜她嫁错了人，刘祖德这种人整天寻花问柳的有什么真感情。倒退二十年，他早就戴上"坏分子"帽子送清河农场了，还能容他到今天？暴发户！他父亲本来就是个小业主，一辈子想发财发不了，现在宝贝儿子开公司有了几个钱，也算子承父业如愿以偿。去年春节好像他们来过，老头子那么大年纪的人，打扮得花花绿绿不伦不类。老婆子满手金光四射，脖子上的项链之粗，可怕。他手上这个大绿戒指也够吓人的，俗不可耐……

洪家这十平方米的小厅，一直是作为餐厅使用，放一张方桌平日老两口吃饭还显得有些空空荡荡，今晚这厅里可就挤得没有空隙了。方桌坐不下十一个人，又搬来一张旧两屉桌拼在一头，权作一张西式长餐桌。虽说桌面高矮不平，好歹勉强能使一大家子人都坐了下来。刘祖德笑吟吟地把自己带来的法国红葡萄酒给大家斟上。王秀娟给孩子们杯子里倒满可口可乐。见小波端起来就要喝，王秀娟教导他说等奶奶来才能一块儿开始。王秀娟的提醒虽然对小波根本不起作用，却提醒了在座的人。几个声音同时冲着厨房门喊妈妈。小厨房的门与厅相连，只见王素娥推开门进来，歪身就在桌子一角坐了下来。她用那褪色的蓝布围裙擦了擦手，又抬起手捋了捋额上汗湿的白发，笑着冲一桌子人摆了摆手。

"吃吧，吃吧，别等我啦！"

"妈，您兴师动众地把我们都召来了，怎么也得说两句吧？"慎芝抱着妈妈浑圆的肩膀笑嘻嘻地出了个难题。

大家都笑了，都跟着起哄，要妈妈讲话。

"说什么呀，一晃慎新都快五十了，今天就是给他过个生日，大伙儿吃吧！"王素娥使劲用围裙擦着手，嘟囔了几句，羞得脸更红了。

又不是让你在人大会上发言，也值得这么紧张。你不是天天盼着天伦之乐吗，真来了你又不敢乐了。叶公好龙没出息！自己忙活了两天倒像欠了他们似的，我都替你冤得慌。老太婆的神经大概真是出了点问题，时常她在儿女们面前好像挺不起腰来，有点讨好的意味，甚至有点畏惧。这是为什么？真让人难以理解。也许，人老了不但身体衰弱了，意志也衰弱了，变得不自信了，要依靠别人了。别人是依靠不住的，那么，只有依靠儿女了，是这样吗？不应该是这样的吧。可是，老太婆的所作所为就只能让人得出这样的结论。她怎么忘了少年夫妻老来伴这句古话。靠来靠去你靠谁，还不是靠我。这个傻老太婆！

"你们吃吧，多吃点！"王素娥笑笑地望着一桌子人，什么也没吃，吃力地站起，反身推门又进了厨房。

"爸，我敬您一杯！没您，哪有我大哥呀！"刘祖德笑着端起酒杯。

看他嬉皮笑脸的样子，不知道人家多讨厌他。也许他根本就是装不知道，商场上的人做起戏来比演员还厉害。从别人口袋里把钱掏出来也不是那么容易，这个刘祖德倒也不是个傻瓜蛋！老四当初为什么单单看上他，想来也不是偶然的，还不是一个"钱"字作怪。钱，钱，钱就是万恶之源。别看她一回来就诉苦，可开着她那小汽车不也是洋洋得意的吗，唉，自讨苦吃，自作自受！

"妈，妈，您快来呀，别忙了，一会儿我去！"

你早该去！王秀娟，简直名不副实。胖得都快走不动了，可惜了这个"秀"字！看她吧唧吧唧吃得那个香，胖人食欲就是好。年轻的时候我好像也没有人家那么好的食欲嘛。天灾人祸困难时期人还奢谈什么食欲，力争吃饱就不容易，难怪街上很少见到胖子。胖子都是吃出来的，不信饿她半个月，看她瘦不瘦。一条卤鸡腿又进去了，减肥，减肥，少吃点不就行了。近朱者赤，老二跟她也没学出什么好，吃得肥头大耳的，根本不像我的儿子。嘿，难道都像你这么个瘦老头就是好？有钱难买老来瘦嘛。中国人别的不在行，琢磨些似是而非的成语倒是一代传一代。瘦就一定那么好，不见得，瘦子得癌的不也多得很吗，刘区长又瘦又小，不是也得了直肠癌……

"爸，您怎么不动筷子呀！"三儿媳妇翁静宜微笑着说。

"唔，唔。"洪继宽点点头，夹了块豆腐干。看到满桌的菜，他刚才那一瞬间难得的饥饿感早已不见踪影。

"妈，妈！还弄什么呢，快来呀！"慎芝一边照顾小红，一边喊。

养女儿就是比养儿子强，还是慎芝心疼她妈妈。重男轻女的思想我倒是没有，不过，嫁出去的女儿泼出去的水，她生的儿子姓刘不姓洪。姓洪又怎么样？难道你还想忠厚传家，一代又一代传下去？你这一代有什么可传的？你这一生有什么可歌可泣可记录下来传给子孙后代的？如果当时老老实实念完清华，也能有点学识，起码有个学历。现在你有什么？你这一生到底是正大光明问心无愧，还是浑浑噩噩谎话连篇，自己都闹不清，拿什么传给下一代？续家谱之说，那是活人拿死人往自己脸上贴金，只有帝王之后、名门望族才乐意干这种勾当。洪家要是续家谱，那可就大大地出丑了，祖爷爷就是一个土匪，而且在当地颇负盛名。说起来，我真是一个不折不扣的土匪的后裔呢，嘿嘿……

"妈！妈！还弄什么菜呀，怎么这么久还没端出来？"慎芝见妈妈还不来，心里总不踏实，站起来要进厨房。

"嘻，四妹，你忙活半天了，坐着别动，我去！"王秀娟见婆婆还不来，终于也坐不住了。她左手拉住小姑子，扭头把右手筷子夹着的一块卤猪肝塞进嘴里，拉开了厨房的门。

"快来呀，你们快来呀！"王秀娟刚一进门，惊慌的喊声从关着的厨房门里传了出来。"快来呀！"她的喊声尖厉，带着哭音了。

所有的人都一愣，相互望望，立刻跳了起来。靠近厨房门的慎芝、慎波、翁静宜先奔了进去，接着所有的人都拥进厨房。洪继宽的座位离厨房门最远，他最后一个到达厨房门口。这时，只见儿子儿媳女儿女婿门里门外已是挤成一团乱声叫着。他挤上前，才从人缝里看见老伴半躺半坐在水池前的地上。一刹那，他呆住了。立刻，他使出浑身力气挤到了她身旁，怔怔地望着她。他觉得似乎很久没有见过这张脸了。这张血红的松弛的胖脸让他感到陌生，甚至害怕。他只觉得双腿发软，眼前金光乱射，想喊她却发不出声来。周围七八条喉咙在喊妈，他似乎都没有听见，只觉得一股透彻心肺的凉气冲上头顶，顿时不知自己身在何处。

"别都挤这儿了，人太多，气都透不过来！"慎新粗声大喊。

"爸，爸，赶快送医院！"翁静宜拉了拉公公的衣袖，细声急急地说。

"先把妈抬屋里去吧！"慎芝已经哭着在叫了。

"不能动，万一妈是中风呢，绝对不能动！"慎文尖声叫了起来。

"叫急救车！"终于，洪继宽喊了出来。尖细沙哑得不像他的声音。

万幸，急救站的车很快到了。慎波迎上楼来的是一位面色苍白的女医生。她诊断病人为脑溢血。在采取了简单的处理之后，瘦弱的女医生摘下眼镜擦了擦，认为必须立刻送往医院。急救车就在楼下，可是，那用来抬病人的活动床太长进不了电梯，必须由家属先把病人抬到楼下才能上车。大家又乱成一团，先是慎波要背母亲下去，大家觉得不妥。后来慎新又建议两人抱着母亲进电梯，大家仍觉得不安全。最后，还是拿来那把破的藤椅，由儿子们抬着进了电梯。

"哟，我的妈吔，这是怎么话儿说的，早晨还好好儿的，怎么……"在电梯女工大惊小怪的叫声中，慎新、慎波用力地把藤椅抬了进来。电梯很小，已经进来的人和藤椅几乎把小小的空间塞满。看到洪继宽还要挤进来时，电梯女工不客气地加以制止。洪继宽根本无视她的权威，一头撞了进去。如果这时女工再敢说一句反对的话，他敢一拳对准她的鼻子打过去。看到老爷子近乎疯狂的眼神，电梯女工吓得把到嘴边的话咽了回去。

到了楼下，慎新、慎文、慎芝并洪继宽护着病人上了急救车。慎波和儿媳妇们坐刘祖德的车先去医院办理挂号等事宜。晚上的交通毕竟比白天通畅，急救车一路飞奔而去。洪继宽面对活动床侧身坐在左边，看着活动床随着车身疯狂地颠上颠下，心里十分着急，这样的颠簸病人怎么经受得住？可他毫无办法，只得伸出双手紧紧抓着床沿，目不转睛地盯着老伴。

她稀稀拉拉的白发都被颠得乱七八糟的，像天上飘舞的雪花。她的头发早就白了，不该白的时候就白了，就是从那个中午开始的啊……她铁青着脸痴痴呆呆地站在门口，半边头发是密密的油黑的，半边却是光秃秃的，造反派叫那阴阳头。我想哭，也想笑。想笑？真的吗，是想笑了吗？的确是，又想哭又想笑。也许，人到伤痛至极而又束手无策时反倒会笑了。只不过，那是凄惨的笑、无助的笑、呐喊的笑、懦弱卑微的笑罢了。待她扑向我倒在我怀里痛哭时，我是万箭穿心啊！一个小学教员，何至于罪大恶极到受这样的人身侮辱！我们该找谁讲理去？找谁申冤去？我们该怎么活？那真是上天无路入地无门啊！那个"文化大革命"的年代，你只得忍辱含冤活下去等着头发自己长出来。头发顽强地长出来了，再也不是黑色的了。头发似乎伤了元气，失去了颜色，失去了光泽……这种急救车，好人都禁不住，病人怎么受得了啊！咚咚咚，我的心跳怎么这么快，不，是这车开得太快了？

"师傅，劳驾您开慢点，太颠了！"慎新低声下气地在求司机。

"急救站都这号破车呀，怎么叫我们赶上了！"慎芝坐在右边，紧紧抓着床沿，急得直掉泪。

"唉，真是没有办法！"路灯照耀下，女医生的脸白得似乎透明了。她说话的声音低得几乎让人听不清，"我们急救站经费很紧张，只有这种车子，真是抱歉！"

这位女医生本人就好像有病。唉，医生也是真辛苦，尤其是急救站的医生，一晚上要跑多少家啊！她还很年轻，肯定是医学院刚毕业的。她这个身体，担负这么重的工作，她的父母要知道不定多心疼呢……怪我，怪我，都怪我啊，昨天为什么不拦住她，过什么生日，要老命嘛！这么折腾血压能不高吗？傻老太婆，你禁不起这么折腾了……啊啊，上天保佑，总算到医院了。

"快，先去医院推张活动床出来！"女医生第一个跳下了车。
"我们有人去了。"慎新一边说，也跳下了车。

她的脸怎么那么红，脸上的皱纹怎么那么多，脸那么胖还那么多皱纹，不是胖，是肿吧？是肿，女人脸肿是很危险的啊！两人成天厮守在一起，怎么我一点都没有注意到？她说头晕脑涨，很长时间了，十多年了吧，她一直是很难受的，肯定是这样。唉，都怪我，怪我，怎么我就没有想到这些，她其实早就病得不轻了，现在怎么办？听说现在脑溢血的人很多，医院应该是有办法的，但愿上天保佑……他们都干什么去了，怎么刘祖德又空手跑出来了？……

"没床了，一个都没了，我们说半天好话也没用，好容易求人腾了张椅子出来，慎波他们在那儿看着呢！"刘祖德急急地说。

"那，那怎么办？"慎新的声音都变了，母子连心啊。

如果不是今天人多，我可怎么办？就算叫来急救车，我也弄不进医院去。养儿防老，老年人到急难之时才知养儿女的好处啊！哎呀，她太重了。她自己一点使不上劲就更沉了，他们几个人抬得动吗，应该没什么问题吧？慎新抱着上身，唉唉，他怎么笨手笨脚的，应该抱着肩膀才对，对了，刘祖德托住腰就万无一失了。慎文一个人抱着下半身没问题，抬起来了，啊，慎芝一个人抬脑袋行吗，不行……

"爸，您靠边儿，留神您自个儿别摔着！"慎芝冲着父亲嚷了一句。

洪继宽对女儿的告诫十分反感，嘟哝着："难道我是个废人？"

拥挤、混乱、破旧、肮脏的急诊室，与这所大医院在社会上响亮的名声相距十万八千里。空气之污浊更令常人难以想象。也许，只是由于人太多，病人和家属挤满了诊室内外和长长的甬道，一股臭烘烘的气息弥漫在整个的空间，使得刚进入里边的人几乎都将窒息。到处是惊慌的人们跑来跑去，所有的人在绿荧荧昏暗的日光灯下都显得脸色铁青，很难分辨出谁是需要急救的病人，谁是送病人来的健康人。人在如此不祥的氛围中，神经一分钟一分钟地受到折磨和损伤，最终，好像满诊室满走廊都是病人了。洪继宽止不住地想逃出去，但他竭力控制住心底的颤抖，手足无措，呆呆地望着儿女们把老妻安顿在长椅上。

幸亏带了床棉被，不然，她就要躺在这光板的木头椅子上了。是她身子太胖还是这椅子太窄？是椅子太窄了，这种椅子放在公园的柳树底下坐坐还可以，放在急诊室根本不顶用，又窄又短，看，她两条腿还是屈起来的，一小半身子还悬空在椅子外边，这怎么行，万一掉下来……

"爸，您别挡这儿！"见到紧紧挨在椅子旁边的父亲，慎芝又嚷了一声。洪继宽很不情愿地在原地挪了挪身子。

她躺在棉被上，没有枕头，她一定很不舒服。素娥，咱们就算万幸的了，你的公费医疗在这家大医院，要是在小医院恐怕条件就更差了。这里虽说病人多，可大夫也是全国一流的呀。只要对症下药治疗及时，没什么问题……她的头这么低，肯定是难受极了，应该想办法给她垫高一点……

"爸，您干吗？您别脱衣服，待会儿再着了凉，更麻烦了，把被子这头卷高点就成了！"慎芝见父亲脱衣服就急了，又嚷了一声。洪继宽很不满地瞪了女儿一眼。

难道我是纸糊的！唉，大夫怎么还不来？这里是有名的大医院，大夫应该是水准很高的，尤其是急诊室的大夫。报上登过，有个医院的急诊室诊断错误，病人当场死去，家属告到法院……告到法院有什么用，人都死了。不知他们是不是挂的专家号，肯定是的吧，千万要找个好大夫！刘祖德又跑去干什么去了，他满头大汗，也算尽力了。就算他爱戴个大戒指，也不至于就是个坏蛋。女婿关键时刻能如此，也算难能可贵了……

"大夫，就这儿，我母亲在这儿！"

大夫终于来了。从他一身干干净净的白大褂快步走来的样子，就敢断定他是一个精干的大夫。老太婆，病人的安危都系于医生手里，你有救了。他大概也就四十来岁吧，正好是当医生的年龄。可是，为什么他一直皱着眉头？为什么翻开她的眼皮观察了那么久？为什么他用那小棍不断地敲她的膝盖？为什么这半天他一句话都不说？难道她真是病得不轻？

"谁是家属，跟我来。先用上药，准备住院。"医生的果断和权威就是给病人家属最好的安慰。

"爸，还是我去吧！"慎新拦住父亲，自己跟着医生要走，想想又回头用商量的口吻对父亲说了一句，"要走好多路呢！"

"可是，住院要先缴押金吧，你妈妈单位还不知道……"

"爸，您甭管啦，先住进去。"慎新边走边答了一句。

"爸，您靠边儿站站，让人过去！"慎芝拽了拽父亲的衣袖。

急诊室里看人生百态，恰似一幅灰暗的风景图画。一个病人被人用床板直接抬来了，大约是时间紧迫，也可能是就住在附近。蒙着病人的被子很脏，已经辨不出本来的颜色，不知多久没洗过了。一头乱糟糟的白发像隔年的稻草，一碰就会断似的，从那个完全变黑了的被头露出来，让人看了好难过。她可能是个无依无靠的孤老太婆，没有经济来源，靠街道菲薄的救济金过日子。无人照料的老人就像折断了翅膀的小鸟，真可怜！送她来医院抢救的又是些什么人呢？看他们高高兴兴说说笑笑地往前走，不像抬着个病人倒像结伴游逛的神情，他们一定与这老妇没有亲情渊源。又一位老大爷拄着拐棍东倒西歪地走了过来。他的双腿根本不能驾驭他整个的身子，太危险了，怎么身边没有扶持的人？啊，有的，前面那位如花似玉的摩登女郎站住了，一手叉着细腰，柳眉高挑，正回头冲老人跺脚，令老人跟上她快速的步伐。她怎么穿着黑色的晚礼服？可能刚从舞会上被叫到医院，所以心情不好。那个床板又抬了过来，肯定是里边也没有地方了。床板就放在了洪继宽身旁的地上。

"爸，您先上外边找地儿歇会儿？"慎芝看父亲站得太久了。

"不用。"

"您脸色可不大好，您可别再趴下。"

趴下？我就那么容易趴下，言过其实。唉，也许她说得对，时时刻刻你都可能趴下，不是吗？看看素娥吧，昨天还精神抖擞的，今天就趴下了。

素娥啊，如果我们早听儿女的劝，家里请一个整天的小保姆，一日三餐不用你下厨房，你就不会这么劳累，不会倒下。也怪我，怎么平时从没有想到这些，直到你躺倒，我才忽然觉得，我对你是太不关心了。等你好了以后，不管你愿意不愿意，我们的生活方式要变一变了。首先是找一个人来帮忙，不能再让你干那么多活。要知道确实我们都老了，不能再像年轻时那样使唤自己的老胳膊老腿了。唉，天天提醒自己老了老了，其实，并没有真正懂得什么叫老！风烛残年，一支风中的蜡烛，说灭也就灭了……

"哎哟，妈没事儿吧，我们那口子还没下班呢，他……"

"妹夫自个儿的车，开出租，还有上下班儿，你别逗啦！"

"三妹，妈要住院，大伙儿可还得凑凑钱呢！"

"想住就能住哇，也得看人家有没有床位呀！哟，桂兰，你也来啦，说是你们那儿下岗的特多，你没事儿吧？"

"没事儿，他们敢把我开了，我叫他们全歇菜！"

这些人说话声音怎么这么大，一点公德也不讲，这是医院，是急诊室，周围都是病人哪！真不像话！

"爸，您看着点，我叫护士去。"

"去吧。"

她的脸不那么红得可怕了，好像睡着了，起码是看起来安稳多了，那位大夫是否有点言过其实？她也许不需要住院。住院的罪可不是人受的，那年盲肠开刀，她跑医院累得半死，我住医院吓得半死。麻醉有什么用？下半截麻木上半截清醒，那滋味一般人受不了。活生生地看着刀子剪子在头顶上乱晃，修养再好的人也沉不住气。真恨不能跳下床逃出去，可手脚都绑上了，你往哪儿逃？没想到，从此与医院结了不解之缘。看来你这个高血压想

357

根治是不可能了，以后常来医院走走可以，千万别住院。老太婆，回家记住天天吃药，别只顾唠叨又忘了吃药什么的……

"爸，住院手续都办好了，明天早上才能进病房。"慎新拿着一沓单子走了来说。

"爸，您先回去睡一觉，明天再来！"慎波在一边说。

"轮流值班的事我们都商量好啦，慎文明天上班，他们打车先送您回去。"慎新把几兄弟商量好的办法告诉父亲。

我还能提出什么异议，听他们安排就是了。到了没有精力操心的时候有人替你操心，有子女的感觉真好。尽管他们已经无视我的意见，无视我当老子的权威，也还应该是高兴的，这就是天伦之乐吧！当初生他们养他们的时候还真没想到有这一天。天下父母大都如此，只知全心全意把孩子养大成人，除此之外还能有什么？孩子不是期货，不是银行存款。你赋予了他生命，你的生命同样是你的父母所给予。维系父母子女是感情而不是利益。对，是感情。不管你长大成人的子女飞向了何方，不管他们是富贵还是贫穷，只要他们心中对父母有着浓浓的感情，那就是你为人父为人母最高的幸福了。如此看来，我们算是有福之人了。

"爸，下车吧，我们送您上楼！"慎文和翁静宜都下了出租车。

"不用了，你们走吧。"洪继宽独自上楼回到家里。

屋子显得真大，真安静，一点声音也没有。其实，也就少了她一个人，怎么好像少了好多人……不，有，是她的声音……不行，不能上床睡觉，万一晚上要来电话呢？对，就睡在沙发上，不用脱衣服了。老太婆要是在，肯定又要唠叨了：你就那么懒，脱了睡，你想感冒上医院呀！今天可没人管我了……看来是睡不着了，歇歇也好，明天一早还要去医院……

……静谧的秋夜，月光透过窗外的重柳，星星点点洒满了小屋。那粉红色的绸被，那白墙上新婚人儿的笑脸，那小几上绿色的花瓶，在摇曳的白色浸润中幽静朦胧。他头枕双臂，焦急地等着她的归来。新婚三天，他只觉得她像这月色，洁白朦胧而又遥远。他要切切实实地看清她，读懂她，拥有她，为什么她还不回来，回到我们这新筑的小窝？……

……轻轻的脚步声，轻轻的，从院子里一声声传了过来，那是她，是她，只有她才有的轻盈，只有她才有的温柔。他跳了起来，满怀莫名的惊喜凝望着那扇小小的门，她就要出现的门儿。门被推了开来，朵朵白菊花映入他的眼帘，她嫣红的脸庞被满怀的花儿遮掩。他只看见白菊下小碎花的旗袍。他走上前，想要拿去那挡住了视线的菊花。可是，那花横在面前，仿佛一堵墙，怎么也推不开，他看不见她。他要她，他伸出双臂，却拥不住她，他探出双手，却握不住她的手。他喊了起来，推开它，不要，不要这白菊花，推开它，不要这白菊花……

哪儿来的白菊花？啊，从前是有一个绿花瓶，还是结婚时她妹妹送的，早已不知去向。花瓶里倒也插了花，不过是塑料的假花。怎么会做这样的梦？……什么声音？门铃响？……是门铃！这么早，会是谁？

"是不是你妈妈不太好？"洪继宽见门外站着的是慎文，心想，他怎么一早又来了，为什么不去上班？

"我也不清楚，大哥来电话叫我们去，可能有些字要签吧！"

"签什么字？啊，住院是要签字的，走吧，走吧！"

"爸，您别急，慢点儿。"慎文好像是感冒了，说话瓮声瓮气。

这是什么地方，阴森森的。这是地下室，病房不是朝这边走的，根本两个方向嘛。慎文从小就有个毛病，闹不清东南西北，怎么到现在……对面黑乎乎走来的几个人是谁？有点像慎新他们……怎么都跑这儿来了，谁在病房里守着她？怎么回事，怎么回事，他们一个个直挺挺地站在我面前，都不说话。怎么啦，怎么啦，是……

"爸，您先镇静一点，听我说……"慎新自己的嘴唇在发抖。

"快说！你母亲怎么啦？"洪继宽下意识地用手紧攥住自己的衣角。

慎芝爆发的哭声把什么都说明白了。洪继宽只觉得天旋地转，身子就要朝后倒去，幸亏慎波在一旁扶住了他。他没有什么话可问了，只觉得内心深处有一个声音在喊：怎么可能！怎么可能！他只觉得胸前一阵针扎似的酸痛，泪水在心中狂流。在儿女的呜咽哭泣声中，他克制住嘴唇猛烈的颤抖，挣扎着说出了几个字：

"我要见她！"

"两个钟头之前，妈妈忽然……不行了，医生抢救了一个小时，是五点四十分的时候……后来，急诊室人多，医院说，先，先到这里，等，等您来……"慎新呜咽着，断断续续地说。

洪继宽僵直地站在那里，慎新的话他根本没听见，只是心里在喊：我要见她！我要见她！忽然，他甩脱儿子的搀扶，拼足了气力快步朝前走去。那不顾一切朝前奔去的神态，就像他要去完成一件紧要的事，晚了就来不及了。儿女们前后左右地跟着他。待走到门边那张床前，掀开白布，那张安详的没有血色的脸呈现在他面前时，他满眼的泪水无声地涌流了。他弯腰猛地紧紧抓住了她的手，只觉眼前一团白雾，什么也看不见了。这一刻，他想起了那条白色的小手绢，想起了她用一块红布在灯下给慎波补小棉袄，想起了她被学生剃了阴阳头回来的模样，想起了她那个在台湾的伯父，想起了梦中的白菊花……他双手紧紧地捧着她的手，浓重的白雾笼罩着她，他怎么也看不清她的脸，只是想起了许多许多她的事。他什么都想到了，唯独没有想到她已经离去……

时间太长了，父亲一直僵硬地站在母亲面前，紧紧握住母亲的手不放，老泪纵横却没有声音。这痛极的静默令人心悸，孩子们心里害怕了。

"爸，您要哭就哭出来，不要……"慎芝哽咽着嗫嚅地说。

突然，他发出一声受伤的叫喊，号啕痛哭了。他心中对她的千般话语只汇成了两个字：素娥！素娥啊！一刹那，他那撕裂人心的哭喊，和孩子们的悲泣混合在一起，震动着整个地下室。在这冰冷的地方，与亲人诀别，人间悲剧莫过于此。

直至傍晚，洪继宽才在孩子们的护送下回到他的家。一天的时间，他变得更衰老了。他泪眼蒙眬地软瘫在沙发上，望着变得陌生的房间。

空了，空了，什么都没有了。屋子还是这个屋子，墙壁还是这个墙壁。不，屋子再也不是这个屋子了，墙壁再也不是这个墙壁了。这是个死的屋子，没有她了。没有她的声音，没有她的脚步，没有她的气息，啊，我怎么这么糊涂，从来没想过她的存在对我意味着什么，从来不知道她在这屋子里对我是多么重要。你曾那么怨恨她的唠叨，现在没有了，你将要过的日子里再也没有声音了，以往的牢骚、叹息、顾影自怜，都算不得什么，现在，你才真正陷入可悲的境地，你是一个孤独的老人了。

"爸，您要看开点，还有我们呢……"

一万个你们也顶不了她啊！你们哪里知道，几十年的夫妻是什么，那是血肉相连的一个人啊！时至今日，我才明白了，为什么对她我可以任性，可以责怪，可以嘲笑，可以依靠，可以说所欲说，可以为所欲为，因为我知道，在这世上只有她是全心全意地对待我，甚至比我自己对待我更值得信任。没有了，没有了，什么都没有了。从此以后，在我活着的日子里活着的也只是我的躯壳，我的灵魂已随她而去。我没有力气来接受人间的温情了，我不再需要了。她已经没有了，从这个世界上消失了。上天，你是多么的不公平！

"爸，您别太难过，我们轮流来陪您住！"

不要。不用了！我不需要任何人，我要独自守在这间屋子里。你们以为，妈妈从此走了吗？她也许会离开你们，你们有自己的家，不用她担心。可她不会离开我，睡里梦里她会回来的。你们过自己的生活吧，我不会拖累你们的，我保证。现在我已经觉得世间没有什么可怕的事了，包括死。

我是怎样养猫的

一

对于猫，我说不上喜欢，也说不上讨厌。有时看见别人家的猫——尤其是毛色很华丽、头脸很娇媚、通体还散发着一种贵族味儿的猫，我也觉得挺好玩儿的。不过，我可从来没想过自己去养猫。每天下班回家，做饭洗衣服收拾屋子，伺候他们爷儿俩就够我忙活的，哪还有闲工夫伺候猫。

千不该，万不该，那天我不该带虎子去胖菲家串门儿。

胖菲是我在兵团时的铁姐们儿。虽说回城以后，各自成家有了丈夫孩子，但我们之间共过患难的友谊还是牢不可破的，加上她住得离我们家又不远，时常串串门儿，说点儿什么。人嘛，除了家里的几口人说话，总还要找几个说说心里话的人。有时我去胖菲家想带着儿子，他总是不大愿意。他说：

"我不跟女的玩！"

就因为我那虎子才八岁，对于男女之间的事一窍不通，才有如此的极端。其实，胖菲的女儿小文文长得挺好，一对眼睛又大又黑又亮，一点不像她妈那一对小眼睛。可我儿子根本不懂得欣赏漂亮的姑娘，他不爱去她们家。那天他如果坚持不去倒也好了。

因为他爸出差了，我把他一人搁在家里也不放心，做了半天思想工作他才同意去，而且说好坐半个钟头就走。

谁知胖菲来开门时，怀里抱着一只大白波斯猫。嚯，那猫真叫漂亮！长长的毛雪白晶亮一尘不染，给人一种超凡脱俗之感。再加上那一双大大的神秘莫测的眼睛，绿莹莹宝石似的幽幽放光，懒洋洋又媚态十足地瞪着人瞧，一下子就把我儿子迷住了。

进了门，我跟胖菲是老规矩一人一张沙发上坐着，一人面前一杯茶，就开始东拉西扯。我儿子整个儿坐立不安，半天他才嗫嚅地请求说：

"妈，能让我抱抱猫吗？"

"行啊，怎么不行。我们贝贝一点儿也不认生，来，接着！"胖菲一边说着，一边就把猫递到了我儿子手里，她那小心劲儿就跟把孩子递到人手里似的。

虎子那高兴劲儿就甭提了，双手伸过去抱起猫，就像抱着个宝贝。小脸儿涨得通红，又笑又不笑的。然后他小心地坐下来，让猫坐在他腿上，一手拦着它的腰怕它跑，一手抚弄着它的长毛毛，那一种温柔安静的样子我从来没见过。我还真不知道儿子这么喜欢猫。

一会儿，文文从自己的小屋到客厅来了。她一见虎子可高兴啦。现在的独生子女最大的问题就是在家太寂寞。一见来了小朋友就乐得不知道怎么才好，恨不能把自己所有的好东西都拿出来，只要小朋友能多留一会儿。文文见虎子喜欢她们家的猫，就心甘情愿地让虎子跟贝贝亲热，并且领他去参观贝贝的餐厅和卫生间，还有她妈给贝贝做的项链什么的。

我跟胖菲在客厅坐着，说了好多当年在兵团的事。人也怪，那会儿觉得简直是不能忍受的环境，事隔多年以后回想起来又觉得挺有意思，还有那么点儿留恋。人就是贱。其实那会儿胖菲因为她舅舅、伯伯都在美国，爸爸妈妈都是审查对象，她没少受气。

"唉，谁能想到呢，现在你舅舅他们倒成香饽饽了。"

"可不是嘛，反正现在就认钱。听我爸说，当初我舅跑台湾可坚决了。如今回来几趟，摇身一变成了爱国商人，钱也有，地位也有，回来请他的饭局都排队。要不是他，我们家的房子问题能解决这么快！"

胖菲家的房子可真不错，说是为了落实对海外华人的什么政策，把她姥姥家的祖产痛痛快快地还给了他们。除了一个平房大院儿，外加折合给了三个单元。要不，就凭胖菲能住上这么三室一厅！没这么宽敞的屋子，我看她也没法儿养猫。再说，人家有外边的支援，这年头有美金的主儿在中国北京活得就是自在。胖菲自个儿天天去上班，听人调遣。下班人家拿着外汇券儿去友谊商店买鱼买虾的，谁也管不着。家里雇着小保姆，家务事一概不用脏了自己的手。

"我说，你快成资本家太太了。"

"资本家太太不工作。咱们可有本质的区别！"

"得啦！你到家肩不动膀不摇，就抱着个猫坐沙发上，可不就是个太太！"

"这年头，有人巴不得别人叫一声太太小姐呢，你以为还是咱们在兵团的时候？一听见'太太小姐'的词儿就怕脏了耳朵。"

胖菲这人说话直，我说话也不会拐弯儿，要不说对脾气呢！

"你们家老七也喜欢猫？"

"他呀，爱喜欢不喜欢，我们贝贝还不爱搭理他呢！玲子，你可不知道，我们家贝贝可知道好歹啦。它就跟我亲，一见我们那口子就躲，他叫它它都不带搭理的。我说他呀，是人嫌猫不理！"

我俩又笑了一阵子她那口子。其实老七那人不错。那会儿胖菲家的阔亲戚还没回来的时候，人家对她们家可好啦。当然，现在人家两口子的感情也不错。我俩聊着聊着，我一看表叫了起来：

"糟啦！整整俩钟头啦！孩子干吗呢？"

"跟文文玩呢，管他们的。玲子，你呀，就是太操心，要不你这么瘦呢！"

"我不操心行吗？我可没你们家这条件，吃、穿、用，哪一样都得算计，回家比上班儿还累。你知道，我们虎子他爹又是个大松心，百事不管，我不操心行吗？"

又聊了会儿，我一看，不行，快十点了，明天虎子还要早起上学呢，就坚决要走。我俩就上文文的小屋去叫虎子。推门一看，猫睡在床上，身上盖着毛巾被。俩孩子一头一个坐着，还愁眉苦脸的。胖菲一步就跨了进去，着急地问：

"贝贝怎么啦？"

"它生病了。"

"怎么搞的？怎么搞的？"胖菲真着急了。两步就跨到床边。

"妈，我们假装的！"

她妈这才放了心，笑了。这猫也真怪，就听他们的，让他们摆弄，怪不得虎子不愿走呢。最后还是我死拉活拽的，答应了下星期再带他来，他才答应回家。

回来的路上，他就死缠着我，要养个小猫。我说：

"咱们家可没人伺候那玩意儿。"

"我喂它。"

"你知道喂个猫多麻烦，它可不能光吃大白菜。咱家可养不起。"

"不就是吃点儿肉汤拌饭什么的吗？我不吃还不行。"

"那可不行，虎子。妈这辈子是没指望了，就指着你赶明儿给妈争口气。我们家呀，好好把你养大就行了。"

"那行啊，你们养我，我养猫。"

"胡说！"

不是我夸自己的儿子，我们虎子在同年龄的男孩子中算听话的。学习也还可以，除了数学有时不及格，其他功课也还有七八十分。这就该怪他爹，他总说，别让孩子赶明儿弄成个书呆子，及格就行了。如果不是他这么低标准，我儿子的分数肯定会比现在高得多。虎子也没多少独生子女的毛病，我们也不惯他，除了荤菜尽着他多吃之外，其他的要求都是很严格的。就是没想到，在养猫的问题上，他自个儿有那么大的主意。

二

虎子真弄来了一只猫！

有一天晚上，我下班回来，路上换了两次车，再噔、噔、噔地爬上七层楼，已经累得够呛了。刚想坐下歇会儿，忽然，听见一声尖叫。那声音活像垂死的什么东西在挣扎呻吟。吓得我噌地跳了起来，大喊：

"虎子！是什么东西呀！"

我那胖儿子慢腾腾地走了进来，有点抱歉似的说：

"妈妈，同学给了我一个小猫儿。"

"什么？小猫？"我觉得那声音根本不像猫叫，眼睛四下里找它。

"它在哪儿？"

"在床底下。"

"不行，虎子。我跟你说好了的，咱们家不能养猫。你玩玩就把它送回去。"

虎子嘟着嘴不说话，生气了。我怕影响他做功课，也就没多说，等他爸下班回来咱们再说。他一下班回来，我就把他拉进厨房，小声把猫的事跟他说了，让他跟我采取一致行动，勒令虎子把猫送走，哪儿来的回哪儿去。可是，他爸这人总爱讲歪理，他说：

"其实，养个小猫也没什么。现在的孩子太孤单，想找个兄弟姊妹打架都没有，养个猫，放学回来也有个伴儿……"

我正炒菜呢，没等听完他的话，气就不打一处来：

"你知道养个猫多麻烦吗？胖菲家的猫比人的事儿还多，人家有保姆，咱们家谁伺候？陈宏钢！我可是有言在先，我不管。我喂人还喂不过来呢，还喂猫！"

"你先别生气，咱们再商量嘛！"

"没什么可商量的！我告诉你，在这个家，你得跟我保持一致，绝不能让孩子看出咱俩有什么分歧，让他钻空子。"

"好，好，保持一致。那也等吃了饭再说吧！你不是说，吃饭的时候不能让孩子不高兴，情绪不好硬吃下去消化不良要得胃病……"

"去，去，去，甭在这儿耍嘴皮子！"

"不是你让我上厨房来的嘛！"

"还不快摆筷子吃饭！"

晚上这顿饭，一家人都没吃好。

首先是儿子心不在焉，总惦着床底下的小猫儿还饿着呢。儿子吃不好饭，当爹妈的自然也不能安心。宏钢就把一小碗饭拌了点儿菜汤搁在床下边，说凡是动物为了生存都有"饥不择食"的毛病，它饿了自己会出来吃的。谁让我们不知它大驾光临，没有准备鱼呢。再说，北京的鱼现在贵得不近人情，我们家平时也难得买的。

一家人都盯着床沿下那小碗，期望着这位不速之客赏个脸，吃两口。无奈，也许因为猫没有人那么贱，放在床前的那碗饭没有鱼腥味儿，它对这吃食根本置之不理。

"妈，明天一定要买鱼！"儿子乞求的声调之诚恳，大大超过为自己要泡泡糖的级别。

"好，你乖乖吃饭，妈妈明天一定给小猫买鱼！"我只好权且答应。

那天晚上正好胖菲带着文文来了。我儿子去开门，一见她们就大嚷：

"我们家也有小猫儿了！"

"真的呀，我看看！"

两个孩子欢呼着往屋里跑。那小猫还是在床底下一点动静没有。俩孩子先是跪在床边，后来索性趴下，几乎把头伸到床底下，搞得头上身上都是灰土。他们耐心地喊"咪咪、咪咪"，叫了半天，里面毫无反应。儿子急了，大概也觉得在小姑娘面前丢了面子，于是动用武力，找了拖把来，在床底下一阵乱捅。

忽然，就见一条一尺多长的黑东西一蹿，从床底下直蹿出来。孩子们欢呼起来，大叫："快关门，快关门！"孩子们的喊声还没有落，这猫就从地上一蹦蹦到椅子上，然后以迅雷不及掩耳之势，从椅子上飞快地蹦到了五屉柜上。大人们急得直喊："别追它，别追它！"一时屋里三个大人两个孩子都不敢出声，希望它自动下来。我心里真是提心吊胆，五屉柜上堆满了乱七八糟的东西。还好，它竟然站着不动了，示威似的瞧着一屋子的人。

哎呀，我这才看清了它的尊容。它可完全不像胖菲家的贝贝。身上的毛短得只有男人头发的一半，颜色是一种说不出的没有规则的灰黑，还杂有那么丝丝点点的白毛。浑身瘦得没有一点肉，脊背下的肋骨看得清清楚楚，整个儿就好像才从水里捞起来似的。那一双眼睛既不是蓝的，也不是黄的，更不是绿的，而是一种黄褐之间的昏暗，没有一点光泽。更叫人不愉快的是，从那两个暗淡的眸子中射出的竟是两缕狠狠的凶光。它凶狠地瞪视着屋里的人，约有三秒钟的样子。大家也看着它不知该拿它怎么办，就在我的心七上八下的时候，它忽然又是一蹿，穿过那没有插花的花瓶，又横跨过新买的小闹钟，只听得一阵噼里啪啦，花瓶和闹钟都粉身碎骨了，大人孩子一齐大叫了起来。

只见那小猫又英勇地从五屉柜上跳了下来，黄鼠狼似的蹿出房间，然后一溜烟到了小过厅，就躲进了儿子那小床底下。这一阵混战搅得人眼花缭乱，现在它躲到另一张床底下去，倒让人喘了一口气。宏钢也急了，连声地叫：

"别惹它！你们千万别再惹它了！"

"就让它在床底下待着吧！别让它出来！"我也跟着喊。

来的客人大约也不喜欢这种没有规矩的猫，碍着面子或是为了让我们宽心，胖菲还安慰我呢，笑不滋滋地说：

"养养就好了。"

虎子还是不甘心地守在小床边，文文也陪他坐那儿，两人不时弯着小脑袋往里看，可那小猫死活就是不出来，一直熬到文文都困了，她妈带她回家了，那小猫还不肯露面。

猫不出来，虎子说什么也不肯睡觉。本来是想跟他谈送走猫的问题，现在这问题不能谈，当务之急是哄他先上床。

"那我睡了，你们要是把小猫扔了呢？"

"保证不扔！"

跟孩子说话不能不算数，小猫就待在我们家了。我想，过几天再说吧，孩子对什么都没长性，等他新鲜劲儿过了再说。

没想到，虎子对这小猫儿不像对别的，三天过去了，他还把这破猫当宝贝，说什么也舍不得送走。甚至为了留住这只猫还掉了几滴眼泪。当妈的看见宝贝儿子的眼泪儿，就像刀子挖自个儿的心！没办法，养着吧！就这么阴错阳差的，我们家开始养猫了。

别人家的猫都是有名儿的，而且那些名字非常讲究，大都有很深的含义，像什么贝贝啦，娇娇啦，来来啦，都表达了主人对它们的宠爱之情。当然，一个巴掌拍不响，人家那猫也很识相，对主人都是有情有义十分讨人喜欢的。

我家这猫可完全不是这样，它根本不喜欢人，绝对不知好歹。到我们家三四天了，还是一看见人就往床底下钻，整天东藏西躲，好像谁会在它背后捅它刀子似的。他爸不解地问我：

"这猫怎么总是鬼头鬼脑的？"

"你去问它自己呀！"

我一肚子的气，想到它总要有个名字，于是灵机一动，建议取名为"小鬼儿"。我儿子不同意，可他又想不出更好的名字来，最后决定"小鬼儿"可以作为它的暂用名。这一下可热闹了。我们家的大人孩子回家就"小鬼儿、小鬼儿"地叫，就像我们家闹鬼似的！

三

民以食为天，猫也以食为天。可解决猫食问题比解决民食问题难得多。老百姓填饱肚子就感恩戴德；猫可馋着呢，没有鱼鲜，它可不吃饭。

收养了小鬼儿，第二天下班我就去买鱼。答应了孩子的事，不能说了不算。

我们这个住宅小区，是近几年中新建的。林林总总一片高楼大厦，就一家副食品店。店的规模不小，品种齐全，人人称便。只可惜我兜儿里缺钱，除了光顾卖油盐酱醋咸菜粉丝儿的杂品柜台，其他卖鸡鸭鱼肉、名酒名烟、饮料罐头等稍许高档一点商品的地儿，都没怎么去过。

这回，我一进店门就直奔水产柜台。好家伙，大玻璃柜里鲤鱼、鲫鱼、鲢鱼，个个活蹦乱跳，一片繁荣景象。可一问价钱，我就傻眼了：不是四块八，就是六块五，没有一张"大团结"，您甭想从这儿提走。这，我可买不起。我们家，一天的菜金才两块五，这要买条鱼，小鬼儿合适了，我们一家三口，吃啥？

活的买不起，买死的吧，兴许能便宜些！转过大玻璃柜，就见那边白瓷砖的长案上码着袋装的平鱼、黄花鱼和散装的草鱼、带鱼、非洲鲫鱼。价钱倒不要问，都有明码标价。一看，也吓你一跳，敢情死的也不比活的便宜。黄花鱼八块钱一斤，平鱼十块钱一斤，就连早年三角八一斤、北京人像抱柴火棍儿似的整捆整捆往家买的带鱼，也涨到四块钱一斤，这不是宰人吗？还说市场疲软，这价钱，叫人硬得起来吗？

经济决定一切。没办法，我只好买一点肥肉馅回家对付。反正肉也属荤腥一类，小鬼儿总不至于那么死较劲非吃鱼不可吧！

谁知那馋猫一点不通人性，不知当家的难处。我还对它特别关照呢，舀了一大勺肉末给它拌饭。它懒洋洋地跑过来嗅了一阵，扭头就钻床底下去了。

虎子一看桌上没有鱼，脸上就一百个不高兴。我怕他也来个绝食抗议。还好，他啥也没说，三下两下扒完一碗饭，扔下筷子就跑了。我以为他跑屋里做功课或是看小人书去了，也没在意。

没想到，吃完饭，洗罢碗，我走出厨房，左右一瞧，哪儿也没见虎子。这孩子跑哪儿去了？问他爸，他爸坐那儿看电视，动都不动，还说："这么大的孩子，丢不了，不定跑谁家玩去了。"这人就这样，大大咧咧，没治。

约莫过了一刻钟，嘭嘭嘭，有人敲门。我打开门，就见虎子满头大汗，捧着个饭盒，冲到屋里大声叫道：

"小鬼儿，有鱼了！"

我追上去，一把抓住他问：

"哪儿来的鱼？"

他打开饭盒，挺得意地说：

"我在饭馆里问人家要的。你看，连头带尾，还有不少肉呢！"

"好呀，你好的不学，学会要饭了！"

我气得恨不得给他一巴掌。可亲生的儿子，自个儿身上掉下来的肉，攥着拳头就是下不去手！

宏钢也感到事态严重，他关掉电视，板着脸说：

"虎子，自小你妈你爸怎么教育你来着？咱们人穷志不穷，不是自个儿的东西，不馋、不要、不拿、不偷，你怎么就忘了？"

虎子嘟着小嘴说：

"又不是我馋，是小鬼儿馋，我给它要的。"

"给它要的也不行。"我说，"今天你给小鬼儿要，明天兴许就给自个儿要。老这么要下去，长大了还不成要饭的了？"

"得了，事情也没你说的那么严重。虎子也是爱猫心切，动机还是好的嘛。"他爸就是这么个人，关键时刻和稀泥。

回头，他又嘱咐儿子：

"虎子，记住你妈的话，下回别再跑到饭馆里给小鬼儿要鱼了！"

"那这鱼呢？"虎子把饭盒摇了摇。

"这鱼嘛，还给饭馆呢，人家也是扔了，对不对？扔了就是浪费。我做主，给小鬼儿吃了。可是，虎子，只此一回，下不为例噢！"

宏钢挺得意的，对我眨眨眼，好像他教育儿子多么高明似的。

虎子一扫脸上的晦气，马上把鱼倒在小鬼儿的饭碗里叫道：

"小鬼儿，快来吃鱼！"

不知是听到虎子的召唤，还是嗅到了鱼的腥味，小鬼儿顿时从床底下蹿出来。可，嘴巴刚凑到鱼跟前，它又后退了两步。

"吃啊，小鬼儿，这是鱼！"虎子又把饭碗朝它跟前推。

你越往前推，它越往后退。

"爸，它怎么不吃啊？"虎子都快哭了。

宏钢装模作样，审视了半天说：

"我瞧这像是豆瓣鲫鱼，辣的。八成儿是小鬼儿吃不惯川菜。"

我心想：它不吃才好呢。

"虎子，来，咱们把鱼拣出来，用水冲一冲，把那辣味儿给冲掉。"

"唉！"虎子应得那叫脆。

我知道，在儿子面前，今儿我丢了一分，他爸捞了一分。

第三天，我不惜血本，花了三块多钱，买了一条最便宜的鲢鱼。虽说是死的，那鱼鳃还是红的，做了一盘红烧鲢鱼。

"虎子，把小鬼儿的碗拿来。"在厨房里，我就叫起来。

"唉！"虎子应得那叫甜。

我把鱼尾巴掐下来搁小鬼儿碗里，又舀了几勺鱼汤把饭拌了拌。虎子赶紧端进屋去。

"妈，小鬼儿吃饭啦，吃得可香呢！"虎子高兴得大叫。

小鬼儿吃饭了，我们也吃饭了。

他爸又来充好人，说：

"谁说养猫没有好处？瞧，有了小鬼儿，我们也吃上鱼了。"

我瞪了他一眼，给虎子夹了一大块鱼肚子上的肉。

谁知虎子只顾扒饭，动都不动碗里的鱼肉。

"吃啊，虎子，你怎么不吃鱼呀？"我问。

"我留给小鬼儿明天吃。"

一听这话，我就生气了：

"好呀！虎子，你怎么不识好歹？这小鬼儿是你什么人，你这么爱它？好不容易吃一回鱼，你还给它留着；上回胖菲阿姨送你一盒美国巧克力，你怎么就没有想到给你妈留一块呢？"

这话一出口，我就知道糟了。我怎么降低自己跟猫比呢？都怪这死猫把人气得晕头转向的。唉，也怪我自己，嘴上没把门儿的，心里怎么想，嘴上就怎么说，难怪吃力不讨好呢！

他爸又出来扮演"好爸爸"了：

"虎子，你妈也是为你好，小孩子多吃鱼赶明儿聪明。咱们把鱼头留下来明天给小鬼儿吃；鱼肉嘛，虎子、妈妈、爸爸分了吃，好不好？"

虎子点了点头，开始吃他那份儿鱼。

宏钢又冲我一乐。他这几年练的，真成"捞分能手"了。活儿全是我干，好话全是他说。这人！你能捞，到单位捞个一官半职去，光在家逞能算什么本事！

饭桌上刚安静了一会儿，那馋猫吃完了它那一份，还不满足，又蹦到虎子的膝上，舐着油腻腻的小嘴，冲着虎子"喵呜、喵呜"地叫个不停。虎子正夹着鱼肉往嘴边送，还没有张口呢，脸上马上有了踌躇的表情，蛮痛苦的。

这回，我也学会当好人了。在儿子面前讨个好，捞几分，这还不容易：

"我们小鬼儿馋得很，怪可怜的。这样吧，干脆，把鱼头也给它开了。"说着，我就把鱼头搁小鬼儿碗里了。这馋猫一见又有加餐，噌地就蹿回去，"呜呜"地埋头大嚼起来。

没有想到，虎子脸上又浮上一层愁云：

"妈，明天小鬼儿吃啥？"

"明儿再说明儿的吧！"我也懒得跟他废话了。

第四天，终于被我发现了"新大陆"。副食品店下班前，卖水产的都要清理柜台。一清就清出一堆碎鱼烂虾之类的下脚料，给一块钱就能"包圆儿"。遇上好心的售货员，给五角钱也能拿走。当然，有时也会碰到几位争购这堆破烂的老太太。好在都是养猫的主儿，志同道合，一说话就投机，争几句也就互相谦让起来。

当我第一次捧着这堆破鱼烂虾回家时，举家欢呼，连小鬼儿也高兴得在地上打滚。我顿时成为众人瞩目的有功之臣。

四

食的问题好歹总算解决了，接下来让我头疼的是它的"方便"问题。小鬼儿从来不讲精神文明，到处拉屎撒尿，搞得屋里整天冒出一股呛人的气味。

我发现，我的那些兵团战友来访的时间大大地缩短了。他们坐下来的时候神情也不对劲儿，总是东张西望的，好像这屋里藏着什么见不得人的东西。我明明知道那是小鬼儿四处乱拉造成的恶果，可又不想家丑外扬，搞得尽人皆知我们家有这么个不争气的猫，于是就装傻充愣，不提这事儿。

好在这些战友们历经多年城市生活的磨练，又各自成家立业，一个个也学得人模狗样儿的，到谁家串门儿都只说好不说坏。要是在从前保证早就抗议了："你们家什么味儿呀？"可现在，谁也不挑明了说，只是捏着鼻子坐一会儿就走人。

小鬼儿又从来不像别人家的猫具有社交才能，来了客人就上前去亲昵地依偎在人家身旁以示欢迎。我们家猫从来不接待生人。一见来了客人，它就钻到床底下一声儿不吭。所以，谁也不知道我们家还养着一只猫呢！

只有胖菲一家子知道，因为头一天她们目睹了它的到来。过了几天，文文吵着要看我们家的猫，她们又来了。一进门胖菲就笑着说：

"你们家有猫味儿了！"

我觉得脸上直发烧，肯定是脸红了。人家很注意修辞，没说你们家有猫尿味儿。

说实话，小鬼儿来了才几天，我们家的床底下、柜底下、厨房里、阳台上，全都是它"方便"的地方，整个儿一个资产阶级自由化。我们全家为解决它的"方便"问题费尽心机，全白搭。

先是胖菲告诉我，说是国外有那"先进"的猫已经训练到自己会上抽水马桶了。我和宏钢全当是海外奇谈，根本没往心里去。谁知虎子却听进去了，开始训练小鬼儿上厕所。

我们家厕所没有抽水马桶，是个蹲坑。有一天，我看见虎子进了厕所，老半天也没出来。我挺纳闷的，推门一看，虎子弓着腿，两手抱着小鬼儿，正给它把尿呢！特别可笑的是，他还学小时候我给他把尿的样子，嘴里嘘嘘有声。

"傻儿子，"我笑道，"它是猫，你以为它通人性，会让你把尿？"

"它马上就要尿了。"虎子还挺有信心的。

宏钢也过来凑热闹。他说：

"虎子，像你这么把它尿可不行！它要是养成了非让人把着才尿的习惯，你上学了，爸爸、妈妈上班了，家里没人了，怎么办？谁来给它把尿？"

虎子傻眼了。

"来，咱们得让它自力更生！"宏钢兴致勃勃。

说着，这爷儿俩一起动手。一个掰着它的后腿，一个掰着它的前腿，把小鬼儿按在蹲坑儿上，两人一起发出"嘘——嘘"的催尿声。

我一想起"人畜同厕"就恶心，一看到这爷儿俩合演的"驯猫图"又好笑。我说：

"你们这是白费工夫，没听说过猫能自个儿上厕所的。"

"外国猫能做到的，中国猫一定也能做到。"宏钢还嘴硬。

小鬼儿可不给他争气。这猫本性就不是个温顺听话的家伙，这会儿四条腿儿被按着，活像受刑，它哪干哪！只听它吱哇乱叫，乱抓乱挣。我们家那蹲坑好歹也是白瓷的，四边都是光不溜溜的。它刚想蹦，那爷儿俩使劲一按，就听吱溜一声，小鬼儿半个身子就滚到坑儿里了。尿没撒出来，倒沾上一身臭水，它爬起来再那么浑身使劲儿一抖动，脏水溅了爷儿俩一身一脸。

他们还不死心，还接着训练。结果两人折腾了一个多钟头，劳而无功纯属瞎耽误工夫。最后，这爷儿俩满头大汗，筋疲力尽，走出厕所，承认训练失败。

"看样子，是不能硬搬西方那一套。"宏钢还挺像回事儿的。

"你现在才知道？"这回，轮着我笑他了。

忽然，虎子大声叫道：

"小鬼儿尿了！"

"尿哪儿了？"宏钢还以为出现了"奇迹"，赶忙跑去看。

虎子嘟着小嘴，跑出来说：

"它尿便纸篓里了。"

这死猫，真是赖猫扶不上墙！

怎么办呢？宏钢说，咱们还是来"中国特色"吧，找个破盆，撒上炉灰，让它"方便"，甭惦着洋为中用了。

可是，如今的住宅小区，家家都使煤气，上哪儿去找煤灰啊！

"我到街上垃圾桶里找去。"虎子自告奋勇。

"不行！"我喝住他说，"昨儿你去要饭，明儿你再去掏垃圾，那还不成野孩子了！"

"要不，我去。"宏钢说。

"你去掏垃圾？"我冷笑一声，"一个大男人，你不嫌寒碜，我还嫌丢人呢！"

"那谁去呀！"虎子瞪着两眼。

"谁去？还不得我去！虎子，我可把话跟你说头里，别以为你妈那么好使唤！你要是不好好学习，考试再不及格，我就把小鬼儿送走！"

"我保证好好学习！"虎子答应的那痛快劲儿就别提了。

第二天，我就带了个塑料兜，下班后骑着车，专找小胡同走。穿了几个胡同，果然给我瞧见一溜垃圾桶，还七八个呢。有盖着盖儿的，有敞着盖儿的。我下了车，装着等人的样子，站在垃圾桶边儿上，琢磨哪个桶里有煤灰。再看看周围的房子，有高楼，也有小破院矮平房儿，我断定不像全使煤气的。正想跑到垃圾桶跟前瞧一瞧，忽然看见一个老太婆已经跑到我前头，掏开垃圾了。

这老太婆衣衫破烂，推着一辆自制的木板小车。她伸手到垃圾桶里，把纸箱子、破盒子、旧报纸，还有那些奇形怪状的泡沫软板，都拣了出来，搁在她的小车上。瞧那样子，准是个无儿无女，或儿女根本不管她吃喝的孤老婆子。我大小也是个国家干部，怎么也不至于落到与这老太太为伍呀，待会儿等她走了再说吧。好不容易，老太婆推着车总算走了，该我上了！我心里那阵慌哟，跟做贼似的。想想也真委屈：儿子要饭，妈掏煤灰，这不整个儿回到旧社会了！唉，这要让人看见，还不说我给社会主义抹黑？又一想，话也不能这么说。都因为现如今生活水平提高了，使上煤气了，才有找不到煤灰的苦恼，这也可以说是新时期前进中的新问题，没啥可丢人的！

我一咬牙，上！刚走到第一个垃圾桶跟前，一股破瓜烂菜的恶臭就扑鼻而来。我捂着鼻子，找了根棍儿，在垃圾桶里扒拉着，也没见有煤灰。我又挪到第二个垃圾桶前。正扒拉着呢，忽听得身后有人叫我：

"阿姨，你干吗呢？"

天啊，我怎么这么倒霉！第一回干这种丢人现眼的事情，就给人瞧见了！怎么办？采取"鸵鸟政策"，不抬头，愣装没听见？可，那鼻子老冲着垃圾桶，受得了吗？

没办法，我只好回过头去。还好，是在我们家楼上那一家做钟点活儿的小保姆兰芬。

"我捡点煤灰。"

我这人真没治，心直口快，一下子就说出来了。我要是说不留神丢了个金戒指，够多体面呀！真笨。

"捡煤灰干吗？"小保姆都爱打听事儿。

"我们家养了只猫。"

"这垃圾桶里的煤灰多脏啊！阿姨，你要煤灰，去找卖烙饼、炸油条的个体户，他们哪天没有煤灰？那多干净。"

是呀，这倒是个好主意！不过，也未必行得通。人家做小买卖的，谁给你把煤灰攒着，你总不能守在人家炉子跟前，等着人家通炉子！再说，那刚从炉子里通下来的炉灰，还冒着烟，吐着小火苗儿，怎么拿呀！

"阿姨，这样好不好，"兰芬说，"你要煤灰，这活儿，我包了。隔天往你家送一次，保证都是干干净净的。"

兰芬专做散活。一、三、五在张家，二、四、六在李家；上午在赵家，下午去王家，一月挣二百多元人民币呢。她提出来替我送煤灰，当然也不是发扬风格白尽义务学雷锋。果然她笑嘻嘻地提出了方案：

"我也不多要您的钱，您每月给我五块钱跑腿费就行了。"

干活挣钱合情合理，商品经济可真能锻炼人！这安徽小保姆到北京才两年，满脑子都是商品意识了。我也算长了一回见识。

不过，花上五块钱，省得丢人现眼的，也值！

从此，我那家用账本上又多了一笔开销："煤灰运输费五元"。这钱打哪儿支呢？没办法，为了猫，人嘴里抠吧。

五

小鬼儿"进出口"的问题初步解决以后，又有一个洗澡问题提到日程上来。猫毕竟是猫，它哪懂得爱干净，全凭人去伺候了。

胖菲她家怎么给贝贝洗澡，我是早看见过的了。

那天我敲了半天门，老七才来开。就见他一头的汗，一双手也湿淋淋的。我正瞪着眼瞧他，以为他们家在做大扫除呢，他冲我笑了笑，用胳膊肘推了推眼镜儿，抱歉地说：

"真对不起，我们正给贝贝洗澡呢。"

那会儿我们家还没小鬼儿，我一听这话觉得真新鲜。听他说话的口气，就跟胖菲又生了个儿子似的。他关上外边的门，一边把我往里让，一边去打开客厅的门。他们家客厅的门从来不关的，今天为了给贝贝洗澡，怕它着凉，门关得死死的。只见他抢前一步走到门边，小心地把门推开一条缝，努着嘴示意我快进去，连声儿都不敢出，好像客厅里坐着个外宾。咱也别破坏人家的规矩，就悄悄地跟了进去。就见房中间的地毯卷着放在一边，胖菲挺费劲地正蹲在盆边呢。好家伙，他们家猫洗澡的盛典，真叫我叹为观止！

在一个专为婴儿洗澡的粉红色澡盆里已经倒上了温热的水，旁边搁着女士专用的高级洗发香波，而且是什么"飘柔二合一"之类的玩意儿。夫妻两人同心协力：一个人给洗，一个人拿着制成老鼠的塑料玩具逗它玩儿，以分散它的注意力，免得它不耐烦。洗完第一遍，再用温水冲洗第二遍，第三遍，然后用大浴巾包裹起来擦干。这时为防止着凉还不能让它乱跑。唯一的办法是千方百计地哄它坐在人的怀里，直到它身上的水干透。

"这猫洗一次澡，比人还麻烦呢！"

胖菲正喘吁吁地把贝贝抱在怀里，心疼地说：

"那可不。我们小可怜儿自己不会洗呀！"

这时，又见文文她爸拿了吹风机来，用最小的风力从头到尾地给它吹干。

有了这次的见识，我们家小鬼儿来了以后，宏钢说这小猫太脏，得给它洗洗澡。我一想起胖菲家那场面，立刻心有余悸，就把这事儿拖下来了。心想，人也有爱干净不爱干净的，我们家猫天生地不爱干净，缓几天给它洗也不碍事。再说，我又跑猫食，又给找煤灰，够对得起它的了。

谁知有一天，我下班回来，可出事儿了！还没推门儿，就听见屋里跟打仗似的，又叫又嚷。赶紧打开门一看，我的妈，过厅那一小块地儿又是水又是泥，还有一汪一汪的肥皂泡子。原来是虎子找了文文来帮忙，两人正给小鬼儿洗澡呢。

我呆在门口，一来是没地儿下脚，二来是有文文在，不好骂虎子。只看见那个给虎子洗澡用的大塑料盆放在中间，里边是一盆堆得像小山似的又黑又白的肥皂泡儿。我心想这得用多少肥皂才能出这么多沫儿呀。啊，再一看，那瓶四合一洗发香波在一边搁着。这还是他爹那天专门献宝似的给我买的，说是什么天然原料的对头发特别好，价钱挺贵的，我一直留着还没舍得用呢。跑过去拿起来一看，我的天，已经下去了半瓶。

"虎子，你怎么拿我的香波给猫洗？"

虎子还没答话呢，那小胖丫头笑嘻嘻地反问道：

"王阿姨，不拿香波拿什么洗呀？"

啊！我这才想起，她家就是用这给猫洗澡的。当着人家的孩子我也没好说什么，只好说：

"瞧这一地的水，还不赶紧拿墩布来！"

"还没洗完呢！"

哎哟，我一看虎子那样，真气蒙了！他蹲在那儿，毛衣袖子、胸前全湿了，肥皂泡泡还在毛衣窟窿眼儿里咕嘟呢。俩裤腿儿也是湿的，整个儿活像掉肥皂水坑儿里了。再看文文，也强不到哪儿去，她家外国亲戚寄来的小白呢裙子，早成灰的了，皱皱巴巴地贴在胸前。脚上那一双小白皮鞋也早已面目全非。这副样子回去还不得挨骂。

"小鬼儿在哪儿呀？"

"在这儿呢。"

原来虎子正用一双小短手捉住小猫，按着它在盆里呢。就在他回答我问话的时候，不知怎么手松了松。可糟了，小鬼儿以迅雷不及掩耳之势噌地蹿了出来，像一道白光似的直奔房里去了。

"快，快，可别让它满屋乱钻，弄一屋子脏水！"

我一边喊，顾不得脚下的水，赶在孩子们前头我就三步两步追进了屋。刚一进门，我就傻啦！

只见地上一串串连水带泥的梅花印子，这还不算，更要命的是床上。完了，星期天刚洗的床单上满是黑水印儿。啊，还没完，更可怕的是它正蹲在我们的枕头上舔浑身水淋淋的脏毛呢！我大喝了一声：

"你找死呢！"

小鬼儿听见声音噌地就从床上蹿到了地上，从我脚边蹿了出去。糟了，带着一身的泥水，这么满屋乱窜，人受得了吗？急得我直叫虎子：

"虎子，虎子，快，抓住它，抓住它！"

俩孩子从屋里追到厨房，又从厨房追到卫生间，最后把卫生间的门关上，才好歹把它逮住。我一看，它浑身还直冒泡儿呢，就说：

"快，给它冲冲！不洗还好，越洗越脏了！"

说完，我就赶紧回屋去收拾床上那一烂摊子，刚把枕头套摘下来，就听见卫生间传出一声嗥叫。我赶紧放下手上的事，三步两步跑进去一看。唉，我的天！只见虎子死抱着猫，把它连身子带脑袋放在水管子底下冲。水龙头太冲，水又凉，怪不得它嚎呢！我站在门口大叫了一声：

"虎子！快住手！你要把它冲死啊！"

虎子抱着小猫回头莫名其妙地看着我，还问呢：

"妈，您不是说冲冲吗？"

"也没叫你这么冲哇！这大秋天的，它不冷呀！妈给你洗澡是这么冲的吗？没脑子！"

也难怪他不会干这活儿，他自己洗澡还是大人帮忙呢！于是我找出那个简易喷头来套在水管子上，才帮着他慢慢地冲干净，文文也在一边帮忙。最后我又找了条破毛巾出来，正想给它擦干呢，就听得儿子大叫一声，一松手小鬼儿就跑了。再看我儿子小胳臂给抓了三道血印子。他还要去找小鬼儿，被我坚决拦住了。

这哪是给猫洗澡，简直是两伊战争嘛。床上不用说，全得重新换洗。儿子身上的衣服从里到外全湿透了，就跟他也洗了澡似的。再加上文文，我都不知道该怎么跟胖菲交代。人家那一身美国来的小白呢裙子小白皮鞋都面目全非。我只好哄着小姑娘脱下来好歹给擦了擦，不过文文倒满不在乎，她说裙子多着呢，回去再换一件就行了。

文文走后，我就把虎子叫过来训了一顿：

"谁叫你给小鬼儿洗澡的？"

"我看它太脏了。"

"它脏，你不脏？你怎么没想到给自己洗洗？叫你每天晚上洗脚你洗了吗？叫你一个礼拜洗一次头你洗了吗？"

虎子噘着嘴，不说话。

晚上，宏钢回来了照例又装好人，说什么"讲卫生还是好的嘛"，"小鬼儿是该洗澡了"，等等。烦死人！我反正咬住一条：虎子自己就不讲卫生，他还提什么给猫讲卫生！经过一场家庭大战，最终达成"约法三章"：

一、虎子每晚上床前必须洗脚；

二、虎子每星期保证洗一次头发；

三、小鬼儿每周洗澡一次，但必须有爸爸或妈妈在场的情况下才能进行。

什么"爸爸或妈妈在场的情况下才能进行"，说得好听！他一个大老爷们儿，连给虎子洗澡都洗不干净，还能给猫洗澡？说到头，还不是我的事！反正我也快成"猫保姆"了。

六

我给小鬼儿当"保姆"，完全不是出于对它的好感，而是为了虎子。宏钢说我是"爱子及猫"。我总以为我腾出时间来伺候猫，虎子就可以安心学习，认真做作业了。

谁知，满不是那么回事。

我不想把虎子学习成绩下降的罪责全推在猫身上，可小鬼儿的确是没起好作用。

虎子放学回来比较早，一般我们都还没有到家。本来他一个人在家可以做做功课。现在可倒好，有个捣乱鬼跟他一块儿，疯闹可就有伴儿了。

经常我下班回家，就看见枕头在地下，床底下的鞋一只只地乱扔在屋里。你扒在门上可以听到里边儿子的欢呼声、小鬼儿的叫声。可只要你的钥匙往孔里一搁，发出一点声响，屋里的一切喧闹就会立即停止。一进门必定是虎子老老实实地坐方桌上做作业，小鬼儿趴卧在虎子的小床上，用那一双不讨人喜欢的小眼睛贼溜溜地瞪着你，而且是幸灾乐祸的神情。

吃完晚饭，一家人都看电视，也不能逼着虎子去做功课。每到这时，他就抱着小鬼儿坐在电视机前，挺老实的样子。

以前，虎子爱看足球比赛。自从有了小鬼儿，他专挑《猫和老鼠》之类有猫或老鼠的动画片看。要是没有，他就看广告。一旦出现什么猫哇老鼠哇的广告镜头，他就大叫：

"小鬼儿，快看，猫姐姐来了。"

小鬼儿倒是瞪眼瞧着呢，可一点也没有兴奋或感动的表情。

"虎子，你别嚷了行不行？还让不让人看电视？"我也真烦了，"你以为小鬼儿智商有那么高？还猫姐姐、猫妹妹呢，它认识吗？"

没想到宏钢又来插一杠子，煞有介事地说：

"我们虎子真了不起！他正在启发小鬼儿潜在的猫意识，引导它认祖归宗呢！"

"那它怎么不认呢？"虎子傻乎乎的，半懂不懂，还问呢。

"这个嘛，"宏钢装模作样地说，"大概是它跟人处得太久了，忘了本。"

"那它还会逮耗子吗？"

"当然会啦，要不然还叫猫？"

当爹的这么一说，做儿子的真认了真，一心想让小鬼儿逮耗子。

有一次，我回家，还没进屋，就听虎子在里边又叫又嚷，玩得正欢，不知又折腾什么呢。我一拉开门，天哪！过厅的地上赫然有一只黄颜色的小老鼠！我们家住在七楼，根本就没出现过这东西。真太奇怪了，没有猫的时候家里没老鼠，难道有了猫倒招来了老鼠？我问虎子：

"这小耗子怎么回事儿？"

"小鬼儿逮的呀！"虎子脸发红，我知道他在撒谎。

"它逮的它为什么不吃呀？"

"它嫌脏呗！"

"瞎说，从来没听说过猫嫌老鼠脏的。小孩子不准说谎！"

审问之下，才知道那小老鼠是他从垃圾桶里捡回来的，说是为了锻炼小鬼儿拿耗子的本领。我气得手发抖，嗓门也大了：

"虎子啊虎子，你真行！又会上饭馆儿要饭，又会上垃圾桶去捡死耗子，你还像个小学生吗？"

这时，宏钢也回来了。他见事态严重，忙说：

"虎子，这回可是你不对了，你怎么能捡死耗子呢？它身上有病，会传染的。这要闹开鼠疫还了得！"

"我想锻炼小鬼儿逮耗子。"

"那也不能用死耗子呀，赶明儿爹给你买个电动老鼠，咱们给它来个现代化的训练。"

过了两天，他真买回一个电动玩具老鼠。爷儿俩蹲在地上，装上电池，就见那电动老鼠颠颠儿地在地上跑了起来。虎子又把小鬼儿抱来，启发它说：

"看，这是老鼠，上，小鬼儿！上！"

说着，虎子就把它放地上，希望它迎着困难上。谁知小鬼儿一见那电动耗子，转身刺溜就钻床底下去了。

虎子就趴地上，冲床底下叫，他爸拿着个拖把往床底下捅，那死猫就是赖着不出来。

宏钢捅累了，拿着拖把直起身子捶着腰说：

"现在的猫啊，也真是堕落了。见了老鼠就溜，还叫什么猫！"

虎子也站了起来说：

"不对！这是假耗子，真耗子它才逮呢！"

"对啦！不说自个儿家的猫没出息，还拉扯上人家的猫。你看看谁家的猫见了耗子就跑的！我也说开风凉话了，干脆，赶明儿让你爹逮个活耗子，让小鬼儿练练。"

"我可没那本事！"这回宏钢也打退堂鼓了。

七

自从养了猫，我才知道，敢情猫跟人似的也有脾气。脾气也有好有坏。以前胖菲常跟我念叨，说她家的贝贝脾气怎么怎么好，我根本不相信。一个畜牲，还有脾气，人往哪儿搁？记得有一回她夸她家的猫多么仁义：

"我们家贝贝可懂事啦，你要买了肝儿搁那儿，告诉它：贝贝，你给看着啊，别叫那些野猫叼去了。它就坐那儿看着，一口都不动。"

这真是奇闻！哪个猫见了荤腥不馋，除非她家猫有病。当然，我也犯不上扫人的兴，便说：

"你们家猫可真神了，比我们家虎子还强。我要是买了巧克力让他看着，保证转身连渣儿都没了。"

我们家小鬼儿更甭提。别说叫它看着什么，你不小心没藏好的东西，它都能给你捣腾出来。我说"捣腾"，就是说并不是它饿了或者馋了要吃，而是不知出于一种什么心理，总是干出些莫名其妙的事。比如，有一次，圆白菜刚上市。我想，也尝个鲜吧，一咬牙买了一个。头一顿吃了半个，还剩一半准备留着第二天放上点肉丝炒炒吃。等我下班回来一看，好家伙，厨房里一地的圆白菜，小鬼儿嘴里还叼着一片圆白菜叶子玩儿得正带劲儿呢！

您说，这叫什么猫！给它买了玩具老鼠它不玩儿，非把你们家的圆白菜当死耗子！

那天我去胖菲家，就把这新鲜事告诉她了。她听了乐得直劲儿拍自己那厚厚的胸脯，差点儿没背过气去，半天才又笑又喘又带点儿幸灾乐祸似的问道：

"你们家小猫真的偷圆白菜吃？"

"谁骗你呀，它就这德性！"

"真没听说过！它是猫，又不是小白兔！"说完她又乐，还抱着她家贝贝亲了亲，还明贬暗褒地说风凉话儿，"我们家贝贝呀，可真没这份儿本事，把一个圆白菜搁它嘴边儿，它还不知道从哪儿下口呢！"

虽说是二十来年的好朋友了，她这话我听着心里也挺不是滋味儿的。心想，你们家贝贝再好，不也就是只猫嘛！当然，也怪不得在人面前抬不起头来，谁让你们家出了这么个不争气的猫呢，你赖谁呀？

"你变法儿多给它弄点儿好吃的，省得它老馋。"

瞧她说的，好像我没给它吃似的。其实自从它来了之后，鱼呀肉汤儿呀就没断过。关键是这猫天生的不识好歹。你怎么对待它，它反正是跟你对着干。那天我从胖菲那儿带着一肚子气回家，宏钢一见就问：

"大礼拜天儿，你黑着个脸，跟谁呀？"

"咱们家还有谁？"

"跟我？我半天没见你，也没机会招你生气呀？"

"谁说跟你了，别往自个儿脸上贴金啦！"

虎子他爸这人别的优点没有，就是脾气好。我呢，一块儿过了十来年，早就练出来了，凡事不往心里去。现在他就算说我半残废，我该睡睡我的，该吃吃我的，该喝喝我的，才不生那些没用的气呢。两口子过日子嘛，就那么回事，成天鸡斗鹅吵的，多累得慌！找个不偷不摸的，过一辈子也就算对得起祖宗了。

说实话，没小鬼儿的时候，我们家人际关系挺简单的，两口子把个孩子对付好就得了。小鬼儿一来，这关系可就复杂了。他爸这人耳根子软，时常立场不坚定。本来他要是坚决一丁点儿，小鬼儿就不可能在我们家留下。就因为他顺着儿子说，我也不想太孤立，结果呢，请神容易送神难！

等我把胖菲的话告诉了他，你猜他怎么说，他说：

"说不定也有点道理，你想呀，人要是天天在家鸡鸭鱼肉的，也不会为了在外边混吃混得犯错误，是不是？所以呢，咱们可以考虑给它提高点伙食标准。你同意不同意？"

我干吗反对？我也学乖了，反正就那么一把柴火，爱往哪儿烧往哪儿烧，随便！于是他爸就给小鬼儿买来猪肝牛肉什么的，我呢，整个儿一个猫保姆。他一买回来我就给切呀洗呀炖呀，比给人做饭还麻烦。我想通了，宁可麻烦，也不能叫人说我虐待猫。谁叫我们家傻儿子喜欢呢，当妈的受点儿罪，看着儿子高兴，不就什么都找补回来了吗！

也不知虎子看上了这个小丑猫哪点儿好，对它真是用尽了心思。那天他放学回来，看见小猫碗里的饭还剩了大半碗，急了，问我：

"妈，小鬼儿怎么不吃饭呀？"

"不饿呗！"

"它怎么不饿呢？"

"那谁知道它！"

"妈，您不是说，人是铁，饭是钢，一顿不吃饿得慌吗？"

瞧，别看我们虎子圆头胖脸的，他可一点儿都不傻，大人说句什么话他都能记住。要不我跟他爸要商量点儿什么事都得背着他呢。那回他大舅母送来几个苹果，皱皱巴巴的，我就说了一句：这小破苹果还好意思往外拿。得，叫他听见了。过了好些日子我带他回姥姥家，他就学给姥姥听，幸亏那天就他大舅在，要叫他大舅母听见了还了得。

"没听见吗，那是说人，人一顿不吃饭不行。"

虎子抱着小猫，摸着它那瘦筋筋的背脊，心疼地说：

"可小鬼儿这么小，它一顿不吃也饿呀！"

唉，我们虎子别瞧是个男孩儿，心可太善。那天我还背地里跟他爸说：

"瞧着吧，赶明儿虎子娶了媳妇准受气。"

"世道变了，这年头儿，男的有几个不受气的。"

"这么说你也受气啰？"

"其实，受气就是占便宜。想开了也挺好！"

你说气人不气人。我累死累活为了他们爷儿俩，临了倒成了他受气，上哪儿说理去！我们虎子的脾气就像他，哑巴吃饺子，心里有数。就说对这小猫儿吧，他认准了小猫不吃饭就饿，把给他买冰棍儿的钱省下来给小猫买吃的。那天我还看见他拿玉米花喂它呢，小猫能吃那个吗，我看着气不得笑不得。

为了小鬼儿不好好吃饭，可急坏了我儿子。其实，它现在的伙食标准够高的了，顿顿没断过荤腥。可它就是不好好吃。你也摸不准它爱吃什么，昨天买的肝儿它不吃，我们剩点菜汤给它泡饭，它倒吃得挺香，要不说我们家的猫就是怪脾气呢。

凭良心说，小鬼儿虽说整体来讲不讨人喜欢，可有时干出一件半件的事也挺有性格。有一回，胖菲又带着她家文文来了，文文还拿了一包美国的猫食来。胖菲家除了天天吃的粮食，好些东西都是从国外捎来的。她家两边儿的近亲都在国外，就胖菲不愿出去。这不，连猫食都从国外往回寄。

虎子原来根本不爱搭理文文，这回见她给小鬼儿拿吃的来了，对她那份儿好就别提了。一会儿给她冲橘汁儿喝，一会儿又叫她坐。然后他把美国的猫饼干倒在小碗里，又不知从哪儿找着了小鬼儿，抱着它让它吃饼干。因为知道它一见生人就跑，虎子紧紧地把它抱在怀里。胖菲在一边说：

"别抱着它喂，让它自己站地上吃。"

"你不知道，我们家虎子把它当什么似的，搁着怕碰了，含着怕化了。"

我可不想跟胖菲说我们家猫那点儿出息，不抱着它看见你们它早跑了。

"小鬼儿，快吃呀！"

"快吃呀，我们贝贝都可爱吃这个啦！"

"快吃，快吃，这是美国饼干！"

"吃呀，咪咪！"

就见虎子跟文文两人手里拿着美国猫饼干送到它嘴边，又叫又哄的。小鬼儿呢，就跟谁要谋杀它似的，扯着嗓子又叫又扑腾，恨不能从虎子的胳膊里挣出去。最后它两个爪子一用劲儿，把虎子的手背抓了一道口子，噌地跑了。

"这鬼猫，就是怪脾气！"

我嘴里骂，心里不由得对它生出一点敬意：不吃嗟来之食，有志气！

八

可惜，这类令人肃然起敬的壮举，小鬼儿只是偶尔为之。它经常是鬼头鬼脑，干些不仁不义的勾当，叫人气不打一处来。

只有虎子，完全不分是非，一味宠着小鬼儿，护着小鬼儿，恨不能说它放的屁都是香的。小鬼儿也就只跟虎子亲，只要虎子叫一声"小鬼儿"，它准会从不知哪个旮旯儿里钻出来的。对我这个伺候它吃喝拉撒不遗余力的"保姆"，则报以最高的轻蔑，常常置之不理，甚至可以说以一种阴暗的心理对待我。有时，我叫它一声，哪怕是叫它吃饭，它也跟没听见似的，懒洋洋的，不理不睬，真够忘恩负义的。

我对小鬼儿的这种不识好歹，常常耿耿于怀。宏钢居然说什么：

"小猫小狗需要爱！"

"我可没富裕的爱。"

可不就这么回事儿吗，这年头儿，您兜儿里没钱，爱得起来吗？什么"让世界充满爱"，我不信那个，没钱什么都别提。我要是有钱买个小院儿，再雇上俩保姆，别说养一只猫，养他十只八只的也不当回事，犯得着我这么整天地跟个小猫儿较劲吗？

我承认，我是不爱小鬼儿。可，它又有哪点值得你爱它呢！有时候我也真纳闷儿：一样都是猫，怎么别人家的猫就那么听话，尽干招人喜欢的事；我们家的猫就死活不懂人话，专干招人恨的事。

想起它干的那些坏事，我真能气晕过去。

它零零碎碎干的那些坏事我都懒得说了。有一回，它可真把我气坏了。那天我走进家门，就觉得气氛有点不对头，忙着钻进厨房做饭，也没有时间深究。一回头，就见虎子磨磨蹭蹭地站在厨房门口，低着头，埋着那一双大眼睛。一般来说，他这种表情就是负荆请罪的意思。准是在学校打架了，老师要找家长去谈话，或者是考试不及格等等。

"你怎么啦？"

他抬起一双惶恐的眼睛望了望我，又赶紧埋了下去，看样子肯定是闯了大祸。

"是不是算术不及格？"

"不是。"

"那你干吗啦！"

"不是我，是小鬼儿。它也不是故意的，在屋里床上玩儿，把被面儿撕破了点儿！"

"什——么?！"

我到房间一看，差点哭出来。我的妈！我们家唯一的一床好被面完了。这还是结婚时弟弟送的真丝被面，上面是鲜艳的大红牡丹花。前些年孩子小，没舍得拿出来用，好不容易儿子大了，不睡我们床上了，才敢拿出来。现在看吧，一条条的丝被抓了起来，被套中间露在外面的部分全被抓得乱七八糟的，活像一堆丝瓜瓤儿，我呆在那儿，连骂都骂不出来了。

他爸下班回来，进门还问呢：

"小鬼儿表现怎么样？"

我懒得搭理他，让事实说话吧！果然，他进屋没有一分钟，就大叫了起来：

"这是怎么搞的？"

"怎么搞的？解决独生子女的寂寞呀！"

"简直太不像话了！"他也火儿了，跟他儿子一模一样的大眼睛瞪得跟俩小灯笼似的。

晚饭后，我及时提出小鬼儿的归宿问题：

"这种猫，绝对不能养了。"

"妈，你别把小鬼儿赶走。"虎子哭兮兮地说，"它这是第一回……"

"第一回？你以为我还有第二条真丝被面儿等着它？"

"我保证它……"

"你保证它？你连自己都保证不了，还能保证它？"

虎子没理了，就开始撒泼：

"反正我不让小鬼儿走……"

宏钢坐那儿抽烟，跟没他什么事儿似的，让我一个人当恶人，我越想越生气。

"陈宏钢，你说，你说怎么办？"

每当我提名道姓叫他的时候，准是事态比较严重了。他立即掐灭了刚点上的一支烟，一拍脑门儿，笑了笑。说：

"别着急，我提个合理化建议。这猫咱们也不把它送走，也不把它养在家里……"

"你甭想两头讨好！"我最恨他这种模棱两可、不左不右、不偏不倚的态度。瞧他脸上还带着笑，更叫人生气。人家都急成这样，谁有心思跟你逗？

"你听我说……"

"我不听！你有合理化建议？建议什么？又不赶走，又不养在家里，莫非还送托儿所不成？"

宏钢笑嘻嘻地说：

"你说对了！咱们送它上托儿所，而且是就在家门口的托儿所。"

我看他笑得邪乎，准没什么好点子。虎子却信以为真，还问呢：

"咱们家门口有收猫的托儿所吗？"

"没有，咱们不会自己办一个？"

虎子知道受骗了，蔫不唧儿地说：

"爸，您尽骗人……"

"宏钢，你别瞎搅和……"

"谁搅和了？我是很严肃地建议……"

"你得了吧，你什么时候严肃过？"

"你听我把话说完。我是说，咱们把它养在门外楼道口。"

"亏你想得出来！把猫养在过道，没听说过。"我觉得他简直是异想天开。

"那它跑了怎么办？"儿子担心的是另一个问题。

"猫狗通人性。你对它好一点，它绝不会跑的。"

"你在过道养猫，人家会怎么说呀？"这种透着一股新鲜劲儿的建议，就跟商店橱窗里的假人穿的那种袒胸露背的太阳裙一样，一时半会儿，我真接受不了。

"爱怎么说怎么说，"他又露出兵团战士那种英武之气，无所畏惧地说，"门口这块方寸之地，本来使用权就是我们的。你看谁家门口不搁东西？许他们搁破烂儿，就许咱们家养猫。"

他说得振振有词，真把我给说愣了。

倒也是，我们这楼的楼道可热闹了，提起来就让人脸红。从一楼到八楼，每家门口、每个拐角，全让说不出名堂的东西占满了。什么纸盒子、旧篓子、破箱子、缺了口的坛子、折了腿的凳子，全都是八辈子用不着，送到废品站拒收的破烂儿。可不知为什么，却被它们的主人视为珍宝，如同"迎客松"一般，堂堂正正地摆在门口。说来惭愧，我对这种不合潮流的"恋旧情结"，虽也嗤之以鼻，但屋里地儿实在太小，对不起，也只好把虎子小时候用的一辆掉了一个轱辘的学步车搁在门口。既然如此，我们把小鬼儿安置在这里，纯属我们家的家务事，就跟农民的自留地一样，想种点儿什么种什么，你管得着吗？

就这样，我们决定给小鬼儿挪个窝儿。虎子当然并不乐意，但大势所趋，他不乐意也没辙了。

我赶紧动手，把虎子的学步车挪到楼梯拐角，堆在不知谁家的一个硬纸箱子上去。宏钢把地扫了扫，我找了一个纸盒子搁门口，又把小鬼儿拉屎的盆儿和吃饭的碗端了出来。

虎子看了看那纸盒子说：

"那小鬼儿睡这儿不冷吗？"

见了儿子对猫的那一番深情，再看看门外这片颇有些凄凉的土地，我也动了恻隐之心，找了两块棉垫子铺在盒子里，并且答应虎子，他每天放学回来可以把小鬼儿放进屋玩儿一个钟头。陈宏钢真不愧是能言善辩的高手，他拍拍虎子的脑袋说：

"儿子，你看，现在生活水平都提高了，连咱家的小猫也住上单间儿啦。这是卧室，这是餐厅，这是卫生间……"

他本意是想逗儿子乐一乐。可虎子板着脸，一点儿没乐，他把小鬼抱进纸盒子时，挺伤感地说：

"小鬼儿，你自个儿乖乖地睡吧，明天我放学就来接你。"

九

这次的变革发生在小鬼儿来到我们家一个多月之后。当然，它已经认识了我们全家，而且和虎子建立了牢不可破的友谊。虽然它对我缺乏感情，甚至可以说颇有几分敌意，但我决不以牙还牙，仍然对它做到仁至义尽。例如，自从把它安置在门外，我切实做到了对它的物质待遇不变。一日三餐照常供应，遇到喜庆节日我们加个好菜什么的，也从来没少了它的一份。就连供它"方便"的煤灰，也是隔日一换，从来没有偷过懒。

可是，好心不得好报。我为小鬼儿效犬马之劳，它对我却报以加倍的冷漠。有时我给它送饭，它都不正眼儿瞧我，好像瞧我一眼就降低了它的身份，真能把你活活气死。

"小鬼儿对我们有意见呢！"宏钢说。

"有什么意见？是嫌伙食不好，还是卫生条件差？"

"我看，都不是。"

"那是为什么？"

"还不是为了我们把它拒之门外？"

我听了哈哈大笑：

"瞧你说的，猫又不是人，它懂什么门里门外？它连大街上都能睡，野食都能吃，还在乎门里门外？"

"你没听说猫认家吗？它被关在门外，有家归不得，怎能没有意见？它大概觉得我们对它太不讲猫道了。"

宏钢这人心最软。我怕他心一软，收回成命，忙把话题扯开去。

至于虎子，对这件事更是耿耿于怀。他嘴上不敢说，脸上写得清清楚楚。孩子嘛总归是孩子，我也不好再说他什么。

只有一次，虎子偷偷地把小鬼儿抱回他床上去睡觉，被我发现了。我正想发作，把虎子叫起来，把小鬼儿扔出去，宏钢拦住我说：

"算了吧！他一个人睡觉挺孤单的，晚上有个猫做伴，也好嘛。"

我也不想把同儿子的关系搞得太僵，顺势来了个转移目标：

"好吧，好吧，你宠他吧，当好人吧，让他把猫抱回来睡吧，总有一天它会把我们家搞得乱七八糟！"

没有想到还真给我说中了，小鬼儿又闯下大祸。

那是一个星期以后的事情。

开始的几天，一切都很正常，它甚至表现出非常老实的样子。我每天回家时，都见小鬼儿极为本分地在它的小窝里卧着，缩成一团儿不声不响。有一次，我给它拌好了饭，刚打开门要送出去，就听楼上有人正下来，边走边议论：

"这家人真怪，弄个猫养过道儿里！"一个男人轻蔑的声音。

"小猫咪好可怜啊！"一个地道北京妞儿学港台腔嗲声嗲气地唱和着。

"要是在国外，动物保护协会早提出抗议了。"那男的又说。

我赶紧关上门，直等脚步声听不见了，才把饭盆儿送出去。心里恨得咬牙切齿：这是在中国，不是在外国，少他妈的崇洋媚外！

不过，在内心深处，我对小鬼儿总有点歉意。倒不是怕什么这协会那协会的，联合国我都不怕，还怕那看不见摸不着的东西？只是觉得老把它关在门外也不是事儿，它总牵挂着虎子的心，影响他的学习。我盼着小鬼儿能识时务，最好自己一走了之。反正你已不在我们的管辖范围之内了，也就是说给了你充分的自由，你最好是另寻高就，爱上哪儿上哪儿，何必死赖在我们家呢？

又过了一天，楼道里居然有人贴出小字报来，说什么"请勿在楼道养猫"，"保护楼道卫生人人有责"，还有什么"君子自重"之类的话。好家伙，整个儿一个"文化大革命"又来了。

"要不，咱们还把小鬼儿搬回屋里来吧！"宏钢说。

"搬回屋里来吧！"虎子也跟着起哄。

"不行！都什么年头了，还贴小字报，跟我来'文革'那一套？门儿也没有！"

他们爷儿俩还想再说什么，我扭头上阳台拿了一棵大白菜，进厨房包饺子去了。心想，别说一张小字报，大字报冲我来，我眼皮儿都不带眨的！真是的，这年头，谁怕谁呀！

嗯？怎么这白菜有股怪味儿。真怪了，今年我们家买的白菜也不多，而且才买了一个月，怎么着也不该坏呀。我把白菜帮子放到水龙头下边使劲儿冲，还是有味儿。我琢磨，会不会是种菜的时候化肥搁多了，才有这种气味？就把那些白菜帮子搁水龙头底下冲了个天翻地覆。结果，还是有那么股子呛人的味儿。我心里含糊，把宏钢叫来了：

"你嗅嗅，这菜怎么回事？"

他拿起来凑鼻子底下嗅了半天，忽然叫道：

"猫尿！"

"什么？"我又拿过冲了不知多少遍的白菜帮子一嗅：可不是嘛！

接着，我俩不约而同地就冲到了小阳台上，把盖白菜的麻袋都掀开一看，气得我直跺脚，只见那菜堆上黄一块白一块的，全是尿印子。

"这死猫，怎么就不干一点好事？"

我把虎子叫了来让他看。当他看见小鬼儿的罪证确凿，也就低下脑袋，不得不承认是他多次趁我和宏钢不在家时，把小鬼儿放了进来。

"那你怎么没有把它看好？"宏钢见我真生气了，抢在我前头训斥起儿子来。

他这套明批暗保、欲纵故擒的把戏玩儿过好多回了，还瞒得过我？

"我一不小心，它就跑开了……"儿子也明白他的用心，根本不害怕。

"根本不是看好没看好的问题,"我瞪了他们爷儿俩一眼,"压根儿就不该养这死猫,它是个祸害,搞得我们家宅不宁。我早说这猫不能养不能养,你们不听。现在好了吧,一冬天吃的大白菜全泡猫尿了,看你们还吃什么……"

"赶走,赶走,坚决把它驱逐出境!"宏钢也提高了嗓门,不知是真急还是假急。

"不,不,我不让你们把小鬼儿赶走!"虎子大声抗议,好像要被驱逐出境的不是小鬼儿,而是他。

我看虎子真急了,心里一软,就说:

"咱们不把它赶走,把它送给人家,让别人家养去。"

眼看胳膊拧不过大腿,虎子只好点点头。他提出的唯一要求是:"一定要给小鬼儿找个好主!"说时,他眼里泪汪汪的。

"当然。由你挑,给谁都行!"我痛痛快快地答应。

十

为了铲除祸害,以绝后患,我抓紧时间多方联系,想给小鬼儿找个"好人家"。

可是,"好人家"又有谁会喜欢我们家这破猫呢?胖菲家倒是挺不错的,他们家的贝贝更是逗人爱,可我好意思向人开口吗?虎子也不干。他说小鬼儿到了胖菲阿姨家准受气。

"你现在明白了吧!小鬼儿不是什么好猫,它在哪家都是不受欢迎的。"

"那就留在我们家得了。"

没想到虎子还想撕毁那天晚上的协议！

于是，我又托了很多人打听谁家想要猫，而且把小鬼儿说得浑身都是优点。也巧，我们单位有个刚结婚的女孩子，挺娇气的。有一天忽然说起猫来，她说：

"我才知道，他特别喜欢猫。"

我一听别提多高兴了，也忘了我平时顶讨厌她那中不中西不西的德性，忙笑着说：

"那你还不赶紧抱个小猫养着，夫妻俩有共同的爱好可是最重要了。"

"是吗？可一时半会儿我上哪儿去找猫呀？"

"我给你找一个。猫哇，就得从小养，从小养的就跟自己的孩子似的，有感情，还可以培养好习惯。我可以给你找个小猫。还是个狸花猫呢！你要，明天我就给你抱来。"

我现在才知道，撒谎不用教，天生就会的。连我这么老实的人，张口就把我们家那见不得人的死猫，说成了稀世珍宝，而且面不改色心不跳。

可人家也不傻。她斜着眼问：

"这么好的猫，人家肯给吗？"

"哎哟，有什么不肯的，在我们家养着呢！"

"那你怎么舍得给人啦？"

"就是因为它太可爱了，我儿子整天离不了它，老跟它玩儿，影响功课呀！"我的词儿来得那叫快。

不过这女孩子心挺细的，她坚持要先上我们家看看猫，我只好点头同意。当她看见蜷缩在门外的小鬼儿时，不知第一感觉是什么，反正她投给我惊讶的一瞥，那意思是很明白的：这猫要是那么讨人喜欢，何至于被主人逐出门外？她只坐了五分钟，然后客气地说要回家跟她爱人商量商量，我只好客客气气地把她送走，心里知道没戏了。

正发愁，他爸回来了，挺高兴。说他找着一个要猫的人了，就是天天在门口捡破烂的老太太。我一听连忙说太好了，可儿子在一边坚决反对：

"那不行，捡破烂的，还养得起猫？"

"你懂什么！捡破烂发财的，多的是，还有万元户呢。"我赶紧接过话来。

"那也不行！捡破烂的，多脏呀。"

"咳！这孩子，怎么就不明白？有钱的人，不管在外边多脏，回家一洗，还有不干净的？"我就差没说他们家有大浴缸，还洒香水儿呢。

"反正我得看看去。"我儿子真是个死心眼儿。

"那好，咱们明天看去。"

第二天，我找到这位老太太，跟虎子一起去她家看了看。她住的那个大杂院儿几乎已经被四面的楼房所包围，用不了多久大约也是会拆迁的。虽说院子杂了点，她住的房间还收拾得真干净。床上铺的盖的整整齐齐，桌子椅子擦得锃光瓦亮。谈起养猫，老太太话更多了：

"我就喜欢猫，猫最通人性……"

好不容易碰上这么个"好人家"，我也不想撒谎了：

"我们家的猫，长得不讨人喜欢……"

"咳，话不能这么说，母不嫌子丑，养猫就跟养孩子似的，自个儿的猫有什么丑不丑的。"

"我们的猫特淘……"

"咳，猫跟孩子似的，哪有不淘的。"

真是个明白事理的老太太。虎子也挺满意，当下就决定把猫送给这老太太了。

送猫的那天，真跟嫁闺女似的。我们全家动手，给小鬼儿洗了澡，把它装在一个礼品篮子里，还给它铺上红垫子。我和虎子坐上公共汽车，又走了一段路，把猫送到了老太太家。

虎子本想揭开盒盖儿，跟小鬼儿告别。我怕这一告别，难分难舍，便拉着虎子谢过老太太，赶紧跑了出来。

小鬼儿送走了，我心上的一块石头落了地，心想这回可算消停了。

没想到，事情没那么简单。猫走了，它的影子还笼罩在我们家里。毕竟一起生活了两个来月，好赖也算我们家庭中的一员，它一走，这屋里就像缺了点什么似的。吃饭的时候，看电视的时候，都显得异样的冷清。本来小鬼儿是我们家仨人共有的话题，如今它走啦，彼此之间的话也就少多了。

虎子更是一副失魂落魄的样子，整天不说话，好像小小的年纪就有了心事，长大了许多。

日子一天一天地过去，小鬼儿的影子也终于慢慢地淡化了。

忽然，有一天晚上，我们正吃饭，听见门外有猫叫，又听见爪子在门上抓挠的声音。虎子大叫一声：

"小鬼儿回来啦！"

他箭似的冲了出去，顷刻之间，怀里抱着小鬼儿进来了。

这破猫，它又回来了，我该怎么办?

空巢颂

一

空巢者，小鸟尽飞，只剩老鸟的巢穴，是之谓也。

聪明的人类借用这种鸟巢，形容那儿女不在只剩下了老人的家庭。人们想象着这家里的景象无非是：空空荡荡的四壁依旧，桌椅依旧，床褥依旧，碗筷依旧；只少了那人、那笑、那哭、那叫；那喧嚣，那声响，那烦琐，那日理万机的操劳……好一个"空"字了得！

因而，人们提起空巢，总不免些微的惆怅：总想象着那白头老者无言枯坐的身姿，想象着那日日夜夜的死静；想象着类似单身牢房的无助与绝望……简而言之：非人的日子！

这类关于空巢的论点，您可以对任何人发表，只千万别当着张仙北先生的面儿说。要是被他老人家听见，肯定把您批得哑口无言，出门儿找不着北在哪儿，不信您就试试！

张老先生敢于如此大言不惭，自然有他的独门秘诀。否则，借他个胆儿，他也不敢冒天下之大不韪，套用歌颂"社会主义好"的调子高唱：空巢就是好，就是好，就是好！

其实，张仙北先生只不过一俗人，且长得是瘦高无肉双颊深陷其貌不扬，只有一双大眼睛略显晶莹。如果说他有点专长，那也不过是他懂点儿中国历史。这倒也顺理成章，因为他老人家在中学教了一辈子的中国历史。从二十二岁大学毕业直至于六十二岁退休，掐指算来，也有长达四十年的光阴消磨在那三尺宽的讲台之上。年复一年颠来倒去地讲呀讲，从三皇五帝到唐宋元明清，他是滚瓜烂熟全在脑子里，备课只是习惯，根本没有必要。因为职业，也因为爱好，闲来无事捎带着他还喜欢读点儿唐诗宋词，外加《史记》呀，《论语》呀，《庄子》呀，《孙子兵法》什么的……与众不同的是，他有本事把古人的伟大思想应用于自己渺小的生活之中，而且沾沾自喜地称之为学以致用心得多多。

嘟……嘟……嘟……张仙北家的电话响了半天，没有人接。

张仙北先生干什么去了，怎么还不回家？就算以他缓慢的节奏，买完报纸再买点菜，这会儿也该回来了呀！他今儿上哪儿溜达去了？

事实是，他老先生根本没心思溜达，他巴不得一步跨进家门，立刻躺下才好呢。只可惜，他想早点儿到就能早点儿到呀？门儿都没有！谁拦着不让他回家了？没人拦着他。那他赖谁呀？赖大马路！

胡同口的马路被挖开了。大街上尘土飞扬乱七八糟，两边的铁栏杆巍然耸立晓谕市民：不得越雷池一步。张仙北去超市时，就多走了半站路到十字路口过的马路。那时，他老人家才从家里出来还算精神抖擞，多走这点儿路不含糊；买完菜回来可就不一样了，两条腿好像是借来的，你想抬它们根本不听指挥！一想到回家还必须绕道而行，他老人家就从心底里觉得累。可是，你不绕怎么办，除非你飞过去，认倒霉吧你！

纵观张仙北的一生，他买菜的历史并不长，也就是老伴去世后的这十年。俗话说，人过四十不学艺。他老先生可是六十多岁才开始学买菜。对他来说，首先要解决的是潜意识里的面子问题。他觉得提着个塑料袋儿，万一碰见个学生什么的太不雅。于是，他找出了以前教书时，五十年代买的那个人造革带拉链的黑包。这种手提包隐蔽性比较强，您想啊，买个萝卜黄瓜什么的，搁进去拉链一拉，谁也看不见里面装的是什么，还以为您上图书馆了呢，岂不妙哉！

然而，今天遇到点儿麻烦，因为他买的是芹菜。如今这芹菜也不知怎么变的种，长得像扫帚，装进包里怎么着也有大半截露在外边，的确有碍观瞻。不过，此时他老人家顾不得这许多，只想着千万别累倒在大街之上，成为京城名记们的笔中餐："一空巢老人横尸街头"，那可就太不值了！于是，他运用起自己的独门秘诀，心中高唱红色娘子军军歌，当然是篡改了歌词的："向前进，向前进！老张的责任重，老汉无冤申！"

张仙北先生本来就身高一米八，又干瘦如柴，加上他的左腿关节曾被打伤，走起路来总是一冲一颠的踩不到点子上，因而他手里的包连同那芹菜也是这么不着调儿。此时的他，活像电影里跟在鬼子后头进村的伪军，前进不像前进后退不像后退，那形象真的让人不敢恭维。

记得这马路前两个月才挖过，怎么又挖呀？肯定是你这老家伙记错了，他想。唉，人老了自尊心可以不老，记忆力减退可是自然发展规律，谁也抗拒不了的啊！张仙北呼哧呼哧地走着，哀叹自己的记忆力。

其实，这回张仙北的自怨自艾完全没有必要，他的记性好着呢！这马路就是两个月前才挖开过的。眼下不知又出了什么毛病，正在大返工呢。幸亏这事儿他老人家被蒙在鼓里，否则，就他那暴脾气压不住，说不定就上访市政府，建议给大马路装上拉链儿。老先生血压又高，心律也不太齐，这种烦心事还是少知道的好，让他自己慢慢往家走吧，反正有到的时候。

终于，张仙北先生凭借自己坚强的毅力走到楼门口了。这片三环以内的居民小区，现在看来虽稍嫌陈旧，但倒退二十年，它也曾风光无限。当时，类似张仙北这种没有门路的回迁户，能给你一套三十四平方米的两居室，那可真要烧高香了。别说是五楼，就是给你顶层的六楼，你都要感恩不尽。住进新房时，张仙北才五十多岁，上楼下楼时还没觉出什么，现在可就不一样了。

如今张仙北一进入那黑乎乎的楼道，望着层层的楼梯心里就发怵。仿佛显现在眼前的不是楼梯，而是三峡两岸高山上的险路，等着自己去攀登，真乃是"蜀道难，难于上青天"呀！叹息归叹息，他还真想了些办法，企图使自己能顺利上楼，又能稍减心头的恐惧，可惜都没解决问题。不过最近，张仙北先生启用了新的分层击破法，似乎略有成效。一层楼梯是十八级，一分为二就是九级。于是，他把九级定为一个战役，学那关云长过五关斩六将分而战之，把楼梯们层层斩于足下。然而，待到真往上爬时，他比起老祖宗来可就英雄气短自愧不如了。首先，他必须伸长胳膊，用手紧紧抓住楼梯的扶手，半个身子几乎倚在扶手上，完全凭借臂力，或者说凭借上身的力气带动下身，才能抬腿撑了上去。这时，张仙北就把满腔的无奈与愤怒发泄到与他无冤无仇的台阶上。每上一级，他就在心里痛骂一句："死去吧，你！"

有志者事竟成！甭管怎么上的吧，反正张仙北上来了，他胜利了，到自己的房门口了。尽管他站在自家房门口猛喘了一阵子，开门时拿钥匙的手哆哆嗦嗦，不过，门还是被他打开了，而且现在已经安然躺在窗下的躺椅上了。虽然他胸前像揣了个小兔子，一蹦一蹦地波澜起伏不定，黄黑的脸上那唯一有点神采的双目也紧闭着，看起来有点气息奄奄，不过总算是惊魂初定，没事儿了。

嘟……嘟……嘟……

电话？谁的？儿子？女儿？对呀，今天是老人家生日嘛！单调的铃声仿佛给他那把散了架的老骨头上了机油。只见他猛地坐起，迅速地扶着书柜的边沿站了起来，转身迈步来到书柜前，摘下话筒时铃声才响到第三下。可是，就在他刚想开口尚未开口之际，对方已经迫不及待生怕他挂断电话似的嚷嚷开了：

"劳驾，您是东便门电器维修……"

"您打错了。"不等说完，张仙北先生就把人家堵了回去。

二

张仙北先生又回到他的躺椅上了。

躺椅与先生关系之密切不是常人能想到的。有时候，仿佛间他觉得这躺椅不是一把椅子，而是个有血有肉的精灵。甚至于有一天，他心中竟然冒出"儿亲女亲不如躺椅亲"的荒诞不经之句，连他自己都为之汗颜。好在屋子里没有人，更何况他并没有出声，反正是心里自说自话，丢人也丢不到哪儿去。把躺椅比作儿女，简直是匪夷所思令人琢磨不透。不过，以当今提倡的"理解万岁"的标准来衡量，就可以宽容地理解为：这把老躺椅在老先生心目中的分量是多么的重。

实事求是地说，这把躺椅极其普通，根本值不了几个钱：一般的杂木头加上篾席编成，看不出丝毫的贵重。就这么把破椅子吧，您给一百万试试，张老先生肯定不卖！

这其中当然有外人不得而知的原因。您瞧瞧当年女主人的良苦用心就知道了：她把旧床单因陋就简地缝了个可钉可铆的小薄褥子，两头紧紧固定在椅架子上。如此一来，既加大了椅子承受重量的力度，又延长了椅子的寿命；坐在上面的人也特舒服，比坐沙发强多了。除此之外，为了搁先生的茶杯和先生的书籍，女主人还成龙配套地在躺椅旁摆放了一个黄色的小茶几，也因此，虽历经十数年，这把躺椅还能摇摇晃晃地陪伴着它年迈的男主人。说得悬点儿，这其中饱含了人间难得的真情。情义无价，您说它值多少?！

每当老人躺在这椅子上，总能感到一股隐隐约约的暖意。然而，继暖意之后，总会有一股莫名的伤感袭来：物在……不过此时，张仙北先生一定运用秘诀，挥起那把"斩断记忆"的宝剑朝自己的头上砍去。人不与命争！没法子，张仙北时不时地得给自己来点儿封建迷信，爱谁谁！他压根儿不敢与时俱进地去奢望"快乐每一天"什么的，他的标准极低：活着就是胜利！

就经历而言，张仙北能全胳膊全腿儿地活过这七十多年真难为他，凭良心说，他算是死里逃生，万幸！您算算，抗日战争、解放战争、"文化革命"，三大战役他都是亲历亲受，一场没躲过。少年时代他跟着父母钻防空洞躲日本人的飞机轰炸；青年时代他背着家庭出身不好的包袱在人群中战战兢兢；中年时代他胸挂黑牌子九十度弯腰挨学生们的批斗。唉，上世纪的这点儿陈谷子烂芝麻不说也罢，有点岁数的中国人谁不知道哇，用你说！

单说张仙北自己的事儿吧，也够不顺的：由于他的家庭出身更兼海外关系，自己的长相又不讨姑娘们喜欢，当然就迟迟找不着对象成不了家。多亏正月十五那天的批斗会他晕倒在操场上没人管，被学校的老锅炉工救起，因而促成了一段好姻缘。这好心人就是他日后的岳父杨换山。对于自己这天赐的婚姻，张仙北得意地引用老子的话说，就叫作"祸兮，福之所倚"。有福之人不用忙！他这话也对，遥想当年，尽管是皮带挥舞血肉横飞小死过去，最终醒来，身边却来了一位贤内助。敢说不是人家的福气！妻子杨翠花体貌端庄且不说，难得的是虽不知书却达理，蒸窝头纳鞋底儿样样都来得，把个清贫之家治理得井井有条，令左邻右舍羡慕不已。对于妻子张仙北也颇为赞许：称之为御用内阁总理大臣，给个黛安娜都不换。说得也是，这么体贴的妻子上哪儿找去，一把椅子都想得这么周到。

不过从旁看来，张仙北先生躺在椅子上也不怎么舒服。因为身子太长，他的下肢也就是两条长腿基本上是悬在椅子外边，双膝上弓着，双脚踩在地面上恐怕也要加点劲儿，这能舒服得了吗？可他老人家偏就觉得，天底下没有比坐在这躺椅上更舒服的事儿了，您说怪不怪？就说这会儿吧，他根本忘记了千辛万苦买来的芹菜还待在过道里没人管，却自顾自地躺在躺椅上享清福。

但见他双手交叉胸前，双目紧闭，纹丝不动。原来，张老先生正在排除杂念，力图使自己的肉身凡胎进入高超的佛家境地。只可惜，他压根儿就不知道佛家的境地是什么，上哪儿找去！张仙北就是张仙北，你说找不着就找不着呀，他偏找！就算找不着难道不能编一个？无非是劝人别指望这辈子，寄希望于金光灿烂的下辈子，不就超凡脱俗进入西方极乐世界了吗？这有什么难的，不就一个"空"字吗！于是，他就强迫自己沿着这个"空"字思想下去。屋子里悄无声息，倒也有利于他的清修。然而，俗人就是俗人，强迫也没用，闪现在他脑海里的"我"与佛完全是两码事，阿弥陀佛！

"十年生死两茫茫，不思量，自难忘……"这是怎么回事？苏

东坡怎么出来了？这些年，张仙北根本拒绝读诗词歌赋，那玩意
儿风花雪月缠缠绵绵的影响人情绪，一边儿待着去！今天是怎么
啦，无端冒了出来？"千里孤坟，无处话凄凉……"还没完没了
啦你，有病！张仙北先生有点坐不住了，他必须先把苏东坡处理
掉才能人静。于是，他站起来，转身打开了电视。顿时，疯狂的
摇滚乐响彻了这小小的空间，让人喘不过气来。别说一个苏东坡，
十个都吓跑了。张仙北自己也被震醒了，忽然想起要为"某人"
生日包一回饺子的誓言，他终于走出了这间屋子。

　　趁着张仙北先生好不容易离开了房间，可以参观参观他的寒
舍了。

　　这是一间长方形的外屋，大概十二平方米左右吧。迎门正对
着是一个两扇的约一米见方的窗子。尽管是西房，如果碰上大晴
天，太阳也能在吃完了午饭之后点点滴滴飘洒而来。这温暖的阳
光对于张仙北颇为珍贵，于是几十年来这把躺椅就在窗户下面没
有挪过地方。更何况，如今张仙北先生走出房间的时间愈来愈少，
这阳光对他就愈来愈宝贵。

　　以躺椅为中心，右边的北墙竖立着一个大书柜。这书柜是他
女儿张小倩参加工作之后送他的礼物，也是这屋里最时尚的一件
家具。张仙北先生家虽然生活拮据，然身为教师书籍是必不可少
的工具，加上他老人家嗜书如命，一生省吃俭用买回家的书也不
少。当年这家人口齐全住房拥挤的时候，要放下这些书必须向高
空拓展。于是，外屋的南墙和里屋的北墙之上都钉上了长长的搁
板，书全放在上面，可谓束之高阁。每当他要取下某本书时，他
必须踩在外屋儿子的小床或者里屋自己的大床上。直到人去房空
才有空间放下这个大书柜，这倒也解决了张仙北先生的取书之苦。
书柜紧挨里屋的小门，北墙就占满了。

再看左边，还是以躺椅为中心，它旁边是那个小茶几。茶几与南墙之间的角落里，搁着那台十四英寸的电视机。这电视与躺椅几乎是平行的，似乎摆放得不大合理。不过，必须说明的是，电视机在张仙北家里的作用不同于一般人家："视"的功能在他这里基本被取消，只不过借借它的声儿，搅和搅和屋里的静。所以，张仙北先生根本不在乎那早已发暗的屏幕和歪七扭八的图像，更不在乎它播出的节目。甚至对于那嗲声嗲气的主持人、不男不女的歌手、南腔北调的胡说乱笑等发出的噪声，他非但能坦然地用那把老骨头扛着，心里还幸灾乐祸：你爱说什么说什么，爱唱什么唱什么，反正是瞎耽误工夫没人搭理你。

紧挨着电视是一张老旧的八仙桌。这张八仙桌可非同一般，可以称之为这家里最昂贵的物件。张仙北先生做梦也没想到，自己从旧货市场买来的旧桌子竟误打误撞是个古董。这桌子一直在他们家瞎用着，谁也没把它当回事儿。直到有一天，他那在深圳做古玩生意的儿子张军回来，才像发现新大陆似的把它鉴定为清朝晚期的东西，而且估出了一个令他老人家大吃一惊的价钱。

八仙桌旁是一个小冰箱。这台冰箱的到来更是纯属意外。那年他去商场买鞋，刚走到门口就见敲锣打鼓围着好多人，搭的大台子上摆放着自行车、摩托车、电冰箱，还有一部红色的小轿车。同时有人手持大喇叭在高喊："买彩票，买彩票，两块钱一张，快来买喽！"

张仙北先生出于好奇走近一看，原来是政府为救助残疾人发行的福利彩票。心想这种公益事业匹夫有责，自己也应参与。于是，他毫不犹豫地从兜里掏出四块钱买了两张彩票，自以为尽了一个公民应尽的义务。万万没有想到，居然中了一个二等奖。他本想学雷锋做好事，反而捡了个大便宜，奖品就是这台"雪花"

牌电冰箱。张老先生虽然对此稍存歉意，却禁不住自嘲：好心有好报。

外屋就是如此。里屋只有十来平方米，放了一张小床、一个衣柜、一个两屉桌，也就饱和了。

嘟……嘟……嘟……

铃声就是召唤，只见张仙北先生快步走了进来，伸手抓起话筒。

"爸，生日快乐！"女儿张小倩带笑的声音。

这一声喊他才明白过来，原来从早晨起来他心里等待的就是这一声喊。

"爸，您听见了吗，怎么不说话呀？"

"唔……"

"爸，您自个儿买蛋糕了吗？"

"我包饺子了。"

"您还自己包呀，超市有速冻的呀？"

"不爱吃速冻的……"

女儿哪里知道父亲的心，他此举是为了纪念那年为他生日包饺子的人。不记得是哪一年过生日，大概适逢芹菜降价，妻子买了一大捆，就试着包了饺子。此前他们家从来没有吃过芹菜馅儿的饺子，待煮熟了端上桌，张仙北吃了一口说"好吃"，妻子说"好吃就多吃点"。于是，从那以后，每年张仙北过生日，都有这芹菜馅儿饺子，都有他说"好吃"，她说"好吃就多吃点"这不变的对答。自从妻子离去，这饺子连同这对答都已灰飞烟灭，只有无形的念想留在了老人的心田。

"呵！是芹菜馅儿的吧？爸！"

"唔，唔……"

三

对于儿子女儿的电话，张仙北是又盼着又害怕。

电话在张仙北先生家里相当于军区首长的红机子：儿女专用线。十天半月，顶多一个月吧，总是他们来一个电话问候问候，张仙北先生是不大主动出击的。在他心里，冠冕堂皇的理由是：他们也忙得很，别给人添麻烦。私底下的理由连他自己也不大愿意承认：原是那潜意识里的自尊在作怪。难道我真到了山穷水尽的地步，要求助于他们？现在还不至于那么惨吧！万一真到了那时，痴呆傻不知人事，谁爱怎么办就怎么办吧，活该倒霉！现在，胳膊腿还能动就死赖在人家身上，即便是亲生儿女也大可不必！

唉，张仙北就是这么一根筋认死理，你拿他还真没办法！这倒也好，就因为他的电话只接听不往外打，特省钱。于是，他每个月用于电话费的开支，二十一块六角钱的座机费就打发了。他老先生打不打电话倒没什么，只苦了电话局。如果都像他这样的客户，估计电话局连大楼都盖不上！

张仙北先生不是盼着儿女的电话吗，那他又怕的什么呢？

他老人家不是怕别的，就怕他们俩又跟他谈进养老院的问题。张仙北一贯对养老院成见颇深，而且坚持己见顽固不化。尽管儿子女儿把养老院说成一朵花儿，老先生就认定那是一根狗尾巴草。

养老院本是个好地方，这是毋庸置疑的。在国外养老院早已司空见惯，在中国却是人民生活富裕之后才较为普遍起来。养老院的存在，对解决当今社会老龄化的问题起到了积极的作用，应当说是功不可没。全国人民都这么看，只有张仙北是个例外。

在张仙北眼里，养老院一无是处，简直就不是人待的地方。想想吧，一进养老院的门，满眼看到的尽是一张张的老脸，满耳听到的尽是打针吃药，还有那个广告词儿说的"腰腿疼，肚子疼"，除了让人沮丧之外还有什么?! 本来是夕阳无限好，进了那地方可就深山见不着太阳了。还说什么两个人住一间屋好，有人说说话不寂寞。是，是不寂寞，同屋的是一个比你还老的老头，白天你还叫他老哥哥，半夜就被抬出去了。进那种地方的人肯定是来也匆匆去也匆匆，就算我一时半会儿死不了，天天看着，不死也吓个半死。您瞧瞧，叫他说的，那养老院够多瘆人哪。他能愿意去吗?!

此时，张仙北在狭小的厨房里切芹菜，一边尖着耳朵听着屋里的电话。其实，他用不着这么分心，虽然他腿脚不算利索，耳朵倒挺好使，一点儿响动都能听见，何况他家的电话铃声被张军调到了最高度，楼道里都能听见。他还是应该一心一意地对付案板上的芹菜才是。

看他老先生切芹菜就能把人急死。本来这菜长得就比较粗壮，想切成细末儿，必须先用开水焯一下使其变软，然后把芹菜秆儿一剖为四或一剖为二，再横过来切成小丁，最后再剁成饺子馅儿所需的碎末儿。可是，他老人家根本就不懂这一套程序，拿起刀来横着就切下去。其后果可以想见：粗壮的芹菜秆子顿时变成了约豆腐干四分之一大小的方块儿。这时他就开剁! 您想啊，那小方块儿的生芹菜能在他刀下服帖吗? 每一刀下去，芹菜秆儿就欢蹦乱跳起来。这一蹦跶可就没准地儿了，有的往桌子上蹦这还算好，有的可就直接蹦地下了。害得他老人家不得不弯腰九十度费力把它们捡起来，那劳动强度都让他联想起上世纪挨斗的情景了。

正在他手忙脚乱之际，忽然听见敲门声。开始他以为是自己听错了，定定神再一听，果然，不是敲门是什么？奇了怪了，谁会来呢？

张仙北先生本来与外界交往就不多，退休之后更是独守空房，很少有人来打扰他的清净。会是谁呢？他疑疑惑惑地走到门边，刚想问问是谁，话没出口，突然警觉起来，还是谨慎为好。他跨前一步，弯腰把脸贴在门上，眯起左眼，右眼使劲贴近门镜：糟啦，眼前一片漆黑！张仙北先生不由得联想起报纸上那些黑色新闻。特别是昨天报纸上登的，一老汉不慎被杀，就因为没问清楚而贸然开门，致使持刀歹徒闯入。想到此，张仙北高声问道：

"谁呀？"

"送花的。"

"你找谁呀？"

"这是张仙北家吗？"一个年轻的声音透着不耐烦。

"哪儿送来的？"

"深圳。你是张先生吗？"

经过分析，张仙北先生觉得问题不大，于是打开了房门。只见一个小伙子，右手斜捧着一束鲜花，新郎似的直挺挺站在自己面前，一双小眼睛直愣愣地盯着人，左手上举着一张单子，用极别扭的普通话问道：

"张仙北，是你吗？"

"我就是张仙北。"

"签字！"

张仙北签完字，接过花，关上门，双手捧着鲜花走进房间，看着"生日快乐"的小卡片一时愣在了那里。或许是被这种西式的孝敬方式弄蒙了吧，总之老先生在房中央站了好一会儿，显得有点尴尬。不过，孝敬就是孝敬，不管是中式的还是西式的都能让老人心里暖洋洋的。

这时，老人才开始端详起这些花来。只可惜，对于花卉他知之甚少，除了玫瑰，其他黄的白的基本叫不出名字，只觉得满屋的花香。香是香，往哪儿放啊？张仙北先生不记得自己买过花瓶，更没有人给他送过花。可是，现在花儿来了，你总得给它找个地儿吧。

张仙北在房间里搜寻，实在找不出东西装它，捧在手里也不是事儿啊！只见他倏地转身进厨房就奔了洗菜池。他一手抱着花，一手拧开了水龙头，等洗菜盆装满了水，他就直接把花儿一股脑儿地放了进去。然后，他颤颤巍巍的双手端着这盆花进屋放在了八仙桌上。可算是把花儿安置好了，他这才如释重负，长长地舒了一口气。

说实话，张仙北先生被花也折腾累了，对花的新鲜劲儿也没了，只想找个地儿歇歇，此刻呀，那把躺椅当然是他的最爱。您瞧，他又躺下了。别看他人闭眼躺着，脑子里可没闲着。知子莫若父，他预见到那小子不可能光送花，肯定还要来电话，也许就没安好心，又要跟我谈养老院的问题。谈吧，你有千言万语，我有一定之规，反正说出大天来我也不去，不去就是不去！

闹腾了一上午，张仙北先生觉得真有点饿了，刚要去厨房找点吃的，想起案板上那堆未了的芹菜，头疼。这会儿吧，他老先生不琢磨怎么去收拾残局，倒想起了八竿子打不着的《孙子兵法》："智不足，将兵，自恃也。"翻译成白话文就是：智谋不足的人领兵打仗，那是自负。孙子令张仙北恍然大悟：自己这包饺子之举就是自负，自不量力，自以为是，自讨苦吃，岂有不败之理?！

突然，他灵光一闪，芹菜馅儿饺子无非是三样东西组成：芹菜，肉馅儿，饺子皮。这三样东西都买回来了，一块儿往锅里一煮，跟饺子不是一样吗，何必拘泥于形式！主意已定，张仙北先生鼓足干劲再进厨房，为自己煮了一碗芹菜肉末面片儿汤。

反正肉烂在锅里。张仙北把一大碗热气腾腾的面片儿汤放在了八仙桌上。望着这碗不伦不类的"饺子"，他心有不甘，总想自圆其说。于是乎，他搬出了禅。人问禅师："什么是佛？"禅师曰："吃饭穿衣。"张仙北！知道了吧，吃饭穿衣就是佛，就这么简单，哪儿来那么多乱七八糟的！张仙北自己安慰自己。顿时，他老人家觉得心中舒坦，胃口大开。

张军的电话真来了。人家根本没提养老院，只是报告了一个意外的消息：张仙北先生的胞妹张仙玉要从美国回来探亲，已经上飞机了。

四

早晨起来，张仙北先生就觉得不得劲儿，坐也不是站也不是，脸色发青头发沉，整个人显得萎靡不振无精打采。原来，他昨天一夜没睡好。东一榔头西一棒子的全是陈年旧事：一会儿在防空洞躲飞机，一会儿在乡下赶集，一会儿在轮船上看风景，一会儿吃大糖葫芦，哪儿跟哪儿都不挨着。似睡非睡，似醒非醒，似梦非梦，就这么晕晕乎乎的一个晚上，人能精神得了吗？

在躺椅上闭眼休息了片刻，他终于明白过来：自己头脑之所以如此混乱，完全是因为妹妹的到来。亲人的到来，如同开启了张老先生记忆宝库的大门，那尘封的往事如洪水猛兽般冲了出来，令他招架不住无所适从。因为种种缘由，也许命运使然，同胞兄妹天各一方。直至暮年，上天的眷顾才降临到他们的头上。

　　还是十年前他们见了一面。近些年，他们之间的联系也就是逢年过节通个电话。每次接到大洋彼岸的电话，张仙北都久久不能平静。从遥远的地方传来的嘶哑嗓音中，张仙北丝毫也找不出妹妹声音的影子，他记忆中那声音是银铃样的，她尖声歌唱时活像老家里廊檐下的黄莺儿。岂不知，时过境迁岁月流逝，她已是花甲老人，哪儿来的黄莺儿！

　　张仙北先生最想知道的是妹妹的近况。三年前张仙玉退休了，现住在美国的老年公寓里。她一个人在那里生活得怎么样？她的身体怎么样？是否真像她说的，除了瘦没有别的毛病。瘦算什么毛病？有钱难买老来瘦嘛，更何况父母的遗传基因，张家人都是瘦人。其次，他准备趁这次见面的机会好好开导开导她，少跟外国人瞎学他们跑步锻炼什么的。他的观点是：人就好比一台机器。用了几十年零部件肯定都磨损得很厉害，首先要保护零件。举个例子就明白了：为什么乌龟王八能活到千岁？因为它们懂得养生之道，一辈子不浪费自己的能量，所以它们就能长寿。人为什么要骂它们？因为他们谁也活不过乌龟王八，所以妒忌。

　　估计是他老先生闲来无事，闷坐家中，又无人与之攀谈，因而生出许多稀奇古怪的理论来。每逢儿子女儿听到他的"乌龟王八"说、"保护零件"说之类都要脸红脖子粗地加以反驳。客观地说，这种反驳纯属多余：姑且不说中国传统讲究"顺为孝"，退一万步说，老人家的奇谈怪论固然是让人啼笑皆非，好在他也就是在自己家里唠叨唠叨，并没有著书立说残害群众。一个风烛残年的老人，想说点什么你偏不让他说，到时候憋出个好歹，你哭都没地儿哭去！

　　今天张仙北先生闭目在躺椅上的时间可不短了。他好像进入了冬眠状态，一动也不动。不过，他心里明白，这种精神状态要不得，不能任凭自己的思想这样泛滥下去。于是他站起身，从书架上取下常看的那本《史记》，在躺椅上坐了下来。本来他下决心退休以后要把这巨著再好好读一遍，没想到至今还停留在第二册。他手里拿着书，眼睛盯着书："夏，汉改历，以正月为岁首……"看来看去的总是这一行，怎么也前进不了。随他去吧，反正今天是乱了，乱就乱到底吧，他索性又闭上了眼睛，身子朝后靠了去，拿着书的手搁在了胸口上。这会儿张仙北先生又豁达起来了，他对自己采取了英明的"改革开放"政策。这一宽松，他反倒觉得身心自由了许多。只可惜，心里的话无人来听。

也许妹妹来了，可以跟她回忆回忆小时候上学时的趣事。不知她还记不记得每个礼拜一操场上的朝会，全校的师生一齐背诵总理遗嘱。当然，那时说的"总理"不是周恩来而是孙中山。"余致力于国民革命，凡四十年……"这么多年过去了，儿时留在记忆里的印记还是抹不掉。为什么要抹掉它，我就留着，他想。为什么我不能留住一点童年洁白的欢乐？余致力于教中学历史，也是凡四十年了啊！也许六妹来了，就应该跟她谈谈这四十年。不行，境况不同，谈了她也未必能理解。张仙北记起了上次张仙玉回来，看到自己的生活就泪眼婆娑的。如今这平平安安的日子她都哭，要告诉她那十年的鬼日子还不把她哭死！好不容易见一面，还是说点高兴的，对大家都好。

不知老人家又想起了什么有趣的事，在他那朽木似的老脸上，竟然呈现出些许动人的光辉。他那晶莹的双眸从皱褶中挣脱了出来似的，非常明亮地直视着前方。他的目光好像穿透了墙壁，穿越了时间的隧道，无拘无束地漫游开来。

几十年前的那一幕又清清楚楚地浮了出来……

紧急警报刺耳的长长的响声震动着大地，全家人想跑到自家院子的小防空洞已经来不及了。爸爸妈妈只好手忙脚乱地把两个孩子推到方桌下。方桌就放在房门外的廊子上，桌下铺着厚厚的棉被。每当想起那情景，张仙北总是感慨万千：本来是生死攸关危险至极，他和妹妹却觉得很好玩儿，真个是少年不知愁滋味！大概就在妹妹探出头去的刹那间，一颗炸弹就在不远处爆炸了。弹片四处乱飞，不幸一块弹片落在了她的头上！直至今天，六十多年过去，那张血流如注的小脸和嘶哑的哭声还仿佛就在近前。一个人由少年、青年、壮年直至老年，变化该多大呀！不变的只有这伤疤了。

往事不堪回首。说到底，张仙北先生还是怕回忆。可怜他对自己实行的"改革开放"政策瞬间就无疾而终。这些年，他坚决拒绝回忆，采取千万种手段忘却过去，而且自己觉得受益匪浅。可是今天，回忆像一条毒蛇缠绕着他，挥之不去，去而复来。他的独门秘诀也在顽强的回忆面前败下阵来，无数的回忆接连不断地在他眼前飞舞，致使他筋疲力尽无处躲藏……划船掉到北海里了，浑身湿透的凉意以及母亲的尖叫，还有那睡在被窝里喝的一碗姜糖水，这一切清清楚楚，就像今天发生的！

为什么远去的事记得那么清晰，今天的事却记不起来了？今天我吃东西了没有？好像吃了吧，不对，好像是没有吃，只喝了一杯水，那还是为了吃药。电暖壶加水了没有，加了吧？应该是加了……

张仙北人虽然静静地卧在躺椅上，脑子里还是千军万马在奔腾。他扔下书甚至站了起来，来回走了两步，想逃出去似的。可他无处可逃，他只能在这间屋子里转悠，转到八仙桌前边，两眼盯住了洗菜盆里的花……突然，他想起是儿子告诉他张仙玉上飞机了。飞机什么时候到呢？到了谁去机场接？这个张军糊里糊涂的都没说清楚。一个老太太，下了飞机没有人接哪行啊？

于是，他转身走到书柜前，拿起电话拨通了儿子的手机。手机没人接，只有彩铃风情万种地反复唱"等着你回来哎，等着你回来把那花儿采"，直唱得他老人家更加心烦意乱。张仙北先生十分厌恶手机，特别是遇上他们关机，或者只闻铃声不闻人声的时候，老人家心里都会很不舒服，有一种被愚弄的感觉。人家手机忘车里了，人家手机没电了，人家手机搁包里没听见，不舒服你能怎么着，忍着点儿吧！比如现在，他想着老妹妹一个人拖着行李站在机场门口，人生地不熟，叫天天不应……唉，都怪自己没问清楚！张仙北先生别无他法，只能回到躺椅上生闷气。还好，张军的电话及时来了。

"爸，我，张军，我到北京了，我在机场等着姑妈的航班，您就在家等着吧……"

张仙北拿起话筒，一个"喂"字还没出口，张军已经把事情交代得明明白白。他老人家一肚子气顿时化为乌有。想着即将到来的相见，禁不住兴奋起来，感觉到饿了，脑子也清醒了，确定自己是没有吃饭。

他打开冰箱拿了一片面包。

五

老年人的幸福很简单：儿女孝顺！

张仙北先生是幸福的：儿女都孝顺。

只不过外人看来，他的儿子在深圳，他的女儿在四川，他老人家独自在北京，孤苦伶仃，何来幸福可言？外人怎么看他管不着，张仙北有自己的看法。他认为：二十一世纪就是二十一世纪，十九世纪就是十九世纪，不能混为一谈！旧家族里的子孙靠的是祖业，子孙的出路别无选择，只能围着老人转。而今时代变迁，子孙们远走高飞是历史的必然。他们的职业，他们的社交圈子，他们的小家庭，都不可能围着老人家转。大势所趋，岂有他哉！张仙北先生明白起来比谁都明白。有一年过春节难得全家团聚，他老人家喝了点茅台，红着脸说了一句话，让子女都大为感动，他的原话是：老人对子女最大的奉献就是不要干扰他们！

站在张仙北老先生的立场，他的观点是理直气壮无可挑剔。可是站在他那子女的立场吧，这事儿就得两说着：他是你爸！"不干扰"就算完啦？老先生一个人在五楼上，房门关得严严的，万一出了事，这不孝的罪名你可就挨上了！

张军和张小倩发愁哇，摊上这么个一根筋的爸，真够费劲的。这年头钱最宝贵吧，你想孝顺，给他钱，你以为他痛痛快快地接着呀，门儿都没有！人家婉言谢绝，说出那话让你都没法儿接：国家给我的退休工资足矣。钱财乃身外之物，生不带来死不带去。我要那么多钱干什么！您说说，这年头，钱都不要，您还有招儿吗？兄妹俩商量来商量去，觉得最好的办法还是请他老人家进养老院。找最贵的地儿住，不就是花钱吗，有钱！你想花这钱呀，他还就不让你花，死活不去，急死你！

这回老爷子的亲妹妹要来，可把小兄妹俩乐坏了。外来的和尚会念经，盼着从美国来的姑妈能帮上忙，好好劝劝老爸，赶紧进养老院，大伙儿都省心。张小倩的儿子今年考大学，当妈的肯定是全力以赴离不开儿子。张军对张小倩拍了胸脯，迎宾的任务他包了。说到做到，一天之内他就作好了全方位的安排，重视的程度超过了接待大客户。

别看张军生意做得不大，小小一个古玩店，一年不开张，开张吃三年。蒙外行的事当然也在所难免，那也是愿打愿挨。反正甭管怎么着吧，二三百万他还是有的。除了运气好，关键是他人缘儿好。北京这帮哥们儿哪次去澳门玩，他都是亲自陪着。投桃报李礼尚往来，这点事还真是小菜一碟儿。您瞧，他人没到，哥儿几个全都给安排得妥妥当当：五星级宾馆订好了，高级小轿车也备好了。这时，张军正满脸堆笑地开着漂亮的白色大"奔驰"，身边坐着刚下飞机的姑妈。

老天爷也帮忙。今年北京的春天还真有点春天的样儿，比往年的风沙都小。这也许得力于市政府对环保的重视，也许就是北京人该着的福分！举目一看，蓝天绿树的，令人心旷神怡。张仙玉女士从坐进了小车，就一直望着窗外，似乎看不够这片久别的天，看不够这片久别的地，不时地用手绢儿擦擦眼角。见此情景，张军不敢说话，也不敢看老太太，只规规矩矩两手握着方向盘，两眼盯着前方，连烟都不敢点。

别看刚才在机场又说又笑又拥抱什么的，张军差点儿没认出这位姑妈。如果不是早有准备举着牌子，姑妈又直奔到他眼面前了，他还真可能接不着。俗话说，一方水土养一方人。张军觉得，这老太太在国外待久了就是跟中国老太太不一样。瞧人家，还敢穿一身玫瑰红，戴一对大白珍珠耳环，推着行李车走得还特快，一点也不像上年纪的人。对这位姑妈张军真没什么印象，也就十年前见过一面。只知道她在美国西部的一个什么大学图书馆工作，好像没结过婚，可能手里有点钱。

不过，张军如此隆重地接待老太太可不是图她的钱。再说了，现在从美国回来的主儿，有几个趁钱的？当然，张军亲自北上也是有所图的，图就图老太太能跟老爷子说上话。他本来打算趁老爷子不在跟前，抓紧时间跟老太太谈谈老爸的事，可人家老太太看不够故乡的云，咱也不能太世俗，等等吧。

"我七哥身体还好吧？"最初的兴奋过去，张仙玉女士回到现实中来。她扭头问身边的张军。

七哥？张军只愣了一下，忽然想起来了。这称呼的来由十年前父亲就对他们讲过。张仙北的父辈兄弟五人，每人有两三个孩子不等。这些孩子按出生的先后顺序分男女排行，这就是中国早年间所谓的大排行。因而，虽然亲兄妹只有他们两个，按大排行，张仙北在男孩子里排第七，就成了七哥；张仙玉在女孩子里排第六，可她又比张仙北小，所以就成了六妹。封建社会的规矩就这么乱，没法子，老张家也得按规矩来。不管怎么排吧，他们都是老张家"仙"字辈的子孙。

"我爸身体还行。"

张军含笑扭脸赶忙答了一句话。阳光照射下，老太太脸上松弛的皮肤、眼角堆起的皱纹、鼻翼下的两道沟纹，刹那间，活像电影里的快镜头闪入了张军的眼中。张军不由得想：她老人家远看还行，近看也不显年轻啊！

"你是跟你爸爸住在一起吗？"

这一问，令张军心中暗喜，这不就问到点子上了吗。他没有再扭头，眼睛望着前方，含着笑意答道："没跟我爸住一起，我在深圳。我……"张军嘴里答着，心里在琢磨：是趁此机会就把问题直接提出来呢，还是等会儿再说？是把问题说得严重点儿呢，还是先别说那么严重？

"小倩跟他住吗？"这位姑妈跟老爸一样急脾气。还没等张军想好呢，第二个问题又接着来了。

"没有。他们一家子三口住在成都。"张军急急忙忙把情况交代清，生怕再被打断。

"那你爸爸一个人在北京啊？"

"是啊。"

"谁给他做饭啊？我这七哥不懂得做饭的呀！"

姑妈对老爸的关怀之情溢于言表，令张军突然非常感动。平日里跟哥们儿聊天时说什么"血缘""DNA"之类，根本没过过脑子。就在这一瞬间，他仿佛一下子明白了什么叫作血缘之亲。血缘是无法求得的，那是上天的恩赐。也就在这一瞬间，他似乎与姑妈的距离拉近了。俗话说，"姑表亲，辈辈亲，打断骨头连着筋"。张军此时有体会了，觉得这话真有点儿意思。

"听说大陆的人工很便宜，不能给他找个用人吗？"她真为哥哥吃饭的问题发愁。

"找过啊，您知道我爸那脾气，小保姆他不要，说女的不方便。后来我托人从郊区请了个小伙子，人挺老实的。可待了没一礼拜，我爸就把人辞了。还说，再不准给他找人。"

张仙玉沉默着，只是两眼望着前方，不知在想什么。张军也不便再挑头说什么别的。小车飞快地前行。机场路上车流滚滚，只有车轮擦在地面上刷刷的声音。

"你们想过没有，你爸爸一个人这么生活，恐怕有问题吧？"过了好一会儿，张仙玉轻轻地叹了口气又说。

张军心说，问题？问题大了！可没等张军答话，姑妈又问：

"他能不能去深圳跟你们住呢？"

"去年春节去了，住了三天他非走不可，小倩那儿他也去了，也待不住。"

"那总得想个办法呀！听说大陆也有很不错的养老院嘛，能不能住呀？"

真没想到，难题就被这么轻而易举地提了出来。张军心里骂自己：你鼠肚鸡肠地瞎谋划了半天真是多余。人家美国来的就是不一样，提起养老院跟逛大街似的，一点儿都不带害怕的。我这姑妈比我老爸胆儿可大多了。看来这任务搁她老人家身上肯定能胜利完成，张军想到此不由得喜上眉梢。更让他喜上加喜的是姑妈居然点上了烟。开始张军心里还纳闷儿呢，不是说美国人不抽烟吗？嗨，我姑妈本来就是中国人嘛。他一边胡思乱想，一边赶紧掏出自己的烟点上，同时还没忘了讨好老太太：

"姑妈，您抽什么牌子的？我在北京给您买点儿，美国的烟特贵吧？"

所谓烟酒不分家。张仙玉微微一笑，觉得这个侄子十分热情懂事。可是刚下飞机的一刹那，她怎么觉得这年轻人不像张家的人。首先他个子不高，顶多也就一米七五吧，其次他皮肤白而且体形较胖，年纪轻轻的小肚子挺着。穿着倒是很时髦，身上这件黑色的"阿玛尼"T恤就很讲究。对了，他的个子和皮肤都像七嫂！由七嫂她又回到了她那不会做饭的七哥，她说：

"这次我回来，准备给你父亲一笔钱……"

"姑妈，钱您留着吧，我爸住养老院这点钱我们还供得起。"

"这也不是我的钱，是当年你爷爷奶奶留下的，应该给你爸，以前我不敢拿回来怕给他惹麻烦。"

本来张仙玉是诚心诚意想把父母的遗赠与哥哥分享，现在听张军的意思，哥哥肯定不会接受这些钱。张仙玉又提出要给老人买幢别墅。张军一听就摇头，说父亲根本不存在住房的问题。现在一个人住两间房都空空荡荡的，给他一幢别墅，那是找罪受！这可让张仙玉犯了难。最后，她终于想出了一个办法：哥哥一生没离开过大陆，何不用这笔钱让他去旅游旅游呢？比如，先让他去一趟香港澳门，如果身体可以再去美国，甚至可以在美国住些日子。

姑妈提出的想法深得张军的赞同。他也早想请老人出去逛逛，港澳通行证早就办好了的，无奈老人死活不去。这次由他老妹妹出面，估计老爷子不好拒绝。更何况，他也看出来了，这位姑妈是打定了主意要在老爸身上花点钱，不让她花都不行。这老兄妹俩的脾气都一样，想干什么干什么，谁也拦不住。

姑侄俩意见一致，越说越近乎。张军把父亲对养老院的看法尽量详细地给姑妈讲了，知己知彼方能对症下药嘛！最后他们决定：先由姑妈在北京跟张仙北谈谈，打消他对养老院的厌恶情绪。然后他们一块儿去港澳旅游一趟。让老人散散心，开阔开阔眼界。

说着话儿，小车已到了张仙北先生的楼下。

六

希望与煎熬就是等待。此时的张仙北就处在希望与煎熬之中。

根据他一贯遵循的古训"凡事预则立"的原则，老先生一大早起来就里里外外地忙活。他把桌子擦了，把椅子擦了，把碗也洗了，还鼓足干劲把地也拖了拖。这一阵子体力的消耗，累得他在躺椅上闭目歇了足足半小时。待他缓过劲儿睁开眼，发现椅子上那个棉垫子太破旧，觉得不够好。于是，他走进里屋，找了一块粉红色泛白的旧枕巾，把旧棉垫子包了起来。看着变得干净的椅垫子，他才颇为满意。他老人家觉得，这椅子给从美国回来的妹妹坐还算可以。

诸事齐备，剩下的只有等待！张仙北先生站在躺椅旁，不由得朝窗外望了望。只可惜，映入他眼帘的都是一层一层封着的阳台，除此之外什么也看不见。即便出租车到了，也是停在楼那边。他曾冲动地想下楼去接，可一想到下楼容易上楼难，立刻打消了这个念头。他老先生毕竟是历尽沧桑，深知老年人最忌大喜大悲。况且，十年都等过去了，还在乎这几分钟？他劝自己还是先在躺椅上躺下，养精蓄锐。

尽管张仙北先生找出条条理由说服自己不要乱，他心里还是乱成一团，那颗心好像不是自己的，管也管不住！突然，觉得楼梯有响动，他急忙快步开门走到楼梯口，往下看，的确有人上楼……可是，脚步声即刻消失了，是楼下的人家。老先生几分失望地回到房间。他坐不下来，只站在方桌旁。忽然他想起应该准备一个喝水的杯子。于是，他找出一个画有墨竹的白瓷杯子，洗干净了放在方桌上的鲜花旁边，想了想，又放了点儿茶叶在里面。他仍然坐不下来，就在他那方寸之地上转悠，全身心地听着楼梯处的响动。忽然，他又听见楼梯上的脚步声，这次他没有贸然开门，而是把脸贴在门上听，没错，真的是脚步声！

确定无误他才打开门，猫似的一步一步轻轻地走向楼梯口，怕又是别人上楼。他不愿意上楼的人看见他的身影，下意识地往后退了一步，就在这时，他听见了儿子说话的声音。来了，真的来了，这回是他们来了！张仙北先生觉得自己的心跳加快，他赶忙提醒自己镇静，镇静！可是，一条腿却不由自主地往楼下迈，下了两层，他站住了，这时他听到了儿子在高声喊：

"爸，您别下来了，我跟姑妈就上来了。"

几乎就在同时，他听见了一个陌生的带着泪水的声音在高叫：

"七哥，七哥！"

张仙北只觉得喉咙一阵哽咽，他想答应却出不来声音。这时，张仙玉已经不顾一切地奔跑着上了楼，急剧地喘息着跑到了他的面前，张开双臂不顾一切地扑在了哥哥的怀里。老先生只觉得天旋地转，他伸出长长的双臂，一时不知该伸向哪里似的，紧紧抱住了妹妹的肩，仿佛要抬起那脸看清那人。老人捧着妹妹不再年轻的脸，哆哆嗦嗦地抬起右手，撩开她额上的头发，看到了那梦中熟悉的伤疤。一时间，他的手轻轻地停留在了伤疤上……

这一切，只在片刻之间。张军走上楼梯就愣住了：只见父亲脸色铁青，泪水印在他枯树皮般的老脸上，那泪水仿佛不是流出来的，而是从那树皮中渗了出来。两位老人像雕塑般僵立在那里，只有姑妈的抽泣声声……张军吓坏了。他忙丢下手提袋，上前将两位老人半推半抱地拥到了房里。

幸亏张军还有几分表演天才，他装作无视两位老人的激动，插科打诨地埋怨他爸怎么把花儿搁在洗菜盆里，又说前年春节小倩买过花瓶，又端着洗菜盆去厨房找花瓶。待他捧着插满鲜花的花瓶进屋时，只见老爸已经坐在躺椅上，姑妈也斜靠在方桌边，两人默默无言，谁也不敢看谁似的呆坐着。张军虽然人在江湖久经风霜，遇到眼前的这场面也犯怵。他暗想：三十六计走为上计。于是笑着大声说：

"爸，咱们请姑妈吃烤鸭吧？"

"好，好……"张仙北先生连忙点头。

"姑妈，您爱吃烤鸭吗？"

"好，好。"张仙玉女士也连忙点头。

"美国没烤鸭吧？"张军没话找话地问姑妈。其实他早就听哥们儿说过，美国的中国餐馆满大街都是，烤鸭涮羊肉您随便挑。

"有倒是有，可能没北京的好。"

"那就这么说定了！我订位子去，咱们吃就得吃正宗的，老字号座位特紧张，爸，那我先走了。"

张军走出房门，有一种逃离火灾现场的感觉。他感到胸口憋得慌，一到院子里便长长地舒了一口气，赶紧钻进小车，点上烟，又把司机座位往后推了推，一闭眼就躺下了。他打算先在车里躲会儿，再给烤鸭店打个电话订座。张军心想：嗨，这也就是蒙老头儿，再火的店也用不着本人亲自去订。腾点时间让他们俩聊聊养老院什么的，也挺好。我这也算是善意的谎言吧。

张军毕竟涉世未深，他的估计完全错误。此时此地此情此景之下，两位老人该有多少话要说却又说不出口！他们金贵的童年，他们亲爱的父母，他们相隔万里的人生，他们共同的生离死别的惨痛，他们的喜，他们的恨，他们的过去，他们的现在，他们生活中的一切一切，都想向对方倾诉。似乎只有倾诉，方能化解涌动在彼此心头的波涛。然而此时，语言又是何等的苍白！

这就是两位老人在房间里的对话：

"记得我们打赌输什么吗？"

"当然记得。一块棉花糖！"

"棉花糖真好吃，一个好大啊，记得吧，七哥？"

"忘了，是赌什么事呀？"

"七哥，你的记性太不好了，就是赌天上有几架飞机嘛。"

"啊，想起来了，你说两架，我说好多，排成队的。"

"我真傻，还伸出头去数呢！"

"六妹，你本来就是个傻丫头！家里都这么叫你，忘了？"

"是吗？我怎么不记得。七哥，后来谁赢了？"

"谁还顾得上那个，人都差点没命了！"

……

所有的交谈都是这么的不着边际。也许，只有这无关痛痒的话题才是最恰当的，最容易说出口的，最能掩饰他们苍凉的内心！

待到夕阳西下，张军忐忑不安地进屋时，他惊奇地发现：老爸与姑妈竟然是笑容满面！

在车里，张军不但打电话在烤鸭店订了包间；还给认识烤鸭店厨师长的哥们儿打了电话，叮嘱他务必赶来参加这顿家宴。他请哥们儿来的目的很明确：一是怕自己势单力孤应付不了两位老人，致使餐桌上冷场；二是就餐时能把厨师长请出来以示隆重。张军也算是用心良苦。

果然，皇天不负苦心人，一切进行得非常圆满。且不说戴着大白高帽子的厨师长一出现，把北京烤鸭的来龙去脉介绍得十分地道精彩，令老人们非常满意，更加出乎张军意料的是这哥们儿竟是一位外交能手。他笑呵呵地对姑妈大谈美国拉斯维加斯赌场，令老太太十分开心。这小子还绘声绘色地介绍澳门赌场如今怎么怎么豪华气派，与几年前大不相同，还劝两位老人到澳门一定要去赌场玩玩。张军直冲那哥们儿使眼色，怕老人不爱听这话，没想到姑妈特赞同，还对老爸说：

"七哥，到时候咱们一定要去赌场看看！"

七

张仙北先生走进赌场，真好比刘姥姥进大观园，头一遭！

跟着兴高采烈的人流从旋转门往里走，老先生觉得自己简直是在做白日梦。这富丽堂皇的大厅，这耀眼的灯光四射，这火红的厚厚的地毯，跟自己那个朝夕与共的小屋完全是南辕北辙，哪儿跟哪儿呀？！尽管张军一直紧紧地挽着，他老人家还是觉得有点儿晕乎。真好比一只骆驼误入了羊群，横竖不是自己的队伍。他心里那个别扭呀，就甭提了。然而，理智提醒他：您这会儿想出去也晚啦，硬着头皮上吧，谁怕谁呀！"现在世界上究竟谁怕谁"，他竟然想起了毛主席语录！从而想到了其人：虽然人家没上过大学，古文运用得真不错。诸如"既来之，则安之"，此刻想来是何等的贴切。亏他老人家想得出来，这是什么地方，他居然敢把伟大领袖的思想扯进来活学活用地解决自己的难题，哪儿跟哪儿呀！

水有源树有根，看看张仙北先生的生活轨迹，就不难理解他此刻的难受劲儿了。他老人家工作时是从家里到学校，再从学校到家里；退休后是从家里到菜市场，再从菜市场到家里，一辈子就是这么循规蹈矩墨守成规地走了过来。此外，家训在他心中至今还是神圣的：严禁子孙赌博。也因此，他死认为赌场就是个乌烟瘴气的下流场所，正经人绝不去那种地方。

因而，眼前的这赌场，着实让张仙北暗自吃了一惊。他万没有想到：现代化的赌场是如此的豪华，如此的气派，如此的温文尔雅。这里根本没有他想象中的穿着紧身黑衣文身的打手，也没有他想象中的恐怖，一切都是那么拿得到桌面上来。透过现象看本质，张仙北先生的观察力是何等的敏锐，才不会被它的表面现象所迷惑呢！金玉其表，败絮其中，不过是披着羊皮的狼而已。赌场就是赌场！

这时，他们三人并排走在宽阔的金色的大理石甬道上。张军在左边，张仙玉在右边，张仙北居中。他老人家的两条胳膊分别由儿子和妹妹挽着，活像身旁站着俩保镖。甬道两旁是顶天立地的大玻璃，亮晶晶的透出一家一家的商店，商店里走动着的全是魔鬼身材的售货小姐。三人在人流中慢慢地前行，张军一边保护着老爸，一边探着身子隔着老爸对姑妈作介绍。他笑嘻嘻地说这两边全是世界顶级名牌商店："阿玛尼""倩碧""LV""切瑞蒂1881"，全着呢，问姑妈要不要进去逛逛。他那如数家珍的劲头就像这些店是他开的。张仙北也扭脸看了一眼张仙玉。他惊奇地发现妹妹两眼直放光，春风满面的，兴奋得不得了。看见妹妹高兴，张仙北跟赌场的势不两立多少有点减缓。只要六妹高兴，就算不虚此行。

他们到娱乐厅门口了。这里也不叫赌场，称之为娱乐厅。那意思可能是：请吧，请君入内娱乐娱乐。不过，进去之前必须在入口处打开你的包，由人家娱乐厅的保安检查。人家这儿管得还挺严，与上飞机时的安检相似。这可让张仙玉女士极为不满，这位老小姐在美国拉斯维加斯赌场可没受过这侵犯。尽管不情愿，她还是拉开了为这次出行买的"LV"新款手提包。张军见姑妈很不乐意的样子，立刻讨好地说：

"姑妈，这赌场是你们美国人开的，够水准吧？"

张仙玉女士还在为刚才的检查不快，她正在拉好包上的拉链，低着头撇着嘴说：

"美国的赌场可没有这样的规矩！张军，你去过拉斯维加斯吧，那里的任何一家赌场都不会检查人家的包！亚洲的赌场太特别了。"

"对，您说得对，这不是防恐怖分子吗。"

张军赶紧把责任推到恐怖分子身上。张仙玉女士尽管还有点耿耿于怀，但事已至此，也只得入乡随俗了。眼前就进入赌场的大厅了，赌场里那特有的喊声叫声嬉笑声怒骂声，以及落在老虎机上阵阵的稀里哗啦的银钱声，汇成了一曲特有的嘈杂交响乐。这氛围使得她又热血沸腾起来，不由得忘记了刚才的不愉快。

哇！赌场可真大！张仙北先生觉得这地方有点像北京卖菜的早市儿，大广场似的，人又多还特乱。可不是嘛，抬眼一看，到处都是一堆堆的人。一个个地围坐在桌子旁，坐着的人后边还有站着的人，说是人山人海吧，一点都不过分。反正就是一个字：乱。张仙北这样的外行看着自然是乱，其实人家是井井有条一点儿都不乱。每个区域是玩什么的都分得清清楚楚，绝不能让您想在这儿扔钱找不着地儿。张仙北除了觉得乱乱哄哄，还担心安全问题。他寻思：这么多人挤一块儿，治安怎么解决？他当然不会注意到头顶处、墙壁上那密密麻麻的监视器，人家赌场比他老人家想得周到。张仙北正自己瞎琢磨还没找到答案时，就听六妹在招呼自己：

"七哥！咱们去那边玩'百家乐'吧？"

"行啊！"

到了这种境地，张仙北先生已是两眼一抹黑，闹不清东南西北了。他老人家悻悻地想：把我弄到这种鬼地方，还不是你们说了算，难道我还有自主权？张军也注意到老爸一直黑着个脸一言不发，刚才的答应也是一副勉勉强强的样子。他忽然意识到带老爸进赌场是个错误，都怪那哥们儿胡出馊主意。然而，世上没有后悔的药，张军只得更加小心翼翼地陪着。他搀着老爸，跟在姑妈后面穿梭于各种赌台之间。走到椭圆形的"百家乐"台子跟前时，只见姑妈一步上前占了靠边上的两个位子，转身拉着老爸坐了下来。

"七哥！'百家乐'很容易的。一个庄，一个闲，随便你猜一个。猜对了你就赢了。"说着她拿出五千块港币递给发牌手换了筹码。

她这么轻描淡写地说着，听得背后站着的张军直瞪眼。好家伙，就这么随便猜呀，这可是钱！他想起几天前陪北京的哥们儿来，输了好几十万的不幸事件，不禁在一旁提心吊胆起来。说实话，他倒不是怕老太太输钱，他是怕老太太输了钱不高兴。张军本想提醒姑妈下注前应该看看路，可是又怕自己说得太专业引起老爷子的怀疑，怀疑自己没事儿就上澳门。还是乖乖站一边儿看吧。

张仙玉女士坐在赌桌上倒是一副美国人的做派。她的赌注下得不大，但是特别痛快。拿起两个一百块的筹码就放在了自己面前的"闲"上边，还没忘了教自己的七哥：

"看见了吧，七哥，咱们下的是'闲'。一会儿'闲'的点儿比'庄'的大，咱们就赢了。他就赔咱们二百块！"

"为什么不下'庄'那边呢？"张仙北实在憋不住问了一句。他觉得这玩意儿也没有什么深奥的道理，非此即彼，这张仙玉怎么就断定是"闲"呢？

"感觉嘛，七哥，赌嘛，没有为什么，运气，全靠运气！"

开牌了。庄家闲家各自先发两张牌。张仙玉赌的"闲"，来了一张四，一张十。逢十算零。那么，"闲"是四点。"庄"来了一张二，一张一，共是三点。就目前的形势看，姑妈赢的希望很大。但是双方还需各补一张牌，闲家补了一张十。四点没变。此时，只要"庄"补一张十，那就万事大吉皆大欢喜。四点当然比三点大，"闲"就赢了。这是一张决定命运的牌！满台的人下"闲"的是大多数，都盼着是一张十。于是，一帮人齐声高喊："公！公！公！"这震耳欲聋的突发的喊声别说张仙北先生吓了一跳，连张仙玉女士也莫名其妙。还是张军弯腰悄声对姑妈解释了一番。原来在澳门赌场有个约定俗成的称呼，凡是十都称之为"公"，因而才有这一番惊天动地的呼叫。

什么叫"天不从人愿"？立刻您就能充分懂得它的含义了。牌翻开来，一张三！顿时，炸了锅似的，叹息声怒骂声一块儿响了起来，恨只恨那张三怎么不是十！"庄"原来是三点，再加一个三点，那可就是六点了。六点比四点大："庄"赢了，"闲"输了。姑妈的两个筹码没了。

不过，第二把姑妈就赢了。从此一发不可收，怎么下注怎么赢。整个台子的客人都跟着她，她老人家下哪儿大伙儿都下哪儿，简直把她奉为女神。张仙玉得意至极，她喜滋滋地抽着香烟，喝着侍者彬彬有礼送上的免费咖啡，还不时扭脸调皮地吐出一串串的烟圈儿，小姑娘似的又是拍手又是高叫："太棒了！太棒了！"面前的筹码也堆起老高。张军一边儿瞧着，想劝姑妈见好就收，可是看姑妈这劲头，八匹大马也拉不动。张仙北先生也觉出点危险来了，想起《孙子兵法》中的经典"兵贵胜，不贵久"。久赌必输嘛！不过，他老先生倒是有自知之明，自己外行一个，还是作壁上观为好。

果然乐极生悲，形势急转直下，张仙玉女士的运气不翼而飞！她下"闲"，"庄"赢；她下"庄"，"闲"赢，总是背道而驰！她也是暴脾气，越输火儿越大，越火儿注越大，由一百至二百，二百至四百，眼看面前的筹码已经寥寥无几。张军心里那个急呀，比自己输了钱还着急。张仙北在一旁倒是一言不发，只是心里反复一句话：赌博害死人哪！正在这时，张军见姑妈又拉开那精美的小手提包准备换筹码，忙笑着劝：

"姑妈，我看这地方风水不好，咱们换个地儿，您看怎么样？"

张仙北早就想走，急忙点了点头。张仙玉也输得兴趣全无，站起身来说：

"走，玩玩'二十一点'去！"

显然姑妈是意犹未尽。张军也想多玩会儿，可是转眼一看老爸苦着脸，一副活受罪的模样，心想还是早点撤吧。于是问道：

"爸，您累不累，要是累，咱们……"

没等张仙北回答，张仙玉一把紧紧挽住哥哥的手臂，回头对张军说："张军，你也太小看你爸爸了，这么一会儿就累了！好不容易来一趟，让你爸爸多看看嘛！"说着又扭头笑问张仙北："是不是，七哥？"

说时迟，那时快，张仙玉根本不等她那七哥的回答，拉着他就朝"二十一点"的区域奔。找台子坐下之后换了筹码又开始玩儿。不过，这里的风水似乎也不利于张仙玉，她又输了。之后，她又拉着她七哥玩儿了"五张牌""猜大小""轮盘赌"什么的，反正都是输多赢少。后来，她又非要她七哥亲自玩儿一下老虎机。张仙北先生在他六妹的逼迫之下，勉为其难地按了几下按钮，直到把钱都喂进了老虎的嘴里为止。

从下午两点进来，也不知过了多少时间，反正张仙北先生是筋疲力尽了！他看了一眼手表：八点！怎么，晚上八点了？明明是亮堂堂的大白天，怎么会是晚上？这是怎么搞的？此时，他老人家才发现，这个偌大的厅里竟然没有一扇窗户！这种视觉的错误完全是赌场设计的灯光效果造成的。没窗户，不透气，通风的问题怎么解决呀？张仙北一边担心着大厅里缺氧，同时也不得不佩服赌场的高明：让赌客们乐在其中，浑不知白天黑夜。只要您不走，您就输定了！

张仙玉女士少输当赢，好说歹说的她总算同意出来了。

澳门的夜，灯火通明灿烂非凡，好像这里的人都昼伏夜出，晚上不睡觉似的。张仙北先生走在人行道上，不由得心中暗自钦佩这里的特区领导：人家真够敢干的，靠赌博就可以使得一个地区如此的繁荣！假如在咱们贫困的大西北也来个赌场，让外面的人都往那儿扔钱，岂不是英明之举？是不是应该给政府提个建议？
还没等张仙北先生想好该不该提这个建议的时候，他已经被引进
了一家豪华餐厅。

坐下之后，张仙玉和张军照例是挑最贵的，海参鱼翅什么的
点了一大桌。张仙北先生不发表任何意见，三天来他早已得出结
论，自己说也没用，拦也拦不住。况且明天妹妹就从这里回美国
了，也算是最后的晚餐，给她送行吧！

三个人都心照不宣，就菜论菜，就汤论汤，谁也不敢提明天
一早就要各奔东西的残酷现实。"相见时难别亦难"这句话，不断
出现在张仙北的脑海中。不过，他立即迫使自己明白：人生在世本
来是悲苦多欢乐少，哪怕是虚假的繁荣，强颜的欢笑，也是难得
的啊！张仙玉只一个劲儿地往哥哥碟子里夹菜，说的话也很简单：

"七哥，多吃一点！"

就在这只听碗筷响，不闻人语声时，姑侄俩都没有料到，吃
着吃着张仙北突然大谈起赌经来。只见他挥舞着筷子，就像当年
挥舞着教鞭似的，侃侃而谈：

"我看这赌场里，肯定雇了一大批心理学专家，专门研究赌
客。人家研究你们赌客，你们赌客也应该研究研究它赌场嘛。你
乖乖地让人牵着鼻子走，那当然，你就死定了！"

许久没有见到老爸这种高谈阔论的样子了，张军心里挺高兴，
笑嘻嘻地成心逗老爷子：

"爸，您说，怎么才能不死呀？"

"我又不是赌徒，我怎么知道！"张仙北硬邦邦地回了一句，
瞪了儿子一眼。

"七哥，你是旁观者清嘛！"张仙玉见七哥好不容易打开了话
匣子，也在一旁敲边鼓。

"我当然看得清清楚楚，像你呀，死活赖着不走，那就是引颈自戕，找死嘛！"

说得大家都笑了。

张仙北忽然之间的谈兴，令张军记起了小时候，那时母亲总是说，你爸是教书先生有学问懂得多，你们要听你爸的话。结果，家里的话都让父亲一个人说了。可是，不知何时起父亲变了性情，从一个妙语连珠的人变成了一个沉默寡言的人。每次通电话，他的回答往往是一个字"唔"，两个字"唔唔"，顶多是三个字"我很好"，怎么今天一反常态？也许再过三十年，当张军多尝点人生百味之后，才能理解父亲今天之所以大谈赌经的玄机。张军在一旁东想西想的时候，他老爸还在那儿滔滔不绝地说呢。

"我以为，敢进赌场的人必须有良好的心态和高智商。所谓心态，就是你对自己的控制力。我算看明白了，人家赌场那种木牌牌多的是，你能跟他拼吗？你能赢两块儿，高兴高兴就不错。像你，六妹，赢了不走，结果必然是输嘛！特别是输的时候，一定要把握自己，风向不对就走，把损失降到最低限度，也不至于闹得倾家荡产收不了场，这就取决于你的心态！至于智商嘛，就看你能不能审时度势，临危不乱，看清力量的对比。明明你处于低谷，非要跟人家拼，这还不是拿着鸡蛋往石头上碰吗？就算你财大气粗，你能拼得过人家的木牌牌？"

"七哥，你认为我的智商低吗？"

"在别的地方我不敢说，起码在赌场表现得不高。"

"完啦，完啦，张军你看，你爸爸对你姑妈就是这种评价。"张仙玉双手摊开举目朝天，一副泼天冤枉的样子，之后，又撇着嘴说："七哥，你这么明白，你去赌肯定赢！"

"打死我也不去赌！"

三个人又笑了起来。

今天张仙北先生对赌场的议论真不少，总结如下：赌场令人欢欣鼓舞跃跃欲试，赌场灯红酒绿让人兴奋莫名，赌场魔法四射让人忘乎所以，赌场刺激着人体的感官让人失魂落魄，赌场让人倾家荡产找不着哭的去处，赌场永远笑吟吟地张开双臂迎接自投罗网的冤魂。赌场，一个抛金撒银的地方！

一顿离别的晚宴就在这轻松的话题中结束，他们似乎忘了明天的悲哀。

八

外面的世界是很精彩，对张仙北却缺乏诱惑。他淡淡地冷眼旁观，仿佛无动于衷没有感觉。其实，他老人家内心是很感激这次港澳之行的。没有这次的港澳之旅，哪来的机会与世上两个最亲的人朝夕共处三天！这才是最大的收获，也是近年来张仙北先生少有的，可以称之为快乐的三个日日夜夜！

当然，与六妹的分别曾使他老泪纵横；儿子的离去也使他心有不忍。现在张仙北先生又回到了他的小屋，躺在了他的躺椅上。待到独自静下来，张仙北清醒地认识到：绝不能纵容自己沉浸在离愁别绪之中，而是应该一如既往地面对现实。他老人家紧闭着双眼，拒绝看那空空的房间，而且运用独门秘诀，讥讽自己的多愁善感：你又不是贾宝玉！喜聚不喜散到了病态的地步。贾宝玉要是生在现代，肯定被诊断为心理疾病。难道你也需要心理医生？人生在世，从来是有聚有散有悲有喜的嘛，哪能好事都让你一人占着？想得美！

您还别说，他老先生对付自己的这一招还真灵。经对自己分析批判之后似乎心里真的舒服一点。然而，就在他心头稍许宽解之时，突然感到全身一阵疼痛，好像是腹部，又不是腹部，他也闹不清楚是哪儿疼，反正是一阵一阵的疼痛朝他袭来。张仙北坐不住了，心想可能是太累了，干脆躺下吧，睡一觉就好了。

张仙北先生进里屋小床上躺下了。他咬着牙跟疼痛作斗争，跟自己不争气的身体作斗争。他企图转移疼痛，迫使脑子里想些古往今来的故事，这也是老先生逗自己玩儿的惯用的伎俩。不过，今天很奇怪，他又想起弱不禁风的林黛玉。想起凤姐儿讽刺林妹妹是"美人灯儿，风吹吹就坏了"的话，他禁不住心里笑了：我可不是美人灯儿！我老头子顶多也就是发黄的旧窗户纸，倒也是风吹吹就坏了的。又一阵疼痛朝他袭来，他觉得自己真成窗户纸儿了。

三天的港澳之行，虽有难得的团聚之乐，也有太多的陌生纷至沓来，令他身心疲惫，好似经历了一次炼狱。又来了一阵疼痛，这一次他断定是在腹部。于是他想，可能是吃坏了，饿两顿就好了，正好不用下楼买菜，何况张军还买了一箱子方便面。净饿是《红楼梦》里贾府的秘方。怎么回事，为什么疼痛中想起的都是那红楼一梦？贾宝玉病后喝的那碗酸笋鸡皮汤，又忽忽悠悠地出现在张仙北的幻觉之中，那汤一定是很好喝的。这时间，一阵更为强烈的疼痛遍及全身。他不再想酸笋鸡皮汤了，恶心！

此时此刻，张仙北先生只想喝一口热开水。进里屋时，他倒是没忘了拿上茶杯。杯子就放在床旁的两屉桌上。他挣扎着半抬起身子，举起了茶杯，杯子里只有一点点白水，肯定是凉的了。他望了望杯底，虽不想喝那点儿冰冰凉的水，但是就目前的形势，估计自己缺乏足够的力气去倒热水了。他一咬牙忍住想喝热水的欲望，歪身慢慢地平躺了下去。然而，不知为什么那对热水的渴求，止也止不住，好像他这时盼着的不是一口热水，而是天降的甘露。如果……他立刻把那"如果"打了回去。不喝这口水你也死不了，他劝自己。张仙北虽然心里明白，就是管不住自己的眼眶，几滴滚烫的泪水猝不及防地涌了出来。老人飞快地用手背擦了，仿佛怕有人窥探了去。"眼前皆乐土"，他再一次地劝自己。如果说张仙北先生有什么秘诀，那就是当他认为需要的时候，能把平日零星知道的什么道教佛教元始天尊，管他三七二十一的都拿来解救自己的燃眉之急。你必须好好地活下去，坚强快乐地活下去，他又一次地劝自己。不就想喝水吗？什么凉的热的，有水总比没水强，喝吧！

一口凉水喝下去，顿时觉得一股刺骨的冰凉直入全身，张仙北禁不住浑身一颤。这冷颤，倒使他头脑清醒突发奇想，要是有个智能机器人就好了，按一下遥控器，指令："倒杯热水来！"

想机器人也没用，远水解不了近渴。忍着吧！虽说忍字头上一把刀，张仙北此时也只能在刀下委屈会儿。瞧瞧吧，他老人家双手按住右腹部，整个的人弯曲在床上，大虾米似的蜷缩着。他心里很奇怪：自己是颇有承受力的呀，怎么今天这般娇气？不过，这绝对不是一般的疼，那是一种置人于死地的疼！他几乎要喊叫出来，又觉得自己在空房子里喊叫十分可笑，喊给谁听呀！他硬生生地把那喊叫憋在了喉咙里。尽管把声音憋了回去，他浑身却是冷汗淋漓，手足冰凉，整个儿的人似乎都在无声地喊叫！

几分钟过去，张仙北突然大喊了一声。嘶哑的号叫在空洞的房间里格外张扬响亮，显得有些怪异，他自己也被自己的声音吓住了，再也不敢喊叫了，可是疼痛仍然不依不饶地向他扑来，他老人家万般坚强也抵抗不住了。他觉得死到临头了，一阵对死亡的恐惧，使得他浑身战栗。他似乎还清醒着，还在告诫自己：蝼蚁尚且贪生，何况我张仙北！

在强烈的求生欲望的驱使下，张仙北先生爆发出了最后的能量，竟然挣扎着从床上爬起来，趺趺撞撞地到外屋拿起了电话。此时的他，其实已经处于半昏迷状态了。只是一种要活下去的本能支撑着老人，使他模模糊糊地按下了电话号码。他完全不清楚自己按下的三个键是：110。

不到十分钟，只见一群穿着警服的战士冲进了楼里，后边还跟着一位戴着红袖箍的居委会大妈。一阵杂乱的脚步声响，这群人生龙活虎般地飞奔上了楼。大妈跟在他们的后面，大口喘着粗气，伸着胳膊用手指着楼上，对身旁的战士们说：

"同志！您要说，这片儿，就是五楼的，老头儿一人！没错，准是他！"

一群人冲到了五楼张仙北先生的房门口。大妈也气喘吁吁地赶到。她伸手指着门，上气不接下气地说：

"这儿，这儿……就是……这儿，退休的……老师……就一人儿，八成儿是、是他！"

紧靠门边的民警没有答话，径直敲起门来。他先是轻轻地敲，后来重重地敲，最后就是用拳头在砸门了。门里一点反应都没有！这位战士回头看了看众人，似乎是在征求意见：砸吗？

"把门踹开！"一个人用命令的口吻说。

于是，两三个小伙子轮番抬腿向门上踢去。

幸亏张仙北先生坚持不装防盗门。当年他对子女讲不装防盗门的理由有两条：第一，他不怕小偷。这屋里除了书没别的，小偷一般是不爱书的。第二，万一自己出现险情，岂不把救命的菩萨防在了门外？别看张仙北先生就是一个普通人，有时候他还真有点儿先见之明。您想啊，如果此时面对的是结结实实的防盗门，那可就瞎了，且打不开呢！现在这样多省事，小伙子们几脚就把木头门踹开了。

一群小伙子踹门时挺勇敢，踹开了门一看，一个个都傻眼了，没人说话了，房间里的景象把战士们镇住了：只见老人侧身蜷曲着卧在书柜旁。书柜上电话的听筒连着电线掉了下来。不过，战士们只愣了一刹那，就冲进了房间。大妈挤在人背后，伸着脑袋尖叫：

"哎哟！这是怎么啦！老头儿怎么了，没出人命吧？"

大妈见一位战士正蹲在老人身旁，用手探测他的鼻息，又急切切地问："快瞧瞧，还有气儿吗?！"

那战士顾不上理睬大妈的关切，只抬头说：

"快打 120！"

打过 120 之后，他们中的领导把大妈叫过一边，非常客气地商量：

"大妈，我们先把老人送医院。最好居委会能尽快通知他们家属或者单位。大妈，咱们居委会找到他的亲人没问题吧?"

"没问题！这片儿都掌握着呢！"大妈肯定地回答着，语气十分自豪，只差用手拍胸脯了。

"那太好了，大妈，那就麻烦您了，您先去办，这儿交给我们。"遇见这么热情的居委会大妈，110 的年轻战士们也放心了。

"那可不行，我得瞧着，待会儿急救站来了，没准儿送医院，人送哪儿去了我都不知道，我怎么通知呀？"

"没关系，大妈，一会儿我们通知您。"

"我还是先等会儿吧！"

说话间，急救站的大夫们已经到了。经过输氧，老人很快清醒过来。大夫初步诊断为腹部的问题，也不排除心脑血管的问题。急救站大夫建议立即送医院。当急救站的人把张仙北先生在担架上安置好后，民警向老人要了他亲人和单位的电话号码，并立即给他所在的学校打了电话。

担架被抬了起来。老人高卧担架之上，在民警和大夫们的簇拥之下，浩浩荡荡地拐弯儿抹角一层一层地慢慢往楼下抬去。这时，大妈追到担架旁，问张仙北要了房门钥匙。只见她急忙忙转身跑上楼，锁好房门，然后又跑下来把钥匙交给了老先生。关键时刻就看出来了，居委会大妈就是比年轻战士们心细。

此时，仰面躺在担架上的张仙北先生已经彻底清醒了，只是觉得右腹仍在疼痛。他想，肯定是这两天海鲜吃多了，报应啊！人家叫你多吃多吃你就多吃，这么大年纪的人，病从口入的道理都忘了，活该！到了医院你还不是任人宰割，受罪去吧你！一阵剧烈的疼痛，立刻改变了他的想法，他巴不得赶紧到医院止住疼。疼痛使得张仙北老先生晕晕乎乎地时空错了位，听见救护车刺耳的长鸣时，恍然觉得是当年的紧急警报：日本飞机要来了。他老人家就这么半死不活地被送进了医院。

张仙北先生被诊断为胆囊结石和急性胆囊炎。他必须先消除胆囊的炎症，然后考虑胆结石是否需要开刀。

九

"天有不测风云，人有旦夕祸福。"这两句老话张仙北先生不但烂熟于心，而且在他七十余年的人生经历中得以见证。突然的龙卷风，突然的大海啸，突然的全球变暖，老天爷翻手为云覆手为雨的事儿多了，"不测"如同家常便饭，根本不足为奇。至于旦夕之间的祸福，作为人，他老人家也算是尝过了：旦夕之间他成了孤儿，旦夕之间他成了父亲，旦夕之间与亲人阴阳两隔，旦夕之间……张仙北自以为旦夕之间的祸福也经得多了，怎么也能处变不惊，死猪不怕开水烫了吧？没想到哇，他还是过高地估计了自己！当祸事又在旦夕之间降临，他照样是心惊肉跳六神无主，把平日里的一腔傲气、一味嘴硬、万事不求人的准则，统统丢到了脑后。他服了，躺下了，看来这一刀是躲不过去了。

也不知是生病的人太多，还是全中国的病人都跑到北京来治病，反正北京的医院里床位一年三百六十五天都是紧紧张张的。张仙北先生幸亏是急救站送来的，好歹立刻住进了病房。病房真小，只是满满地塞进了四张床加上四个小床头柜，除此之外，再也放不下别的什么了。张仙北就在进门的第一张床上。从住进了病房，"张仙北"这个名字就消失了，他被称为"一床"！耳边传来的都是："一床吃药！""一床打针！""一床留便！"到了这地步，张仙北也不敢再计较，暴脾气也没了，他倒还没忘了劝自己退一步海阔天空：比起当年头破血流时的没人理，你这就是在天堂，知足吧你！

其实，张仙北先生还应该算是个明白人。他怎么能抱怨医院呢，他反反复复地就是抱怨自己老不争气。一想到如此兴师动众地被人送进医院，就觉得自尊心受到了极大的伤害，丢人丢到姥姥家了！特别是知道儿女都买了飞机票，马上就要来北京时，他更是十分地懊恼。他一直在猜，是谁通知他们的？医院？不太可能。因为他已经跟大夫讲了，开刀他自己可以签字。一定是学校方面通知的，大概是怕我死了他们不好交代！这点医学科学常识他们是应该有的，就算我是胆结石需要开刀，也不算大手术，也不至于闹出人命来，何必闹得这么鸡犬不宁?!

病房里开着一盏小灯，只见老先生在床上翻来覆去。他一会儿想儿子刚从北京飞回深圳，又要从深圳飞回北京，飞来飞去的人家生意还做不做？还不是怪你这老头子折腾人！一会儿又想，外孙要考大学，女儿跑到北京她家里谁管？影响了外孙的前途谁负责？再亲不过隔辈亲，外孙可是他老人家的心尖子……

护士进来查夜，发现老先生还没有睡着，就让他吃两片安眠药。张仙北从来没有吃安眠药的习惯，但是此时，护士已经一手举着半杯温水，一手拿着安眠药片，像幼儿园老师似的殷切地望着他了。张仙北先生觉得不好意思拒绝，就一闭眼吞了下去。他嘴上说谢谢，心里却颇不是滋味：到了医院还有什么人身的自由？还有什么人体的尊严？人老了，就剩下倒霉了……张仙北先生就在安眠药的帮助下，怀着满腹的牢骚进入了梦乡。

清晨，他从梦中醒来。梦的什么全不记得了，睁开眼，只见张军和张小倩都站在床前。一双儿女关切怜悯的眼神，使张仙北突然觉得有点不知所措，不知该如何面对这温情的目光。他侧身假装咳嗽，然后仰面躺在枕头上，把被子往上拉了拉，企图避开他们的眼睛。

"爸，您觉得好点吗？"张小倩的声音透着那么不自然，好像感冒了。

"唔，唔。"

"爸，您没什么大病，片子医生看了，就是胆结石。"张军说起话来轻言细语的，完全没有平常那一副北京侃爷的潇洒劲儿了，"石头都满了，医生说了，不算大手术，打三个洞就行了，不怎么疼，好多人都把胆拿了……"

张仙北听儿子翻来覆去地说了半天，无非是怕自己有顾虑。

唉，真是十年河东十年河西呀，轮到儿子来哄老子了。想了想，他就替儿子解围：

"小手术，没什么，其实你们都不该来的……"

"爸，你说什么呢，您过生日我就想来的。"张小倩急急地打断了老人的话，"就因为您那外孙准备高考太紧张了……"

说起宝贝外孙，张仙北立刻来了精神。他详细地问了外孙的学习成绩，问了外孙准备报考的志愿，问了外孙的身体状况。张小倩和张军也看出来了，这时把老爷子的外孙搬出来才是最佳良药。

于是，主治大夫来查房时，立刻决定了明天就给老先生做手术。

虽说是小手术，但是需要全身麻醉。这对于张仙北这样年龄的老人来说，也不是完全没有风险的。不过，他还算是幸运，遇上了很好的麻醉师，遇上了很好的主刀大夫。因而，推出手术室时，虽然他面无人色，但意识基本上恢复了。只不过他觉得手不是自己的，嘴也不是自己的了。不经意间他看见了儿子眼中的泪光，他知道自己一定是狼狈不堪惨不忍睹。

两个小时之后他完全清醒了。女儿红肿着双眼俯在他的眼前，用湿棉花棍儿在给他擦嘴唇。大概是手术后不让喝水，他想。他假装想睡觉，闭上了眼睛。其实，他是竭力避开儿子女儿，仿佛他承受不住那久违了的亲人的爱抚。这时，他本不该想起的人却幽灵般地闪现在他的眼前，那是他深埋在心底的永远不敢想起的妻子。他从不对外人提起她，哪怕是对儿女。那是他心中的神圣！

人在无助的时候，总是祈求神佛。那并不是信仰，而是寻找一根救命的稻草。此时，当张仙北躺在病床上，连举手之力都失去了的时候，剩下的只有无比的悲怆！他祈求有一种来自天国的力量听他诉说：诉说他那无法与人言说、无力摆脱的绝望，诉说他那必须活下去的煎熬，诉说他那回天乏术的躯体，诉说他那必须面对的孤独！然而，救命的神在哪里？没有什么力量能解救他灵魂的悲苦，没有什么力量能安抚他早已破碎的心。老人只能孤独地去面对苍天的不公！

黑夜来临，病房里安静下来。请来的护工坐在他的床边。张仙北先生曾向儿女表示他不需要护工，但是，如此景况之下，他已经完全无力左右他的生活。他苦涩地想：人嘛，上什么山唱什么歌，张仙北，你大概也到了唱挽歌的时候了！泪水不由自主地流到了枕上。他本是避开护工侧身而卧的，这时，只觉得那泪水经过鼻梁流到了耳边。张老先生原以为自己的心已碎泪已干，他哪里知道，这已不是泪水，这是他的心在滴血！

手术很成功，三个小刀口还没有手指甲盖儿大，恢复得挺好，不到三天，他出院了。病了一场，挨了一刀，他又活过来了，脾气照旧。

俗话说得好：千万别好了伤疤忘了疼。张仙北先生可办不到，他是好了伤疤就忘了疼。这不，他把那灰暗的日子里自己想好的遗言，什么"人之将死，其言也善"啦，什么"死者为大，你们别嫌我啰嗦"啦，什么"言教不如身教，不要娇惯下一代"啦，等等，等等，统统地忘光了！对于自己那两天瞬间的软弱，他更是嗤之以鼻：什么"凄凄惨惨戚戚"？李清照是才女，就是太消沉，让她"独自怎生得黑"去吧！那不是我张仙北！

张仙北先生就是这般无胆英雄似的回到了家里。可是，张军和张小倩可没有他老先生那么盲目的乐观。这次算躲过去了，万一再来一次呢？对于一个老人，一点风吹草动都可能是致命的。他们是更加不放心老人独自生活了。两人商量好了，无论如何这回绝对不能心慈手软，坚决送他老人家进养老院。

不过，这次他们不是硬劝，而是赖着不走。天天跟老爸泡在家里，给他老人家做饭呀，陪他老人家瞎聊呀，一块儿看电视呀，反正就是不回去。眼看着不肯离去的儿女，张仙北没招儿了，他一咬牙同意了。这可把兄妹俩高兴坏了，赶紧通知早就联系好的高级养老院，开车把父亲送到风景幽美的养老院里，看着父亲在单间里住下，兄妹俩才放心地离去。

谁知，第二天一早，张仙北先生根本没有看清楚养老院什么模样，就找个借口向院方请了假，自己回家了。

十

他好比一只受伤的老鸟，飞回到自己的巢穴了。在那高高的树梢上，它仰望着天际：灿烂的太阳，和煦的风儿，清凉的雨丝，抚慰着它伤残的翅膀。它静静地伏卧在它的巢穴里，享受着咀嚼着昔日的欢乐，它拥着心中独自的神圣，纯静如水的心灵在宇宙的上空遨游。它没有等待，没有期盼，没有呵护，却拥有上天的垂怜，拥有远方儿女的心的祝福。对于一只老鸟，这就够了！

张仙北先生就是一只老鸟，他回到了他的空巢。